MEINE LIEBE, DER GENTLEMAN UND SPION

Der Herzog von Strathmore

SASHA COTTMAN

Übersetzt von
CORINNA VEXBORG

Cottman Data Services Pty Ltd

Bücher von Sasha Cottman

Historischer Liebesroman

Der Herzog von Strathmore
Der skandalöse Liebesbrief des Marquis
Eine verbotene Liebe für die Lady
Die Tochter des Herzogs
Meine Liebe, der Gentleman und Spion
Die Lady mit dem ungezähmten Herzen

Copyright © 2021 by Sasha Cottman

Alle Rechte vorbehalten.

Ohne die vorherige schriftliche Genehmigung der Autorin darf kein Teil dieser Publikation in irgendeiner Form oder mit irgendwelchen Mitteln reproduziert, verteilt, übertragen oder in einer Datenbank oder einem Abluftsystem gespeichert werden.

Buchgestaltung: Sasha Cottman

Übersetzt von Corinna Vexborg

Buchumschlag-Design: Erin Dameron-Hill

Redaktionelle Unterstützung: Anne Dehne.

Fotocopyright: Deposit Images.

Sasha Cottman https://sashacottman.com/

ISBN: 978-1-922366-18-4

Für Dean und Laura

Kapitel Eins

Gibraltar 1817

Hattie Wright holte tief Luft, bevor sie langsam den Atem ausstieß. Von der Seite des Schiffes ging es steil hinunter bis zur Wasseroberfläche weit unten in der Tiefe.

Was erst vor ein oder zwei Minuten als plausible Idee erschienen war, stellte sich nun als nichts weniger als Wahnsinn heraus.

Sie fragte sich, wie hart sie auf dem Wasser aufschlagen würde. Hatte sie ihre Stärke als Schwimmerin überschätzt, und musste sie ertrinken, bevor sie es ans Ufer schaffte?

Am schlimmsten war die Vorstellung, dass in den trüben Gewässern Haie lauern könnten.

Sie löste den Blick vom tiefen Grün der Bucht und betrachtete die kleine Stadt Gibraltar eine Viertelmeile entfernt. Bald würde sie sie nicht länger sehen können, und die *Blade of Orion* würde auf ihrem Weg nach Afrika sein.

Am frühen Morgen hatte Hattie mit ihrem Verlobten, der sie fest an der Hand hielt, den kurzen Weg die Gangway hinauf auf das Schiff gemacht. Die ganze Zeit hatte ihr Herz einen Trommelwirbel in der Brust geschlagen.

Nein. Nein. Nein.

Gibraltar war die letzte Station, bevor sie sich auf die lange Reise entlang der Westküste Afrikas zu ihrem Ziel Sierra Leone begeben würden. Als ihre Eltern zum ersten Mal ihre Mission in Afrika verkündeten, hatte sie versucht, sich davon zu überzeugen, dass dies ihr Schicksal war. Ihre Eltern waren fest entschlossen, den Menschen in Freetown das Wort Gottes zu bringen, und sie als ihre pflichtbewusste Tochter sollte sie begleiten. Reverend Peter Brown, mit dem sie seit Kurzem verlobt war, war nur ein weiterer Teil des großen Plans. Ein Plan, der für sie genau angelegt worden war.

Sie rieb ihren Finger über die tiefe Furche direkt über der Nase, die sich nach zu häufigem Stirnrunzeln dort gebildet hatte. Sie war von Natur aus eine Person, die sich um alle möglichen Dinge Sorgen machte. Die bevorstehende Reise nach Afrika ließ sie jede Nacht wach liegen.

Lange bevor das Schiff die Docks von London verlassen hatte, war ein nagender Zweifel in ihrem Kopf aufgewacht und gewachsen. Wollte sie das wirklich für ihr Leben? Sobald sie mit dem verdrießlichen Peter verheiratet war, hätte sie keine Wahl mehr. Ihr Leben wäre in Stein gemeißelt.

Und was war mit den Freunden, die sie zurücklassen musste? Wie würden die ohne sie überleben?

Sie schaute zurück auf das Schiffsdeck. Außer der Besatzung befanden sich keine weiteren Passagiere an Deck. Ihre Mutter wäre zweifellos damit beschäftigt, die winzige Kabine zum zweiten Mal an diesem Morgen neu zu ordnen. Hattie kannte ihre Mutter gut. Ein Platz für alles und alles an seinem Platz.

Ihr Vater und Peter wären in eines ihrer endlosen Gespräche darüber verwickelt, wie sie die Pfarrei am Rande des afrikanischen Dschungels errichten sollten. Auf der bisherigen Reise hatten sie jeden Tag stundenlang über Papierkram und den Bauplänen für eine neue Kirche gehockt. Eine Kirche, in der sie und Peter heiraten würden.

Jeder war mit seinen eigenen Prioritäten beschäftigt. Niemand würde nach ihr suchen, bis es zu spät war. Bis sie es taten, wäre sie schon lange weg.

Sie sah noch einmal auf das Wasser hinunter, das gegen die Seite des Schiffes schwappte. Bald würde die *Blade of Orion* weit vom Hafen entfernt sein, und die Gelegenheit, ihr Leben zu ändern, wäre für immer verloren. Sie akzeptierte entweder ihre Zukunft als Frau eines Missionars, oder sie sprang.

Der kühle Wind zerzauste ihr goldblondes Haar. Ihr heftig klopfendes Herz erinnerte sie daran, dass sie noch sehr lebendig war. Aber würde sie es auch dann noch sein, wenn ihr Körper weit unten auf dem Wasser aufschlug und sie unter die Wellen gezogen würde?

Der Schiffskommandant brüllte den Befehl, die Segel zu setzen. Die Matrosen auf dem Deck kletterten schnell in die Seile. Als es auf dem Deck immer hektischer wurde, war sie dankbar, dass niemand ihre Anwesenheit bemerkt zu haben schien.

Ihr Gewissen, das bis heute Morgen zwischen Akzeptanz und Rebellion geschwankt hatte, entschied sich schließlich. Die Wahrheit war, so sagte sie sich, in Kürze zu sterben, wäre der bessere Tod. Ein schnelles Ertrinken in der Bucht von Gibraltar wäre einem langanhaltenden Tod als Peters Ehefrau im dunklen Herzen des afrikanischen Kontinents vorzuziehen.

In der kurzen Zeit seit ihrer Verlobung hatte Peter ihr durchaus gezeigt, was er für eine Art Ehemann sein würde. Es gäbe wenig Lachen oder Glück in ihrer Ehe. Pflicht wäre die einzige Konstante.

Eine winzige Stimme in ihrem Hinterkopf flüsterte und drängte sie weiter.

Du musst es jetzt tun.

Mit jeder Sekunde, die sie ungenutzt verstreichen ließ, rückte ihre Gelegenheit in weite Ferne, über ihr Leben selbst zu bestimmen. Bereits jetzt würde die Aufgabe, an Land zu schwimmen, ihre Ausdauer bis an ihre Grenzen testen.

Sie machte sich langsam auf den Weg über das Deck zu der Stelle, wo inzwischen die hereingezogene Gangway lag. Das Ende der Planke ragte immer noch gut einen Meter über die Seite des Schiffes hinaus. Nicht viel, aber es gab ihr zumindest den Anschein einer Chance, dass sie, wenn sie von hier aus ins Wasser sprang, sich von dem Schiff und seinem gefährlichen Sog fernhalten könnte.

Sie zog die Röcke hoch und kletterte auf die lange Holzbrücke. Sie ließ sich auf die Knie fallen und kroch über den Rand des Schiffes hinaus. Am Ende der Planke schwang sie die Füße über die Seite.

In nun schon einiger Entfernung glitt Gibraltar langsam, aber sicher davon.

Jetzt oder nie, jetzt galt es.

»Herr, wenn du mir diesen Segen gibst, werde ich immer deine ergebene Dienerin bleiben«, schwor sie.

Nach einem letzten Blick über die Schulter auf das Deck des Schiffes holte Hattie tief Luft und ließ sich fallen.

Kapitel Zwei

Will Saunders lehnte sich gegen die Felswand des Hafens von Gibraltar zurück und schloss die Augen. Die Wärme der Sonne drang tief in seine Knochen ein. Egal, wie sehr er sich nach England sehnte, das warme Wetter im Süden Europas würde er nach seiner Abreise am meisten vermissen.

All die langen Jahre, die er als Geheimagent für die Regierung Seiner Majestät in Paris verbracht hatte, schienen ein Leben lang her zu sein.

Doch erst im vergangenen Monat hatte er seine Sachen gepackt, seine Vermieterin Madame Dessaint benachrichtigt und seine Unterkunft in Paris geräumt. Er gönnte sich eine Abschiedstour durch die inzwischen friedlichen Städte im Süden Frankreichs und Spaniens und plante, seine Reise mit einer Schifffahrt zurück nach London zu beenden.

London.

Er schauderte bei der Aussicht, sich dem bevorstehenden englischen Winter zu stellen.

»Na ja, was sein muss, muss sein«, murmelte er. Seine Finger strichen über die warme Steinmauer des Docks.

Seit fünf Jahren war er weg. Jahre, in denen er sich für

immer verändert hatte. Den jungen Mann, der im Sommer 1812 heimlich in Paris gelandet war, gab es schon lange nicht mehr. Mit einer an Arroganz grenzenden Selbstsicherheit ausgestattet, hatte er schnell die Wahrheit über das Leben als Spion erfahren. Er hatte auf Messers Schneide gelebt und jederzeit mit einem Klopfen an der Tür gerechnet, welches das Ende seiner Existenz mit sich bringen würde.

Die größte Hoffnung eines Spions war, dass der Tod schnell sein würde, wenn er kam. Nur diejenigen, die ihr gütiges Schicksal ganz und gar im Stich gelassen hatte, erwartete die Verhaftung und die unvermeidliche Audienz bei Madame Guillotine.

Will öffnete die Augen. Wegen der hellen Sonne musste er heftig blinzeln, um sich zu konzentrieren. Er legte eine Hand auf die Brust und spürte den starken Schlag seines Herzens. Er seufzte dankbar, dass er im Gegensatz zu so vielen anderen das Glück gehabt hatte, diesem schrecklichen Los zu entkommen.

Wenn das feuchte Wetter in England das Schlimmste war, mit dem er für den Rest seines Lebens zu kämpfen hatte, wäre er gesegnet. Er nahm den Kopf von der Wand und setzte sich aufrecht hin, bevor er sich kräftig streckte.

Der Wind vom Meer wehte durch sein Leinenhemd und kühlte die noch feuchte Haut. Kurz zuvor war er eine gemütliche Runde im Hafen geschwommen. Er saß jetzt auf einer umgedrehten Holzkiste am Fuße einer Reihe steiler Steinstufen und lauschte auf die spanischen Händler, die alle Ankömmlinge aufforderten, ihre Waren auf dem Freitagsmarkt zu kaufen, der auf dem darüber liegenden Stadtplatz stattfand.

Er kramte in seiner Ledertasche herum, die neben ihm auf dem Steinpflaster stand, und holte ein kleines Messer und eine Orange heraus, die er am Morgen auf dem Markt gekauft hatte. Nachdem er die Schale der saftigen Frucht abgezogen hatte, steckte er sich ein Stück Orange in den Mund. Ein

Lächeln breitete sich auf seinen Lippen aus, während er den süßen Zitrussaft genoss. Mit dem Daumen wischte er sich einen Tropfen Saft von den Lippen.

»Das ist gut«, murmelte er.

In wenigen Tagen würde er zurück in England sein und sich in der künstlichen Luft der Londoner High Society wiederfinden. Diese einfachen Tage wären angenehme, aber immer weiter entfernte Erinnerungen, die er bewahren sollte, wenn er versuchte, sich innerhalb des *Haute Ton* wieder zu etablieren.

Seine Eltern und seine Familie hatten ihm in ihren Briefen jede Art von Unterstützung angeboten, nachdem er seine Absicht bekannt gegeben hatte, dauerhaft nach Hause zurückzukehren. Sein Bruder und seine Schwestern würden zweifellos alle Anstrengungen unternehmen, um ihn wieder gut aufgestellt zu sehen.

Er vermisste seine Familie. Wie sehr er sie vermisste, war ihm während seines kurzen Sommerbesuchs in London Anfang des Jahres klar geworden.

Instinktiv griff er nach der linken Hand und suchte mit den Fingern nach seinem Ehering. Sie berührten nur die Haut und die Einkerbung, wo einst ein Ring gewesen war. Er zuckte kurz zusammen, bevor er sich an seine Entscheidung erinnerte, ihn abzunehmen. Das war noch nicht lange her.

Yvette war tot.

Drei Jahre und acht Monate. Er hatte aufgehört, die Tage zu zählen, aber selbst nach all dieser Zeit war er sich nicht sicher, ob er wirklich bereit war, alles hinter sich zu lassen. Endlich zu akzeptieren, dass seine Frau nicht mehr da war. Seine Schuld in Frieden ruhen zu lassen.

Eine Bewegung am Horizont fiel ihm auf. Ein Schiff, das erst kurz zuvor den nahen Hafen verlassen hatte, bog nach Backbord ab. Er erinnerte sich daran, wie die letzten Passagiere des Schiffes an Bord der *Blade of Orion* gegangen waren; ein robustes, wenn auch nicht allzu großes Ozeanschiff. Er sandte ein stilles Gebet an jene an Bord und wünschte ihnen eine sichere Reise. Sie waren nach Afrika unterwegs.

Nur die Mutigen und Beständigen machten die gefährliche Reise nach Afrika. Abgesehen von den Ländern, die an das Mittelmeer grenzten, war der afrikanische Kontinent weitgehend unbekannt. Viele hatten Europa verlassen, um ihr Glück in diesem riesigen Land zu suchen, und man hatte nie wieder etwas von ihnen gehört. Afrika war aus gutem Grund als Friedhof des weißen Mannes bekannt.

Er wollte sich gerade abwenden und seine Stiefel und die Jacke wieder anziehen, als etwas anderes seine Aufmerksamkeit erregte.

Anscheinend kletterte jemand auf der eingezogenen Gangway des Schiffes herum. Will runzelte die Stirn wegen dieser ziemlich gefährlichen Beschäftigung. Das Leben eines Matrosen war voller Gefahren. Er hob eine Hand, um seine Augen vor der grellen Morgensonne zu schützen, und blinzelte, um besser sehen zu können.

Als die Person das Ende der Gangway erreichte, setzte sie sich hin. Wills Atem stockte bei dem Anblick langer Röcke, die über den Rand der Planke quollen. Das war kein Seemann. Es war eine Frau.

»Was zum Teufel hast du vor?«, murmelte er.

Die Worte hatten seine Lippen kaum verlassen, als die Frau zu seinem Entsetzen von der Gangway ins Wasser fiel. Sie verschwand unter den Wellen.

Für einen Moment blieb Will an Ort und Stelle verwurzelt, regungslos, während sich sein Gehirn bemühte, zu akzeptieren, was seine Augen gerade gesehen hatten. Von seiner Position aus konnte er niemanden an Bord des Schiffes sehen, der gesehen haben mochte, dass die Frau ins Wasser gefallen war.

Die Besatzung arbeitete weiter daran, die Segel vorzubereiten und zu setzen, ohne die sich abzeichnende Krise zu bemerken. Er rief verzweifelt, um Aufmerksamkeit zu erregen, aber seine Stimme wurde vom Wind mitgerissen.

Die Frau war allein mit ihrem Schicksal. Nur er konnte sie möglicherweise retten.

Schnell kam er zur Besinnung und warf den Rest der Orange weg, zog sein Hemd aus und warf es auf die Steine. Er eilte zum Rand des Docks, erreichte den Rand des Wassers und sprang hinein. Dann tauchte er wieder auf, holte Luft und schwamm auf das Schiff zu, entgegen aller Hoffnung darum betend, dass er die Frau erreichen könnte, bevor sie ertrank.

Der Aufprall auf dem Wasser drückte die Luft so heftig aus Hatties Lungen, dass sie befürchtete, das Bewusstsein zu verlieren. Salzwasser füllte Mund und Augen.

Sie schlug für eine scheinbare Ewigkeit um sich panisch vor Angst, weil wirbelnde Röcke und Schaum ihr die Sicht nahmen. Schließlich erhaschte sie ein Licht über sich, und als ihr klar wurde, dass es die Sonne war, strampelte sie dem Licht entgegen.

Sie durchbrach die Wasseroberfläche und sog tief Luft ein. Ihre momentane Erleichterung wurde durch den Anblick des Schiffes zunichtegemacht, das ihr gesamtes Sichtfeld ausfüllte.

Der Tod starrte ihr ins Gesicht. Selbst wenn sie hätte schreien können, niemand würde sie über dem Rauschen der Wellen und des Schiffes hören können. Jeden Moment würde das Schiff sie unter sich ziehen, und sie würde sterben.

»Herr im Himmel«, murmelte sie.

Sie drehte sich um und begann verzweifelt wegzuschwimmen, in der Hoffnung, dass sie wie durch ein Wunder überleben könnte.

In kürzester Zeit fand sie jedoch heraus, dass es schwieriger war, als sie es sich jemals hätte vorstellen können. Hattie hatte nie zuvor in Stiefeln und Röcken schwimmen müssen.

Das Gewicht der Kleidung drohte, ihre Bemühungen zur Flucht zunichtezumachen.

Sie hob den Kopf, und ein kurzes Innehalten der Wellen schenkte ihr einen flüchtigen Blick auf den Hafen. So verlockend nah.

Komm aus dem Sog des Schiffes heraus, dann lass dich einfach treiben. Komm schon, Hattie, es ist noch nicht zu Ende. Du sollst heute nicht sterben.

Da sie wusste, dass der größte Feind eines Schwimmers die Müdigkeit war, drehte sie sich auf den Rücken und strampelte heftig vom Schiff weg. Langsam, aber sicher baute sie allmählich eine Distanz zwischen sich und dem sicheren Tod auf.

Als sich die *Blade of Orion* langsam entfernte, verspürte sie das erste Gefühl der Erleichterung. Ihr Sturz war unbemerkt geblieben. Niemand an Deck rannte herum und zeigte auf sie im Wasser.

Das Beste von allem war, dass sie überlebt hatte. Bis jetzt.

»Wenn ich das nächste Mal von einem Schiff springe, werde ich zuerst meine Stiefel ausziehen«, tadelte sie sich.

Während das Schiff weiterfuhr, sammelte sie ihre Gedanken. Ihre erste Aufgabe bestand darin, sich in Sicherheit zu bringen. Sie würde sich um den Rest ihrer Situation kümmern, sobald sie an Land war.

Es machte Sinn, auf dem Rücken weiterzuschwimmen, denn dies erlaubte ihren Beinen, teilweise zu treiben und etwas vom Gewicht der Stiefel zu tragen. Von Zeit zu Zeit hielt sie an, drehte sich um und schwamm, sobald sie erkannte, dass die Richtung weiterhin stimmte, zum Ufer.

Die rhythmischen Bewegungen ihrer Arme trugen dazu bei, ihre Panik zu beruhigen. Als sie sich dem Hafen näherte, funkelte Hoffnung in ihrem Herzen.

»Ich werde es schaffen«, schluchzte sie.

Eine Sekunde später brach ein Schrei aus ihr heraus, als eine feste Hand ihren Arm ergriff.

Sie kämpfte vergeblich gegen den Fremden, aber er war zu stark für sie. Er schlang einen Arm um ihre Schulter und zog sie zu sich heran. Mit ihrem Rücken gegen seine Brust gepresst, begann er, zum Ufer zu schwimmen.

»Hören Sie auf zu zappeln, sonst werden wir beide ertrinken«, brüllte er sie über das Rauschen der Wellen an.

Sie erhaschte einen Blick auf dunkles Haar und einen nackten Oberkörper. Woher war er gekommen?

Der Gedanke, dass nur ein Verrückter mitten in der Bucht schwimmen würde, kam ihr kurz in den Sinn, aber in diesem Moment war alles, was wirklich wichtig war, dass sie Richtung Land schwammen.

Er hatte recht damit, dass sie nicht zappeln sollte. Wenn er bereit war, den Löwenanteil der Arbeit zu erledigen, hatte sie eine viel bessere Chance, sicher ans Ufer zu gelangen. Sie nahm seine Hilfe an, lehnte sich gegen die Brust des Fremden und versuchte, ihm bei seinen Bemühungen zu helfen, indem sie so gut sie konnte mit ihren wassergefüllten Stiefeln in die Wellen trat.

Gemeinsam schafften sie es schließlich bis zum Ufer am Hafen. Mehrere Hafenarbeiter kamen herunter und halfen ihnen an Land.

Sobald ihre Füße festen Boden berührten, gaben Hatties Beine nach, und sie fiel schwer auf die Knie. Ihre zarten Hände schlugen hart auf das Steinpflaster.

»Uff« stöhnte sie.

Ihr dunkelhaariger Retter bückte sich, legte einen Arm um ihre Taille und hob sie auf die Füße.

»In Stiefeln zu schwimmen, ist nie eine gute Idee«, sagte er.

»Nein.« Das war die einzige Antwort, die sie aufbringen konnte.

Seinen Arm fest um ihre Taille, führte er sie eine kurze Steintreppe hinauf, während die neugierigen Hafenarbeiter ihnen folgten. Er erreichte den Treppenabsatz, setzte sie auf eine umgedrehte Holzkiste und ließ sich neben sie fallen. Nachdem er den Hafenarbeitern versichert hatte, dass sie in Sicherheit waren, winkte er sie weg.

Obwohl sie nichts von den Worten verstand, die die Männer murmelten, als sie die Stufen hinunterstiegen, vermutete Hattie, dass sie nicht freundlich waren. Niemand, der auch nur halb bei Sinnen war, würde freiwillig von einem Schiff springen.

Nachdem sie jahrelang den aufwieglerischen Predigern zugehört hatte, die ihre örtliche Kirche besuchten, wusste sie durchaus, wie Missbilligung aussah.

Frauen sollten gehorsam sein und ihren Platz in der Welt kennen.

Sie hob den Kopf und blickte gerade noch rechtzeitig auf das Meer, um die *Blade of Orion* um die Südmole des Hafens verschwinden zu sehen. Ihre Schultern sackten hinunter.

Sie war frei.

»Das Schiff ist weg«, bemerkte der Fremde.

Er streckte die Hand aus und legte sie beruhigend auf ihren Oberarm.

Unwillkürlich zuckte sie zusammen, bevor sie sich daran erinnerte, wo sie war.

»Ich danke Ihnen. Das war unglaublich mutig von Ihnen. Ich schulde Ihnen tiefste Dankbarkeit.«

»London?«

Hattie drehte sich um und sah den Fremden zum ersten Mal richtig an. Ihr Herz, das sich vom anstrengenden Schwimmen gerade erst zu beruhigen begann, polterte erneut heftig in ihrer Brust.

Dunkles Haar. Seine durchnässte schwarze Hose klebte an seinem starken, muskulösen Körper. Keine Stiefel. Kein Hemd.

Sie hatte noch nie zuvor den völlig nackten Oberkörper eines Mannes gesehen, es machte sie atemlos.

Sein Blick folgte ihrem, und ein verlegener Ausdruck erschien auf seinem Gesicht.

»Entschuldigen Sie. Ich habe vergessen, dass ich kaum bekleidet bin. Wo habe ich nur meine Kleidung gelassen?«

Er beugte sich vor und hob ein Stoffbündel auf, das in der Nähe lag, und schaffte es nach einem kurzen Kampf, es über seinen Kopf zu ziehen. Die Ärmel dessen, von dem sie nun wusste, dass es ein Hemd war, erwiesen sich als schwieriger. Nach mehreren erfolglosen Versuchen, seine Arme in die feuchten, verdrehten Ärmel zu stecken, musste Hattie Hilfe leisten.

»Hier, lassen Sie mich Ihnen helfen«, sagte sie.

Wenn der Fremde gedacht hatte, durch das Anziehen seines Hemdes würde er der Situation einen gewissen Anstand verleihen, hatte er nicht damit gerechnet, was das Leinen an seinem nassen Körper tun würde. Das Hemd klebte an ihm und gab Hattie so einen zweiten Blick auf seinen harten, männlichen Körper.

Ihre schweigende Wertschätzung wurde unterbrochen, als die Überreste des Meerwassers in ihrer Kehle einen heftigen Hustenanfall auslösten.

Schließlich würgte sie, bis der Rest des abscheulichen Meerwassers aus ihrem Magen auf dem flachen Steinboden landete. Sie sprang auf, und der Fremde tat es ihr nach. Ihr geduldiger Retter rieb ihr sanft über den Rücken.

»Na kommen Sie, husten Sie alles raus. Wenn Sie dies nicht tun, werden Sie am Ende des Tages in einem Krankenbett liegen«, sagte er.

Schließlich hob sie eine Hand. Die Krämpfe waren vorbei, und sie konnte wieder tief durchatmen. »Danke.«

Er trat zurück, stand schweigend da und sah sie an und zog schließlich dadurch ihren Blick auf sein Gesicht.

Die Worte *gut aussehender Teufel* kamen Hattie unwillkürlich in den Sinn. Ein Teufel mit Augen in einem solchen Grau, wie sie es noch nie gesehen hatte. Im hellen Licht der Sonne wirkten sie fast silbern. Dann blinzelte er, und als sie nochmals hinschaute, bemerkte sie, dass sie warm und sanft blickten.

»Was haben Sie gerade gesagt?«, stammelte sie.

»Ich sagte, Sie sollen sich das ganze Meerwasser aus dem Magen husten«, antwortete er.

»Nein, vorher.«

»Ich sagte ›London‹. Nicht ganz Park Lane, aber zumindest westlich von Covent Garden. Ich habe ein besonderes Talent dafür, Akzente zu erkennen.«

Hattie schlotterte. Der Wind, der durch ihre nassen Kleider drang, war größtenteils daran schuld, aber noch etwas anderes regte sich in ihr. Da die *Blade of Orion* inzwischen außer Sichtweite war, wurde ihr die Schwere ihrer Situation bewusst. Sie legte eine zitternde Hand auf ihre Brust. Ihre Lage war gefährlich.

Sie war über tausend Meilen von zu Hause entfernt, ohne Besitz und ohne Geld. Ihre Eltern und ihr Verlobter waren auf dem Weg nach Sierra Leone, ohne zu wissen, dass sie nicht mehr an Bord des Schiffes war. Und doch stand sie hier mit einem Fremden und diskutierte die Feinheiten ihrer Herkunft.

»O Gott, was habe ich getan?«, murmelte sie.

Der Fremde trat vor, und nachdem er eine Hand sanft, aber fest auf ihre Schulter gelegt hatte, stellte er die offensichtliche Frage.

»Darf ich Sie etwas fragen?«

Dieser Mann hatte gerade sein Leben riskiert, um in den Hafen hinauszuschwimmen und sie zu retten. Natürlich hatte er Fragen.

»Ja.«

»Ich werde nicht versuchen zu urteilen. Ich muss nur wissen, ob das, was gerade da draußen im Hafen passiert ist, ein Unfall war. Oder hatten Sie tatsächlich vor, vom Schiff zu springen?«

Hattie zuckte zusammen. Lügen war für sie nicht selbstverständlich.

»Ich bin gesprungen«, antwortete sie.

»Dachte ich mir. Ich habe Sie beobachtet, bevor Sie gefallen sind, und es sah nicht so aus, als wäre es ein Unfall gewesen. Ihre Bewegungen schienen in dem Moment, bevor Sie über Bord gingen, ziemlich absichtlich zu sein. Darf ich jetzt fragen, warum Sie gesprungen sind?«

Sie begegnete seinem Blick. Die Freundlichkeit seiner grauen Augen lockte. Sie wollte ihm ihre tiefsten inneren Gedanken offenbaren. Nur ihm. Ein Mann, dessen Namen sie nicht einmal kannte, brachte sie dazu, all die Geheimnisse und Träume zu teilen, die sie vor der Welt verborgen hielt.

Und was war die Wahrheit? Diese Harriet Imogen Margaret Wright, die ihr ganzes Leben lang eine pflichtbewusste, gehorsame Tochter gewesen war, war plötzlich von dem überwältigenden Bedürfnis besessen gewesen, ihre eigene Zukunft zu ergreifen. Sie hatte den sprichwörtlichen Sprung ins Unbekannte gewagt.

Ein plötzlicher Gedanke ging ihr durch den Kopf und ließ sie innehalten. Sie konnte spüren, dass sich unter der Fassade seiner Güte eine Willensstärke versteckte. Wenn er diesen Willen gegen sie einsetzte, könnte er sie leicht überwältigen.

Nachdem sie gerade erst aus einem recht wahrscheinlichen nassen Grab gerettet worden war, war sie nicht in der Stimmung, das Schicksal zweimal in Versuchung zu führen. Doch seine Frage verlangte eine Antwort.

Was sollte sie ihm also sagen?

»Mein Name ist Sarah Wilson«, antwortete sie.

Die echte Sarah Wilson, ihre Magd, war an Bord des Schiffes. Aber da sich ihre Magd eifrig bereit erklärt hatte, Teil der Mission nach Afrika zu werden, bestand kaum eine Chance, dass sie plötzlich vor jemandes Haustür auftauchte, um Löcher in Hatties Geschichte zu bohren.

»Ich war verlobt, sollte heiraten. Mein Verlobter sagte mir, dass wir eine Reise nach Spanien machen würden, und erst als wir in Gibraltar ankamen, sagte er mir, dass wir nach Afrika weiterreisen würden. Ich habe versucht, mit ihm zu argumentieren, aber er wurde unfreundlich«, fügte sie hinzu.

Halt den Mund, Hattie. Mach die Lüge nicht größer als nötig.

»Ich verstehe. Und deshalb sind Sie über Bord gesprungen?«

Sie nickte. Den Mund zu halten, war das Beste, was sie jetzt tun konnte. Lügen waren schwer genug, selbst wenn man genug Zeit hatte, eine überzeugende zu finden. Sich laufend etwas ausdenken zu müssen, machte die Aufgabe so gut wie unmöglich.

Er schwieg einen Moment. Hattie konnte fast hören, wie sein Gehirn ihre Worte verarbeitete. Er wandte sich ab und blickte mit gefalteten Händen in den Hafen in die Richtung, in die die *Blade of Orion* gesegelt war.

Ein Schauder lief ihr über den Rücken. Die Erinnerung daran, wie ihr Vater in seinem Arbeitszimmer stand und aus dem Fenster blickte, kurz bevor er plötzlich ihre Verlobung mit Reverend Peter Brown ankündigte, ging ihr durch den Kopf. In diesem Moment wünschte sie sich, sie könnte wieder zu Hause in England und im Arbeitszimmer ihres Vaters sein. Irgendwo, nur nicht hier.

Der Fremde drehte sich um und sah sie an. Sie verdrängte das Bild ihres Vaters aus ihren Gedanken.

Es war eine Freundlichkeit im Gesicht des Fremden, die sie bei ihrem Vater lange nicht gesehen hatte. Im Gegensatz zu ihrem Vater spürte sie, dass dies ein Mann war, mit dem sie argumentieren konnte, dass er sie anhörte. Ein Mann, dem sie vertrauen konnte.

»Kennen Sie jemanden in Gibraltar?«, fragte er.

Hattie schüttelte den Kopf. Sie kannte nur wenige Leute außerhalb von London, geschweige denn England.

»William Saunders zu Ihren Diensten, Miss Wilson.« Elegant verbeugte er sich.

Er bot ihr seine Hand an, und sie war gezwungen, sie zu nehmen. Für jemanden, der gerade im kalten Meer gewesen war, waren seine Hände überraschend warm. Dennoch schauderte sie bei seiner Berührung.

Sie schauderte ein zweites Mal, bevor sie laut nieste. Ein Anflug von Bestürzung ging über Wills Gesicht.

»Es hat wenig Sinn, Ihnen zu helfen, Ihr Leben zu retten, wenn ich Sie anschließend hier sitzen lasse, sodass Sie sich den Tod durch eine Erkältung holen. Sie müssen mich in mein Hotel begleiten, wo Ihre Kleider trocknen können.«

Er verstärkte seinen Griff um ihre Hand, was wohl bedeutete, dass sein Angebot eher ein Befehl war. Die draufgängerische Unbesonnenheit ihrer Handlungen eröffnete sich nun für sie. Sie war allein in einem fremden Land, und innerhalb von Minuten, nachdem sie den Schutz ihrer Familie verlassen hatte, wurde sie gebeten, einen Mann in sein Hotel zu begleiten. Tränen brannten in ihren Augen. Wie lange würde es dauern, bis ihr etwas Schreckliches widerfuhr? Bevor sie völlig ruiniert war?

Sie riss ihre Hand aus seinem Griff.

»Ich denke nicht, dass das eine sehr gute Idee ist, Mr. Saunders, wir haben uns gerade erst kennengelernt. Ich komme aus einer angesehenen Familie, und als solche müssen Sie verstehen, dass ich nicht die Art von Mädchen bin, die mit einem fremden Mann irgendwohin geht.«

Will lachte leise. »Ich habe mich oft als etwas ungewöhnlich angesehen, aber nie als seltsam und fremd. Obwohl meine Schwester Eve vielleicht noch etwas zu diesem Thema zu sagen hätte.« Er ging zu einer Ledertasche, die in der Nähe lag, zog nach dem Stöbern eine Karte heraus und überreichte sie ihr.

Mr. William Saunders Esq, 28 Dover Street, London, stand dort.

Während Hattie die Karte las, überschwemmte Erleichterung ihr Herz. Sie kannte die Familie Saunders. Sie waren sehr angesehene Mitglieder des *Ton*. Ihre Mutter hatte verschiedene Veranstaltungen im Haus der Saunders in der Dover Street besucht. Sie hatte Evelyn Saunders in jenem Jahr kennengelernt, als sie ihr eigenes Debüt gegeben hatte, konnte sich aber nicht an einen älteren Bruder erinnern. Die Familie war mit dem Herzog von Strathmore verbunden. Reich und mächtig.

Wenn dieser Gentleman tatsächlich William Saunders war, dann war sie wahrscheinlich vollkommen sicher bei ihm. Er würde die Lage verstehen, in der sie sich befand, und das Risiko, dem ihr Ruf derzeit ausgesetzt war. Eine kleine Gnade war ihr erwiesen worden.

»Sie leben in London?«, fragte sie.

»Ab nächster Woche, ja. Das ist das Haus meines Vaters, in dem ich wohnen werde, bis ich mir einen neuen Wohnsitz sichern kann. Ich habe in den letzten Jahren im Ausland gelebt.« Er sah sie eindringlich an. »Ich versichere Ihnen, Miss Wilson, dass Sie bei mir vollkommen sicher sein werden. Als Gentleman ist es meine Pflicht, auf junge Damen wie Sie aufzupassen und sicherzustellen, dass sie keinen Schaden nehmen. Lassen Sie mich Sie wenigstens zurück zu meinem Hotel bringen und dafür sorgen, dass Sie versorgt sind.«

Hattie sah noch einmal auf Wills Visitenkarte. Es war nicht so, als hätte sie viele andere Möglichkeiten, auf die sie zurückgreifen könnte. Bettler hatten nicht den Luxus, wählen zu dürfen. Sie bot ihm ihre Hand an.

»Wir müssen Sie in warme, trockene Kleidung hüllen, außerdem sind Ihre Hände wie Eis«, sagte er.

Kapitel Drei

Auf dem Weg die Steintreppen hinauf und in die Stadt dachte Will konzentriert nach. Was hätte Sarah dazu bringen können, von einem Schiff zu springen? Während er bereit war zu akzeptieren, dass ihr Verlobter wahrscheinlich ein Lump und gemeiner Mensch war, vermutete er jedoch, dass sie einen Großteil der Wahrheit zurückhielt. Aus der Art, wie sie sprach, folgerte er, dass es irgendwo in der Geschichte einen echten Verlobten gab. Was jedoch nicht so sicher war, war, ob dieser der wahre Grund für ihre Flucht vom Schiff war.

Die *Blade of Orion* hatte seit mehreren Tagen im Hafen gelegen, während derer die Passagiere aussteigen und irgendwo in der Stadt bleiben mussten. Warum hatte sie nicht an Land Hilfe bei den Behörden gesucht? Gibraltar war voll von britischem Marinepersonal, von denen jeder hätte zu Hilfe kommen können.

Er warf einen Blick in ihre Richtung.

Sie war hübsch. Hübsch auf eine Ich-halte-dir-mitten-im-Winter-das-Bett-gemütlich-warm-Weise. Allein ihre warmen braunen Augen konnten die Seele eines Mannes einfangen. Ihr Gesicht war zwar nicht schön, versprach aber dennoch

Lachen, was nach Wills Erfahrung weitaus verlockender war. Schönheit hielt oft nicht das, was sie versprach.

Ihre vollen Lippen waren für lange, luxuriöse Küsse gemacht. Der Instinkt sagte ihm, dass einer, der Sarah Wilson heiratete, niemals das Bedürfnis verspüren würde, fremdzugehen. Sie war eine Frau, an der man sich festhalten und für die man den Rest des Lebens dankbar sein konnte. Wenn er gebeten worden wäre, sie in einem einzigen Wort zu beschreiben, wüsste er, was das sein würde. Liebenswürdig.

Ihr Verlobter hatte eine besondere Frau verloren, obwohl er nach dem, was er über den Trottel wusste, vermutlich nie zu dieser Erkenntnis kommen würde.

Da ihre tropfnassen Kleider immer noch fest an ihrem Körper klebten, schätzte Will die weichen Kurven ab, die zu sehen waren. Ihre großzügigen Brüste pressten stark gegen die Nähte des im Wasser eingegangenen Oberteils.

Er riss sich wieder zusammen. Es war lange her, dass er den Gedanken an den Körper einer Frau so viel Freiraum ließ. In den vergangenen Jahren hatte er diese Gedanken und Wünsche tief im schwarzen Loch des Verlustes vergraben.

Trauer war eine dicke, dunkle Decke, unter der die Lebensfreude erstickte. Sobald die brennende Schärfe nachließ, bot sie dem Herzen Schutz.

Was tue ich hier?

Zum ersten Mal seit dem Tod seiner Frau musste Will zugeben, dass ein Mädchen, das neben ihm ging, seine Sehnsucht weckte.

»Also werden wir Sie zum Hotel bringen, und danach ist alles in Ordnung mit Ihnen?«, fragte er. Er prüfte sie, um zu sehen, wie lange sie bei ihrer Geschichte bleiben konnte.

»Ja, ja natürlich. Danke, Mr. Saunders.«

Als sie endlich das Ende der Treppe erreichten, die zum Eingang des größten der wenigen Hotels in Gibraltar führte, blieb Will stehen und hielt die Tür auf. Sarah trat ein und folgte ihm.

Während des Aufstiegs hatte er schweigend über ihre Situation nachgedacht. Er bezweifelte, dass sie Geld hatte. Wenn sie daran gedacht hatte, einige Münzen mitgehen zu lassen, ehe sie von Bord sprang, ruhten diese höchstwahrscheinlich am Boden des Hafens. Wenn seine Theorie zutraf, war es nur eine Frage der Zeit, bis sie gezwungen sein würde, die Wahrheit über ihre Lage zuzugeben.

Als sie das Foyer des Hotels erreichten, das sowohl als Rezeption als auch als Erweiterung der Tavernen-Bar diente, blieb sie stehen.

Er konnte sehen, dass sie sich unwohl fühlte. Das ständige Ringen ihrer Hände verriet sie. Als sie mit dem kleinsten Knöchel an ihrer linken Hand knackte, wusste er, dass es Zeit war, zu handeln.

Seine Schwester Caroline hatte die gleiche nervöse Angewohnheit, die ihn jedes Mal, wenn er es bemerkte, dazu brachte, die Zähne zusammenzubeißen.

Was für ein Mann bist du? Was willst du damit erreichen, wenn sie dich um Hilfe bittet? Will Saunders, du bist ein besserer Mann als das. Sie ist keine Agentin, die du in eine von dir bevorzugte Richtung lenken musst. Biete ihr deine volle Unterstützung an.

Er winkte den Hausdiener des Hotels weg und ergriff Sarahs Arm, um sie von der Rezeption wegzulenken.

»Sie haben kein Geld, oder?«, fragte er, sobald sie außer Hörweite des Hotelpersonals waren.

Sie zuckte zusammen. Ihre Reaktion bestätigte seine Einschätzung über ihre Fähigkeiten als Lügnerin. In seinem früheren Leben hätte er diesen Mangel als Charakterfehler angesehen, aber bei der jungen Frau vor ihm wusste er, dass dies ein Zeichen ihres wahren Charakters und ihrer Erziehung war.

Es war erfrischend, jemanden zu treffen, der im Rahmen seines normalen Alltags keine Täuschung praktizierte.

Sie entzog sich ihm und drehte sich auf dem Absatz zur Tür.

Will, der sich bis zu diesem Moment für jemanden gehalten hatte, der die Reaktionen anderer Menschen gut vorhersehen konnte, fand sich plötzlich auf dem falschen Fuß erwischt. Jede andere Frau hätte sich auf seine Wohltätigkeit gestürzt. Sie hätten sich auf all das bezogen, was die Gesellschaft von den Menschen verlangte. Aber nicht dieses Mädchen.

Er sah erstaunt zu, wie sie all ihren Mut zusammennahm und wegging. Sie würde nicht um seine Hilfe bitten.

Sie war so wie Yvette. So verdammt stur.

Halte sie auf, du Narr.

»Sarah!«, rief er, aber sie reagierte nicht.

Sie bewegte sich schneller, als er erwartet hatte. Als er die Tür erreichte, war sie längst auf der Straße und ging bereits zum nahe gelegenen Stadtplatz, auf dem der Markt stattfand. Er rannte ihr nach.

Fest packte er sie am Arm und hielt sie mitten im Schritt auf. Als er ihre Tränen sah, fühlte sich Will sofort jämmerlicher als die Pfote einer Gossenratte.

»Es ist in Ordnung, ich werde Sie nicht im Stich lassen«, sagte er und versuchte sein Bestes, sie zu beruhigen.

Sarahs Gesicht sagte alles, sie war in einer Notlage. Ob sie daran selbst die Schuld trug oder nicht, spielte keine Rolle. Er musste helfen.

»Ich will nur nach Hause«, schluchzte sie.

Seine Sinne wurden aufmerksam. Ein leises Kribbeln in seinem linken Ohr, das schnell zu einem scharfen Klingeln wurde, warnte ihn, dass sie in Gefahr waren. Sein Blick wanderte langsam von Sarah zu ihrer nahen Umgebung.

Die Leute um sie herum auf dem Marktplatz begannen, missbilligende Blicke in seine Richtung zu werfen.

Man musste kein Genie sein, um zu erkennen, dass die Einheimischen annahmen, er und sie wären ein Paar.

Aus dem lauten Zungenschnalzen und dem Flüstern von *bestia* war auch ersichtlich, dass sie ihn für ihren gegenwärtigen miserablen Zustand verantwortlich machten.

Sarahs Haare waren eine ungepflegte Katastrophe, klebten ihr vollkommen zerzaust am Kopf. Obwohl ihre Kleidung langsam zu trocknen begann, sah sie aus, als wäre sie rückwärts durch eine Hecke gezogen worden. Sie sah bestenfalls unordentlich aus, schlimmstenfalls misshandelt.

Ein Marktverkäufer schlug ihm im Vorbeigehen kräftig auf die Schulter, was deutlich machte, wie sich die Feindseligkeit in der Menge zu verstärken begann. Will war der Bösewicht des Stückes. Wenn er die Situation nicht schnell unter Kontrolle brachte, würde er sich wahrscheinlich bald dem einen oder anderen Paar Fäusten gegenübersehen.

»Schon gut, schon gut. Ich werde Sie nach Hause bringen. Hören Sie nur bitte auf zu weinen«, flehte Will.

Die einheimischen Frauen, die sich versammelt hatten, um sich hinter Sarah zu stellen, sahen einander an. Will erblickte eine Eselpeitsche in der Hand einer Frau und beträchtliche Steinklumpen in den Händen mehrerer anderer.

Das Summen der Menge wurde lauter.

Deren frisch adoptierte Tochter schien jedoch nicht zu verstehen, was um sie herum vorging. Sarah senkte den Kopf und starrte auf die Pflastersteine. Unbeabsichtigt hatte sie die Menge und damit sowohl ihre eigene als auch Wills Sicherheit in ihrer Hand.

»Sie wollen wissen, ob alles in Ordnung ist«, erklärte er.

»Was?«, erwiderte sie, als sie ihn schließlich ansah.

Er trat einen Schritt vor, um unbelauscht mit ihr zu sprechen, aber die Menge machte ihre Missbilligung deutlich.

»*Bien bien*«, sagte er und machte zwei übermäßig lange Schritte zurück. Kapitulierend hielt er die Hände hoch.

Sarahs Blick fiel auf die Vorderste der Frauen, die mit dem Finger auf Sarahs derangiertes Kleid zeigte.

Sarah sah an sich hinunter und runzelte die Stirn. »Oh! Ich verstehe!«

Während sie versuchte, die Röcke zu glätten, erblühte Hitze auf ihren Wangen. Wills Herz öffnete sich erneut für sie. Das arme Mädchen war verlegen über den Zustand ihrer Kleidung vor diesen Fremden.

Das zerknitterte und teilweise eingegangene Kleid weigerte sich, ihrer Aufmerksamkeit nachzugeben. Nichts, was sie tat, um es präsentabler erscheinen zu lassen, machte den geringsten Unterschied. Auf den wenigen trockenen Stellen des Oberteils waren weiße Meersalzspuren zu sehen.

Schließlich gab sie mit einem traurigen Schnaufer auf. Ihre Hände hingen schlaff an ihren Seiten.

Die Menge, die an Größe rasch zunahm, verschmolz zu einem einzigen wütenden Tier und knurrte. Das Klingeln in Wills Ohr wurde zu einem ohrenbetäubenden Klirren. Es war, als würde eine Glocke in seinem Kopf läuten.

Sarahs Gesicht zeigte, dass sie endlich der Stimmung gewahr wurde. Sie wandte sich an die Menge und flehte: »Nein, nein, es ist nicht seine Schuld. Er versucht, mir zu helfen. Er hat mich gerettet ...«

»Komm Liebling«, warf Will ein.

Während es gut und schön für sie war, ihn als ihren Retter darzustellen, förderte es ihre Sache nicht, wenn die auf dem Stadtplatz Versammelten die falsche Vorstellung hatten. Sarahs Spanisch war wahrscheinlich so gut wie nicht vorhanden, und er glaubte nicht, dass die Stadtbewohner in der Stimmung waren, auf seine Erklärung zu hören, egal, wie eloquent oder fließend er sie abgab.

Es ging auch darum, was genau er den Bürgern sagen würde, falls sie ihm überhaupt die Zeit dazu geben würden. Er wäre ein toter Mann, wenn sie glaubten, er würde versuchen, eine unschuldige Fremde zu belästigen.

Andererseits würde es ihr kaum besser ergehen. Die wohlmeinenden Leute der Stadt würden wahrscheinlich alle

Anstrengungen unternehmen, um sie wieder an Bord der *Blade of Orion* zu bringen, bevor das Schiff den nächsten Hafen erreichte.

»Wenn Sie England jemals wiedersehen wollen, kommen Sie jetzt besser mit mir. Wenn Ihre neuen Freunde die Wahrheit über Ihre Situation erfahren, werden sie die örtlichen Behörden hinzuziehen. Das wollen Sie nicht. Ihr Verlobter hat in diesem Teil der Welt gesetzliche Rechte an Ihnen. Sie werden Sie ihm übergeben«, sagte er.

Er wusste, dass alle Lügen, die sie ihm bisher erzählt hatte, keiner ernsthaften Prüfung standhalten würden. Sie schaute noch einmal auf die versammelte Menge und erkannte zu Wills großer Erleichterung genau, was die Situation erforderte.

Sie trat mehrere stotternde Schritte vor und warf sich kopfüber in Wills Arme.

Die Menge jubelte und applaudierte dieser wunderbaren Entwicklung. Die Liebe hatte alle Hindernisse überwunden. Einige der Frauen wischten sich die Tränen ab, als sie die Steine wieder in ihre Schürzen steckten. Eine wagte sogar einen Kuss auf die Wange eines Mannes in der Nähe. Mehrere Zuschauer lachten beim Anblick des Kusses, während Will hoffte, es wäre der Ehemann der Frau.

Will beobachtete, wie sich dieses Spiel entwickelte, und ergriff die Gelegenheit. Er bückte sich und gab Sarah einen keuschen Kuss auf die Wange. Ihre melodramatische Geste der Vergebung verlangte die Fülle seiner Anerkennung.

Die Schaffung einer spontanen Fassade war für ihn eine Selbstverständlichkeit. Spione mussten immer besonders schnell denken. Leben hingen normalerweise davon ab.

Die Stadtbewohner murmelten voller Missbilligung. Dies war nicht die Unterwerfung, nach der sich ihre Herzen und Gedanken sehnten, die sie von einem bösen Ehemann erwarteten, der seine schöne, junge Frau verletzt hatte. Zu diesem Zeitpunkt saß die Wahrheit ruhig in der Gosse und wiegte einen schmerzenden Kopf. In ihrer kollektiven Vorstellung erfand die Menge die Liebesgeschichte, während sie sich vor ihren Augen abspielte.

Will sah die flehenden Blicke auf den Gesichtern einiger alter Señoras und wusste, dass ein Kuss auf die Wange niemals genügen würde.

Er sah auf Sarah hinunter und flüsterte: »Bitte vergeben Sie mir.«

Er neigte den Kopf und legte seine Lippen auf ihre.

Kapitel Vier

Als Wills Lippen die ihren berührte, machte Hatties Herz einen Satz. Dies war eine unerwartete Entwicklung, und zwar eine, die sie schnell als nicht unwillkommen erkannte.

Sein Kuss, zunächst zaghaft, vertiefte sich bald nicht nur zu ihrer eigenen Freude, sondern auch zur Begeisterung ihrer Zuschauer. Als er mit den Fingern durch ihre Haare fuhr und sie zu sich zog, betete sie, dass die Einheimischen viel Zeit zu vergeuden hatten. Was jedenfalls sie selbst betraf, so war sie nicht in Eile, irgendwo anders als hier zu sein.

Warme, zarte Lippen berührten sie und luden zu ihrer Antwort ein. Sie öffnete die Lippen und gab sich Wills Aufmerksamkeiten hin. Als seine Zunge in ihren Mund strich, spürte sie, wie ihre Knie unter ihr nachzugeben begannen.

Oh, das muss der Himmel sein.

Er war geschickt in der Kunst des Küssens, aber nicht auf die berechnende Art, von der sie gehört hatte, dass sie das Markenzeichen der Männer seiner Klasse war. Und ganz sicher nicht wie die schrecklichen, harten Küsse, die Peter Brown ihr aufgezwungen hatte. Seine kalten und oft brutalen

Versuche, sie zu küssen, waren eine Welt von dieser erfreulichen Begegnung entfernt.

Will Saunders gab natürlich und frei von seiner Zärtlichkeit.

Der Lärm von Menge und Markt schien zu verstummen, sodass nur noch sie und die berauschende Freude ihres Kusses existierten. Sie schmeckte das spritzige Aroma von Apfelsinen auf seiner Zunge. Ihr Geist flüsterte ihr Vorstellungen sonniger Gefilde und langer Nächte unter dem Sternenhimmel zu. Wenn sie auch nur den Hauch einer Chance bekäme, würde sie mit beiden Händen nach genau diesem Leben greifen.

Ein Seufzen entschlüpfte ihren Lippen, als sie sich vorstellte, wie es wäre, diesen Mann für immer als den ihren bezeichnen zu dürfen. Sie gab sich der Vorstellung hin, tatsächlich seine Frau zu sein.

Der Vorstellung, er würde sie an einen Ort mitnehmen, den sie miteinander teilten und der voller Liebe wäre. Und sobald sie diesen Ort erreichten, würde er sie auf das Bett legen und sie leidenschaftlich lieben. Er würde ihr gehören, ihr ganz allein.

»Miss Wilson?«

Sie öffnete die Augen. Er hielt sie immer noch an sich gedrückt und beobachtete sie.

Wie lange stand sie schon mit geschlossenen Augen verloren in diesem Kuss? Und wann hatte er seine Lippen von den ihren gelöst?

»Oh. Es tut mir so leid. Ich habe mich in dem Moment verloren«, stammelte sie.

Instinktiv berührte sie mit den Fingern ihre Lippen. Die waren noch immer erwärmt von seinem Kuss. Doch enttäuscht stellte sie nun fest, dass sie bereits auszukühlen begannen. Und die Enttäuschung wurde nur schlimmer, als sie realisierte, dass er sie mit dem Namen einer anderen angeredet hatte.

Als der Jubel der Zuschauer zu ihr durchdrang, brachte sie das vollends in die Wirklichkeit zurück. Sie wandte sich um.

Eine grinsende und vollkommen begeisterte Menge an Marktbesuchern und Verkäufern stand hinter ihr. Unter den Frauen gab es nur wenige, deren Augen nicht feucht waren. Sogar die alten, knorrigen Männer, die auf den Stufen der nahen Kirche hockten, grinsten.

Die jungen Liebenden hatten die Herzen und Gedanken der Einheimischen gewonnen.

Will lehnte sich zu ihr. »Ich schlage vor, wir ziehen uns zum Hotel zurück, solange wir die Menge noch auf unserer Seite haben. Ich würde die ganze Angelegenheit gern weiter mit Ihnen diskutieren, aber irgendwo, wo wir mehr unter uns wären.«

Er bot ihr seine Hand an, die Hattie ohne Zögern ergriff. Sie verstand nicht, warum sie sich bei diesem Fremden so sicher fühlte. Aber sie wusste, dass ein Mann, der in der Lage war, eine Frau auf eine solch leidenschaftliche Weise zu küssen, ein Mann, der Leben in ihre Seele einhauchte, ihr niemals würde schaden wollen.

Und so stand die junge Frau innerhalb einer Stunde, nachdem sie von Bord des Schiffes gesprungen war, unter dem Schutz von Mr. William Saunders Esq.

Sie war auch von ihm in der Öffentlichkeit gründlich geküsst worden.

Nach Rückfragen gelang es Will, die Dienste einer örtlichen Schneiderin zu engagieren, die schnell eine kleine Auswahl an fertigen Kleidern für Sarah zusammenstellte. Das Hotel stellte eine Zofe.

Will gratulierte sich still und leise dazu, sich so geschickt, um die Bedürfnisse einer jungen Dame seiner gesellschaftlichen Stellung gekümmert zu haben. Seine Mutter wäre stolz. Ob die Garderobe, die Sarah jetzt zur Verfügung hatte, der neuesten Londoner Mode entsprach, war er sich nicht sicher. Alles war jedoch besser als ihr ruiniertes Kleid, das sich nicht mehr retten ließ.

Während sich Sarah im Obergeschoss in dem Zimmer umzog, das er für sie arrangiert hatte, saß Will unten in der kleinen Nische, die als Lobby des Hotels diente.

Er versuchte, eine Kopie von *The Times* zu lesen, die an jenem Morgen mit dem Schiff aus London angekommen war, aber sein Verstand widersetzte sich, der Zeitung wirkliche Aufmerksamkeit zu schenken. Er faltete das Blatt in der Mitte und legte es weg.

Sein Kopf weigerte sich, die Gedanken an Sarah loszulassen. Ihr langes dunkelblondes Haar mit seinen helleren goldenen Strähnen war faszinierend, selbst wenn es unfrisiert an ihrem Kopf klebte. Er hatte einst ein Palomino-Pferd mit einer ähnlichen luxuriösen Mähne besessen. Er vermutete, sobald es trocken und gründlich gekämmt war, würde das Haar seiner neuen Begleiterin in der Sonne auf die gleiche Weise leuchten.

»Wer bist du?«, murmelte er vor sich hin.

Als er am frühen Morgen ihren Namen gerufen hatte, hatte sie nicht reagiert. Erst, als er die Hand ausstreckte und ihren Arm ergriff, hatte sie seine Anwesenheit registriert. Ihr richtiger Name war eindeutig nicht Sarah Wilson. Wer oder was derjenige war, vor dem sie sich versteckte, war also schlimm genug, dass sie einen falschen Namen verwendete.

Sie war ein verlockendes Rätsel. Der Klang ihres Akzents und ihre Verhaltensweise verrieten ihre gute Erziehung, aber mit einem Unterton, der an das einfache Volk erinnerte. Die Art und Weise, wie sie die Dorfbewohner und sogar das Hotelpersonal angesprochen hatte, verriet sie als jemanden, der nicht auf diejenigen hinabschaute, die einer niedrigeren sozialen Klasse angehörten.

Was ihren Verlobten betraf, fragte sich Will, was für ein Mann ein Mädchen von ihrer Familie weglocken und um die halbe Welt bis nach Afrika schleppen würde. Dieser Aspekt ihrer Geschichte war ihm immer noch nicht geheuer. Darin lag das Herz der Lüge.

Nur mit wem war sie an Bord der *Blade of Orion* gewesen?

Er leckte seine Lippen, überrascht, wie trocken sein Mund plötzlich geworden war. Sein Herzschlag nahm an Geschwindigkeit zu, als sein Körper den Beginn des üblichen Spiels signalisierte.

Der Nervenkitzel der Verfolgungsjagd war ein Teil der Gründe, warum er sich freiwillig als Geheimagent für die britische Regierung gemeldet hatte. Er wusste, dass seine Motive nicht ganz patriotisch oder edel waren. Die Lust auf Gefahr lag stark im Blut seiner Familie.

Von Kindesbeinen an war es seine besondere Fähigkeit gewesen, in die tiefsten, geheimsten Gedanken anderer Menschen einzutauchen. Langsam die Wahrheit zu extrahieren, war ein langes Spiel, in dem er Meister war.

Wenn er mit ihr fertig war, würde er alle ihre Geheimnisse kennen. Er würde sich Zeit nehmen. Nachdem er ihr Vertrauen gewonnen hatte, würde sie ihm bereitwillig alles erzählen, was er wissen wollte. Sie würde alles enthüllen.

Abwesend rieb er sich mit den Fingern über die Stoppeln am Kinn. Er passte nicht ganz in das Bild des gut erzogenen Londoner Gentlemans, etwas, das er ansprechen müsste, wenn er ihr Vertrauen gewinnen wollte.

In Erinnerung an diesen Moment auf dem Marktplatz, als er sie in den Armen gehalten und sie wie von Sinnen geküsst hatte, begann Wills Wunschliste Gestalt anzunehmen.

Namen und Orte waren die eine Sache; sie könnten leicht überprüft werden. Es war das, was in ihrer Seele lebte, das er kennenlernen wollte. Sie zu küssen, war mehr als nur eine Ablenkungstaktik gewesen. Er hatte es sehr genossen.

Und wenn man ihr leises, genüssliches Stöhnen als Beweis nehmen wollte, dann hatte sie das ebenfalls getan.

Er wollte alles über sie wissen, was sich herausfinden ließ. Eine Frau, die den Mut besaß, über Bord eines Schiffes in eine gefährliche und unbekannte Zukunft zu springen, war eine Frau, die er verstehen musste.

Bist du sicher, dass du nicht kontrollieren meinst?

Der plötzliche Gedanke erwischte ihn kalt. Er hatte öfter, als er sich erinnern konnte, versucht, Yvette davon abzuhalten, sich selbst in Gefahr zu bringen. Einfallsreich und starrsinnig hatte sie sich unzählige Male aus der Gefahr herausmanövriert.

Immer, außer beim letzten Mal.

Er schloss die Augen und lehnte sich zurück in den Stuhl. Er hatte sich geschworen, dass er nur zweimal am Tag an Yvette denken würde, während er versuchte, sein Leben wieder aufzubauen. Ein Mal beim Aufstehen und ein Mal, wenn er ins Bett ging. Er hatte die Erinnerung an sie in seinem Herz festgehalten.

Doch heute hatte er an eine andere Frau gedacht. Lustvolle Gedanken, die ihn dazu gebracht hatten, sie zu küssen, ohne etwas von sich zurückzuhalten.

Bitte vergib mir.

Beide hatten die Gefahr gekannt. Ein Pakt, den sie schon früh in ihrer Ehe geschlossen hatten und der noch immer existierte. Wenn dem anderen etwas zustoßen würde, durfte der Überlebende den Rest seines Lebens nicht in Trauer verbringen. Nur dieses verbindliche Versprechen hatte Will in den dunklen Tagen nach Yvettes Tod vom Rand des Wahnsinns ferngehalten.

Er konnte sich das Gespräch vorstellen, das er mit seiner Frau über seine neue Aufgabe geführt hätte. Yvette wäre von dieser jungen Frau fasziniert gewesen und hätte bereits mehrere Listen mit relevanten Fragen erstellt.

Warum war sie vom Schiff gesprungen?

»Ich glaube nicht an die Geschichte von einer plötzlichen Reise nach Afrika. Ihre Geschichte hat mehr Löcher als die Pariser Katakomben«, murmelte er.

Wenn sie die Wahrheit sagt, warum sollte sie sich dann gezwungen fühlen, dir einen falschen Namen zu geben?

Er öffnete die Augen und setzte sich aufrecht, ein verschmitztes, wissendes Grinsen im Mundwinkel.

Die Frage nach Sarahs wirklicher Identität war der Schlüssel zum ganzen Rätsel. Sobald er dieses Puzzleteil gelöst hatte, würde der Rest der Teile bald von allein an Ort und Stelle fallen.

Eine glänzende Münze musste also zu einem günstigen Zeitpunkt ihrer Zofe in die Hand gedrückt werden. Irgendwann würde deren Arbeitgeberin einen Ausrutscher machen und unwissentlich mehr preisgeben, als sie realisierte. Das Dienstmädchen einer Dame, das ihr Einkommen aufbessern wollte, war ein perfekter Spion.

Kurze Zeit später stieg Sarah die Treppe herunter. Will erhob sich zufrieden von seinem Stuhl. Sein Geld war bei der Schneiderin und dem Hotelpersonal gut angelegt.

Fort war die ertrunkene Ratte mit strähnigen Haaren und ruinierten Kleidern, an ihrer Stelle stand Perfektion. Ein smaragdgrünes Kleid mit weißer Spitze am Oberteil und am Rock schmiegte sich an ihren gut proportionierten Körper. Der Hauch von Dekolleté, den das Kleid bot, war eine erfrischende Abwechslung zu der steifen, hochgeschlossenen grauen Kreation, die sie getragen hatte, als er sie aus dem Hafen gefischt hatte.

Er hatte keine Worte gefunden, um ihre Kleidung zu beschreiben, als er neben ihr am Dock stand. *Langweilig* war das erste Wort gewesen, das ihm in den Sinn gekommen war. *Hausbacken* war das zweite gewesen.

Ihre neue Kleidung zeigte, dass sie jünger und hübscher war, als er zuerst gedacht hatte.

Sein Blick nahm die weichen Locken auf, die ihre Wangen

küssten. Dunkelblonde Locken, mit Strähnchen, die im Sonnenlicht goldfarben wirkten. Er war dankbar, dass die hiesige Mode keine Häubchen enthielt. Er mochte die neue Mode nicht, bei der viele englische Mädchen ihre Hauben fest über dem Kopf trugen und so ihren natürlichen Charme verbargen.

Er verbeugte sich. »Miss Wilson, ich bin zu Ihren Diensten«, sagte er, während ein leichtes Lächeln auf seine Lippen trat.

Das verlegene Grinsen, das er dafür erntete, hätte das Herz eines jeden Mannes zum Schmelzen gebracht. Er korrigierte seinen ersten Gedanken. Sie war nicht perfekt. Nein, sie war etwas anderes. Verführerischer als Perfektion es jemals bieten könnte.

»Mr. Saunders, ich weiß gar nicht, wie ich mich für all das bedanken soll, was Sie für mich getan haben. Wie kann ich das je wiedergutmachen?«, erwiderte sie.

Sein Herz sank. Das Letzte, was er wollte, war, dass sie sich ihm gegenüber verpflichtet fühlte.

»Ihre sichere Rückkehr nach England wird die einzige Belohnung sein, die ich jemals brauchen werde.«

Innerlich verfluchte er sich, weil er zu selbstsicher und geschmeidig mit ihr umging. Er befürchtete, sie würde ihn jetzt erst recht als jemanden sehen, der sich verpflichtet fühlte, ihr zu helfen, sonst nichts.

Es war ein Fehler eines Schuljungen; einer, von dem er wusste, dass er ihn niemals hätte machen sollen. Nachdem der Krieg gegen Napoleon nun vorbei war, wurde deutlich, dass seine ungenutzten Fähigkeiten verrostet waren.

Als Sarah an einem schattigen Platz in der Nähe des Fensters Platz nahm, erregte Will die Aufmerksamkeit eines Hoteldieners und ging hinüber, um mit dem Mann zu sprechen.

»Zwei Gläser Malaga-Wein und irgendein warmes

Gericht, das der Küchenchef in kurzer Zeit zusammenstellen kann«, sagte er.

Er kehrte zu ihr zurück und nahm gegenüber Platz.

»In Anbetracht Ihres morgendlichen Schwimmens gehe ich davon aus, dass Sie mehr als nur ein bisschen hungrig sind. Ich habe mir erlaubt, uns etwas zu essen und zu trinken zu bestellen.«

Sarah senkte den Blick und breitete sanft die Röcke ihres neuen Kleides aus. Er hörte, wie sie unsicher Luft holte.

»Warum helfen Sie mir? Sie kennen mich nicht und haben doch neue Kleider für mich gekauft und mich in ein Hotelzimmer gebracht. Sie hätten mich leicht, wie man das ausdrückt, den örtlichen Behörden übergeben und sie die Angelegenheit regeln lassen können. Sie schulden mir nichts, Mr. Saunders.«

Sie hob ihren Kopf und begegnete seinem Blick.

»Warum?«

Die Stimme seiner Mutter flüsterte in seinen Gedanken.

Weil du dich immer als Ritter in glänzender Rüstung gesehen hast, Will. Auf der Suche nach der nächsten Jungfrau, um sie zu retten und zu beschützen. Es ist eine deiner edelsten Eigenschaften, und von denen hast du viele.

Egal, wie unangenehm er sich dabei fühlte, Adelaide Saunders konnte ihren ältesten Sohn besser lesen als jeder andere. Wo immer sie gerade in England war, vermutete er, dass sich bereits ein geheimes Lächeln auf ihren Lippen bildete.

Er zuckte mit den Schultern. »Weil irgendwann im Leben jeder dringend einen Freund braucht. Jemand, der den anderen vor der Härte der Welt schützt. Ich könnte glauben, dass Sie diesen bestimmten Punkt erreicht haben.«

Der Hoteldiener brachte zwei Gläser und schenkte jeweils eine großzügige Menge Wein ein, bevor er sich zurückzog.

»Auf Ihre Gesundheit, Miss Wilson, und Ihre sichere

Rückkehr zu Ihrer Familie.« Will reichte Sarah ein Glas und hob sein eigenes.

Sie sah auf das Glas hinunter und zögerte einen Moment.

»Wenn wir nach England zurückkehren, müssen Sie mir erlauben, Ihnen alle Ihre Ausgaben zu erstatten. Ich bestehe darauf«, sagte sie.

Sie hob das Glas an die Lippen und nahm einen Schluck. Sofort begann sie zu husten. Hastig stellte sie das Glas ab.

Will runzelte die Stirn. »Ich nehme an, Sie trinken nicht besonders oft Wein?«

»Nein, mein Vater hält es für das Böse in flüssiger Form, das, um jeden Preis zu vermeiden ist. Wir haben seit einiger Zeit keinen Wein mehr in unserem Haus getrunken. Mein Vater hat vor einigen Jahren seinen Weinkeller abgeschlossen und den Schlüssel weggeworfen.«

Will nahm einen Schluck von seinem Wein und speicherte diese kleine Offenbarung in seinen Erinnerungen. Es fügte sich gut in das Bild ein, das er gerade von ihr zu gewinnen begann.

Religiöse Eltern, die nicht immer Puritaner gewesen waren. Diesen Teil war er geneigt zu glauben. Ihre Geschichte könnte einfach lauten, dass sie zusammen mit dem Verlobten, ihrer Familie weggelaufen wäre, nur um ihre Meinung dann zu ändern. Will vermutete, dass es nicht so war.

Er sah zu, wie sie ihr Glas erneut anhob und einen zweiten zögernden Schluck Wein trank. Tapferkeit war bei dieser jungen Frau nicht Mangelware, und sie hatte eindeutig nicht die gleichen Ansichten wie ihr Vater, wenn es um Alkohol ging.

»Ich verspreche, Ihren Eltern nicht zu verraten, dass Sie mit mir in einem Hotel gesessen und Wein getrunken haben«, beruhigte er sie.

Sie zog die Stirn in Falten und rutschte auf ihrem Sitz herum. Es war nur eine ganz kleine Bewegung, aber es war genug. Will drückte seine Zehen fest gegen die Innensohle seiner Stiefel. Sie hatte ihm gerade eines der klassischen verräterischen Zeichen einer Lüge gegeben.

»Was meinen Sie damit?« Fragend sah sie Will an.

»Ich meine, wenn ich Sie wieder dem Schutz Ihrer Eltern übergebe. Ich werde Sie natürlich zurück nach London begleiten und sicherstellen, dass Sie sicher in den liebevollen Schoß Ihrer Familie zurückkehren.«

Er konnte genau den Moment benennen, als der Wein in ihrer Kehle stecken blieb. Sie unterdrückte ein Husten. Die Schlinge, die sie durch ihre Lügen geknotet hatte, zog sich langsam um ihren Hals zusammen.

Vorsicht, bring sie nicht zu schnell dazu, wieder auf der Hut zu sein. Lock sie raus.

»Ich würde Sie niemals bitten, das zu tun. Es ist so weit zurück nach England. Ich bin sicher, ein Gentleman wie Sie hat bessere Dinge zu tun.«

Sie bewegte sich offensichtlicher auf ihrem Sitz. Will zeigte mit einem Fuß in Richtung Tür. Kurz blickten sie einander an. Sie würde ihm keinen Schritt mehr voraus sein, und beide wussten es. Ob es ihr gefiel oder nicht, sie würde Wills Gastfreundschaft ertragen müssen.

Der Hoteldiener tauchte mit einer großen Platte in den Händen auf und stellte sie zwischen Will und Sarah auf den Tisch. Sie sah auf das Essen hinunter, rührte es aber nicht an. Will spürte ihr unausgesprochenes Unbehagen. Sie fühlte sich bedroht.

Will nahm die Platte und bot sie ihr an. »Es ist Calentita, Gibraltars Lieblingsgericht. Es ist ähnlich wie ein gebackener Pfannkuchen. Es ist sehr gut, nichts Extravagantes, also bin ich sicher, dass Ihre Eltern es gutheißen würden.«

Unabhängig von ihrem eigenen Willen wurde Sarahs Magen schnell zum Verräter und knurrte. Will lächelte. Essen hatte schon immer gewonnen.

Sie nahm ein quadratisches Stück Calentita und steckte es sich in den Mund. Will tat es ihr nach. Sie so bald nach seinem Schwimmen am frühen Morgen aus dem Hafen zu retten, hatte dazu geführt, dass er das Frühstück verpasst hatte. Die halbe Orange, die er am Hafen gegessen hatte, war die einzige Mahlzeit des Tages gewesen. Erst, als der Geruch von gebackenen Kichererbsen und Olivenöl seine Sinne erfüllte, wurde ihm klar, dass auch er ausgehungert war.

»Das ist gut«, sagte sie, bevor sie sich mit einem zweiten Stück bediente.

Sie saßen eine Zeit lang schweigend da, aßen und tranken Wein. Als Will eine zweite Flasche Wein bestellte und Sarah bereitwillig zustimmte, spürte er, dass sie sich endlich zu entspannen begann.

Ob sie es merkte oder nicht, Will hatte das subtile Spiel begonnen, ihr Vertrauen zu gewinnen und zu ihrer Wahrheit durchzudringen.

Kapitel Fünf

Hattie erlaubte ihrer Zofe, ihr so lange zu helfen, wie es dauerte, um das Kleid auszuziehen und die Nadeln aus ihren Haaren zu entfernen. Sie wünschte sich ein wenig Einsamkeit und entließ die junge Frau höflich, sobald diese Aufgaben erledigt waren.

Als sich die Tür hinter dem Mädchen schloss, spürte Hattie, wie das Gewicht der Welt auf ihre Schultern sank. Inzwischen war die Sonne untergegangen. Es blieben nur noch wenige Stunden an diesem scheinbar längsten Tag ihres Lebens.

Endlich allein, zum ersten Mal seit dem frühen Morgen, saß sie auf der Bettkante. Ihre Finger griffen nach der Kante der Matratze.

Sie hatte es geschafft.

Jedes Quäntchen ihres Mutes hatte sie zusammengenommen und noch ein bisschen mehr. Wo die Grenze zwischen Tapferkeit und Unbesonnenheit lag, war eine Frage der Sichtweise. Was sie mit Sicherheit wusste, war, dass ihre Tapferkeit ihre Grenzen hatte, und heute war sie diesen Grenzen sehr nahegekommen.

Wenn William Saunders nicht zu ihrer Rettung gekommen wäre, sie hatte keine Ahnung, wo sie jetzt wäre.

Mehrere Gläser Wein am Nachmittag hatten ihre Nerven beruhigt, aber als die Nacht näher rückte, ließ die Wirkung des Weins langsam nach. Angst schlich sich in ihre Gedanken.

Als auf dem Korridor vor ihrem Zimmer Stimmen laut wurden, huschte sie zur Tür und schloss ab, bevor sie hastig in den Zufluchtsort ihres Bettes zurückkehrte. Sie war in einem fremden Land weit weg von zu Hause und mit der Landessprache und den Bräuchen nicht vertraut. Wer konnte wissen, was in diesen fremden Orten geschah?

Ihre Eltern und Peter hatten dafür gesorgt, dass sie sich nicht aus dem Gästehaus wagte, in dem sie für den kurzen Zwischenstopp in Gibraltar übernachtet hatten.

»Es ist bekannt, dass die Affen auf dem Felsen von Gibraltar beißen, und ein Sturz von der Spitze des Felsens würde sicherlich töten«, hatte ihre Mutter gewarnt.

Zu diesem Zeitpunkt war Hattie zu sehr mit ihrer eigenen Aufgewühltheit beschäftigt gewesen, um ihrer Mutter gegenüber zu erwähnen, dass es an dem Ort, zu dem sie unterwegs waren, Löwen und Kannibalen gab.

Jetzt war sie allein, und ihre Eltern waren einen halben Tag von Gibraltar entfernt. Die einzige Person, die sie innerhalb von hundert Meilen kannte, war William Saunders.

Es war nicht so, dass sie ihm nicht vertraute. Nur ein Idiot mit Todessehnsucht würde den ganzen Weg in den Hafen schwimmen, um eine Fremde zu retten, nur um sie dann zu verraten. Sie würde jeden Penny wetten, den sie besaß, und im Moment hatte sie keinen, dass er tatsächlich der Held und Gentleman war, für den sie ihn hielt.

Die Saunders waren eine gute Familie innerhalb des *Ton*. Es war wirklich ein Segen, dass sie Will getroffen hatte.

Doch ihr Instinkt riet ihr, so viel von sich selbst vor ihm zu verbergen, wie sie konnte. Je weniger er von ihr wusste, desto unwahrscheinlicher war es, dass er sich in ihren Plan einmischen konnte, der sich langsam zu formen begann.

»Ich muss nach Hause gelangen.«

Will hatte auf einem Schiff, das in zwei Tagen abfuhr, die Rückfahrt nach London gesichert, so musste sie nur zwei Wochen lang die Fassade der misshandelten, verlobten Sarah Wilson aufrechterhalten. Sie wusste genug über den Hintergrund der echten Sarah Wilson, um eine halbwegs überzeugende Geschichte zu erfinden. Sie hoffte, dass sich Will nicht zu sehr mit den Feinheiten ihres Lebens befassen würde, um auf mehr zu drängen.

»Halte die Geschichte einfach, und du wirst nicht stolpern.«

Sobald sie London erreicht hatten, würde Sarah Wilson einfach untertauchen, und Hattie Wright konnte sich verstecken. Will würde von der faszinierenden Geschichte der jungen Frau erzählen können, die er aus den Tiefen des Hafens von Gibraltar gerettet hatte. Es würde für eine unterhaltsame Dinnerparty-Geschichte sorgen.

Mit der Zeit würde er sie vergessen.

Sie schaute auf die Damenreisetasche, die am Ende des Bettes stand. Will war ein wohlhabender Mann. Er hatte ihr nicht nur drei neue Kleider gekauft, sondern auch einen Schuhmacher mit einem vorgefertigten Paar Stiefel gefunden, die ihr passten. Ihre eigenen, deren Leder mit Salzwasser befleckt waren, trockneten mit Papier ausgestopft im Fenster. Gibraltar war nicht kalt genug, um Mitte Oktober ein Kaminfeuer zu rechtfertigen.

Ein Klopfen an der Tür riss sie aus ihren Gedanken. Sie betrachtete ihr kürzlich gewaschenes und getrocknetes, dünnes Musselinhemd. Wills vernünftige Einkäufe hatten weder ein Nachthemd noch einen Bademantel beinhaltet. Sie legte ein Ohr an die Tür.

»Hallo?«, rief sie.

Jemand rüttelte am Türgriff.

»Lassen Sie mich rein«, befahl Will.

»Nein, ich bin nicht anständig angezogen. Ich habe keine passende Nachtkleidung.«

Flüche drangen von der anderen Seite der Tür herein. Sie sah sich im Raum nach etwas um, das sie sich überwerfen könnte. Als sie die Bettwäsche sah, kam sie auf eine Idee.

»Nur eine Minute.« Sie zog die Decke schnell vom Bett und wickelte sie um sich, bevor sie widerwillig die Tür aufschloss und sie vollständig öffnete.

Will trat in den Raum. Seine flinken Finger schlossen und verriegelten die Tür, bevor sie Zeit zum Blinzeln hatte.

»Ich wollte sicherstellen, dass es Ihnen gut geht. Dass Sie alles haben, was Sie brauchen«, sagte er, während er vermied, sie direkt anzusehen.

Sie unterdrückte ein Grinsen. Zum ersten Mal, seit sie ihn getroffen hatte, schien sich Will unwohl zu fühlen. Er schlurfte mit den Füßen und hielt seinen Blick auf den Boden gerichtet.

Es war schön zu sehen, dass er eine verletzliche Seite hatte. Sie hatte in den vergangenen Tagen mit mehr als genug Männern zu tun gehabt, die einfach zu selbstsicher waren. Der Riss in seiner Rüstung machte ihn in ihren Augen noch mehr zu einem Helden.

»Es geht mir gut, danke, Mr. Saunders. Mehr als ich erwartet hatte nach den heutigen Ereignissen.«

Will räusperte sich. »Ich muss mich auch für die Begegnung zwischen uns auf dem Marktplatz entschuldigen. Ich hatte Bedenken wegen der Menge, aber das entschuldigt nicht, dass ich mir solche Freiheiten mit Ihrer Person genommen habe. Ich hätte mich entschuldigen sollen, sobald wir im Hotel waren. Ich bitte Sie um Verzeihung. Das wird nicht wieder passieren, das verspreche ich.«

Der Stich der Enttäuschung durchbohrte ihr Herz. Dann erinnerte sie sich daran, wo sie war, und daran, dass sie nicht mehr als nur vorübergehende Bekannte sein durften, und verdrängte die Emotionen.

Natürlich bereute er es, sie geküsst zu haben, er war ein Gentleman. Von dem Wenigen, das sie über Männer wusste, küssten sie niemals wohlerzogene Frauen auf diese Weise. Und von dem Moment an, als sie zum ersten Mal miteinander gesprochen hatten, hatte er zu Recht vermutet, dass sie aus einer guten Familie stammte.

»Ich verstehe die Notwendigkeit für das, was Sie getan haben, Mr. Saunders. Die Entschuldigung ist angenommen«, erwiderte sie.

Sie teilten für einen Moment eine unangenehme Stille. Will starrte abermals auf den Boden, während Hattie an den Fingernägeln herumpulte. Vom Meerwasser war die Haut ihrer Finger rau und rissig.

»Ist sonst noch etwas?«, fragte sie.

Wills Kopf schoss hoch. »Ja. Stellen Sie sicher, dass Sie die Tür abschließen, nachdem ich gegangen bin. Dies ist einer von nur zwei Orten in Gibraltar, wo man nach Einbruch der Dunkelheit Alkohol kaufen kann. Das Erdgeschoss des Hotels wird später am Abend ziemlich laut und voller betrunkener englischer Matrosen sein. Ich möchte nicht, dass einer von ihnen versehentlich in Ihr Zimmer stolpert. Wenn Sie irgendwann nachts Probleme haben sollten, bin ich gleich nebenan. Zögern Sie nicht, mich zu Hilfe zu rufen, wenn Sie die benötigen.«

»Danke, ich werde sicherstellen, dass die Tür verschlossen ist, wenn Sie gehen.«

Sobald Will gegangen war, schloss sie die Tür ab. Dann, als sie das Brüllen von Männern auf der Straße unter ihrem Fenster hörte, zog sie den Schminktisch heran und blockierte damit die Tür.

»Besser zu viel als zu wenig«, murmelte sie und ging ins Bett.

Das lange Schwimmen im Hafen, verbunden mit den restlichen Ereignissen des Tages, holte sie schließlich ein. Innerhalb weniger Minuten schlief Hattie tief und fest. Wenn unten ein Aufstand ausgebrochen wäre, hätte sie ihn sicherlich verschlafen.

Zurück in seinem Zimmer ging Will auf und ab, seine Gedanken wirbelten herum. War er plötzlich von einer Art Wahnsinn besessen? Er war nicht nur in das Zimmer einer unverheirateten Frau gegangen, sondern hatte am frühen Morgen dasselbe Mädchen in der Öffentlichkeit geküsst. Der Kuss, den sie geteilt hatten, war weitaus leidenschaftlicher gewesen, als es der Situation angemessen gewesen wäre. Schlimmer noch, er hatte jede Sekunde genossen.

Er blieb stehen und dachte nach. Seit Yvette hatte er Hand an keine Frau gelegt. Die Versuchung, sich in Gesellschaft einer der Pariser Damen der Nacht zu trösten, hatte ihn mehr als einmal gelockt. Stattdessen hatte er an seiner Trauer und Schuld festgehalten und langen, einsamen Nächten erlaubt, ihn ganz für sich einzunehmen.

Doch als er das Mädchen, das er als Sarah kannte, zum ersten Mal in seinen Armen hielt, spürte er, wie unverkennbares Verlangen aufflammte. Er hatte sie in jeder Hinsicht gewollt.

Vielleicht war heute der Tag, an dem er aus dem Albtraum von Yvettes Tod erwachte und begann, ins Leben zurückzukehren. Es hatte seine ganze Entschlossenheit erfordert, Paris endgültig hinter sich zu lassen.

Er rieb die Hände über sein müdes, sonnengebräuntes Gesicht.

»Sie haben heute eine gute Tat getan, William aus dem Hause Strathmore, belassen Sie es dabei.«

Langsam zog er Jacke und Krawatte aus. Auf den Einsatz eines Kammerdieners hatte er während seiner Jahre in Frankreich verzichten müssen. Es wäre schwierig gewesen, einen Diener zu rechtfertigen, wenn er als einfacher Expedient verdeckt leben sollte.

Er nahm sich vor, als Erstes am Morgen eine Schüssel mit heißem Wasser für sein Rasiermesser zu verlangen, und schlenderte zum Fenster.

Von dort konnte er den dunklen Schatten des riesigen Felsens von Gibraltar sehen. Er dominierte die Landschaft. Man konnte nirgendwo hinschauen, ohne dass er in Sichtweite gewesen wäre. Die Stadt Gibraltar selbst schmiegte sich an den schmalen Küstenstreifen westlich des Kalksteinmonolithen. Es war so anders als alles in seiner Heimat England.

Er hatte genug Jahre weg von zu Hause verbracht, um sich an fremden und ungewöhnlichen Orten wohlzufühlen. Das Wechseln von Münzen und das oft illegale Überschreiten von Grenzen waren nur eine weitere Herausforderung des Lebens, der er sich gestellt hatte.

Seine Beherrschung der spanischen Sprache war mehr als gut. Er sprach französisch, die Muttersprache seines Vaters, wie ein Einheimischer.

Er war im Leben eines Auswanderers sehr erfahren, ein Leben, das er selbst gewählt hatte. Das Mädchen im Nachbarzimmer hatte sich jedoch plötzlich und unerwartet weit von zu Hause entfernt befunden, und nur er hatte sie beschützt. Sie sicher nach England zurückzubringen, war jetzt seine oberste Pflicht.

Er legte eine Hand gegen das kalte Glas des Fensters. Die Nacht draußen bot einen finsteren Hintergrund für seine Finger. Er starrte auf sein Spiegelbild und legte ein Gelübde ab.

Sie war eine Frau, die er nicht verraten würde.

Er trat vom Fenster zurück, als die Müdigkeit ihn zu überwältigen begann. Normalerweise schlief er völlig nackt, aber heute Nacht hielt er es für ratsam, Hose und Hemd anzubehalten. Wenn der Unterschied zwischen Leben und Tod in

Sekunden gemessen werden konnte, dann konnte die Zeit, die beim Anziehen verschwendet wurde, entscheidend sein.

Der Hotelangestellte, der die Woche über in seinem Zimmer bedient und dafür großzügige, tägliche Trinkgelder erhalten hatte, hatte eine Flasche Portwein auf dem schmalen weißen Tisch links von der Tür gelassen. Will verzichtete auf seinen üblichen Drink zur guten Nacht. Heute musste er leicht schlafen.

Aus seinem Reisekoffer zog er eine kleine Pistole und lud sie. Dann holte er einen Dolch heraus. Tödlich scharf und mit einem Griff, der so gefertigt war, dass er perfekt in seine Hand passte, war es eine Waffe, die keine Diskussion duldete. Die Klinge schimmerte im Kerzenlicht silbern. Mehr als einmal war sie rot vom Blut eines anderen Mannes gewesen. Er betete, dass heute Abend keine der beiden Waffen nötig sein würde.

Er legte sich ins Bett, Pistole und Dolch in Reichweite, und schloss die Augen. Das Rauschen des Meeres drang durch das Fenster herein und beruhigte seine Nerven.

Innerhalb weniger Minuten war er eingeschlafen und träumte von nassen Stiefeln und langem goldblondem Haar.

Kapitel Sechs

Für jemanden, der viele Meilen von zu Hause entfernt war und eine ungewisse Zukunft hatte, schlief Hattie gut. Das einzige Mal, dass sie während der langen Nacht aufwachte, war, als die Nachtschwärmer von der Hotelbar in der Stunde vor Sonnenaufgang auf die Straße gingen und anfingen, ein lautes Seemannslied zu singen. Bei diesem Klang, der wenig mit einem sonntäglichen Kirchenlied gemein hatte, rollte sie sich in ihrem Bett herum und stopfte sich das Kissen über den Kopf.

Ihr Vater, wo immer er auf hoher See gerade sein mochte, würde entsetzt sein zu wissen, dass seine Tochter über einer Taverne schlief. Sie lachte leise, bevor sie wieder einschlief.

Am Morgen befand sie sich jedoch in einer eher düsteren Stimmung. Irgendwo im Durcheinander ihrer Träume hatte Hattie die traurigen Gesichter ihrer Eltern gesehen. Sie erwachte in dem Wissen, dass ihre Eltern sie für tot hielten.

»Wie dumm bin ich bloß gewesen? Wie egoistisch«, murmelte sie.

Während sie mit Will Wein getrunken und die Köstlichkeiten der lokalen Küche genossen hatte, waren ihre Eltern wahrscheinlich außer sich vor Kummer.

Niemand hatte sie vom Schiff springen sehen. Nach allem, was sie wussten, war sie irgendwo weit weg vom Land über Bord gefallen, um nie wieder gesehen zu werden.

Sie saß auf der Bettkante und schlang ihre Arme um sich, als sich ihre Schuldgefühle in Schluchzen lösten, die ihren Körper erschütterten.

Egal, was sie von der Entscheidung ihrer Eltern hielt, sie nach Afrika zu bringen, sie verdienten diese grausame Bestrafung nicht. Am schlimmsten war, dass sie nichts tun konnte, um ihre Schmerzen zu lindern. Ein Brief, selbst wenn er mit dem schnellsten Schiff verschickt würde, bräuchte viele Wochen, um sie einzuholen. Sie hatte eine vorschnelle Entscheidung getroffen, und andere einschließlich Will mussten dafür bezahlen.

Der Schaden war angerichtet.

Als ihre Zofe kurze Zeit später an die Tür klopfte, ließ Hattie sie widerwillig herein. Das Letzte, worüber sie nachdenken wollte, war, welches ihrer hübschen neuen Kleider sie an diesem Tag tragen würde. Das Beste, was sie verdient hatte, war, ihr altes, mit Salz beflecktes Kleid zu tragen und barfuß herumzulaufen.

Schließlich trug sie das schlichteste Kleid und saß vor dem Schminktisch, während die Zofe ihre Haare in einem einfachen Stil feststeckte. Die Zofe war einfühlsam genug, die Tränenspuren auf Hatties Gesicht und ihre verquollenen Augen nicht zu erwähnen.

Es klopfte, und Wills Stimme drang aus dem Flur herein. Das Dienstmädchen öffnete schnell die Tür, und Will trat in den Raum.

Er warf einen Blick auf Hatties Gesicht, bevor er sich zu der Zofe umdrehte und in Richtung Flur zeigte. »*Te importaria?*«

Das Dienstmädchen hastete aus dem Raum und schloss die Tür hinter sich.

Will trat an Hatties Seite und betrachtete ihr Spiegelbild.

Es war nicht zu verbergen, dass sie geweint hatte. Er legte eine Hand sanft auf ihre Schulter.

»Sagen Sie nicht, dass Sie die ganze Nacht wach gelegen und an Ihren Verlobten mit gebrochenem Herzen gedacht haben, um dann zu dem Entschluss zu kommen, dass er doch kein so schlechter Kerl ist. Dass Sie vielleicht seine Absichten missverstanden hatten und auf dem Boot hätten, bleiben sollen. Wenn dies der Fall ist, würde ich behaupten, dass es für tränenreiches Bedauern etwas zu spät ist.«

Hatties Tränen begannen, erneut zu fließen. Sie hatte nicht nur das unbeschreibliche Elend ihrer Eltern durch ihre Handlungen verursacht, sondern konnte wegen der Lügen, die sie Will bereits erzählt hatte, ihre Probleme nicht mit ihm teilen. Sie hatte sich in einem sich verdichtenden Netz von Lügen gefangen.

»Ich habe keine Nachricht hinterlassen, um meinen Eltern zu sagen, dass ich mit Peter gehen würde. Wir sind durchgebrannt. Meine Eltern müssen sich fürchterliche Sorgen um meinen Aufenthaltsort machen«, erklärte sie.

Es war so nah an der Wahrheit, wie sie es wagte. Und in gewisser Weise war es wahr. Ihre Eltern wussten nicht, wo sie war, und ihnen würde nur die Schlussfolgerung bleiben, dass das Schlimmste ihre Tochter getroffen hatte.

»Wir werden in vierzehn Tagen wieder in England sein. Ich bin sicher, dass Ihre sichere Rückkehr jede Wut oder mögliche Beschuldigungen überwinden wird. Außerdem würde jeder Brief, den Sie von hier aus schreiben oder abschicken, wahrscheinlich auf demselben Boot wie wir abfahren, sodass Sie es einfach ertragen und geduldig sein müssen. Ich verspreche, mit Ihrem Vater zu sprechen und die Dinge in Ihrem Namen zu erklären.«

Obwohl sie verzweifelt war, bemerkte Hattie den Unterton in seinen Worten. Will bohrte schon wieder. Er suchte die Wahrheit in ihrer Geschichte. Versuchte, ob er ihr noch mehr entlocken konnte. Obwohl er es nicht wusste, hatte Will ihr die erste Hoffnung gegeben, dass sie sich mit ihren Eltern aussöhnen könnte. Die erste Chance, alles wiedergutzumachen.

Sobald sie in London war, würde sie einen Brief an ihre Eltern in Freetown schreiben. Sie würde alles erklären. Ihre Abneigung, Peter Brown zu heiraten. Die Überzeugung, dass sie nicht dazu bestimmt war, die Frau eines Missionars zu sein. Und schließlich die Wahrheit, die letztendlich zu der drastischen Entscheidung geführt hatte, die sie getroffen hatte.

Dass sie nicht bereit war, ihre Freunde im schmutzigen Armenviertel von St. Giles zurückzulassen. Verwundbare Freunde, die schon jetzt in tödlicher Gefahr sein könnten. Ihretwegen hatte sie schließlich den Mut gefunden, von Bord zu springen. Sie hatte ihre Berufung bei den Schwachen und Verletzlichen Londons gefunden und schuldete es ihnen, nach Hause zu gehen. Um ihre Arbeit fortzusetzen.

Sie wischte sich die Tränen weg und sah ein, dass sie nichts tun konnte, um das Leiden ihrer Eltern zu lindern, bis sie nach Hause kam. Mit der Zeit würden sie sie vielleicht verstehen und vergeben. Will hatte recht, bis dahin musste sie einfach das Beste aus den Dingen machen.

Sie streckte die Hand aus und berührte den Ärmel seiner Jacke. »Danke.«

»Gut.«

Sie starrten sich eine Minute lang schweigend im Spiegel an, bevor die sanfte Stimme von Hatties Dienstmädchen hereindrang. Will sah zur Tür.

»Darf ich mich um die *Señorita* kümmern, *Señor*? Ihre *Prometida* möchte sich vielleicht fertig anziehen«, sagte sie.

»*Prometida*?«, flüsterte Hattie.

Will drehte sich um und lächelte sie warm an. »Das ist Spanisch für Verlobte, was angesichts Ihrer gegenwärtigen Lage wahrscheinlich das Beste ist, was Sie vorgeben können, bis wir wieder in England ankommen«, antwortete er.

Will wartete geduldig unten im Hauptspeisesaal des Hotels. Die Zimmer des Seawinds Hotels waren zu klein, um im Privaten frühstücken zu können.

Prometida.

Das Wort war ihm schnell von der Zunge gerutscht, als Sarahs Dienstmädchen den Raum betreten hatte.

»Ja natürlich, meine *Prometida* möchte sich fertig anziehen. Sie hatte einen schrecklichen Albtraum, ist aber jetzt genug genesen. Nicht wahr, mein Schatz?«, sagte er.

Als er Sarah einen keuschen Kuss auf die Wange gab, kicherte und errötete die Magd. Der verblüffte Ausdruck auf Sarahs Gesicht hatte seinen mutigen Schritt wert gemacht.

Sie hatte heute Morgen etwas von sich selbst geteilt. Er hatte keine Zweifel daran, dass wer und wo auch immer ihre Eltern waren, sie sich große Sorgen um ihre vermisste Tochter machten. In ihrer Lüge lag eine Menge Wahrheit.

Ihre Zofe hatte ihm mit ihrer falschen Vermutung die perfekte Lösung für ihre Maskerade gegeben. Indem er sie als seine Verlobte bezeichnete, konnte Will sie in seine Version der Geschichte einbeziehen. Wenn um sie herum eine falsche Geschichte entstehen würde, wäre er derjenige, der die Eckpunkte vorgab.

»Mr. Saunders?«

Er blickte auf und sah eine Vision von Lieblichkeit, die sein Herz mit Freude erfüllte. Während Sarahs cremefarbenes Tageskleid recht einfach gehalten war, trug sie darüber eine tiefkarminrote Jacke und ein passendes karminrotes Band im Haar.

Sein Herz hob sich, als er ein Lächeln auf ihren Lippen sah. Die Tränen waren weg, und er sah Hoffnung in ihrem Gesicht leuchten.

Will erhob sich schnell vom Tisch, ergriff Sarahs Hand

und küsste sie. Als sie versuchte, sich zurückzuziehen, lächelte er sie an.

»Es wäre nicht gut, in der Öffentlichkeit irgendeine Form von Missfallen mit mir zu zeigen«, tadelte er sie sanft. »Glauben Sie nicht, dass das gesamte Personal des Hotels derzeit nicht über uns und die kleine Szene in Ihrem Zimmer spricht. Ich gehe davon aus, dass Ihre Zofe die Treppe nicht schnell genug herunterkommen konnte, um jedem zu sagen, der zuhören wollte, dass die englische Dame und der englische Herr eine Meinungsverschiedenheit gehabt haben müssen und dass Sie geweint haben.«

Das kleine *Oh*, das auf Sarahs Lippen erschien, und die Entspannung ihrer Hand waren ermutigend.

Er beugte sich vor und murmelte in ihr Ohr: »Und nennen Sie mich nicht Mr. Saunders, wir sind schließlich verlobt. Ich bin William. Für meine Freunde und Familie bin ich Will. Wenn Sie mich weiterhin so förmlich ansprechen, werden Sie das Spiel verraten.«

Sarah nickte. »Will«, flüsterte sie.

Bei einem Frühstück mit Kaffee und süßen Brötchen tat er sein Bestes, um eine vertrautere Beziehung zu ihr aufzubauen. Er kicherte über ihr verwirrtes Gesicht, als sie die Ärmlichkeit des Frühstücks überblickte.

»Sie halten sich hier für einen Großteil ihrer Bräuche an die spanische Art und Weise. Ein kleines Frühstück, gefolgt von etwas Herzhafterem später am Morgen. Die Hauptmahlzeit des Tages wird nach Mittag eingenommen«, erklärte er.

»Das ist seltsam.«

»Nicht wirklich. Die Leute stehen hier früh auf, erledigen ihre Arbeit und schlafen nach dem Mittagessen lange, um die Hitze des Nachmittags zu vermeiden. Wissen Sie noch, wie müde Sie gestern waren, als Sie ins Bett gingen? Die Hitze der spanischen Sonne entzieht einem Menschen die ganze Energie«, sagte er.

Während er dasaß und sie beobachtete, wurde Will erneut

an seine verstorbene Frau erinnert. Sarah und Yvette teilten einige sehr ähnliche Verhaltensweisen. Als Sarah beim Geschmack des bitteren Kaffees das erste Mal das Gesicht verzog, kam Will den Tränen nahe. Yvette hatte immer gern den ersten Schluck ihres Morgenkaffees getrunken, bevor sie ihn für nicht trinkbar erklärte und Zucker in die Tasse häufte.

Er schob den kleinen Topf mit Zucker über den Tisch und entfernte mit Genuss den Deckel. »Ein großer Löffel nimmt die Bitterkeit.« Er hustete hastig, um den Kloß loszuwerden, der sich in seiner Kehle gebildet hatte.

Sarah nahm noch einige Bissen von ihrem süßen Frühstücksbrötchen, bevor sie sich in ihrem Stuhl zurücklehnte. Den Kaffee ließ sie unberührt.

»Was passiert als Nächstes? Bleibe ich einfach in meinem Zimmer, bis das Schiff zurück nach England segelt?«, fragte sie.

Egal, wie viel Wahrheit hinter ihren Lügen steckte, er fand sie mit jeder vergehenden Minute wunderbarer. Er mochte es, dass sie das Gesamtbild ihrer Situation sehen konnte. Er vermutete, dass der Sprung von Bord des Schiffes eine völlige Abweichung von ihrem normalen Verhalten darstellte. Dass sie von Natur aus nicht das Risiko suchte. Darin unterschieden sie und Yvette sich sehr.

»Ich habe darüber nachgedacht, während ich auf Sie gewartet habe«, erwiderte er. »Sind Sie jemand, der die Natur oder die Landschaft genießt?«

Sie saß einen Moment still da, bevor sie schließlich antwortete. »Ich gehe gerne raus und an die frische Luft.«

Jeder andere hätte weitere Details seines Lebens hinzugefügt. Von den Parks, die sie regelmäßig besuchten, oder von ihrem Lieblingsort zum Wandern, aber nicht sie. Wenn sie eine seiner jungen, noch in der Ausbildung befindlichen Agenten gewesen wäre, hätte er ihre Bemühungen begrüßt. Sie hatte ihm eine Antwort gegeben, aber gerade genug.

Ihre Körpersprache verriet sie jedoch immer noch als

Amateurin. Ein guter Spion sollte in der Lage sein, die Worte auszusprechen und entspannt zu wirken. Sarah hatte ihren Rücken unbewusst versteift.

»Gut. Dann sollten wir uns darauf einigen, die verbleibende Zeit in Gibraltar optimal zu nutzen. Das Boot fährt morgen Abend bei Flut ab, sodass wir heute Zeit haben, uns zum Fuß des Felsens zu wagen und die Höhle von St. Michael zu besichtigen. Ich habe die Höhle früher in der Woche besucht, und ich muss sagen, dass sich die Mühe gelohnt hat. Es wäre nicht nett von mir, Ihnen die Höhlen vorzuenthalten.

Aber zuerst denke ich, wir sollten uns auf den Weg machen, um Europa Point zu sehen. Dorthin können wir später am Vormittag gehen. In der Zwischenzeit können wir die Geschäfte in der Stadt besuchen und noch das eine oder andere kaufen, was Sie für die Seereise nach Hause benötigen könnten«, sagte er.

Kapitel Sieben

Das Letzte, woran Hattie gedacht hatte, als sie am Vormittag an Land geschwommen war, war, ihre Zeit als Touristin in Gibraltar zu verbringen. Ihre Eltern und Peter hatten erklärt, dass sie während ihres Aufenthalts am besten im Gästehaus blieb. Sightseeing war eine leichtfertige Verschwendung der Zeit einer jungen Frau.

Zu ihrer Überraschung und Freude hatte Will andere Vorstellungen. Er übernahm die Rolle eines amüsanten und engagierten Gastgebers mit kaum verhülltem Vergnügen.

Nach dem Kauf von Kleinigkeiten für die Schiffsüberfahrt einschließlich mehrerer Bücher beauftragte Will einen lokalen Guide, ihnen die Sehenswürdigkeiten zu zeigen. Es war später Nachmittag, als sie endlich Europa Point erreichten, die südlichste Spitze des europäischen Kontinents.

»Unser Guide sagt, seien Sie vorsichtig, wohin Sie treten, die Esel denken nicht darüber nach, wo sie ihren frischen Kot hinterlassen«, sagte Will.

Bevor sie etwas anderes sagen konnte, hatte Will die Hände auf ihre Taille gelegt und hob sie von dem kleinen Karren herunter, der sie die Europa Road heruntergebracht hatte.

Auf dem Weg von der Stadt hierher hatte Will Hattie eine kurze Lektion in der Geschichte von Gibraltar und dem Felsen erteilt.

»So ziemlich jeder in diesem Teil der Welt hat irgendwann Gibraltar regiert. Die Mauren übernahmen im achten Jahrhundert die Kontrolle und wurden schließlich im dreizehnten Jahrhundert hinausgeworfen. Zwischen deren Herrschaft und dem Zeitpunkt, als die Briten im letzten Jahrhundert die Kontrolle übernahmen, kämpften die Spanier untereinander um die Herrschaft. Die Spanier würden diese Kontrolle natürlich gerne zurückhaben, aber ich kann mir nicht vorstellen, dass das bald passiert.«

»Was ist mit den Einheimischen, was wollen sie?«, fragte Hattie.

Will hielt einen Moment inne, ehe er antwortete. »Um ehrlich zu sein, denke ich, dass sie glücklich sind, wenn die Dinge so bleiben, wie sie sind. Auf diese Weise bekommen sie das Beste aus beiden Welten. Die Briten geben hier Geld für die militärische Präsenz ihrer Marine und die Schifffahrt aus, während Spanien nur eine kurze Strecke für Lebensmittel und Vorräte entfernt ist.«

Hattie, die Rolle als Wills Verlobte spielend, legte ihre Hand in seinen Ellenbogen und ließ sich von ihm über den kurzen, steinigen Weg vom Karren zum Rand des Europa Point eskortieren.

Der Guide, den Will in der Stadt angeheuert hatte, stand mit den Händen in den Hüften und überblickte das Meer. Sein Esel, der weniger an der Aussicht interessiert war, wanderte zu einem Büschel wilden Jasmins in der Nähe und stupste die Blätter mit der Nase an.

»*Lo que es una Magnifica Vista*«, rief der Guide aus.

Hattie und Will traten heran und stellten sich neben ihn. Sie nickte zustimmend. Es bedurfte keiner Übersetzung, um zu verstehen, was der Mann mit dem rötlichen Gesicht gesagt hatte. Die Aussicht sprach für sich.

Meile um Meile des Ozeans erstreckte sich auf drei Seiten vor ihnen. Weit unter ihnen wurde das Blau des Meeres lediglich durch die Reflexion der heißen Sonne gebrochen, die wie ein helles Band über die glasartige Oberfläche des Wassers strahlte. Will zeigte in die Ferne, wo Hattie Berge auf der gegenüberliegenden Seite des Wassers sehen konnte.

»Das sind die Rif-Berge in Marokko. Der hohe Berg ist Jebel Musa auch bekannt als eine der Säulen des Herkules. Dies ist ein altes Land. Wir stehen an der südlichsten Spitze Europas, und dort drüben ist Afrika«, sagte er.

Afrika. Der riesige Kontinent, auf dem noch bis gestern ihre Zukunft gelegen hatte, lag jetzt hinter der Meerenge, die Straße von Gibraltar genannt wurde. Es war so nah, dass sie das Gefühl hatte, ihre Hand ausstrecken und die Berge berühren zu können.

Sie sah auf ihre neuen Stiefel hinunter. Sie waren mit dem feinen Kalksteinstaub des Felsens überzogen. Staub vom europäischen Kontinent.

Als sie wieder über das Wasser blickte, lächelte sie. Ihr Herz hatte sie nicht gedrängt, diese Reise zu machen. Das dunkle Land lockte sie nicht in seine Umarmung. Und mit dieser inneren Gewissheit ließ sie viel von ihrer Angst los.

Sie wusste, wo sie hingehörte. Nach Hause. Nach England.

Will fing ihr Lächeln auf und hob eine Augenbraue. »Zumindest können Sie nun sagen, dass Sie Afrika gesehen haben, wenn auch aus der Ferne. Was denken Sie?«

»Ich denke, ich würde gerne nach Hause gehen.«

Sie standen noch eine Weile beisammen und genossen schweigend die Aussicht. Das einzige Geräusch, das zu hören war, war das Schreien von Möwen im Wind und das gelegentliche Grunzen des Esels.

Schließlich unterbrach ihr Guide das Schweigen, und Hattie drehte sich um. Dabei fiel ihr die Kinnlade hinunter.

Über ihnen präsentierte sich der Felsen von Gibraltar in seiner ganzen Pracht.

Von der Stadt und dem Hafen aus war der Gipfel des Felsens nicht sichtbar, aber hier am Europa Point hatte sie freie Sicht auf die immense Höhe des Kalksteinmonolithen.

»Das ist großartig. Ich habe so etwas noch nie gesehen«, sagte sie.

Will grinste sie ermutigend an. Er war nicht leicht zu durchschauen. Manchmal war er freundlich und entspannt, so wie er es war, seit sie die Stadt verlassen hatten. Aber in anderen Momenten spürte sie, dass er von Natur aus kein glücklicher Mann war.

Sie sah zu, wie er sich bückte und an einem kleinen Gänseblümchen am Meer herumzupfte, und betrachtete ihn erneut. In ihm schien eine Traurigkeit zu liegen, aber sie vermutete, dass es nicht immer so gewesen war. Vielleicht hatte er in seinem Leben einen schrecklichen Verlust erlitten, der tiefe Narben hinterlassen hatte. Sie konnte sich nicht erklären, warum sie so empfand, und zwang sich schließlich zu akzeptieren, dass es nur eine Vermutung war.

»Ja, der Felsen ist ein wahres Wunder der Natur. Fast eintausendvierhundert Fuß hoch«, sagte Will.

Er reichte ihr einen kleinen Strauß Gänseblümchen mit reinweißen Blütenblättern und goldener Mitte. Hattie akzeptierte sie mit einem schüchternen Lächeln. Sie hielt die Blumen nah an ihr Herz. Es war schön, solch ein spontanes Geschenk zu erhalten.

»Wir haben den Felsen vom Deck des Schiffes aus gesehen, als wir in den Hafen kamen, aber es war früh, und mit den niedrigen Regenwolken des Morgens konnten wir keine klare Sicht bekommen. Mein Vater ...«

Hattie stoppte sich gerade noch rechtzeitig.

Sie wollte Will gerade erzählen, wie enttäuscht ihr Vater beim ersten Anblick des Felsens gewesen war, als sie realisierte, was sie tat. Die sorgfältig konstruierte Lüge, die sie sich am vergangenen Tag ausgedacht hatte, hätte sich fast aufgelöst wie ein loser Faden.

»Ihr Vater?«

Die sonnige Stimmung, die er kurz zuvor verströmt hatte, verschwand. Seine Augen wurden misstrauisch, seine Miene voller Vorsicht. Sie wurde an den Löwen erinnert, den sie einmal in der Royal Menagerie im Exeter Exchange gesehen hatte. Ein gefährliches, wildes Tier, das bereit war, jeden Moment zuzuschlagen und sie in Stücke zu reißen.

Hattie sah auf den Blumenstrauß in ihren Händen hinunter, während sie verzweifelt nach etwas suchte, das sie sagen konnte. Irgendwas.

»Ja, mein Vater. Er wollte schon immer Gibraltar sehen«, antwortete sie schließlich. Die Stängel der Blumen bogen sich in ihren fest geballten Fäusten.

Eine Sache, die sie gelernt hatte, seit sie William getroffen hatte, war, ihre Lügen klein zu halten. Jede Verzierung schien ihn vor die unwiderstehliche Herausforderung zu stellen, Löcher in ihre Geschichte zu bohren.

Er glaubte ihr nicht, soweit war sie sich sicher. Sie war nicht in der Lage zu verstehen, welche Teile ihrer Geschichte er durchgehen lassen würde und welche nicht. Es war eine Strategie im Spiel, aber sie konnte sie nicht klar erkennen.

Er hatte sie nicht in Bezug auf die Hauptteile ihrer Lüge unter Druck gesetzt, aber er schien darauf bedacht zu sein, an den scheinbar unwichtigen Rändern zu arbeiten. Ränder, die von Minute zu Minute mehr ausfransten.

»Vielleicht werden Sie irgendwann mit ihm hierher reisen. Dann können Sie noch einmal auf den Spuren Ihres großen Abenteuers wandeln. Aber zuerst müssen wir Sie sicher nach England zurückbringen«, sagte er.

Der Löwe zog sich zurück.

Als sie ihn ansah, hatte Hattie den fast überwältigenden Wunsch, Will alles zu gestehen. In vielerlei Hinsicht wäre es so viel einfacher, wenn er alles wüsste. Dieses Spiel, bei dem sie ständig versuchten, die Gedanken und Gefühle des anderen zu lesen, war anstrengend.

Sie hasste es zu lügen. Es ging gegen alles, an das sie glaubte. Aber Will die Wahrheit über ihre Situation zu sagen, würde bedeuten, ihm die totale Kontrolle zu geben. Wenn sie nichts mehr zu verhandeln hatte, würde sie seiner Gnade ausgeliefert sein. Wieder einmal machtlos, über ihr eigenes Leben zu bestimmen.

»Sie sagten, Sie sind schon einmal auf den Gipfel des Felsens geklettert?«, meinte sie stattdessen.

Wenn er sie so gut lesen konnte, wie sie vermutete, würde Will wissen, dass sie das Thema wechseln wollte. Es war ihm gelungen, die Tür zu ihren Geheimnissen ein wenig weiter aufzustoßen, und nun würde er sich damit zufriedengeben, damit sie sich wieder wohlfühlte. Dann würde er erneut auf Antworten drängen.

Wie lange sie dieses Spiel noch spielen konnte, war sie sich nicht sicher, aber mit etwas Glück wäre sie aus seinem Griff gerutscht, ehe Will die Puzzleteile zusammengesetzt hatte.

»Ja, ich habe mich Anfang der Woche in die St.-Michaels-Höhle gewagt. Es ist ein steiler Weg von der Stadt hinauf, aber wir können die Höhle auf dem Rückweg von hier aus besuchen. Ich bezweifle, dass wir morgen Zeit haben werden. Ich muss mich am Morgen um einige geschäftliche Angelegenheiten kümmern, bevor wir losfahren«, antwortete er.

Ihre Mutter hatte sie vor den Affen gewarnt, die auf dem Felsen lebten. Die wilden Berberaffen sollten gefährlich sein und zu Angriffen ohne Provokation neigen.

»Ich bin mir nicht sicher, ob ich dorthin gehen soll«, sagte sie. »Was ist mit den Affen?«

Er streckte die Hand aus und ergriff ihre. Der Blick, mit dem er sie angesehen hatte, als er fragte, warum sie vom Schiff gesprungen sei, erschien erneut auf seinem Gesicht. Es war ein so ehrlicher Blick, dass Hattie Tränen in die Augen stiegen.

»Doch, das sollten Sie, und wissen Sie auch, warum? Denn in vielen Jahren, wenn Sie alt sind und Ihr Leben reflektieren, werden Sie auf Ihren kurzen Aufenthalt in Gibraltar zurückblicken und sich an die Entscheidungen erinnern, die Sie getroffen haben. Dass Sie tapfer waren. Sie werden von der Höhle nicht enttäuscht sein. Ich verspreche, ich werde nicht zulassen, dass die Affen Sie verletzen. Vertrauen Sie mir.«

Sie zog ihre Hand weg. Angst hielt sie zurück. Viele Male hatte Peter Brown ihr eine kleine Freundlichkeit gezeigt, nur um diese dann als ein Mittel zu offenbaren, damit sie sich seinem Willen beugte. Sie würde sich nur auf sich selbst verlassen.

Und dennoch.

Seine tiefgrauen Augen versprachen Wärme, eine starke Freundschaft und vieles mehr. Sie war hin- und hergerissen. Was sollte sie tun?

§♠

Der Guide brachte den Esel und den Karren zu ihnen herüber. Will konnte sehen, dass sich Sarah nicht sicher war.

»Ein kurzer Aufenthalt bei der Höhle. Wenn Sie sich zu irgendeinem Zeitpunkt unwohl fühlen, müssen Sie es nur sagen, und wir werden sofort gehen. Einverstanden?«, bot er an.

»Einverstanden.«

Er gratulierte sich schweigend, dass er sie für sich gewonnen hatte, wusste aber, dass er vorsichtig sein musste. Sie war heute Nachmittag so nervös wie ein junges Hengstfohlen.

Auf dem Rückweg vom Europa Point tat er sein Bestes, um Small Talk zu machen.

»Habe ich Ihnen erzählt, dass das Schiff, auf dem ich

unsere Heimreise gebucht habe, ein Schwesterschiff der *Blade of Orion* ist? Es heißt *Canis Major,* und obwohl ich glaube, dass es etwas kleiner ist als das Schiff, mit dem Sie angekommen sind, sollte es uns trotzdem gut gehen an Bord.«

Nachdem sie sich entschlossen hatte, ihn in die Höhle zu begleiten, schien Sarah zufrieden zu sein, ruhig neben ihm zu sitzen und den Blick über den Hafen von Gibraltar zu genießen. Zunächst redete Will über die Spanier, und wie Waren zwischen Spanien und Gibraltar hin- und hertransportiert wurden. Als sie allerdings wenig zur Unterhaltung beitrug, entschied er, dass es besser war, zu schweigen.

In der Höhle von St. Michael zeigte ihnen der Guide den Weg. Will ergriff Sarahs Hand. Am Eingang der Höhle verkaufte ihnen ein Mann zwei Tickets und eine Grasfackel, die Will anzündete, als Sarah und er langsam in die Höhle gingen.

Ihre Hand umschloss seine fest. Er drehte sich zu ihr um und schenkte ihr ein beruhigendes Lächeln. Das Licht der Fackel spiegelte sich in ihren Augen. Sie hatte Angst, aber sie war bei ihm. Er würde sie beschützen.

Mehrere Affen saßen direkt am Eingang der Höhle, und Will scheuchte sie weg. Als klar war, dass weder Sarah noch er etwas zu fressen dabei hatten, schlenderten die Affen davon.

»Ist alles in Ordnung?«, wagte er zu fragen.

Sarah blickte von den sich zurückziehenden Affen weg und zu Will. »Ja. Ich dachte nur an die Affen. Sie sind ziemlich zahm, nicht wahr? Ich habe einige im Tower of London gesehen, aber sie waren aggressiv«, antwortete sie.

»Nun ja, auch diese hier können böse sein, wenn sie dazu in der Stimmung sind. Ich würde davor warnen, einen von ihnen zu tätscheln. Kommen Sie, schauen wir uns die Höhle an, und dann werden wir etwas zu Abend essen gehen. Ich bin ausgehungert.«

Er führte sie tiefer in die Höhle. Die Fackel wurde bald zur einzigen Lichtquelle. Sarah drückte Wills Hand fester.

Er hob die Fackel, und Sarah schnappte nach Luft, als sie die unterirdische Welt sah, die sich vor ihr ausbreitete. Sie hatte offensichtlich nicht für möglich gehalten, dass ein solcher Ort existieren könnte.

»Oh«, murmelte sie.

»Das war meine gleiche Reaktion, als ich Anfang dieser Woche die Höhlen sah.«

Die Decke der Haupthöhle ragte viele Meter über ihren Köpfen empor. Riesige, speerartige Stalaktiten hingen von der Decke herab, während Stalagmiten in turmartigen Formationen vom Boden der Höhle aufragten.

»Es ist wunderbar«, sagte sie. »Wie tief ist diese Höhle?«

»Nun, es gibt alte Mythen, dass es ein Tor zur Unterwelt ist, aber ich gehe davon aus, dass sie ziemlich tief ist. Niemand hat wirklich konzertierte Anstrengungen unternommen, um tiefer in die unteren Kammern vorzudringen, aus Angst, nie wieder gesehen zu werden«, antwortete er.

Sarah ließ Wills Hand los. Ihre Angst vor den Affen schien verschwunden, und sie fühlte sich offensichtlich ermutigt genug, um ein wenig auf eigene Faust die Höhle zu erkunden.

※

Sie mussten die Höhle nicht mit anderen Touristen teilen. Will hatte recht, es wirkte wie etwas aus der griechischen Mythologie. Hattie erwartete beinahe, dass ein alter Gott oder ein Monster im hinteren Teil der Höhle auftauchen würde.

Sie erreichte den nächsten Stalagmiten und legte die Hand darauf.

»Es ist nass!«, rief sie aus und zog ihre Hand weg.

Will lachte. »Das Wasser, das von der Decke läuft, muss irgendwohin.« Er zeigte zur Höhlendecke. »Das Regenwasser sickert von außen in den Kalkstein des Felsens draußen und braucht dann viele Jahre, um in die Höhle zu gelangen. Das Wasser, das Sie gerade berührt haben, dürfte dreißig Jahre alt sein.«

Hattie blickte auf ihre Hand und schüttelte das Wasser von den Fingerspitzen. Will klatschte entzückt in die Hände.

»Sie sehen gerade genauso aus, wie meine jüngste Schwester Caroline, wenn die Katze ihre Hand geleckt hat. Es ist der lustigste Anblick, den Sie jemals sehen werden«, sagte er lachend.

Hattie schnaubte. Ihre Familienkatze Brutus würde eher ein Stück von der Hand abbeißen, als dass sie freundlich daran lecken würde.

»Also haben Sie viele Geschwister?«, wagte sie zu fragen.

Sie bewegte sich auf gefährlichem Boden, indem sie ihn nach der Familie fragte, aber sie wusste genug über die Familiengeschichte ihrer ehemaligen Zofe, um ohne zu zögern, ein paar Namen herunterrasseln zu können, falls sich Will entschied, den Spieß umzudrehen und nach ihrer eigenen Familie zu fragen.

Ein wehmütiger Ausdruck erschien auf seinem Gesicht.

»Ich habe zwei Schwestern und einen Bruder. Evelyn, die wir Eve nennen, ist Anfang zwanzig. Caroline ist drei Jahre jünger. Und Francis, der irgendwo in der Mitte ist, obwohl er mit seiner Größe von knapp zwei Metern Schwierigkeiten hat, irgendwo hineinzupassen. Ich freue mich besonders darauf, sie wieder kennenzulernen.«

Die Freude in seiner Stimme hellte Hatties Stimmung auf. Es war lange her, dass ihre Familie zusammen gewesen war und freundliche Worte miteinander ausgetauscht hatte. Es war schön, von anderen Menschen zu hören, die immer noch liebevolle familiäre Beziehungen hatten.

Eine Gruppe von Touristen betrat die Höhle und begann sich umzusehen, sodass der private Moment zwischen ihnen zu Ende war.

Die Sonne ging im Westen langsam unter, und die Luft kühlte schnell ab, als sie den Abstieg in die Stadt in Angriff nahmen. Sie hatten mehrere Stunden in der Höhle verbracht und die verschiedenen Kalksteinformationen bestaunt. Will war ein ausgezeichneter Führer, warm und engagiert, und wies sie stets auf besondere Formen hin. So hatte er ihr eine Formation gezeigt, die abgeschnitten worden war und Wachstumsringe wie ein Baum hatte.

Am Ende ihrer Zeit in der Höhle spürte Hattie, wie sie warme Gefühle für Will zu hegen begann.

Die Aufregung, die weiterhin in ihr kursierte, bewegte sie zur leisen Frage, ob sie zurück in die Stadt gehen könnten, anstatt den Karren zu nehmen. Will bezahlte ihren Guide und schickte ihn und seinen Esel auf den Weg, als sie die Höhle von St. Michael verließen.

Hattie war erschöpft, als sie endlich den Stadtplatz erreichten, aber ihre Seele fühlte sich lebendig. Der Tag mit Will war eine Welt entfernt von der strengen und langweiligen Existenz, an die sie sich in den vergangenen Jahren so gewöhnt hatte.

»Lassen Sie uns einen abgelegenen Ort finden, an dem wir mehr von der lokalen Küche genießen können. Ich weiß nicht, wie es Ihnen geht, aber ich bin am Verhungern«, sagte er.

Als er sich umdrehte und sie ansah, fiel Hatties Blick sofort auf Wills Lippen. Erst vor einem Tag hatte er sie in seinen Armen gehalten und ihr diesen Kuss gegeben, bei dessen Erinnerung ihr noch immer die Knie weich wurden.

Röte brannte auf ihren Wangen, und sie hob vorsichtig einen Finger, um die Hitze zu spüren. Sie wandte sich ab und hoffte, dass er ihren Moment der Versuchung nicht gesehen hatte.

Sie fanden eine winzige Cantina ein paar Straßen von ihrem Hotel entfernt. Als Hattie das kühle Steingebäude betrat, spürte sie die Erschöpfung, in der Hitze des späten

Nachmittags unterwegs gewesen zu sein, auf ihre Schultern sinken. Heute Nacht würde sie gut schlafen.

Die Wände der Cantina waren weiß gestrichen, und ein Sammelsurium nicht zueinanderpassender Stühle und Tische füllte den Raum.

»Sonst ist niemand hier«, sagte sie.

»Der größte Teil der Einheimischen wird sich in ihren Häusern ausruhen bis nach Sonnenuntergang. Wir sind nur ein wenig früh dran. In einer Stunde wird dieser Ort hoffnungslos überfüllt sein«, erklärte Will.

Er führte sie zu einem Tisch in der Ecke. Sie fand es seltsam, als er den Platz mit dem Rücken zur Wand einnahm und sie aufforderte, sich gegenüberzusetzen. Sie wusste genug über die Regeln der Gesellschaft, um zu wissen, dass man sich in Gesellschaft nicht so verhielt.

Während sie über sein Verhalten nachdachte, beobachtete Hattie, wie Will den Raum langsam betrachtete. Seine Lippen bewegten sich dabei ganz leicht. Sie drehte sich um und folgte seinem Blick.

Sie sah kurz zu ihm zurück, bevor sie sich wieder umwandte. Hatte Will die Schritte vom Tisch zur Tür gezählt? Sie zählte selbst grob und wandte sich wieder zu ihm um, überzeugt von ihrer Theorie. Was für ein Mann musste die genaue Anzahl der Schritte von seinem Sitz bis zur Haustür wissen? Wie sie hatte auch Will seine Geheimnisse.

»Abends bleibt hier niemand zu Hause. Die Leute ziehen sich gut an und wandeln durch die Straßen. Ein bisschen wie der Fünf-Uhr-Schwarm im Hyde Park in London während der Saison. Haben Sie das schon mal getan?«, fragte er.

»Nein«, log sie.

Nur die oberste Schicht der Londoner Gesellschaft machte sich am Nachmittag auf den Weg zum Hyde Park. Wenn sie Ja gesagt hätte, hätte es ihm die perfekte Gelegenheit gegeben, um zu fragen, wen sie im *Ton* kannte. Diesen rutschigen Abhang würde sie nicht betreten.

Der Besitzer der Cantina brachte ihnen eine Flasche Wein und einige frische Oliven, bevor er in die Küche verschwand, um den Fisch zu kochen, den Will aus der einfachen Speisekarte an den weiß getünchten Wänden ausgewählt hatte.

Hattie nahm einen Schluck von ihrem Wein. Sie hatte vergessen, wie sehr sie das einfache Vergnügen eines Glases beim Abendessen genießen konnte. Ihr Bruder Edgar hatte die Nase eines Experten für eine gute Flasche Rotwein.

Sie vermisste die Abende, als sie mit ihren Eltern und ihrem Bruder am Tisch gesessen hatte. Sie hatte die Unbeschwertheit und das einfache Vergnügen ihrer Gesellschaft genossen.

»Nun?«, fragte Will.

Sie sah einen inzwischen vertrauten Ausdruck auf sein Gesicht treten. Sein spanischer Inquisitionsblick. Der entspannte Will des Nachmittags wurde nun durch den Will ersetzt, der voll unangenehmer Fragen war.

»Verzeihung?«, antwortete sie.

Worüber auch immer Will sie ausfragen wollte, sie wusste, dass er beabsichtigte, sie ins Stolpern zu bringen.

Die Enttäuschung darüber, dass ihre leichte Freundschaft des Nachmittags beiseitegelegt worden war, schmerzte. Sie mochte keine Leute, die Spiele spielten, und es tat weh zu glauben, dass Wills freundliches Auftreten in der Höhle Schauspielerei gewesen war. Etwas, das er nur tat, um sie dazu zu bringen, sich zu entspannen und ihm genug zu vertrauen, damit sie das nächste Mal, wenn er sie befragte, ausrutschte und mehr von der Wahrheit preisgäbe.

»Sie erwähnten, Ihr Vater würde Wein als das Werk des Teufels betrachten. Sie scheinen jedoch nicht dieser Meinung zu sein. Das muss eine interessante Geschichte sein.«

Hattie starrte auf ihr Weinglas. Was sollte sie erzählen? Dass ihr Vater und ihre Mutter plötzlich zu einer puritanischen Sekte der Kirche konvertiert waren und auf alle Annehmlichkeiten verzichtet hatten, die sie für böse hielten?

Von der dadurch verursachten Spaltung in der Familie, die dazu führte, dass ihr Bruder und seine Frau alle Verbindungen abbrachen?

Nein. Sie würde nicht verraten, woran ihre Eltern glaubten. Ob sie ihren Entscheidungen in den vergangenen Jahren nun zustimmte oder nicht, schuldete sie ihnen dennoch etwas Loyalität. Die Arbeit, die sie geleistet hatten, um Leben zu retten und die Zukunft zu verändern, sollte nicht kleingeredet werden.

»Ich glaube nicht, dass es an mir ist, die Geschichte meines Vaters zu erzählen«, erwiderte sie deshalb lediglich.

Sie hob den Kopf und straffte den Rücken. Hattie hatte eine Fähigkeit zur Sturheit, die ihre Mutter oft als schwerwiegenden Fehler in ihrem Charakter bezeichnet hatte. Sogar Peter hatte angemerkt, dass sie, sobald sie verheiratet seien, ihre Willenskraft beiseitelegen und ihm gehorchen müsse.

Will blinzelte langsam, als er sich in seinem Stuhl zurücklehnte. Dabei zeigte sein Gesicht keinerlei Regung. Unter dem Tisch knackte Hattie nervös mit den Knöcheln. Sie hasste diese stille, wachsame Art von Mann. Ihrer Erfahrung nach verbargen sich hinter solchem Auftreten immer schlechte Gedanken und Wünsche.

»Natürlich«, meinte er.

Als der Wirtshausbesitzer mit einer großen Platte, belegt mit Ziegenkäse, frischen Tomaten und gekochtem Fisch, an ihren Tisch trat, seufzte Hattie erleichtert.

Will hörte auf, sie zu verhören, und nahm eine Tomate. Er schnitt die Frucht in zwei Hälften und reichte Hattie ein Stück.

»Kaffee ist das, was wir brauchen«, sagte er und winkte den Wirtshausbesitzer erneut zu sich.

»Haben Sie lange in diesem Teil der Welt gelebt?«, fragte sie, sobald der Wirtshausbesitzer wieder in die Küche verschwunden war.

Sie hätte schwören können, dass sie Will *Touché* vor sich

hinmurmeln hörte. Dem Inquisitor wurde der Spieß umgedreht.

»Nicht lange. Ich neige dazu, ein bisschen zu reisen«, antwortete er.

Hattie konzentrierte sich auf die Aufgabe, sich desinteressiert zu zeigen, ähnlich, wie Will es immer wieder tat.

»Oh. Also, was arbeiten Sie eigentlich, Will?«

Er verlangsamte sein Kauen, zeigte aber ansonsten keine äußerlichen Anzeichen von Unbehagen.

Hattie biss die Zähne zusammen. Sie wusste genug über die Familie Saunders, um zu wissen, dass Will mit Sicherheit kein Mann war, der irgendeine Art von Handel betrieb. Man musste gewisse Anforderungen erfüllen, um zum *Ton* dazuzugehören. Und sein Onkel war der Herzog von Strathmore.

Dieses Spiel können zwei spielen.

»Ich bin im sehr langweiligen Handel mit Import und Export beschäftigt. Ich reise regelmäßig nach Spanien, um Waren zu beschaffen«, antwortete er.

Hattie knackte mit den Fingerknöcheln ihrer anderen Hand. Dies wurde zu einem Spiel der Lügen, von dem sie wusste, dass sie nicht gewinnen konnte. Sie sah Will an. Er saß da und lächelte sie an. Die Herausforderung, weiterzuspielen, stand in sein fröhliches Gesicht geschrieben.

Sie gähnte. »Ich bin erschöpft, es war ein langer Tag in der Sonne.«

Will nickte und gähnte ebenfalls. »Ich schlage vor, dass wir etwas essen, und dann bringe ich Sie zurück ins Hotel. Wir haben morgen einen langen Tag vor uns.«

❦

Nachdem sie ins Hotel zurückgekehrt waren und er Sarah sicher in ihr Zimmer gebracht hatte, entschied Will, dass er spazieren gehen musste. Und zwar lange.

Er nahm den Weg, der von der Stadt am Strand entlang

und hinunter zur Rosia Bay führte, einem der wenigen Orte auf der Westseite der Halbinsel Gibraltar, die einen zugänglichen Strand hatten.

Dort zog er seine Stiefel aus, krempelte die Hose hoch und ging im kalten Meerwasser spazieren. Die Sonne war schon lange untergegangen. Ein goldenes Leuchten erhellte die Küste. Irgendwo in der Nähe spielte eine lokale Band. Ein Chor von Sängern begleitete die Musik. Die Nacht fühlte sich magisch an.

Der Tag, den er mit Sarah verbracht hatte, war eine ständige Offenbarung gewesen, sowohl über sie als auch überraschenderweise über sich selbst.

Sie hatte unter den Händen eines Schurken gelitten; ihre Angst war real. Was er nicht verstehen konnte, war, warum sie nicht bereit war, ihm zu vertrauen.

»Bin ich wirklich ein so schlimmer Wolf?«, murmelte er.

Er stopfte die Hände in die Jackentaschen und konnte den quälenden Gedanken in seinem Hinterkopf nicht loswerden. Sie hatte noch etwas anderes an sich, etwas Unerwartetes.

Er starrte aufs Meer hinaus und beobachtete, wie die einheimischen Fischerboote mit der Flut am späten Abend losfuhren. Er spürte die Wahrheit über die Wirkung, die sie auf ihn hatte.

Er kannte sie gerade mal einen einzigen Tag lang. Er kannte nicht einmal ihren richtigen Namen. Doch das Verlangen regte sich in seinem Blut. Jedes Mal, wenn er sie heute Nachmittag angesehen hatte, hatte ihn der Impuls ergriffen, sie noch einmal in die Arme zu nehmen und sie wie von Sinnen zu küssen. Seine Hände über ihre Hüften gleiten zu lassen und sie fest an sich zu ziehen.

Er stieß die Luft aus seinen Lungen und fühlte, wie er sich bei dem bloßen Gedanken an sie verhärtete. Wie sollte er mit ihr zwei Wochen auf dem Schiff zurück nach England überleben? Er konnte nicht die gesamte Zeit in seiner Kabine eingesperrt bleiben.

Wenn er in dieser Zeit nicht verrückt werden sollte, musste er alles über sie aufdecken. Was verbarg diese mysteriöse Frau, die er aus dem Meer gezogen hatte? Sie musste ihm all ihre tiefsten Geheimnisse offenbaren.

Als Erstes musste er ihren richtigen Namen erfahren.

Dann würde er sie zu der Seinigen machen.

Kapitel Acht

Am nächsten Morgen verließ Will das Hotel früh und machte sich auf den Weg zum Schifffahrtsbüro des Hafens von Gibraltar, das sich am Wasser befand.

Bevor sie an diesem Tag lossegelten, war er entschlossen herauszufinden, wer Sarah wirklich war. Er war nicht mehr davon überzeugt, dass es nur der ehemalige Spion in ihm war, der die Wahrheit über sie wissen wollte.

Er wusste genug über Schifffahrtsbewegungen, um zu wissen, dass das Schifffahrtsregister im Hafenbüro ihm die wichtigen Informationen geben würde, die er suchte.

Die *Blade of Orion* hatte laut seiner Erinnerung mehrere Tage im Hafen gelegen. Die Passagiere hatten sich bei den örtlichen Behörden in Gibraltar registrieren müssen, sobald sie an Land kamen. Namen und Herkunftsorte würden in den Registern stehen.

Er ging gemächlich zu dem kleinen grauen Holzgebäude, in dem sich das Schifffahrtsamt befand, und öffnete die Tür. Der verantwortliche Quartiermeister war ein kahlköpfiger, rundlicher Gentleman, der Will ansah, als könnte er eine anständige Nachtruhe vertragen. Seine Marineuniform passte ihm eher durch Zufall als dank der Maßarbeit eines kompetenten Schneiders. Noch ein Ale oder eine große Pastete, und die goldenen Knöpfe an seiner blauen Jacke würden ihm um die Ohren fliegen. Das Niveau war seit dem Ende des Krieges mit Frankreich nicht mehr dasselbe.

Der Quartiermeister schlurfte von seinem Schreibtisch herüber zu Will, der an der langen Holztheke stand. Als er die Theke erreichte, wehte Will ein unangenehmer Geruch von abgestandenem Schweiß und schlechtem Atem an. Er trat einen halben Schritt zurück.

»Hier dürfen nur Schiffskapitäne herein und Personen, die mit der offiziellen Seefahrt zu tun haben, Sir«, sagte er.

Will bemerkte, dass der »Sir« nur nachträglich hinzugefügt wurde.

Ohne Emotionen im Gesicht schob Will ein gefaltetes Stück Papier über die Theke zum Quartiermeister.

Dann wartete er.

Es dauerte nur einen Moment, bis sich das Verhalten des Quartiermeisters änderte. Er hörte auf zu lesen und sah zu Will auf. Eine Perle nervösen Schweißes glitt über die Wange des Mannes.

Er streckte den Rücken und ordnete die Knöpfe seiner Jacke. Davon sah er zwar auch nicht besser aus, aber es zeigte Will, dass der Mann verstanden hatte.

»Wie kann ich Ihnen helfen, Sir?«

Will nahm den kostbaren Brief, den King George persönlich unterschrieben hatte, und steckte ihn sicher wieder in seine Jackentasche.

»Ein paar Minuten allein mit dem Schiffsregister der letzten Woche, wenn Sie so nett wären«, antwortete er.

Er wurde sofort in ein nahes Büro geführt. Der Quartiermeister räumte einige Papiere auf dem Schreibtisch weg, um Platz für Will zu schaffen. Dann eilte er davon und kehrte so schnell zurück, wie seine dicken Beine ihn tragen konnten. In seinen Händen hielt er ein großes grünes Buch, das er vor Will auf den Schreibtisch legte.

»Nehmen Sie sich so lange Zeit, wie Sie möchten, Sir. Wünschen Sie eventuell ein Glas Portwein?«

Will winkte ab. Zu dieser Tageszeit trank nur Marinepersonal.

Er schlug das Buch auf und begann, die Seiten umzublättern. Oben auf der Seite, die etwa sechs Tage zuvor datiert war, fand er die Auflistung für die *Blade of Orion*. Er begann, die Passagierliste zu durchsuchen. Es dauerte nicht lange, bis er die Reisegruppe gefunden hatte, die der Beschreibung seines Verdachts am besten entsprach.

Mr. und Mrs. Aldred Wright of London
Miss Harriet (Hattie) Wright of London
Pastor Peter Brown of London
Miss Sarah Wilson of York

Er lehnte sich auf dem Stuhl zurück und starrte auf die Namen.

An Bord des Schiffes war eine Sarah Wilson gewesen, so viel stimmte also. Aber seine Sarah Wilson sprach mit dem Akzent von jemandem, der in London geboren und aufgewachsen war, nicht mit dem unverwechselbaren Akzent, den ein Mädchen aus Yorkshire nur schwer würde verstecken können. Er würde seinen letzten Penny darauf wetten, dass die echte Sarah Wilson noch an Bord der *Blade of Orion* und auf ihrem Weg nach Afrika war.

Das ließ nur einen anderen möglichen Namen übrig.

»Miss Hattie Wright. Freut mich, Sie kennenzulernen«, murmelte er.

Er nahm ein Notizbuch und einen Bleistift aus der Jackentasche und schrieb die Namen der Reisegruppe auf. Er trommelte zufrieden mit den Fingern auf dem Schreibtisch, als der Quartiermeister etwa zehn Minuten später zurückkam.

»Haben Sie gefunden, wonach Sie gesucht haben, Sir?«, fragte er.

Will stand vom Schreibtisch auf und schloss das Buch. Mit Elan überreichte er es dem Quartiermeister.

»Ja. Danke, ich habe genau das gefunden, wonach ich gesucht habe.«

Kapitel Neun

Auf dem Rückweg zum Hotel erspähte William die *Canis Major* im Dock, das Schiff, das er für Hattie und sich für die Rückreise nach England gebucht hatte.

Er dachte an das Stück Papier in seiner Tasche. Es war seltsam, an Sarah jetzt als Hattie zu denken. Doch irgendwie passte der Name besser zu ihr. Die Zeit würde bald kommen, sie mit dem, was er bei der Schifffahrtsbehörde entdeckt hatte, zu konfrontieren. Dieses Gespräch musste jedoch warten, bis sie weit draußen auf See waren. Er würde kein Risiko eingehen.

Als er sich dem Schiff näherte, sank sein Herz.

Es mochte ein Schwesterschiff der *Blade of Orion* gewesen sein, aber dabei endete jede Ähnlichkeit zwischen den beiden Schiffen. Während die *Blade of Orion* ein robustes, gepflegtes Schiff war, lagen die besten Tage der *Canis Major* schon lange hinter ihr.

Backbord, unterhalb der Ketten, war das Schiff ursprünglich in einer tiefblauen Farbe mit goldenen Details lackiert worden. Stellenweise waren noch Reste der Lackierung sichtbar, aber zum größten Teil war die Farbe entweder im Abblättern begriffen oder bereits völlig verschwunden.

Die Galionsfigur auf dem Bug des Schiffes sah aus, als wäre es einmal ein goldfarbener Hund gewesen, der ein Schild mit roten Sternen hielt. Allerdings fehlte der halbe Kopf des Hundes, ebenso wie eines seiner Beine.

Will begann zu bezweifeln, dass es weise war, auf einem solchen Schiff zu reisen. Er ging neben dem Schiff, bis er die Gangway erreichte. Als ein Besatzungsmitglied mit einem großen Fass an ihm vorbeiging, hielt Will ihn an.

»Ist der Kapitän an Bord des Schiffes?«

Der Matrose nickte in Richtung eines kleinen Tisches, an dem ein weißhaariger Herr hektisch in eine Frachtliste schrieb. Er erschien gut gekleidet, was Will einen Hoffnungsschimmer gab. Er ging hinüber.

»Guten Morgen. Ich habe gehört, dass Sie der Kapitän dieses Schiffes sind.«

Der Kapitän schaute auf, maß Will kurz und kam auf die Beine. »Bin ich auch. Wer will das wissen?«

Will streckte seine Hand aus, und dem überraschten Kapitän blieb kaum eine andere Wahl, als sie zu nehmen. Wills Zeit als Undercoveragent hatte ihn gelehrt, dass der Wert eines willig angebotenen Handschlags über den Wert einer Goldmünze hinausging. Männer wollten von Natur aus sympathischen Männern vertrauen.

»Ich habe die Passage für meine Verlobte und mich an Bord gebucht. Beabsichtigen Sie noch mit der Flut heute Abend zu segeln?«

Der Kapitän nickte. »Wenn wir bis Mittag die gesamte Fracht an Bord haben können, dann ja.«

Will blickte zum Deck des Schiffes auf und stellte fest, dass es bereits schwer mit Fässern und Kisten beladen war, die die Besatzung mit einem dicken Seil sicherte.

»Sie haben dort eine ziemliche Ladung. Wird es nicht ein wenig eng für die Passagiere, sich an Deck zu bewegen?«, fragte er.

Der Kapitän schüttelte den Kopf und zeigte auf die Rückseite des Decks. »Es gibt nur Sie und Ihre Verlobte, also werden wir nicht viel Deck brauchen. Dieses Schiff sollte erst nächste Woche nach London fahren, aber eines der anderen Schiffe des Unternehmens lief letzte Woche auf ein Riff vor den Kanarischen Inseln, das ein Loch in seine Seite riss. Wir müssen so viel von der Ladung wie möglich auf dieser Reise mitnehmen. Jede Kabine außer Ihrer und meiner ist voller Fracht.«

Will runzelte die Stirn, unsicher, ob er den Kapitän richtig verstanden hatte. »Haben Sie gesagt, dass es nur eine Kabine für die beiden Passagiere gibt?«

»Ja, und Sie hatten Glück, die überhaupt zu bekommen. Aber keine Sorge, es gibt genügend Platz. Natürlich nur, wenn Sie trotzdem mit uns segeln wollen. Wenn nicht, habe ich viele Interessenten für Ihre Kabine.«

Will blickte erneut auf das Schiff, und der Kapitän schnaubte.

»Lassen Sie sich nicht von ihren rauen Kanten täuschen, sie ist ein robustes Schiff. Ich ziehe mich Ende des Jahres mit meiner Frau in ein kleines Häuschen in Dorset zurück. Ich würde mich vorher nicht auf irgendetwas einlassen, das mich in ein wässriges Grab schicken würde. Meine Frau würde mich töten.«

Will nahm seinen Mut zusammen. Das Schiff mochte zwar hoffnungslos vollgestopft sein, doch wenn es sie sicher nach Hause brachte, war er bereit, ein wenig Unbehagen zu ertragen.

Und auch wenn es nicht ideal war, er wusste, dass er kaum eine Wahl hatte. Es könnte eine Woche dauern, bis er sich die Überfahrt auf dem nächsten Schiff nach England sichern konnte. Er wollte nicht riskieren, in Gibraltar warten zu müssen. Wenn die örtlichen Hafenbehörden Wind davon bekämen, wer Hattie wirklich war, könnten sie sich entscheiden, sie unter ihren Schutz zu nehmen. Seiner Meinung nach war er der einzige Mann, der sie beschützen würde.

»Ihr Schiff wird genügen, danke. Meine Verlobte und ich werden heute Nachmittag bereit sein, an Bord zu gehen.«

Will drehte sich um und ging am Wasser entlang zu den Steinstufen, die zurück in die Stadt und zum Hotel führten.

Er würde sich einen starken Kaffee und ein Frühstück besorgen, bevor er Hattie die Nachricht überbrachte, dass sie sich für die Dauer der Heimreise eine Kabine mit ihm teilen würde.

Kapitel Zehn

Will hatte sich damit abgefunden, an Bord des Schiffes irgendwie zurechtkommen zu müssen. Das stellte sich jedoch viel schwieriger heraus als erwartet.

Sobald Hattie und er an Bord gingen und ihre Kabine betraten, wusste Will, dass die Heimreise interessant werden würde.

Die Kabine wäre sogar für nur eine Person eng gewesen. Zwei Personen waren darin zusammengepfercht. Da sonst nirgendwo an Bord ihr Gepäck gelagert werden konnte, hatten sie Wills Reisekoffer in den Raum zwischen Bett und Außenwand gezerrt. Der Platz, den der Koffer einnahm, halbierte den kleinen Schreibtisch an der anderen Wand. Der Stuhl war zwischen dem Koffer und dem Tisch eingeklemmt. Die Reisetasche, die Will für Hattie gekauft hatte, stand auf dem Tisch.

Zwischen Tisch und Bett war genug Platz für sie, um zu stehen, aber für wenig anderes. Man musste die Luft einziehen, um die Rückwand der Kabine zu erreichen.

Das einzige Schöne waren die beiden Bullaugen entlang der Rückwand der Kabine. Das warme Licht und der Blick auf das Meer gaben eine Illusion von mehr Raum.

Als er die Tür hinter sich schloss, wandte sich Hattie an Will. »Obwohl es nicht ideal ist, kann ich verstehen, dass Sie und ich die beengten Bedingungen ertragen müssen, wenn wir es nach Hause schaffen wollen. Was ich nicht verstehe, ist, wo wir beide schlafen sollen.«

Auf seinem Weg zum Dock am frühen Morgen hatte Will gar nicht daran gedacht, dass eine Kabine auch ein Bett bedeutete. Obwohl das betreffende Bett groß und eindeutig für zwei Personen ausgelegt war, war es unmöglich, es mit Hattie zu teilen.

»Ich werde mit dem Kapitän sprechen. Ich bin sicher, er wird eine freie Hängematte im Quartier der Besatzung haben, in der ich schlafen kann. In der Zwischenzeit packen Sie einfach Ihre Sachen aus und richten sich ein. Ich werde kommen und Sie holen, bevor wir ablegen, damit Sie Gibraltar Lebewohl sagen können.«

Als sich das Schiff schließlich vom Dock entfernte, stieß Will einen großen Seufzer der Erleichterung aus. Er hatte es geschafft, Hattie an Bord der *Canis Major* zu bringen, und in wenigen Tagen war sie wieder in England.

Er schaute auf seine Hände hinab, wie sie sich an den Schiffstauen festhielten, überrascht, wie angespannt er gewesen war, bis die Gangway endlich gehoben wurde.

Auf dem Weg zurück zum Hotel am frühen Morgen hatte er Hatties Situation betrachtet. Aus den Informationsschnipseln, die er bisher in ihrer kurzen gemeinsamen Zeit gesammelt hatte, konnte er ein klein wenig der Wahrheit zusammenstellen.

Mr. und Mrs. Wright, folgerte er, waren ihre Eltern. Hatties Ausrutscher am Europa Point war nicht unbemerkt geblieben. Ihr Vater hatte den Felsen von Gibraltar gesehen, als sie in den Hafen segelten.

Die echte Miss Sarah Wilson war wahrscheinlich eine Zofe oder eine andere Missionarin. Als Hattie gezwungen worden war, einen falschen Namen zu nennen, hatte sie den Namen der ersten Person verwendet, die ihr in den Sinn kam.

Was das letzte Mitglied der Reisegruppe, Reverend Peter Brown, betraf, so würde Will darauf wetten, dass er der Verlobte war, vor dem Hattie so verzweifelt zu entkommen suchte.

Damit hatte Will ein unerwartetes Problem.

Wen hatte Hattie noch in London? Er konnte sie nicht nach England zurückbringen, sie einfach vom Boot gehen und im Unbekannten verschwinden lassen.

»Ich kann nicht sagen, dass ich unglücklich bin, diesen Ort verschwinden zu sehen«, bemerkte Hattie.

Will drehte sich um, als sie das Ende der Treppe erreichte und sich neben ihn stellte. Sie begutachtete die Stadt Gibraltar, die langsam verschwand. Inzwischen betrachtete er die Frau neben sich.

Hattie hatte die Nachricht von ihrer Reisesituation ohne einen Hauch von Unmut aufgenommen. War es bei ihrer Familie und ihrem Verlobten so schlimm gewesen, dass sie bereit war, sich jeder Form von Unbehagen zu unterziehen, nur um nach Hause zu kommen?

Als das Schiff aus der Hafenmole glitt, nahm der Wind zu. Bei einer plötzlichen Böe schwankte Hattie. Instinktiv streckte er die Hand aus und ergriff ihren Arm.

»Danke Mr. Saunders«, sagte sie.

Als sie sich über die Reling beugte, um eine bessere Aussicht zu bekommen, hielt er sie weiterhin fest. Das Letzte, was er brauchte, war, dass sie über Bord stürzte. In seinem Hinterkopf blieb auch die Vorstellung, dass sie springen könnte. Obwohl es dumm war, fühlte er sich nach wie vor nicht wohl dabei, wenn sich die Frau, die er beschützen wollte, in der Nähe der Reling aufhielt.

»Wann sind wir wieder formell miteinander geworden?«, fragte er.

Er ertappte Hattie dabei, wie sie die Stirn runzelte, als sie sich abwandte.

»Ich weiß es nicht. Es fühlt sich ein wenig zu vertraut an, vor allem jetzt, da wir unter anderen Menschen sind«, antwortete sie.

Wenn man davon ausging, dass sie während der nächsten Tage eine beengte Kabine an Bord des Schiffes teilen würden, schien es seltsam, auf einer solchen formalen Basis zu bleiben. Er hatte entschieden, dass die Fortsetzung der Fassade als verlobtes Paar die sicherste Option war. Er musste sie überzeugen, ihn Will zu nennen.

»Nur vergessen Sie nicht, dass die Crew denkt, wir seien ein verlobtes Paar«, warnte er. »Vielleicht sollten Sie mir, wenn schon nicht romantische Zuneigung, dann doch wenigstens Freundschaft zeigen.«

Wenn sie es täte, gäbe es eine gute Chance, dass ihre Maske ein wenig weiter herabrutschen würde und er einen weiteren Einblick in ihr wahres Selbst erhielte. Er fragte sich, wie viel davon sie ihm bereits offenbart hatte.

Was auch immer die Wahrheit war, er musste mehr davon wissen, bevor sie London erreichten. Solange sie auf dem Schiff waren, konnte sie sich nicht so leicht vor ihm oder der Vielzahl von Fragen verstecken, die derzeit in seinem Kopf herumwirbelten.

Will schürzte die Lippen. Er war ein geduldiger Mann, wenn es darauf ankam, aber Hattie war eine überraschende Herausforderung in dieser Hinsicht. Er streckte eine Hand aus und strich sanft mit den Fingern über ihre Wange.

Sie schauderte.

»Es ist kühl in der Meeresbrise«, sagte sie. Seine Berührung war so leicht gewesen, dass sie es nicht bemerkt zu haben schien.

Ihr in Spanien geschneidertes Baumwollkleid gab ihr

wenig Schutz vor der Kälte des Meereswindes. Will knöpfte schnell seinen großen Mantel auf und bot ihn ihr an. Als er mehrere neue funktionelle Tageskleider für sie gekauft hatte, hatte er nicht daran gedacht, dass sie einen Mantel brauchen würde. Gibraltar war nicht gerade ein Ort für schwere englische Wollmäntel.

»Danke.« Sie schlüpfte mit den Armen in seinen überdimensionalen Mantel.

Der Mantel reichte hinunter bis zu ihren Füßen. Es sah ein wenig lächerlich aus, Will aber fand es absolut charmant.

Sie geht dir unter die Haut.

»Nun, Ihnen wird an Deck nicht kalt sein, wenn sie daran denken, den zu tragen«, bemerkte Will.

Glücklicherweise kehrte er mit all seinen Habseligkeiten nach England zurück, und irgendwo in seinem Reisekoffer befand sich ein zweiter Wollmantel.

Nachdem das Schiff den Hafen gänzlich hinter sich gelassen hatte, drehte der Kapitän den Bug des Schiffes nach Norden. Hattie blickte über ihre Schulter nach Süden, nach Afrika. Die Berge Marokkos wurden langsam zu einem winzigen Fleck in der Ferne, bevor sie schließlich verschwanden.

Tränen traten in ihre Augen. Sie schniefte und wischte sie mit der Handfläche ab.

»Bedauern?«, fragte er.

Sie begegnete seinem Blick. »Ganz und gar nicht.«

Konflikte zerrissen Will. Wenn er Hattie sicher zu ihrer Familie zurückbringen sollte, musste er wissen, wer in London diese junge Frau aufnehmen und ihr ein Zuhause anbieten würde. Ihre Eltern waren auf dem Weg nach Afrika, und unabhängig von den Umständen, unter denen sie sie verlassen hatte, schuldete er ihnen immer noch die Pflicht, ihre Tochter in die Hände von jemandem in England zu übergeben, der sich um sie kümmerte. Seine Fragen verlangten Antworten.

Der Blick vom Schiffsdeck wurde bald zu einer ständigen Wiederholung. Der blaue Ozean erstreckte sich backbords kilometerweit, mit nur einer dünnen braunen Landlinie auf Steuerbord. Innerhalb einer Stunde hatten sie sich in die beengte Kabine zurückgezogen. Hattie rollte sich schlafend auf dem Bett zusammen, während sich Will in den Stuhl am winzigen Schreibtisch quetschte und Notizen für seine ersten Tage in London machte.

Er hatte ein paar persönliche Gegenstände in seinem Reisekoffer dabei, der Rest seiner Besitztümer war am Tag seiner letzten Abreise aus Paris nach Hause verschifft worden.

Da er mehrere Jahre in gemieteten Unterkünften gelebt hatte, hatte er nicht viel an Möbeln benötigt, aber als sich Will entschied, dauerhaft nach England zurückzukehren, hatte er sich daran gemacht, genügend elegante und teure Möbelstücke zu kaufen, um ein Haus zu füllen. Sobald er in London ankam, wollte er sein Leben wieder aufbauen. Eine Frau und eine Familie lagen in diesen Plänen weit vorn.

Als sich Hattie endlich aus ihrem Schlaf rührte, entschied Will, dass es Zeit war, sie zu konfrontieren.

Sie wusste, dass es unvermeidlich war. Das Einzige, was sie wirklich überraschte, war, dass Will mit seiner Befragung bis zu diesem Zeitpunkt gewartet hatte.

Von dem Moment an, als sie an Bord gegangen waren, hatte sie darauf gewartet, dass er sie erneut über ihre Herkunft ausfragte. Über ihre Familie.

Als sie die Augen öffnete, sah sie ihn auf dem Stuhl sitzen, der ihr gegenüber stand, seine Hände fest vor sich gefaltet.

»Hattie, wir müssen reden.«

»Ja.«

Das Wort war über ihre Lippen, bevor sie nachdenken

konnte. Will hatte sie bei ihrem richtigen Namen genannt, und sie Idiotin, die sie war, hatte ihm geantwortet.

Ihr Gefühl der Dankbarkeit, dass die Tür der Kabine ein Schloss hatte, wurde durch den Anblick von Will, der den Schlüssel in der Hand hielt, sofort zunichtegemacht. Jede Hoffnung auf Flucht war dahin.

Wie hatte Will ihren Namen entdeckt?

Die einzige Reaktion, die er bei ihrer Antwort zeigte, war, sich auf dem Stuhl zurückzulehnen und einen leisen Pfiff auszustoßen. Sein Gesicht blieb unbeweglich. Aus seinem äußerlich gleichgültigen Auftreten wusste sie, dass dies nicht das erste Mal sein konnte, dass er jemanden verhörte. Die Geschichte, er sei Kaufmann, war eine bequeme Lüge.

Was hatte er über seine Zeit auf dem Kontinent gesagt? Sie zermarterte sich das Gehirn. Ihre eigenen Ausweichmanöver in allen Ehren, aber auch er hatte es geschafft, wenig von sich selbst oder seiner Vergangenheit zu verraten.

»Gut. Nun, zumindest haben wir Ihren richtigen Namen etabliert«, sagte er.

»Wie haben Sie den herausgefunden?«

Er stand vom Stuhl auf und steckte den Schlüssel in seine Manteltasche.

»Heute Morgen ging ich zum Schifffahrtsbüro unten am Dock. Als Sie und Ihre Eltern an Land kamen, wurden Sie alle bei der örtlichen Hafenbehörde registriert. Es dauerte nicht lange, bis ich Ihren Namen auf der Liste der Passagiere der *Blade of Orion* fand.«

Hattie schob sich zurück an die Kabinenwand. Während es wenig echte Distanz bedeutete, half es ihr zumindest, im Kopf Distanz zwischen ihnen zu schaffen. Heiße Tränen traten ihr in die Augen, und ihre Hände begannen zu zittern. Sie fühlte sich kurz davor, die Kontrolle zu verlieren. Sie ballte ihre Hände zu Fäusten und nahm mehrere tiefe Atemzüge.

Dann blickte sie auf ihre fest geballten Fäuste hinunter. Was sollte sie jetzt tun?

»Was wollen Sie?«, fragte sie schließlich.

Er begegnete ihrem Blick. Eine unerwartete Weichheit erschien auf seinem Gesicht. Die gleiche Wärme strahlte in seinen Augen wie in der Höhle von St. Michael. Sie knirschte mit den Zähnen und weigerte sich, sich von ihm noch einmal täuschen zu lassen.

»Ich will die Wahrheit, Hattie. Wie ich bereits sagte, kann ich Ihnen nicht helfen, wenn Sie mich nicht lassen. Ich muss nicht alles wissen, Sie können alle Geheimnisse bewahren, die Sie brauchen. Aber nach allem, was ich für Sie getan habe, verdiene ich eine Erklärung.«

Sie starrte weiterhin auf ihre Hände, während sie über seine Worte nachdachte.

Sie waren auf See. Der nächste Landgang würde in England sein. Wenn sie ihm die Wahrheit sagte, gäbe es wenig, was er bis zum Erreichen Londons tun könnte. Für alles, was er für sie getan hatte, verdiente er wirklich die Wahrheit. Oder zumindest einiges davon.

»Was möchten Sie wissen?«

»Gut. Ich würde vorschlagen, dass ein guter Ausgangspunkt eine Erklärung dafür wäre, warum Sie im Hafen von Gibraltar schwimmen gingen.«

Hattie kletterte vom Bett und ging zum Fenster hinüber, unter dem sich eine kleine gepolsterte Holzbank befand. Es wäre ein schöner Platz, wo man sitzen und während einer langen Seereise ein Buch lesen könnte.

Sie setzte sich erleichtert, als Will keine Anstalten machte, sich von seinem Platz näher an die Tür zu bewegen.

Wo genau sollte sie anfangen? So lange war es in ihrem Leben nur darum gegangen, anderen zu dienen. Niemand hatte jemals nach ihrer Geschichte gefragt.

»Meine Eltern haben sich vor einigen Jahren einer religiösen Bekehrung unterzogen. Mein Vater deklarierte einen

Großteil unseres privilegierten Lebens als böse und nicht würdig für den Weg, den er eingeschlagen hatte. Ich habe einen Großteil der letzten zwei Jahre damit verbracht, in dem Armenviertel von St. Giles zu arbeiten und zu versuchen, denen zu helfen, die weniger Glück haben als wir.

Vor etwa einem Jahr traf Papa auf Reverend Peter Brown, und sein ganzer Fokus verlagerte sich. Peter Brown überzeugte meinen Vater, dass die Armen von London nicht genug waren. Seine Pläne waren größer. Irdische Hilfe zu leisten, bedeutete nichts, wenn es Tausende von Seelen gab, die sie bekehren konnten. Dann kamen sie auf die Idee, dass eine Mission nach Afrika ihr Lebenswerk werden würde.«

Die Worte laut zu sprechen, ließ ihren Vater und Peter Brown kalt und berechnend wirken, aber es war die Wahrheit. Bei ihrer Arbeit ging es ihnen nur noch um Zahlen. Die Anzahl der Menschen, die sie unter ihre spirituelle Führung in Sierra Leone bringen könnten, war es, die beide Männer antrieb.

»Und Sie und Ihre Mutter haben den Plan mitgemacht. Aber irgendwo unterwegs haben Sie sich entschieden, einen anderen Weg zu gehen. Wann haben Sie zum ersten Mal gemerkt, dass Sie nicht dasselbe wollten wie sie?«, fragte Will.

Ihre Mutter, ja. Hatties ganzes Leben lang hatte ihre Mutter alles so getan, wie es ihr Mann angewiesen hatte. Die Ehe ihrer Eltern war praktisch. Selbst als ihr Vater Hattie mitten in ihrer ersten Saison aus der Londoner Gesellschaft herausgeholt hatte, hatte ihre Mutter nichts gesagt, um ihn aufzuhalten.

Für sich hatte Hattie gehofft, dass die Mission nach Afrika schlimmstenfalls ein Plan auf dem Papier wäre. Aber als der Tag des Ablegens immer näher rückte, begann eine Angst in ihrem Inneren zu wachsen.

Reverend Brown begann, ihr besondere Aufmerksamkeit zu widmen. Ihre Eltern erwähnten oft seinen guten Charakter und empfahlen ihn ihr.

Sie hatte die offensichtlichen Zeichen ignoriert und sich in ihre Arbeit vertieft. Schließlich konnte auch sie die klaren Pläne anderer nicht länger ignorieren.

Hattie schloss ihre Augen, als sie die Tränen nicht länger zurückhalten konnte. Sie war ein Teil einer Familie und dennoch so allein gewesen.

Will erhob sich von seinem Stuhl, aber sie winkte ihn weg. Wenn sie ihre Geschichte erzählen sollte, musste es zu ihren Bedingungen sein. Sie war überrascht von der langsamen Wut, die im Hinterkopf zu köcheln begann, als sie über ihren Vater und Reverend Brown sprach.

Als ihr Vater ihre Verlobung mit Peter Brown bekannt gab, befürchtete sie, dass die Schlacht verloren ging. Täglich wurde ihre Willenskraft mit Plänen und Verlautbarungen für ihre gemeinsame Zukunft angegriffen. Sie war der Kapitulation so nahegekommen.

»An dem Tag, an dem meine Mutter mir sagte, dass meine Katze nicht mit uns kommen würde. Das war der Tag, als ich es wusste.«

Ein nervöses Lachen entkam ihren Lippen. Es war absurd zu glauben, dass es den drohenden Verlust ihrer räudigen Katze Brutus bedurfte, um endlich zu sehen, wohin das alles führte.

»Sie erwarteten, dass ich alles aufgeben würde. Mein Zuhause, mein Leben und alles, was mir am Herzen lag. Das war vor zwei Monaten. Seitdem habe ich versucht, einen Weg zu finden, um zu vermeiden, mit ihnen reisen zu müssen.«

Hattie zögerte, und Will wartete schweigend darauf, dass sie fortfuhr.

»Ich geriet in Panik an dem Morgen, als wir von Gibraltar aus in See stachen. Reverend Brown hatte meinen Vater gedrängt, ihm zu erlauben, meine Kabine zu teilen, und mein Vater hatte zugestimmt. Ich wusste, wenn ich nicht springen würde, dann wäre ich wahrscheinlich schwanger, wenn wir Sierra Leone erreichten. Bei unserer

Ankunft bliebe mir dann nichts weiter übrig, als seine Frau zu werden.«

Hattie fühlte sich übel. Es war nicht die Bewegung des Schiffes. Sie hatte das Leben gesehen, wie es für sie geplant worden war, und wusste, dass es ein Leben des Elends und der Einsamkeit wäre.

Ihre Proteste ignorierend, zog Will sie in die Arme und hielt sie fest. Sie spürte die Wärme und den Trost seiner Umarmung. Ihr Herz hoffte verzweifelt, dass jemand endlich verstanden hatte.

»Ich danke Ihnen. Ich weiß, dass es enorm viel Mut erfordert hat, das zu sagen. Danke, dass Sie mir genug vertrauen und mir erlauben, endlich zu verstehen.«

Kapitel Elf

Will Saunders war von Natur aus kein gewalttätiger Mann, aber er wusste, dass es Männer gab, die nur auf Gewalt reagierten. Jahre als Spion in Frankreich hatten ihm diese unangenehme Wahrheit beigebracht. Männer waren unter seiner Hand gestorben.

Hatties Vater und ihr ehemaliger Verlobter hatten das Glück, dass sie in diesem Moment Hunderte Seemeilen entfernt waren, sonst befürchtete Will, er hätte Gewalt gegen sie ausgeübt.

Er hielt eine schluchzende Hattie in den Armen und war von Mitleid überwältigt. Dieses arme Mädchen war nichts weiter als ein Bauer in einem Schachspiel gewesen, das von denen geplant und gespielt wurde, die sie hätten beschützen sollen. Er wusste nicht, wen er in diesem Moment mehr hasste. Reverend Brown für die Vermutung, dass Hattie eine bequeme Ehefrau sein würde, oder Aldred Wright dafür, dass er seine Tochter nur als etwas gesehen hatte, das sich einem anderen Mann als Ehefrau anbieten ließ.

Sie hatte keine andere Wahl gehabt, als das zu tun, was von ihr verlangt wurde. Kein Mitspracherecht in ihrem Leben. Obwohl es waghalsig gewesen war, hatte sie das

Einzige getan, was sie konnte, indem sie vor ihnen geflohen war.

Als ihre Tränen schließlich versiegten, setzte Will Hattie auf das Bett. Er nahm seinen Platz gegenüber wieder ein.

Ohne Eltern und einen Verlobten in ihrem Leben war Hattie in einer prekären Situation. Will stand nun vor einer schwierigen Entscheidung. Würde er die Dinge so lassen, wie sie waren, oder würde er auf weitere Informationen drängen?

Er knirschte mit den Zähnen. Die nächsten paar Minuten könnten alles zwischen ihnen ändern.

»Also, Hattie, haben Sie noch weitere Familienangehörige in London?«

༄

Hattie hob langsam den Kopf und begegnete seinem Blick.

Wenn Will glaubte, sie wäre an Lügner nicht gewöhnt, hatte er niemals in dem Slum von St. Giles Geschäfte gemacht. Obwohl Hattie nicht besonders stark darin war zu lügen, wusste sie immer noch genug.

St. Giles war die Heimat jedes Diebes, Betrügers und Verbrechers, der in London etwas galt. Sie hatte sich im Laufe der Jahre mit vielen von ihnen befasst. Einige Lektionen hatte sie dabei besonders gut gelernt.

Während die Zeitungen regelmäßig Artikel schrieben, in denen die Schließung der *Rookeries* genannten Slums von London gefordert wurde, unternahmen die Behörden nichts dagegen. Ihr Vater hatte die Theorie, dass eine Räumung der schmutzigen Slums sowohl die Armen als auch die Kriminellen auf die Straßen von London zwingen würde. Die Reichen im Stadtteil St. James fänden es sicher nicht gut, wenn Bettler und Taschendiebe auf den Straßen vor ihren Haustüren leben würden.

Wills Versuch, sie zu trösten, war real gewesen, er war nicht so berechnend. Sie wusste jedoch, dass es nur eine kurze

Pause in dem langen Spiel war, das er spielte. Es war Zeit für sie, eine ihrer eigenen Figuren auf dem Schachbrett zu bewegen.

»Mein Onkel Felix hat ein Haus in der Argyle Street. Dorthin könnten Sie mich bringen«, antwortete sie.

Sie wartete und sah zu, wie Will ihre Worte verarbeitete. Die dunkle Linie auf seiner Stirn entspannte sich gerade genug, um ihr zu sagen, dass er ihr glaubte.

»Gut. Also werde ich Sie dorthin bringen, sobald wir an Land sind. Welche Nummer hat das Haus Ihres Onkels?«

»Oh, ich bin mir nicht sicher. Ich glaube, es ist Nummer fünfundsiebzig.«

»Rechte oder linke Straßenseite, wenn man von der Oxford Street kommt?«

»Rechts. Es ist ein weißes, vierstöckiges Stadthaus.«

Will suchte weiterhin nach Löchern in ihrer Geschichte. Glücklicherweise sagte sie die Wahrheit über das Haus und seine Lage.

»Nummer fünfundsiebzig haben Sie gesagt. Dann ist es also das Eckhaus?«

Sie runzelte die Stirn. Das Haus ihres Onkels befand sich in der Mitte einer Reihe von Häusern.

»Nein, es ist vier Türen vom Ende der Straße.«

»Ja, das würde es natürlich zur Nummer fünfundsiebzig machen. Ich habe Freunde im Eckhaus, und sie haben die Nummer einundachtzig.«

Hattie hielt den Atem an und wollte unbedingt keine Anzeichen von Erleichterung zeigen, dass Will ihr glaubte. Die Wahrheit war, sie hatte nicht gelogen. Ihr Onkel hatte ein Haus in der Argyle Street. Sein ständiger Wohnsitz war in London.

Wer war sie also, um auf der Tatsache herumzureiten, dass ihr Onkel Felix derzeit mit dem britischen Gesandten in den Vereinigten Staaten von Amerika in Washington diente und seit vier Jahren nicht mehr in England gewesen war.

Es klopfte an ihrer Kabinentür, und Will öffnete. Als er aufstand und ihr den Rücken zuwandte, stieß Hattie den Atem aus, den sie angehalten hatte.

Der Erste Offizier stand mit der Mütze in der Hand an der Tür. Will hatte darum gebeten, mit dem Kapitän über seine Schlafgelegenheiten zu sprechen.

»Es wird nicht lange dauern«, sagte Will.

Als sich die Tür hinter ihm schloss, boxte Hattie in die Luft. Sie hatte einen kleinen, aber wichtigen Sieg errungen. Sie hatte Will den Namen eines Familienmitglieds und eine Adresse gegeben, an die er sie bringen konnte, sobald sie London erreichten.

Ihr Onkel war echt, und sie wusste genug von seinem Haus, um Will eine überzeugende Geschichte erzählen zu können, dass sie dort ein Zuhause finden könnte. Sie hatte sich wertvolle Zeit gekauft. Zeit, in der sie einen Plan entwickeln konnte, um aus Will Saunders' Leben zu verschwinden.

Kapitel Zwölf

Will kehrte kurze Zeit später in seltsamster Stimmung in die Kabine zurück.

Sein Treffen mit dem Schiffskapitän war nicht gut verlaufen. Das Schiff war schwer mit Waren beladen, und es gab keine einzige freie Hängematte.

Zu diesem Problem kam hinzu, dass der Kapitän seine Besatzung gar nicht kannte, nachdem er sie erst kürzlich in Westindien abgeholt hatte. Es gab einige von ihnen, die er für nicht vertrauenswürdig hielt, andere für regelrecht gefährlich.

»Selbst, wenn ich einen Platz hätte, an dem Sie schlafen könnten, Mr. Saunders, wie zum Beispiel in meiner Kabine, würde ich Ihnen diese Unterkunft nicht anbieten. Ihre Verlobte ist möglicherweise in Gefahr durch die Besatzung, wenn sie allein in Ihrer Kabine schlafen muss«, hatte der Kapitän erklärt.

Das Schloss an ihrer Kabinentür war nichts Besonderes. Der gleiche Schlüssel passte zu den meisten Schlössern an Bord des Schiffes. Will würde mit Hattie in der Kabine schlafen müssen.

Diese Nachricht brachte ein weiteres Problem mit sich.

Was sollte er Felix Wright sagen, wenn er Hattie nach London zurückbrachte?

Er hatte sie aus dem Meer geholt. War halb nackt vor ihr gewesen. Und um das Ganze abzurunden, hatte er den größten Teil von zwei Wochen damit verbracht, eine Kabine mit ihr an Bord eines Schiffes zu teilen.

Wenn ihr Onkel ein Gentleman wäre, und wäre es auch noch so oberflächlich, würde er das Offensichtliche verlangen. Will würde Hattie heiraten müssen.

Er blieb vor der Kabinentür stehen. Es würde nicht das erste Mal sein, dass er aus Pflichtgefühl geheiratet hatte. Sein ursprünglicher Grund für die Zustimmung, Yvette zu heiraten, war der Aufbau einer falschen Identität in Paris gewesen.

Er war ein vorschneller junger Mann und Yvette schön und willensstark gewesen. Lust und Abenteuer hatten alle Vorbehalte gegen die Heirat mit dem französischen Undercoveragenten außer Kraft gesetzt. Ihr Vater hatte ebenfalls die Entscheidung stark beeinflusst.

Er hatte schnell gelernt, seine Entscheidung nicht zu bereuen. Yvette war eine sinnliche Frau gewesen. Sie gewann bald Wills Herz, und mit der Zeit hatte er ihres besessen.

Während sich Hattie von der lebhaften Yvette unterschied, besaß sie ihren eigenen einzigartigen Charme. Er hatte wenig Zweifel daran, dass sie mit der Zeit lernen würden, miteinander auszukommen. Es bestand sogar die Möglichkeit, dass sie einander mögen könnten.

Ich bin kein Ungeheuer, wer weiß, vielleicht kann sie sich in mich verlieben.

Das Thema Ehe hob er sich für später auf, wenn sie näher vor England waren. Bis dahin hatte Will Zeit, etwas mehr über die echte Hattie Wright zu erfahren. Zeit, um die Szene für das unvermeidliche Gespräch vorzubereiten.

In der Kabine fand er Hattie am Fenster sitzend. Sie beobachtete die Wellen und die entfernte Küste, die zu Spanien gehörte.

»Ich fürchte, ich habe schlechte Nachrichten«, sagte er.

»Ja?«

Es hatte keinen Sinn zu versuchen, die Wahrheit von ihr fernzuhalten. Wenn sie in den Slums der Pfarrei St. Giles gearbeitet hatte, würde Hattie genug über die Gefahren der Straße wissen.

»Der Kapitän ist nicht davon überzeugt, dass jeder Mann in der Besatzung einen guten Ruf hat. Ich muss in der Kabine schlafen.«

Sie zuckte mit den Schultern. »Das ist vollkommen in Ordnung. Das Bett ist groß genug.«

Will runzelte die Stirn. Ein Bett mit ihr zu teilen, war nicht Teil seiner Pläne. Jedenfalls noch nicht. Zuerst die Ehe, dann das Teilen des Ehebettes und die damit verbundenen Freuden.

»Ich habe etwas Bettzeug, der Boden sollte ausreichen«, erwiderte er.

Sie betrachtete die kleine Lücke zwischen dem Bett und dem Rest der Möbel. Es war ziemlich knapp. Will würde wenig Bewegungsfreiheit haben, wenn er auf dem Boden lag.

»Sind Sie sicher? Es ist nicht so, als würde einer von uns seine Nachtwäsche anziehen. Es macht mir wirklich nichts aus, wenn Sie sich die andere Seite des Bettes nehmen.«

Sie war ein praktisch gesinntes Mädchen, aber Will vermutete, dass Hattie mit Männern, genauer gesagt mit den Auswirkungen, die das Schlafen neben einer jungen Frau auf einen Mann haben könnte, nicht allzu vertraut war. Morgens mit einer heftigen Erektion neben ihr aufzuwachen, war eine echte Möglichkeit, der er sich nicht stellen wollte. Er wollte nicht, dass sie glaubte, er würde sie genauso behandeln, wie Reverend Brown es eindeutig beabsichtigt hatte.

»Während Sie vielleicht einige Zeit nicht mehr zur feinen Gesellschaft gehört haben, sollten Sie doch nicht eine Minute lang glauben, dass es für ein unverheiratetes Paar akzeptabel geworden wäre, sich ein Bett zu teilen. Der Boden wird reichen.«

Damit war die Diskussion beendet. Will hoffte, dass die sanfte Schaukelbewegung des Schiffes auf dem Meer und das Rauschen der Wellen als Schlaflied ausreichten, um ihm die Nächte erträglich zu machen.

Kapitel Dreizehn

Will ging auf einem kurzen Abschnitt des überfüllten Decks auf und ab. Jeder Zentimeter des Decks der *Canis Major* war mit Holzkisten und Fässern vollgestellt, die mit einem Seil zusammengezurrt waren. Es gab wenig Spielraum, um an Deck von A nach B zu gelangen, geschweige denn einen ordentlichen Spaziergang zu machen.

Er schlug mit der Faust gegen die Seite eines der Eichenfässer. Es war voll. Will leckte sich die Lippen und dachte, dass ein großes Glas Rum jetzt perfekt sein würde. Die neben dem Rum gestapelten Kisten waren gekennzeichnet: ZUCKER. *PINNEY ESTATE. NEVIS. VON FREIEN MÄNNERN PRODUZIERT.*

Die ehemaligen Sklavenplantagen in Westindien wurden inzwischen von freien Männern bearbeitet, die für ihre Arbeit bezahlt wurden. Es machte ihn krank, wenn er daran dachte, dass die *Canis Major* zuvor regelmäßig von Sklaven hergestellte Waren nach England verschifft hatte. Waren, die er und seine Familie gekauft und benutzt hatten. England mochte zwar den Krieg gegen einen französischen Tyrannen gewonnen haben, aber es war mit Sicherheit moralisch alles andere als unbefleckt.

Der Schlag eines dicken Seils gegen seine Beine riss ihn aus seinen Gedanken. Er trat zur Seite, als sich zwei Besatzungsmitglieder an ihm vorbeischoben und ein Seil um einen Stapel Fässer in der Nähe zurrten.

»Erwarten Sie raues Wetter?«, fragte Will halb im Scherz.

»Ja«, antworteten sie gleichzeitig.

Er schaute dorthin, wohin einer der Seeleute mit dem Kopf wies. Der klare Himmel Südspaniens war verschwunden. Stattdessen zogen sich beinahe schwarze Gewitterwolken über ihnen zusammen.

Innerhalb weniger Minuten bemerkte er eine spürbare Zunahme des Windes. Die Segel flatterten laut gegen den Mast, als die Besatzung, die in den Seilen über ihm arbeitete, sich bemühte, sie einzuholen.

Als er auf das Wasser blickte, konnte er sehen, wie die Wellen immer heftiger gegen die Schiffsplanken prallten.

Der Kapitän machte Will mit einem festen Ruck am Ärmel auf sich aufmerksam.

»Mr. Saunders, ich schlage vor, Sie möchten sich vielleicht in Ihre Kabine zurückziehen. Das Schiff macht Fahrt auf den Nordatlantik und in stürmisches Wetter. Es wird eine schwere Nacht. Die junge Dame braucht vielleicht bald Ihren Trost.«

Will nickte. Es würde eine lange Nacht in der engen Kabine werden, der ankommende Sturm würde ihnen nur noch mehr Unbehagen bereiten.

»Der Kapitän sagt, wir segeln in einen Sturm. Bis zum Morgen wird es ziemlich ruppig bleiben«, sagte Will, als er in die Kabine zurückkehrte.

Hattie saß ruhig auf dem Bett und hatte ein Buch in der Hand.

»Ich hatte bemerkt, dass das Schwanken des Schiffes stärker wurde.«

Will blickte zu Boden. Sie hatte sein Bett fertig gemacht, als er an Deck gewesen war. Obwohl Hattie alle Decken und die weiche Matratze benutzt hatte, die ihm der Kapitän gegeben hatte, sah es nicht besonders einladend aus. Da das Schiff in einen rauen Sturm geriet, bezweifelte er, dass er viel Schlaf bekommen würde.

»Werden sie uns etwas zu essen bringen?«, fragte sie.

Essen. Er hatte nicht daran gedacht, danach zu fragen. Hattie, praktisch wie immer, hatte es nicht vergessen.

»Ich werde mich erkundigen.«

Damit verschwand er wieder hinauf auf Deck.

Als er kurze Zeit später zurückkam, saß Hattie an derselben Stelle wie zuvor. Er ging zum Bett und reichte ihr einen Teller mit zwei Äpfeln, etwas Käse und vier dicken Scheiben Brot. Ein kleines Messer steckte im Käse.

»Ich fürchte, dies ist das Ausmaß unseres Abendessens. Der Koch und der Kabinenjunge sind damit beschäftigt, dabei zu helfen, die Ladung unter Deck zu sichern. Heute Abend wird es kein warmes Essen geben«, sagte er.

»Immer noch mehr als andere heute bekommen werden.«

Die Worte rollten so leicht von ihrer Zunge, dass Will vermutete, dass es ein allgemeines Sprichwort im Wright-Haushalt war.

»Kommen Sie, setzen Sie sich und essen Sie etwas. Ich erinnere mich an das Wetter auf der Reise hierher. Mama war mehrere Tage lang schrecklich unwohl, als wir zwischen den Meeren unterwegs waren.«

Will setzte sich auf den Stuhl gegenüber dem Bett und sah Hattie an. Zwischen ihren und seinen Knien lagen nur einige wenige Zentimeter. Sie kicherten beide darüber, wie eng der Raum zwischen ihnen war.

»Wir werden die besten Tanzpartner sein, wenn diese Reise vorbei ist. Sich umeinander zu drehen, wird wie eine zweite Natur sein. Unsere Körper werden eins sein«, sagte Will.

Er hatte die Art von jemandem, von dem sie erwartete, dass er ein erfahrener Tänzer wäre. In ihren jüngeren Jahren hatte sie gern getanzt. Ihr Bruder Edgar hatte viele Stunden geduldig damit verbracht, ihr den Walzer beizubringen, damals, im Jahr ihres Debüts. Sie hatte kaum all diese Lektionen nutzen können, bevor ihr Vater deklarierte, dass Tanzen eine Sünde und seiner Tochter nicht gestattet sei.

Edgar. Sie hatte seit einiger Zeit nicht mehr an ihren Bruder gedacht. Die plötzliche Erinnerung erschütterte sie.

»Ist alles in Ordnung? Meine Worte über das Tanzen kamen vielleicht etwas schief heraus. Ich meinte, wir würden uns wie eins auf der Tanzfläche bewegen. Ich wollte nicht frech klingen.«

Sie blickte auf und sah, dass Will sie beobachtete, ein besorgter Ausdruck auf seinem Gesicht. Er mochte sie, so viel war offensichtlich. Es gab bestimmte Blicke und Handlungen, die seine Stimmung zuweilen verrieten. Im Moment war er besorgt, dass er sie irgendwie beleidigt hatte.

»Ja, es ist alles in Ordnung. Sie haben mich nur gerade an mein altes Leben erinnert. Ich vergesse manchmal, dass mein Familienleben nicht immer so war. Meine Eltern liebten es zu tanzen, als ich jünger war.«

Während sie bereit war, über ihre Eltern zu sprechen, war Edgar Wright die einzige Person, die sie nicht mit Will teilen würde. Die einzige Person in London, zu der Will sie bringen könnte, war auch der letzte Mensch, der sie würde sehen wollen.

Sie hatte Edgar und seine Frau Miranda schrecklich behandelt. Sie hatte beide gemieden, weil sie die Mission, den Armen zu dienen, nicht geteilt hatten. Als der Moment gekommen war, in dem sie um seine Hilfe bat, um nicht nach Afrika reisen zu müssen, hatte Edgar sie zu Recht ihrem Schicksal überlassen. Es gab keinen Weg zurück in ihre Zeit als liebevolle Geschwister.

Sie zwang sich, über die bevorstehende Aufgabe nachzudenken und zu essen, bevor der Sturm losbrach. Hattie zog das Messer aus dem Käseblock und schnitt den Käse in mundgerechte Portionen. Als sie fertig war, wickelte sie etwas Käse in ein Stück Brot und reichte es Will.

Als er es ihr aus den Händen nahm, berührten sich ihre Finger. Ein Hauch von Hitze raste über Hatties Wirbelsäule. Sie schauderte.

Will zog langsam seine Hand zurück. Was auch immer sie gefühlt hatte, sie wusste, dass er es ebenfalls gespürt hatte.

Sie waren einander so nah wie möglich, ohne zusammen auf dem Bett zu liegen, doch sie sehnte sich danach, ihm noch näher zu sein. Seine Berührung ließ ihr Herz rasen.

Sie sollte Will gegenüber nicht so empfinden. Hattie versuchte, das Gefühl, das ihr Innerstes aufrührte, zu verdrängen, aber es war zu stark, um dagegen anzukämpfen.

Zu einer anderen Zeit und an einem anderen Ort hätte sie diese Anziehungskraft vielleicht Liebe genannt, aber hier und unter den gegenwärtigen Umständen war sie nicht in der Lage, das richtige Wort zu finden. Ihr Körper sendete Signale, die sie nie zuvor gekannt hatte. Es erschreckte und begeisterte sie.

»Sind Sie ein guter Seemann?«, stammelte sie.

Er schaute auf das Brot und den Käse in seiner Hand. »Nicht besonders.«

Er nahm einen Bissen vom Sandwich und kaute langsam daran. Zum ersten Mal, seit sie Will getroffen hatte, spürte Hattie, dass er sich nicht wohlfühlte. Der selbstbewusste Mann von Welt enthüllte nun eine verletzliche Seite, und es war nicht zu übersehen, dass er es nicht mochte.

Hattie sah sich in der Kabine um und erspähte mit gewisser Erleichterung einen Eimer in der Ecke, der mit einem kleinen Haken an der Wand befestigt war.

»Also, was Sie sagen, ist, dass wir den da heute Abend vielleicht irgendwann brauchen werden?«

Ein nachdenklich aussehender Will nickte. Er holte den

Eimer herüber und stellte ihn neben dem Schreibtisch auf den Boden.

Es klopfte an der Tür, und als Will öffnete, trat der Erste Offizier ein. Er nahm für Hattie seine Mütze ab.

»Der Kapitän sagt, ich soll Ihnen sagen, dass Sie in Ihrer Kabine bleiben sollen, bis er die Nachricht sendet, dass es sicher ist, herauszukommen. Da draußen braut sich wirklich was zusammen, und wir werden wahrscheinlich ein bisschen herumgeworfen«, sagte er.

Hatties Herz sank. Es wäre die ultimative Ironie, wenn sie auf dem Heimweg nach England auf See sterben sollte.

Der Erste Offizier las ihre Gedanken und grinste beruhigend.

»Keine Sorge, Miss, wir Seeleute bereisen diese Gewässer das ganze Jahr über. Wenn das Schiff herumgeworfen wird, kann sich ein Teil der Ladung von den Seilen lösen. Es wird nicht sicher an Deck sein. Ich und der Rest der Crew werden bald Schutz suchen, um den Sturm zu überstehen. Bis morgen früh sollte es vorbei sein, und wir werden uns auf den Weg entlang der Küste Portugals machen. Wir sollten in zehn Tagen England erreichen. Ich bin sicher, Ihr Mr. Saunders wird Sie sicher beschützen.«

Will schloss die Tür wieder ab, nachdem der Erste Offizier gegangen war. Er stand auf und überblickte die Kabine, bevor er anfing, Dinge vom Schreibtisch zu nehmen und sie in seinen Koffer zu legen. Hattie sah schweigend zu.

Als er endlich die Aufgabe erledigt hatte, die Kabine zu sichern, bot Hattie ihm noch etwas Käse und Apfelscheiben an, aber Will winkte ab.

»Es ist vielleicht keine gute Idee für mich, zu viel Essen in meinem Magen zu haben, wenn der Sturm zuschlägt.«

Hattie packte hastig den Rest des Essens zusammen und verstaute Teller und Messer in einer der Schreibtischschubladen. Will zog sich zu seinem provisorischen Bett auf dem Boden zurück und legte sich hin.

»Als ich sagte, ich sei kein guter Seemann, meinte ich, dass mir ein bisschen schwindelig wird, wenn das Schiff über die Wellen auf und ab rollt«, sagte er. »Es ist albern, wenn ein erwachsener Mann so leidet, aber so ist es nun mal.«

Das Schiff machte einen plötzlichen, heftigen Ruck und warf Hattie auf das Bett. Bevor sie sich aufsetzen konnte, traf eine zweite Welle das Schiff.

Als es sich schließlich auf der Rückseite der nächsten Welle wieder aufrichtete, rollte sich Hattie herum und blickte über die Seite des Bettes, um nach Will zu sehen.

Er hatte sich zu einem Ball in der Ecke zusammengerollt, seine Hände umklammerten fest seinen Reisekoffer. Sie murmelte ein Wort, bei dem ihre Mutter vor Verlegenheit rot geworden wäre.

Der Boden war ein gefährlicher Ort für Will selbst in besten Zeiten, und nun türmten sich riesige Wellen auf. Bei dem heftigen Seegang könnte der Boden schnell zu einer Todesfalle werden.

»Will, ich bitte Sie, Sie müssen auf das Bett kommen. Wenn Sie da unten bleiben, werden Sie sich verletzen, oder es passiert noch Schlimmeres«, flehte sie.

Er war kein Dummkopf. Will rappelte sich auf, griff nach seinen Decken und war auf halbem Weg zum Bett, als das Schiff von einer weiteren Welle getroffen wurde und ihn zurückwarf. Sein Kopf schlug mit einem dumpfen Ton auf den harten Holzboden auf.

»*Merde!*«, brüllte er.

Hattie kam auf die Knie und legte ein Bein über die Bettkante, aber Will hielt sie auf.

»Nein, Sie bleiben, wo Sie sind. Das Letzte, was wir brauchen, ist, dass wir beide von den Wänden und dem Boden der Kabine abprallen. Ich werde hinaufkommen.«

Als er ein zweites Mal aufstand, warf er sich aufs Bett und landete unelegant neben Hattie, begleitet von einem lauten »Uff«.

Sie überprüfte sein Gesicht und seinen Kopf auf Anzeichen von Blut und war erleichtert, als ihr klar wurde, dass sich Will nicht verletzt hatte.

»Wenn Sie so oft wie ich von einem Pferd gefallen sind, stellen Sie schließlich fest, dass Ihr Kopf viel härter ist, als Sie denken«, sagte er.

Hattie krabbelte über das Bett und setzte sich mit dem Rücken gegen die Wand. Ihre Füße drückte sie hart an die Seitenwand des Bettes. Will tat das Gleiche.

Während das Schiff weiterrollte, fühlte es sich an, als würden sie in einer außer Kontrolle geratenen Kutsche fahren. Hatties Magen betete um ein Paar Zügel, mit denen man die nicht existierenden Pferde zur Räson bringen könnte.

»Wenn dies ein Hinweis auf die bevorstehende Nacht ist, sagt mir etwas, dass wir keinen Schlaf bekommen werden.« Will klang müde.

Sie sah in sein Gesicht. Er hatte die Augen geschlossen, dunkle Wimpern küssten die Haut über seinen Wangen, aber sein Gesicht war aschfahl. Mitleid ersetzte einen Großteil der Angst, die sie gerade fühlte. Da der Sturm wahrscheinlich stundenlang unvermindert anhalten würde, sah sich Will einer qualvollen Nacht gegenüber.

»Wenn es zu schwierig ist, sitzen zu bleiben, dann schlage ich vor, dass Sie sich hinlegen«, sagte sie.

»Ja.« Die Schwäche seiner Stimme gab einen klaren Hinweis auf die wachsende Tiefe seines Unbehagens.

Mit seinem großen, maskulinen Körper vollständig auf dem Bett ausgestreckt, blieb Hattie keine andere Wahl. Sie legte sich auf die Seite, mit dem Rücken zu ihm.

»Ihr Bett ist schön weich. Die Polsterung ist viel besser als meine«, bemerkte Will.

»Schließen Sie Ihre Augen, hoffentlich hilft das, Ihren Kopf davon abzuhalten, sich zu drehen.«

Die volle Kraft des Sturms traf das Schiff kurze Zeit später, und Schlagregen setzte ein. Die Kabinentür klapperte, als der furchterregende Wind das Schiff herausforderte. Zum Glück blieb die Tür im Rahmen. Der Eimer auf dem Boden hatte nicht so viel Glück.

Währenddessen lag Hattie wach und sah zu, wie der Eimer von Tür zu Bett und wieder zurück über den Boden rollte. Als das Schiff auf eine größere Wand aus Wellen stieß, wurde der Eimer fest gegen die Seite des Bettes gedrückt.

Schnell ergriff sie ihn. Mit dem Eimer in der Hand hatte sie ein Problem gelöst. Die nächste Frage war, was mit dem Eimer zu tun wäre. Den Rest der Nacht daran festzuhalten, war keine Option.

An der gegenüberliegenden Wand neben der Tür befand sich ein Haken mit einem Stück Seil. Er war vielleicht höchstens sieben Fuß entfernt. Sie beschloss, es zu riskieren.

Hattie schob ein Bein über die Seite des Bettes und setzte sich langsam auf. Sie drehte sich um und sah Will an. Er schlief tief und fest, ein leises Schnarchen kräuselte seine Lippen.

Er war wirklich ein hübsches Exemplar eines Mannes. Ihre Finger sehnten sich danach, seine Haare zu berühren. Im Schlaf war es zerzaust, und eine Locke kringelte sich in seine Stirn.

Ihr Blick fiel auf seine Lippen. Lippen, von denen sie wusste, dass sie weich und warm waren. Lippen, die ihr Herz für immer besitzen wollte.

»Oh, wenn du nur nicht der wärst, der du bist, und ich nicht die, die ich bin«, flüsterte sie.

Sie wandte sich wieder der Aufgabe zu. Es waren lediglich ein paar Schritte bis zu dem Haken, der den Eimer sicher halten würde.

Nach einer kurzen Zeit des Sitzens und Zählens begann sie, die Muster der Wellen zu verinnerlichen. Bis zwanzig zählen, während sich das Schiff nach Steuerbord neigte, zehn Sekunden Stille, dann wieder bis zwanzig, während sich das Schiff vollständig nach Backbord zurücklehnte.

Als sich das Schiff das nächste Mal nach Steuerbord zu neigen begann, stand Hattie auf und kletterte mit dem Eimer in der Hand schnell zum Haken. Nach ihrer Einschätzung hatte sie Zeit bis fünfzehn, um den Eimer zu sichern, bevor sie bereit sein musste, sich auf den Rückweg zu machen.

Mit nervösen Fingern hob sie den Eimer auf den Haken und wickelte das Seil mehrmals darum, um ihn fest in Position zu halten.

Sie drehte sich um, als sich das Schiff in die andere Richtung lehnte, und taumelte zurück. Sie erreichte das Bett und warf sich hinein. Sie hatte es geschafft. Die Befriedigung darüber, ihr Ziel erreicht zu haben, ließ sie grinsen.

»Gut gemacht«, sagte Will mit kratziger Stimme.

»Ich dachte, Sie würden schlafen.«

»Habe ich auch, aber sobald Sie meine Seite verlassen haben, bin ich aufgewacht.« Will warf die Decken über sie beide und schlang dann einen starken Arm um ihre Taille. »Versuchen Sie nicht, das Bett noch einmal zu verlassen, es sei denn, Sie müssen es unbedingt. Der sicherste Ort für uns beide ist genau hier. Sie sollten versuchen, etwas Schlaf zu bekommen.«

Sie befanden sich mitten in einem heftigen Sturm im Nordatlantik auf einem Schiff, das riesige Wellen auf und ab ritt. Aber mit Will neben sich im Bett fühlte sich Hattie zum ersten Mal seit langer Zeit wieder sicher.

Endlich schlief sie ein und sank sie in einen langen, warmen Traum von einem Mann, der sie während der schlimmsten Stürme des Lebens stets festhielt.

Als der Morgen kam, war der Sturm größtenteils weitergezogen. Der Regen peitschte jedoch weiterhin auf das Deck. Nach einem flüchtigen Blick aus der Tür entschied Hattie, dass es wenig Sinn hatte, sich nach draußen zu wagen, und kletterte zurück ins Bett.

Es war später Morgen, als das Deck sicher genug war, um sich hinauszuwagen. Die Besatzung verbrachte den größten Teil des Vormittags damit, die Seile zu überprüfen und das Schiff zu reparieren. Mehrere Kisten Fracht waren während der Nacht über Bord gegangen und auf See verloren. Trotz aller Bemühungen schaffte Hattie es nicht, Will zu wecken.

»Der Schlaf der Gerechten«, murmelte sie.

Nur jemand mit ruhigem Gewissen konnte so gut schlafen. Schließlich akzeptierte sie die Niederlage, zog Wills Mantel an und machte sich auf die Suche nach Nahrung.

Die Schiffskabinenbesatzung, die aus dem Koch und einem Jungen von ungefähr vierzehn Jahren bestand, stand schweigend an einem Ende des Kombüsentisches, während Hattie ihr Frühstück aß. Der Koch, der eine Schürze trug, die bessere Tage gesehen hatte, räusperte sich grob.

»Wünscht das junge Fräulein sonst noch etwas?«, fragte er.

Hattie sah von ihrem hart gekochten Ei auf. Sowohl der Koch als auch der Kabinenjunge bewegten sich von einem Bein aufs andere. Es war, als würde man zwei tanzende Tauben beobachten. Wenn sich einer nach links rührte, folgte der andere.

»Ja, bitte. Mein Verlobter ist immer noch im Bett. Er hatte eine schreckliche Nacht. Könnten Sie ihm bitte etwas Frühstück machen, damit ich es zurück in unsere Kabine bringen kann?«

Während Hattie darauf wartete, dass Wills Frühstück zubereitet wurde, setzte sie sich draußen auf das Deck. In der Nähe der Kapitänskajüte fand sie eine kleine, feste Bank, die größtenteils nicht im Wind stand.

Die Sonne schien, und die Gewitterwolken der vergangenen Nacht hatten sich verzogen. Der Kontrast zwischen stürmischer Nacht und einem Morgen mit blauem Himmel war erstaunlich. Abgesehen von den müden Blicken auf den Gesichtern der Besatzung und mehreren zerfetzten Segeln, die in der Meeresbrise wehten, gab es kaum Anzeichen dafür, dass das Schiff eine turbulente Nacht durchgemacht hatte.

»Guten Morgen.«

Sie drehte sich um und sah Will im Sonnenschein stehen, eine Decke um seine Schultern gewickelt. Sein Haar war zerzaust, weil er so tief geschlafen hatte. Sie freute sich, dass die natürliche Farbe in sein Gesicht zurückgekehrt war.

»Sie sehen viel besser aus als letzte Nacht. Der Koch macht Ihnen Frühstück.«

Sie schaute auf die Decke, die den warmen, männlichen Körper bedeckte, an dem sie in der Nacht zuvor geschlafen hatte, und merkte plötzlich, warum er sie trug.

»Oh, es tut mir so leid, ich habe vergessen, dass ich Ihren Mantel genommen habe«, sagte sie.

Als der Kabinenjunge mit zwei Tassen Kaffee kam, leuchtete Wills Gesicht auf.

»Kaffee, das Elixier der Götter.«

Hattie lachte. »Ich dachte, Ambrosia sei das Elixier der Götter.«

Will schüttelte den Kopf. »Nicht in meiner Welt. Mein Gehirn funktioniert erst, wenn ich morgens einen starken Kaffee getrunken habe.«

Der Kabinenjunge eilte davon, um dem Koch mitzuteilen, dass der Gentleman wach und bereit sei, sein Frühstück einzunehmen.

Will nippte an seinem Kaffee und sah zu, wie der Junge wieder in die Kombüse verschwand.

»Sie sollten nicht allein hier draußen sein. Denken Sie daran, was der Kapitän darüber gesagt hat, dass er seine Besatzung nicht sehr gut kennt.«

Hattie war kurz davor, Will zu erklären, dass sie regelmäßig allein durch die gefährlichen Straßen Londons ging, entschied sich aber dagegen. Die Erinnerung daran, wie sie in den frühen Morgenstunden wach gelegen hatte, während Will neben ihr schlief, wärmte immer noch ihr Herz.

»Tut mir leid. Ich habe es vergessen. Der Kapitän war die meiste Zeit an Deck, seit ich hier sitze, und ich habe mich nicht aus seiner Nähe entfernt. Ich werde es nicht wieder tun«, beteuerte sie.

Die Wahrheit war, dass sie es so gewohnt war, in den gewalttätigen und unsicheren Straßen von St. Giles unterwegs zu sein, dass sie allen außer den offensichtlichsten Anzeichen von Gefahr gegenüber etwas gleichgültig geworden war. Nachdem sie zum vierten Mal in den frühen Tagen ihrer Mission auf der Straße angesprochen und ausgeraubt worden war, hörte sie auf, sich die Mühe zu machen, es ihren Eltern zu erzählen. Das Risiko ging mit der Aufgabe einher, den Armen Hilfe zu leisten.

»Ich möchte nur sicherstellen, dass Sie sicher zu Ihrem Onkel nach Hause kommen. Ich will nicht überheblich sein. Wenn wir uns darauf einigen können, dass Sie sich nicht ohne mich aus der Kabine wagen, werde ich zufrieden sein.«

Hattie stimmte zu. Für diese paar Tage war sie bereit, so vielen Forderungen Wills nachzugeben, wie sie für notwendig hielt. Sie sagte sich, es wäre nur, um sicherzustellen, dass sie eine herzliche und angenehme Heimreise genossen. Ihr Herz begann jedoch, in einem ganz anderen Rhythmus zu schlagen.

Jeder von ihnen mit einer Tasse Kaffee in der Hand folgten sie dem Kabinenjungen in die Kombüse.

Kapitel Vierzehn

In dieser Nacht versuchte Will ein zweites Mal auf dem Boden ihrer Kabine zu schlafen, aber in den frühen Morgenstunden fühlte Hattie, wie er neben ihr ins Bett rutschte. Er schlang seinen Arm um sie in einem inzwischen vertrauten Griff, und das sanfte Schnarchen, das bald von ihm kam, sagte ihr, dass er eingeschlafen war.

Hattie lag wach in der Nacht. Der Mond, der durch das Kabinenfenster hereinschien, tauchte den Raum in ein weiches hellblaues Licht.

Schließlich hob sie Wills Arm an und glitt aus dem Bett. Sie zog seinen großen Mantel an, ging zur Bank und setzte sich.

Im Bett rollte sich Will auf seine andere Seite und schlief weiter.

Sie lächelte, als sie ihm beim Schlafen zusah. Er war ein prächtiges Exemplar eines Mannes. Immer wenn er seine Arme um sie schlang, fühlte sie Schmetterlinge in ihrem Bauch flattern. Die Frau, die ihn irgendwann heiratete, würde einen wunderbaren Ehemann haben.

Aber Will Saunders war nichts für sie. Er war für das Leben im *Ton* geboren. Eine Welt des Reichtums, fabelhafter

Partys und egozentrischer Menschen. Das war die Welt, die sie zurückgelassen hatte. Ihr Leben hatte nun einen Zweck. Ihre Arbeit mit den Armen brachte Menschen Hoffnung, die sonst nichts hatten.

Will, trotz all seiner Liebenswürdigkeit, würde das nie verstehen.

Wenn sie nach England zurückkamen, würden sie sich auf getrennte Wege begeben. Mit der Zeit würde er sie vergessen. Sie wusste jedoch, dass sie ihn nie vergessen würde. Nie könnte sie den ersten Mann vergessen, der ihr Herz angesprochen hatte.

Sie drehte sich um und schaute auf den Mond. Es war beinahe Vollmond. Das Licht reflektierte auf den weißen Kappen der Wellen. Sie sahen aus wie winzige weiße Laternen, die einen nie endenden Walzer tanzten.

»Können Sie nicht schlafen?« Will hatte sich leise aus dem Bett geschlichen und setzte sich neben sie.

»Ich denke nur nach.«

»Worüber?«

Die Erinnerung daran, wie sie auf der Gangway der *Blade of Orion* gestanden hatte, kam ihr in den Sinn. Die Emotionen, die sie verspürte, bevor sie den Sprung in ein neues Leben machte, rührten sich noch einmal.

Damals warst du mutig. Warum nicht jetzt?

Sie lächelte, und als sie fühlte, wie ihre Wangen erröteten, wandte sie sich ab. Will streckte die Hand aus und berührte ihr Gesicht, zog ihren Blick zurück zu ihm.

»Worüber, Hattie?«

Ihr Blick fiel auf seine Lippen. Diese weichen, warmen Lippen, die sie gefesselt hatten, als Will sie an jenem ersten Tag auf dem Stadtplatz küsste.

»Darüber, wie es wäre, deine Geliebte zu sein.«

Sie hielt den Atem an. Ihr Blick blieb fest auf seinen Lippen. Sie war mutig genug gewesen, die Worte zu sagen, aber sie besaß nicht die Kraft, seinem Blick zu begegnen.

Will ergriff ihre Hand und hob sie an seine Lippen, küsste sie sanft.

»Weißt du, was du da sagst? Ich meine, was es bedeuten würde, meine Geliebte zu sein.«

Hattie blies die Wangen auf. Sie hatte an der schmalen Hoffnung festgehalten, dass dies ein Geheimnis wäre, das sie ihm nie preisgeben müsste. Aber wenn sie ihre Beziehung dorthin bringen sollte, wo sie sie haben wollte, musste sie ehrlich zu Will sein.

Hattie erhob sich von der Bank, beugte sich vor und legte einen zaghaften Kuss auf Wills Lippen. Sie hatte noch nie zuvor die Führung in der Begegnung mit einem Mann übernommen, aber ihr Herz forderte sie auf, eine Chance zu ergreifen. Das Schlimmste, was er tun könnte, wäre Nein zu sagen.

»Ja, das verstehe ich. Will, ich bin keine Jungfrau.«

Er erwiderte den Kuss.

»Ich nehme an, der Reverend entschied, dass er sich das Recht auf Freiheiten als dein Verlobter nehmen konnte, bevor ihr London verlassen habt.«

Sie nickte.

Sie hatte immer geglaubt, dass das Liebesspiel eine schöne Sache zwischen einem Mann und einer Frau wäre. Sie hatte die Küsse und das Flüstern zwischen Edgar und Miranda in den Monaten nach ihrer Hochzeit gesehen. Wie Mirandas Augen immer dann leuchteten, wenn Edgar sie berührte.

Mädchen bei Gesellschaftsbällen hatten ihr wunderbare Geschichten von den Geheimnissen erzählt, die ihre älteren, verheirateten Schwestern von den Freuden im Ehebett teilten. Von lustvollen Ehemännern und Momenten berauschender Hingabe.

Als Peter in der ersten Nacht in ihr Zimmer gekommen war, hatte sie erwartet, dass es eine magische Begegnung werden würde. Stattdessen war es schmerzhaft und erniedrigend gewesen. Als sie weinte, hatte Peter ihr befohlen, leise zu sein.

Seine wiederholten Besuche waren genauso schrecklich gewesen. Sie hatte sich ihm unterworfen, aber er hatte immer noch körperliche Gewalt angewendet, um sie seinem Willen zu beugen.

»Ich weiß, dass es bei dir anders wäre. Du wärest liebevoll.«

Will strich ihr mit dem Handrücken über die Wange und nahm ihr Gesicht zwischen seine Hände. Er zog Hattie zu sich und nahm ihre Lippen mit seinen.

Liebevolle, zarte Lippen berührten sie. Er war alles, was sich eine junge Frau von einem Mann erträumte.

Sein Duftwasser war eine berauschende Mischung aus Gewürzen und maskulinen Holztönen. Sie schwelgte in dem einladenden Duft.

Als Will seine Finger durch ihre Haare zog, spürte sie, wie Hitze ihre Wirbelsäule hinunterraste. Seine Zunge glitt in ihren Mund. Er neckte und lockte sie. Sie erwiderte seinen Kuss mit langsamen, prüfenden Bewegungen ihrer Zunge.

Will erhob sich von der Bank und zog Hattie fest an seinen Körper. Sie spürte die Härte seiner Männlichkeit an der Seite ihrer Hüfte. Bestärkt durch die Wirkung, die sie auf ihn hatte, griff sie nach unten und rieb über die Vorderseite seiner Hose.

Will ächzte zustimmend.

Er vertiefte den Kuss, und sie war bei ihm. Das war die Leidenschaft und die Verbindung, nach der sie sich so sehr mit einem Mann gesehnt hatte. Zwei Seelen, die sich verbanden und die Ruhe der Nacht miteinander teilten.

Er zog sich vom Kuss zurück, und ihre Blicke trafen sich.

»Bist du sicher, dass du das willst? Ich werde verstehen, wenn du einen Moment unüberlegt warst und es dir jetzt noch mal überlegst.«

Sie verspürte nicht den geringsten Zweifel und wusste

genau, was sie wollte. Will sollte jeden Zentimeter ihres Körpers mit seinen Händen und seinen Lippen erforschen.

»Ja. Ich bin sicher.«

Mit einem Seufzer stieß er den Atem aus. Es wäre eine unangenehme Nacht für ihn geworden, wenn sie ihre Meinung geändert hätte.

Will küsste sie noch einmal. Seine Hände hielten sie an der Taille, während sie sich an seinen starken, muskulösen Armen festhielt. In der beengten Kabine begannen ihre erhitzten Körper, den kleinen Raum aufzuwärmen.

Obwohl sie in ihren Kleidern geschlafen hatten, trug Will weder seine Jacke noch seine Krawatte, und unter seinem großen Mantel war Hattie nur in ihrem Kleid mit einer leichten Baumwollchemise darunter gekleidet. Sie zog ihre Arme aus dem großen Mantel und legte ihn auf die Bank.

Will machte kurzen Prozess mit den Knöpfen von Hatties Kleid, bevor er es über ihren Kopf zog und über den nahen Stuhl drapierte. Als er nach den Bändern an der Vorderseite ihrer Chemise griff, schlug sie sanft seine eifrigen Finger weg.

»Lass mich das machen«, sagte sie.

Sie beobachtete, wie seine Augen weit wurden, als sie langsam und verführerisch die Schleife aufzog und sich die Spitze ihrer Chemise öffnen ließ. Ihre Brustwarzen pochten, als sie den Kuss der gekühlten Nachtluft spürten.

Nie zuvor war sie nackt vor einem Mann gewesen. Ihre Begegnungen mit Peter waren im Dunkeln, mit ihr in einem Nachthemd, das vom Hals bis zu den Knöcheln reichte, durchgeführt worden. Sie fühlte sich mutig und begehrenswert.

»Zieh dein Hemd aus«, befahl sie.

Sie beabsichtigte, in dieser Begegnung so gleichberechtigt zu sein, wie sie konnte. Sie würde nicht still im Bett liegen und darum beten, dass es schnell vorbei wäre. Ihre Zeit mit Will war begrenzt, also wollte sie jede einzelne Minute genießen.

Will verneigte sich gehorsam. »Wie Sie es wünschen meine Geliebte.«

Beim Anblick der feinen Haare auf seiner Brust streckte sie die Hand aus und berührte ihn. Sie kicherte.

»Was?«, fragte er und legte seine Hand über ihre.

Sie sah Schalk im tiefen Grau seiner Augen tanzen, als sich der Mond in ihnen widerspiegelte. Schalk und das Versprechen auf viel mehr. Ihr Herz stieg in luftige Höhen, als ihre Fantasien mit ihr durchgingen.

»Als ich dich zum ersten Mal sah, nachdem du mich aus dem Hafen gezogen hast und du kein Hemd anhattest, war ich sprachlos. Ich hatte noch nie einen so schönen Mann gesehen. Als du dann dein Hemd wieder angezogen hast und dieses bei all der Nässe an deinem Körper klebte, wollte ich dich nur berühren.«

Damals hatte sie geglaubt, Wills Wirkung auf sie würde auf ihre Nahtoderfahrung beruhen. Jetzt stand er wieder halb nackt vor ihr, und sie wusste, dass es etwas anderes war.

Ihre Worte der Wertschätzung wurden mit einem heißen, leidenschaftlichen Kuss von Will belohnt. Er nahm ihr Gesicht in die Hände, und ihre Zungen begannen einen langsamen Tanz.

Hattie ließ die Hände erneut zu Wills Hose wandern und begann, an den Knöpfen zu arbeiten.

Die Hattie von vor einem Monat hätte dabei gezittert, aber hier mit Will waren ihre Hände ruhig. Sie war sich sicher, dass sie diesen Mann brauchte.

Als er aus seiner Hose trat und sie auf den nahen Stuhl warf, wurde ihr Mund trocken. Im Mondlicht betrachtete sie ihn. Er war großartig. Jeder Zentimeter von ihm.

Seine Schultern waren wie die einer griechischen Statue, breit und muskulös. Als ihr Blick nach unten glitt, sah sie mehr, als sie jemals bei einer Skulptur gesehen hatte.

Er mochte zwar ein englischer Gentleman sein, aber unter dieser Fassade köchelte eine Kraft, nach der sie sich sehnte.

»Bevor wir fortfahren, darf ich etwas bemerken? Diese Begegnung ist derzeit sehr einseitig. Ich bin nackt, während du noch halb angezogen bist«, sagte er schmunzelnd.

Hattie griff nach den Riemen ihrer Chemise, schob sie langsam weiter nach unten und befreite ihre Brüste vollständig. Seine Männlichkeit zuckte und erhob sich zu voller Aufmerksamkeit. Ihr Herz schlug ihr bis zum Hals. So hatte sie sich den Moment der Wahrheit zwischen Mann und Frau vorgestellt. Gegenseitige Leidenschaft und Hunger.

Bestärkt durch seine Reaktion drückte sie ihre Chemise über ihre Hüften und trat aus ihr heraus.

Er küsste sie noch einmal und flüsterte: »Leg dich auf das Bett.«

Sie tat, was er wollte. Als Will zwischen ihren Beinen kniete und Schmetterlingsküsse auf die Innenseite ihres Knies hauchte, erzitterte sie. Sanft schob er ihre Beine auseinander und legte eine brennende Spur von Küssen über die Innenseite ihres Beins.

Als er das dunkle Dreieck am Eingang ihrer Weiblichkeit erreichte, streichelte er sie mit den Lippen und blies kühle Luft auf ihre Klitoris. Als sie ein zweites Mal erschauderte, lachte er vor wissender Freude.

»Schließe deine Augen und gib dich mir hin«, flüsterte er.

In dem Moment, in dem seine Zunge sie berührte, hob sie die Hüften. Er schob seine Hände unter ihre Hüften, hielt sie und öffnete sie noch mehr für seine Aufmerksamkeiten.

»Himmel ...«, war alles, was sie herausbrachte.

Die Folter, die er ihrem Körper angedeihen ließ, ließ Hattie die Hände in die Laken krallen. Als Will einen Daumen in ihre nasse Hitze schob, riss Hattie die Augen auf.

Mit Blick auf die Decke der Kabine gab sie der immer größer werdenden Freude nach, die Will ihr bereitete. Die Spannung ihres Körpers stieg und stieg. Er war ein Meister darin, den Körper einer Frau anzubeten.

Sie hatte Mühe, ihren Geist unter Kontrolle zu bringen, es sollte nicht nur um sie gehen.

»Was ist mit dir«, stammelte sie.

»Alles zu seiner Zeit«, murmelte er zwischen ihren Beinen. Seine Zunge nahm den Tanz in ihrer Hitze wieder auf. Lange, gekonnte Schläge arbeiteten um und über ihre empfindliche Knospe. Als sie die erste Welle des Orgasmus spürte, ließ er ihre Beine los und schob sich schnell über ihren Körper.

Mit einem harten, tiefen Stoß füllte er sie aus, zog sich dann zurück und stieß noch einmal zu. Hattie hatte kaum Zeit, die Veränderung zu registrieren, bevor ihre Welt in einem erschütternden Höhepunkt auseinanderfiel.

Will grub seine Hand unter ihren Kopf, zog sie zu sich hoch und küsste sie. Seine Zunge versenkte sich tief in ihrem Mund, als sie die Lippen für ihn öffnete. Er ritt sie in einem immer schneller werdenden Tempo. Ihr Orgasmus pulsierte in Wellen durch sie hindurch.

»So wird es immer sein«, knurrte er.

Er verlangsamte seine Stöße, aber selbst aus ihrer begrenzten Erfahrung wusste sie, dass Will seinen Höhepunkt nicht erreicht hatte. Er zog sich aus ihrem Körper zurück, hockte sich auf seine Fersen und starrte sie an. Sie erhob sich auf die Knie und kam zu ihm.

»Sag mir, wie du mich willst, wie ich dich erfreuen kann«, schnurrte sie.

Sie setzte heiße Küsse auf seine schweißfeuchte Brust. Der berauschende Geschmack weckte ihre Gier, ihm bereitwillig alles zu geben, was er verlangte.

»Auf den Knien mit Blick auf die Wand.«

Sobald sie getan hatte, was er anwies, kam Will zu ihr. Er schlang seine Arme um ihren Körper und nahm beide Brustwarzen zwischen die Finger. Er drückte sie sanft und rollte die engen Knospen zwischen seinen Fingerspitzen. Als sie wimmerte, entkam ein Stöhnen seinen Lippen.

Er schob sanft ihre Beine auseinander und stieß zwei Finger tief in ihre Hitze. Ihr Körper pochte noch immer von ihrem Höhepunkt, aber mit seinem geschickten Streicheln ihrer Knospe löste er neues Begehren in ihr aus.

»Will ...« Sie flehte ihn an, sie von der Folter zu erlösen.

Er zog die Finger zurück und griff fest in ihre Hüften. Ihr Körper begrüßte erneut seine Männlichkeit, als er sie von hinten nahm. Die Position erlaubte ein tieferes Eindringen als zuvor, das Geräusch von Haut, die auf Haut schlug, hallte in der Stille der Kabine wider.

»Ich möchte, dass du ein zweites Mal kommst. Ich werde nicht aufhören, ehe du es tust«, murmelte er ihr ins Ohr.

Selbst wenn sie dazu fähig gewesen wäre, konnte Hattie seine Bitte nicht ablehnen. Will erhöhte das Tempo seiner Stöße, er wusste genau, wie er diesen unermesslichen Hunger in ihr stillen konnte.

Immer wieder plünderte er ihren Körper, bis sie in einem schluchzenden, verzweifelten Schrei auseinanderbrach.

Wie lange es nach diesem Moment dauerte, bis Will selbst kam, war sie sich nicht sicher. Sie hatte nicht mehr die Kontrolle über ihren Körper. Er besaß sie vollständig.

Ihr ganzes Dasein bestand aus dem Klang seines Stöhnens und seinen tiefen Stößen in ihr.

Ihr einziger Gedanke, als er seinen Höhepunkt schließlich erreichte, war, dankbar zu sein, dass sich die Mannschaftsquartiere auf der anderen Seite des Schiffes befanden. Sein Gebrüll hätte einem Löwen zur Ehre gereicht.

Sie stürzten auf das Bett, Arme und Beine ineinander verschlungen.

Einige Stunden später wachte Will auf. Er hatte Hattie immer noch eng an sich gezogen, ihr Bein lag über seine Hüfte. Irgendwann in der Nacht hatte er es geschafft, einige Decken über ihre nackten Körper zu werfen. Hattie war warm. Ihr sanfter Atem sagte ihm, dass sie leicht schlief.

Er lehnte sich hinüber und küsste sie zärtlich auf ihren Halsansatz. Sie rührte sich.

»Hallo du«, murmelte er.

Hattie rollte sich herum und setzte sich auf. Die Decken fielen herunter und enthüllten ihre Brüste. Sein Blick wurde auf ihre Rosenspitzen gelenkt. In der kalten Luft wurden sie schnell zu harten, kleinen Knospen. Will fühlte seinen Schwanz zucken. Er wollte sie schon wieder.

Er zog sie zu sich und küsste sie. Sie antwortete ihm ganz natürlich und gab seinen Kuss in gleicher Zärtlichkeit und mit dem gleichen Hunger zurück.

Als sie schließlich den Kuss unterbrachen, sah er die Anzeichen einer leichten Schwellung an ihrer Unterlippe. In der Hitze ihrer leidenschaftlichen Liebe hatte er sie in die Lippe gebissen.

Sei kein Schurke!

Sie hatten sich schon in dieser Nacht geliebt, nur ein egoistischer Mann würde von einer unerfahrenen Frau verlangen, ihn noch einmal so kurz danach in sich aufzunehmen. Er würde warten, bis Hattie zu ihm kam, wenn sie seinen Körper wieder wünschte. Er hob die Decke an und wickelte sie darin ein.

»Du sollst dich nicht erkälten, Liebes.«

Hattie streckte die Hand aus und berührte seine Brust. Ihre Finger strichen über das feine schwarze Haar an seinem Oberkörper.

»Was ist das?«, fragte sie.

Er wusste, dass die Frage nach seinen Tattoos irgendwann kommen würde. Tattoos waren etwas, worüber junge, unverheiratete Frauen wahrscheinlich nichts wussten, geschweige denn, dass sie je eines gesehen hatten. Dennoch waren sie unter Männern der oberen gesellschaftlichen Klasse in England üblich.

In Frankreich waren nur die frechen Wagemutigen oder diejenigen, die außerhalb des Gesetzes lebten, daran interessiert, ihren Körper mit Tinte zu markieren. Yvette war empört gewesen, als Will ihr das Tattoo auf der rechten Schulter gezeigt hatte, und hatte tatsächlich geglaubt, sie wäre dazu verleitet worden, einen Verbrecher zu heiraten.

Das Tattoo zeigte ein bockendes Pferd mit einer Krone über dem Kopf, das über drei viereckigen Sternen stand. Er beobachtete Hatties Finger, wie sie die Umrisse des Tattoos nachzeichnete.

»Das Strathmore Wappen«, sagte er. »Es ist zur Erinnerung an meinen Großvater mütterlicherseits. Ich hätte mir auch eines für die Familie meines Vaters stechen lassen, aber als Franzose drohte mein Vater, mich zu verleugnen, wenn ich es wagen würde, sein Familienwappen in Tinte auf meinem Körper zu verewigen.«

Sie berührte das kleine schwarze Rosentattoo auf seiner linken Schulter. »Und das hier?«

Will räusperte sich. Er hatte seinen Familienstand bis jetzt nicht erwähnt, sodass Hattie davon ausgehen konnte, dass er nie verheiratet gewesen war. Die Information, dass er Witwer war, neigte dazu, zu unangenehmen Gesprächen zu führen. Bei Hattie konnte er es dennoch nicht länger für sich behalten.

»Das ist für meine Frau. Yvette. Sie ist gestorben.«

Erschrocken zog Hattie ihre Hand zurück und wollte sich entfernen, aber Will hielt sie auf. Yvette war ein Teil dessen, wer er war, und sie musste das verstehen.

Hattie wäre seine Frau für den Rest seines Lebens, aber sie musste sich damit abfinden, dass sein Herz zuerst Yvette gehört hatte.

»Was ist mit ihr passiert?«

Er hatte die Lüge von Yvettes Tod so lange geübt, dass er manchmal fast die Wahrheit vergaß.

»Sie wurde krank, und die Ärzte konnten sie nicht retten«, antwortete er.

Die Lüge war besser, als zu erklären, dass in Paris ein Einsatz auf den Straßen vor dem großen Arsenal schrecklich schiefgelaufen war, was zum Tod von vier britischen Agenten und zwei französischen royalistischen Unterstützern führte. Niemand in der feinen Gesellschaft brauchte zu hören, wie Yvette von einem Attentäter erstochen wurde und am Ufer der Seine gestorben war.

»Es tut mir so leid.«

»Ich danke dir.«

Er rutschte zur Rückseite des Bettes und setzte sich gegen die Wand. Er streckte die Hand nach Hattie aus und lächelte, als sie zu ihm kam. Sie lehnte sich in seinen Armen zurück und legte den Kopf an seine Brust.

In Zukunft wäre genug Zeit, um über seine Vergangenheit zu sprechen. Die Wahrheit des Lebens, das er einst geführt hatte, langsam zu offenbaren.

Sie saßen still zusammen und schauten aus dem Fenster, als die ersten Strahlen der Sonne den Morgen einläuteten.

Kapitel Fünfzehn

Hattie wusste, dass ihre Zeit mit Will irgendwann zu Ende gehen würde – so wie alle guten Dinge zu Ende gingen. Sie hatte sich den Genuss der Tage mit ihm gegönnt. Ihre Affäre war alles gewesen, was sie sich erhofft hatte, und noch viel mehr. Will war ein leidenschaftlicher, zärtlicher und großzügiger Liebhaber. Er hatte ihr Freuden jenseits ihrer Vorstellungskraft gezeigt.

Sie wusste nun, was eine Frau mit einem Mann erleben konnte. Wenn die Liebe jemals ihren Weg kreuzen sollte, würde sie ihr Herz nur einem Mann geben, der in ihr Gefühle auslösen konnte, wie Will es getan hatte.

Sie standen kurz vor dem Ende ihrer langen Heimreise. Die *Canis Major* bahnte sich langsam ihren Weg durch den Ärmelkanal. Auf der Backbordseite war die englische Küste nun deutlich in Sicht. Wenn alles nach Plan lief, würden sie am frühen Morgen in London andocken.

Heute Nacht wäre ihre letzte gemeinsame Nacht. Ein letzter Tag, an dem sie ihre Fantasie ausleben konnte, Wills Frau zu sein.

Sobald sie angedockt hätten, würde sie in ihr altes Leben

zurückkehren. Zurück zu den Menschen, die sie so dringend brauchten. Sie hatte versucht, die Gedanken an ihre Freunde in den Hintergrund zu rücken, da sie wusste, dass sie nichts tun konnte, bis sie London erreichte. Als sich das Schiff nun der Themsemündung näherte, begann sie sich zu fragen, was sie nach ihrer Rückkehr vorfinden würde.

»Du bist schon wieder am Grübeln«, flüsterte Will.

Sie verscheuchte ihre Gedanken. Will und sie lagen auf dem Bett, nackt in den Armen des anderen. Ein langer Nachmittag der Liebe neigte sich dem Ende zu.

»Ich dachte nur gerade daran, was passieren wird, wenn wir nach London zurückkommen.«

Als Will einen warmen Kuss auf ihren Nacken legte, zitterte Hattie. Die Luft an Bord des Schiffes war langsam kälter geworden, je weiter sie nach Norden reisten.

Unvermittelt brauchte sie eine Distanz zu Will. Sie kletterte aus dem Bett, hob ihre Kleider auf und begann, sich anzuziehen. Das leise Schnaufen der Enttäuschung von Will versuchte Hattie zu ignorieren. Will kletterte aus dem Bett und kleidete sich nun ebenfalls an.

»Ich hatte gehofft, dass wir heute darüber diskutieren könnten, obwohl wir dafür leicht im Bett hätten bleiben können«, sagte Will.

Hattie arbeitete daran, die Bänder auf der Vorderseite ihres Kleides zu schnüren, als ein Gefühl der Vorahnung sie ergriff. Als Will zu ihr kam und ihre Hände in seine nahm, kämpfte sie dagegen an, seinem Blick zu begegnen.

Sag es nicht!

»Es sollte eine einfache Sache sein, deinen Onkel von der Notwendigkeit zu überzeugen, dass wir heiraten müssen. Nachdem wir seine Erlaubnis erhalten haben, werden wir zum Haus meiner Eltern reisen und sie über unsere frohe Botschaft informieren. Du kannst sicher sein, dass meine Familie dich lieben wird. Meine Schwestern werden sich über meine Wahl der neuen Braut freuen. Ich bin sicher, dass du dich mit Eve und Caroline schnell anfreunden wirst. Francis wird wie ein weißhaariger Welpe sein, der eifrig alles tun wird, was du dir wünschst.«

Ihr Herz sank. Was würde Will sagen, wenn er ihre Täuschung entdeckte? Dass ihr Onkel Felix nicht in London war. Dass er sich nicht einmal in England aufhielt.

»Ich glaube nicht, dass wir jetzt etwas überstürzen sollten.«

Will knurrte. »Ich denke, die Zeit ist von entscheidender Bedeutung. Wir beide teilen uns seit zwei Wochen ein Bett. Ich habe aufgehört zu zählen, wie oft du dich mir hingegeben hast. Du könntest bereits ein Kind erwarten.«

Seine Worte ließen sie innehalten. Sie hatte das Risiko einer Schwangerschaft nicht berücksichtigt. Sicherlich dauerte es länger als zwei Wochen, um schwanger zu werden. Die Frau ihres Bruders war in sechs Jahren Ehe nicht schwanger geworden.

»Ich fühle mich nicht schwanger. Ich wüsste sicher, wenn ich es wäre. Also, wie gesagt, wir können warten.«

Ein Blick auf Wills Gesicht sagte ihr, dass er mit der Richtung, die das Gespräch nahm, nicht zufrieden war. Er hatte eine Hochzeit erwähnt, und anstatt ihre Arme um ihn zu werfen und seinen Vorschlag anzunehmen, wich sie von seinem Angebot zurück und schindete Zeit.

Hattie nahm Wills großen Mantel und entschied, das Beste, was sie zum jetzigen Zeitpunkt tun könnte, wäre ein kleiner Spaziergang an Deck.

»Wohin gehst du? Wir sind noch nicht fertig«, sagte er.

Sie drückte das Kreuz durch und begegnete seinem Blick. Wenn sie sich nicht durchsetzte, würde er sie seinem Willen beugen. Sie zog den Mantel an und ging zur Tür.

Will streckte die Hand aus und ergriff ihren Arm, als sie die Kabinentür öffnete.

»Bleib. Wir müssen das hier regeln. Ich verstehe nicht,

warum du sagst, wir müssen warten. Es ist fast so, als ob du Nein sagst.«

»Lass mich gehen. Und ich sage Nein. Ich werde dich nicht heiraten, Will.«

Sie trat auf das Deck. Will folgte ihr schnell.

»Nein! Was meinst du mit ›Nein‹?«

Hattie zog den Mantel eng um sich und ging weiter. Will holte sie ein und packte sie fest am Arm. Sie wusste, dass er es nicht wollte, aber sein Griff war härter als nötig.

»Aua! Du tust mir weh. Lass los!«

Er lockerte seinen Griff, ohne loszulassen. In seinen Augen sah sie Verwirrung und Schmerzen.

»Komm zurück in die Kabine«, flehte er.

Der letzte Ort, an dem sie sein wollte, war allein mit Will. Er war ein Mann, der es nicht gewohnt war, dass jemand Nein zu ihm sagte, und würde daher alles tun, um sie umzustimmen.

»Lass los!«, zischte sie.

Sein Blick hob sich und richtete sich auf etwas hinter ihr. Hattie drehte sich um und sah einen Teil der Crew der *Canis Major*, die an Deck arbeitete. Sie alle ließen ihre Aufgaben ruhen und verfolgten den sich entfaltenden Streit mit großem Interesse.

Erinnerungen an die Händler auf dem Markt in Gibraltar kamen ihr in den Sinn. Will hatte dort mit der Menge gespielt und sie für sich gewonnen. Könnte sie dasselbe tun?

Nach allem, was Will für sie getan hatte, verdiente er nicht, was kommen würde. Aber er hatte sie nun in eine so enge Ecke getrieben, dass Hattie keinen anderen Ausweg sehen konnte.

Es tut mir leid.

»Du kannst mich nicht dazu veranlassen, dich zu heiraten! Ich weiß, dass du mich nur wegen meiner Mitgift willst. Du bist grausam und egoistisch«, rief sie.

Ein Blick des Entsetzens erschien auf Wills Gesicht.

»Tu das nicht, Hattie. Diese Männer sind keine einfachen Markthändler.«

»Nein! Nein, ich werde nicht länger schweigen. Wenn wir nach London kommen, werde ich meinem Onkel genau sagen, was du bist, du Tier.«

Alle Bewegungen an Deck kamen zum Erliegen. Die Crew war von dem sich entfaltenden Drama begeistert.

Hattie entzog sich Wills Griff. Sie schwankte in Richtung der Crew und tat ihr Bestes, um ein paar Tränen zu verdrücken. Der Erste Offizier näherte sich und legte einen tröstenden Arm um sie.

»Es ist in Ordnung, junges Fräulein, niemand wird Sie verletzen«, sagte er.

Will, die Hände zu Fäusten geballt, marschierte herüber. Sein Atem war schwer und seine Haltung stocksteif. Der Meister der Illusion wurde bei seinem eigenen Spiel geschlagen, und es machte ihn rasend.

»Meine Herren, diese junge Frau spielt mit Ihnen. Nun, wenn Sie sie gehen lassen würden, können sie und ich in unsere Kabine zurückkehren und diese Angelegenheit im Privaten regeln.«

Hattie lehnte sich näher an den Ersten Offizier. Sie brachte ein Schluchzen heraus wegen des zusätzlichen Effekts.

»Mr. Saunders?«

Als sich Will umdrehte, erblickte Hattie den Kapitän des Schiffes. Das Geschehen auf dem Deck war ihm ebenfalls aufgefallen.

»Meine Verlobte und ich haben eine kleine Meinungsverschiedenheit. Es tut mir leid, dass sie Ihre Crew gestört und von ihrer Arbeit abgelenkt hat«, erklärte Will.

Will war ein intelligenter Mann und mehr als fähig, sich aus jeder Situation herauszureden. Hattie wusste auch, dass der Kapitän ihn mochte. In den vergangenen Tagen hatten Will und sie Zeit mit dem alten Seehund verbracht, der schon bald in Pension gehen würde. Mehrmals hatten sie in der Kapitänskabine zu Abend gegessen.

So wie Will die Situation in der Stadt gelöst hatte, wusste Hattie, dass erneut viel auf dem Spiel stand. Sie musste sich dem stellen.

»Meinungsverschiedenheit? Warte nur, bis mein Onkel von den schrecklichen Dingen hört, die du mir angetan hast. Ich werde ihm die Prellungen zeigen. Er wird den brutalen Schläger in dir sehen, der du bist, und mich vor dir schützen.«

Sie vergrub das Gesicht an der Schulter des Ersten Offiziers und weinte laut.

»Helfen Sie mir, ich flehe Sie an!«

Zwei weitere Besatzungsmitglieder bauten sich in einer deutlichen Solidaritätsbekundung hinter dem Rücken des Ersten Offiziers auf.

»Das ist eine verdammte Farce«, rief Will wütend.

Hattie spürte den Stimmungswandel. Will hatte vor einer jungen Dame geflucht. Zweifel, ob er wirklich ein Gentleman war, würde jetzt in den Köpfen der Crew aufkommen. Sie spürte den Sieg.

»Mr. Saunders, darf ich Ihnen vorschlagen, dass Sie mir in meine Kabine folgen. Die junge Dame kann in Ihrer Kabine Zuflucht suchen, bis sich die Lage beruhigt hat«, sagte der Kapitän.

Hattie klammerte sich an den Ersten Offizier. Nach den Worten des Kapitäns veränderte sie ihre ängstliche Miene, die sie zur Schau getragen hatte, schnell in einen hoffnungsvollen Gesichtsausdruck.

Will starrte Hattie eine Weile an. Er biss die Zähne fest aufeinander. Schließlich lockerte er seine geballten Fäuste und zog sich zurück.

»Ich sehe, dass ich hier an Deck keine faire Anhörung bekomme.«

Will folgte dem Kapitän in seine Kabine. Der Erste Offizier eskortierte Hattie zurück in ihre.

»Werden Sie in Ordnung sein, Miss?«, fragte er, als er die Tür öffnete.

Sie gab vor, sich Tränen aus den Augen zu wischen, und hoffte, dass er das ungemachte Bett nicht bemerken würde. Beweise für ihre und Wills Beschäftigung an diesem Nachmittag.

»Ich weiß nicht. Es ist noch ein ganzer Tag, bevor wir in London andocken. Wer weiß, welche Lügen er dem Kapitän erzählen wird, um ihn auf seine Seite zu holen. Ich fürchte, was Mr. Saunders als Nächstes tun wird.«

»Gibt es etwas, was die Jungs und ich tun könnten, um Ihnen zu helfen?«

Hattie dachte einen Moment nach. Sie hatte regelmäßig Geschäfte mit den Markthändlern in Covent Garden gemacht, als sie versuchte, Lebensmittelreste für die örtliche Pfarrkirche zu sichern. Sie wusste, dass die Menschen offener waren, anderen zu helfen, wenn sie sehen konnten, dass sie etwas dafür bekamen. Die engstirnigen Händler übergaben gern faules Gemüse, wenn ihre Namen jeden Sonntag in der Kirche verlesen wurden, damit jeder ihr Wohlwollen sehen konnte.

Abgesehen davon, dass sie sich selbst anbot, was unter keinen Umständen eine Option war, überlegte Hattie, was sie außerdem hatte. Was könnte sich die Crew wünschen?

»Haben Sie eine Dame, die in London auf Sie wartet?«, wagte sie zu fragen.

Sie hatte eine Tasche voller Kleider und Toilettenartikel, die Will für sie gekauft hatte. Während die Kleider für die Damen des *Haute Ton* nicht modisch genug waren, waren sie immer noch von ausgezeichneter Qualität. Jeder Seemann, der etwas wert war, würde wissen, dass er nach seiner langen Seereise einen besonders herzlichen Empfang zu Hause bekommen würde, wenn er mit Geschenken käme.

»Ich habe ein hübsches Mädel, das im Hafen auf mich warten wird«, antwortete er.

Hattie lächelte.

»Dann denke ich, dass wir einander gegenseitig helfen könnten.«

Kapitel Sechzehn

»Sind Sie sich dessen wirklich sicher, Miss? Ihr Verlobter scheint ein anständiger Mann zu sein«, sagte der Steuermann. »Er ist immer höflich und freundlich zur Crew. Vielleicht war Ihr Streit heute Nachmittag nur ein kleines Missverständnis. Meine Frau und ich haben so etwas die ganze Zeit. Wir sagen Dinge, die wir nicht meinen, aber wir lieben uns trotzdem.«

»Ja, ich bin sicher. Ein Gentleman in der Öffentlichkeit zu sein, ist eine seiner bewundernswertesten Eigenschaften. Wenn er mit mir allein ist, ist er nicht sanft und freundlich. Sie haben ihn vor mir fluchen hören. Ich habe solche Worte noch nie gehört, bevor ich Mr. Saunders traf. Da Sie nun einen Blick auf das herzlose Tier geworfen haben, das er ist, sehen Sie doch bestimmt, warum ich fliehen muss.«

Hattie stand an der Reling des Beibootes und hatte ein Seil fest um ihre Taille gebunden. Sie ging kein Risiko ein, ins Wasser zu fallen. Sie konnte es kaum erwarten, das Boot zu verlassen und nach Hause zu kommen.

Ein Bad im warmen Wasser des Hafens von Gibraltar war eine Sache, aber es war etwas ganz anderes, auf den belebten Schifffahrtswegen der kalten Themse an Land gehen zu wollen. Zu der Gefahr trug die Tatsache bei, dass es mitten in der Nacht war.

»Nun ja, er hat Sie angeschrien, und er schien mächtig wütend zu sein«, erwiderte der Mann.

Will Saunders war ein anständiger Mann. Er hatte alles getan, um ihre sichere Rückkehr nach England zu gewährleisten. Er hatte es nicht verdient, überdramatische Tränen und Wehklagen ertragen zu müssen, die sie an diesem Tag vor der Besatzung gezeigt hatte. Er hatte es mit Sicherheit nicht verdient, mitten in der Nacht von seiner Geliebten verlassen zu werden.

Sie hatte sich im Stillen bei ihm entschuldigt, aber Will hatte sich zu Recht geweigert, den Vorfall mit ihr zu besprechen. Als der Kabinenjunge später am Abend mit einer Flasche Wein als Friedensangebot zu ihm kam, hatte Will das Geschenk mit einem kurzen Dankeschön angenommen.

Das Schiff lag ungefähr eine Meile stromabwärts der Docks vor Anker. In den Docks war immer viel los, und es war oft nicht einfach, einen Anlegeplatz zu bekommen. Der Kapitän ließ den Anker kurz nach dem Abendessen hinunter und kündigte an, dass sie auf die Morgenflut warten müssten, bevor sie zu einem Liegeplatz gelangen könnten.

Hattie hatte die Zeit, während Will in der Kapitänskajüte war, gut genutzt. Sobald die Besatzung wusste, dass sie bereit war, ihnen ihre schönen Besitztümer zu stark reduzierten Preisen zu verkaufen, wollte einer schneller als der andere ihr sein schwer verdientes Geld zuwerfen. Münzen, die sie dringend brauchte.

Sie gab dem Kabinenjungen die Haarbürste, als das Schiff in die Mündung der Themse Einfuhr.

Nach mehreren Gläsern des mit Laudanum versetzten Weins fiel Will in einen tiefen Schlaf. Hattie hatte dann ein letztes Mal sein Vertrauen gebrochen und seinen Mantel genommen.

Es würde mehr als hundert Erwähnungen ihres Namens

in der Kirche erfordern, um all die Lügen auszugleichen, die sie ihm erzählt hatte.

Der Seemann im Boot verstummte und dachte offensichtlich an das schöne Kleid, das er für eine Handvoll Münzen gekauft hatte. Die Dame seines Herzens wäre gut beraten, ihm richtig zu danken, wenn er am nächsten Tag nach Hause kam. Was ihn betraf, so waren die Angelegenheiten der reichen Herren und ihrer Damen nicht seine Sache.

Als sich das Ruderboot vom Schiff entfernte, zog Hattie den Kragen von Wills Mantel hoch und versteckte ihr Gesicht. Jeder, der zu diesem Zeitpunkt zufällig über die Seite der *Canis Major* blickte, würde nur drei Besatzungsmitglieder an Land gehen sehen und sich wahrscheinlich nichts dabei denken.

Sie konnte die Lichter entlang des Flusses erkennen und den lauten Gesang in den Tavernen am Meer hören. Ein Lächeln trat auf ihre Lippen, als sie die Worte einer abgedroschenen Tavernenmelodie erkannte. Sie sangen auf Englisch.

An Land gaben die Seeleute ihr hastig Anweisungen, wie sie den Weg zum West End von London finden könne. Sie wollte gerade eine nahe, dunkle Gasse hinaufgehen, als die Seeleute, die sich Gedanken über ihre Sicherheit machten, auf die Hauptstraße hinaustraten und eine vorüberfahrende Mietkutsche anhielten.

»Nicht der sicherste Teil Londons für eine junge Dame, besonders für eine, die einen teuren, feinen Mantel trägt und Münzen in der Tasche hat«, warnten sie.

Nachdem sie sich für ihre Freundlichkeit bedankt hatte, verabschiedete sie sich von den beiden Seeleuten und gab dem Fahrer der Kutsche Anweisungen, zu ihrem Haus zu fahren.

Sie lehnte sich gegen das weiche Leder des Sitzes zurück und seufzte. Hattie Wright war zurück in England.

Sie war zu Hause.

Kapitel Siebzehn

»Was meinen Sie damit, Sie können sie nicht finden?«, knurrte Will.

Er stand zornrot im Gesicht, die Hände in den Hüften, dem Schiffskapitän gegenüber. Es brauchte jede Unze seiner Selbstbeherrschung, um sein Temperament unter Kontrolle zu halten. Das Gesicht des Kapitäns hingegen war kreidebleich. Die junge Passagierin war irgendwann in der Nacht vom Schiff verschwunden, und der Kapitän hatte keine Erklärung dafür.

»Ich habe den Kabinenjungen geschickt, um Ihre Kabine zu überprüfen«, antwortete der Kapitän.

»Nachdem ich selbige schon zweimal überprüft hatte. Ich kann Ihnen versichern, dass sich meine Verlobte nicht unter der Bettwäsche versteckt«, sagte Will wütend.

Es war eine lächerliche Aussage, aber in der beengten Kabine war es der einzige Ort, an dem Hattie hätte sein können.

Er fuhr sich frustriert mit den Fingern durch die Haare. Wo war sie?

Erinnerungen an die vergangene Nacht gingen ihm durch den Kopf. Er hatte die Flasche Wein törichterweise angenommen und nie geglaubt, dass Hattie versuchen würde, ihm Schlafmittel einzuflößen. Der Morgen hatte den bitteren Nachgeschmack von Laudanum in seinem Mund mit sich gebracht.

Seine Wut an diesem Punkt richtete sich nicht nur gegen Hattie, sondern gegen sich selbst. Er war wirklich gut ausgetrickst worden.

Das musste er Hattie lassen. Sie hatte aus ihren Erfahrungen mit der Marktmenge in Gibraltar gelernt. Sie kannte die Gedanken des Pöbels und hatte die Situation perfekt erfasst. Das Schauspiel einer Frau in Not hatte die Besatzung sehr schnell auf ihre Seite gebracht.

Und was hatte er getan, großer Spion und Geheimagent, der er war? Mit ihr argumentiert, die Besatzung um männliche Unterstützung gebeten? Nein, er hatte die Beherrschung verloren. Er hatte sich als der Schurke erwiesen, als den sie ihn vor allen bezeichnet hatte.

Während er schlief, hatte Hattie einen Weg gefunden, dem Schiff zu entkommen. Als er schließlich aufwachte, lange, nachdem das Schiff angedockt hatte, wusste er, dass sie weg war. Aber wie hatte sie das bewerkstelligt?

Will drehte sich um und ging zurück in die Kabine. Das Schiff wurde entladen, und sein Reisekoffer musste geschlossen und gesichert werden. Er würde das Ding zum Haus seiner Eltern bringen lassen, während er am Hafen blieb und versuchte, Hatties Verschwinden auf den Grund zu gehen.

Im Reisekoffer bekam er endlich seinen ersten Hinweis. Als er den Deckel schließen wollte, erblickte er ein kleines Stück gefaltetes Papier, das in einer der Innentaschen eingeklemmt war. Er zog es heraus und las die kurze Nachricht darauf.

Will

Du und ich, wir leben in verschiedenen Welten. Bitte, du sollst wissen, dass ich dich nie anlügen wollte und für immer in deiner Schuld sein werde. Ich liebe dich von ganzem Herzen, unsere gemeinsame Zeit war ein wahr gewordener Traum, aber du musst mich gehen lassen.
Ich liebe dich.
Hattie

Eine Welle der Angst ergriff ihn und spülte ihn an ein Ufer aus Bitterkeit. Sein Instinkt hatte ihn bei Hattie erneut im Stich gelassen.

Was genau stimmte nicht mit diesem Mädchen? Er konnte sie einfach nicht begreifen.

Seine größte Sorge war, dass sie versucht haben könnte, mit ihrem Besitz an Land zu schwimmen. Dann wäre es ein Wunder, wenn sie noch am Leben wäre. Es bewegten sich so viele Schiffe und Boote gleichzeitig auf dem Fluss, dass sie leicht unter eines von ihnen geraten und mitgeschleift hätte werden können.

Er hatte sie den gesamten Weg hierher gebracht, nur um sie in Sichtweite von zu Hause zu verlieren.

»O Hattie«, murmelte er.

Der Kapitän erkundigte sich inzwischen bei der Besatzung. Die letzte Person, die sie gesehen hatte, war der Kabinenjunge, als er die Flasche Wein abgegeben hatte. Niemand sonst konnte Licht ins Dunkel bringen, was aus ihr geworden war.

Will packte den Rest seiner Sachen zusammen. Sobald er das Schiff verlassen hatte, würde er die Wasserpolizei kontaktieren und sie bitten, den Fluss abzusuchen.

Wenn Hattie beim Versuch, dem Schiff zu entkommen, zu Tode gekommen war, konnte er nur beten, dass ihr Tod schnell gewesen war.

❧

Will folgte Will der Besatzung, die sein Gepäck an Land trug. Sie brachten es zum nahen Schifffahrtsbüro mit der Anweisung, es zum Haus seiner Eltern in der Dover Street weiterzuleiten.

Von Rechts wegen hätte er seinen Reisekoffer begleiten sollen, aber er war nicht in der Stimmung für ein fröhliches Wiedersehen.

Er schlug den Kragen seines Ersatzwollmantels hoch, um die Kälte des frühen Morgens fernzuhalten, und ging die Pennington Street hinunter zum Büro der Thames River Police.

❧

Die Suche dauerte fast den ganzen Tag, und es war später Nachmittag, bevor Will endlich die Hoffnung aufgab, einen Hinweis auf Hatties Schicksal zu finden. Stunde für Stunde hatte er im Bug eines kleinen Polizeiboots gesessen und seinen Blick auf das dunkelbraune Wasser der Themse gerichtet.

Als das Licht des Nachmittags zu verblassen begann, stoppte die Polizei die Suche und fuhr zurück an die Küste.

»Sobald die Flut hereingekommen ist und sich wieder zurückzieht, sind die Chancen, eine Leiche zu finden, sehr gering, Sir«, sagte der begleitende Polizist.

Es dauerte nicht lange, bis der Polizist seinen Report fertiggestellt hatte. Eine junge Frau war über Bord eines Schiffes verschwunden, während es flussabwärts vor Anker gelegen hatte. Der Polizist reichte Will den Bericht, und Will schrieb seinen Namen und die Adresse der Eltern darunter.

»Wenn wir Teile von ihr finden, werden wir eine Nachricht senden«, sagte der Polizist.

Er nahm das Papier und legte es auf einen staubigen

Stapel ähnlich aussehender Dokumente. Will dankte ihm für die Zeit und Mühe der Polizei, aber nicht für sein mangelndes Taktgefühl.

Als er wieder auf die Straße trat, blieb er stehen und betrachtete die lange Reihe von Schiffen, die am Dock festgemacht hatten. Unter einem von ihnen hatte Hattie höchstwahrscheinlich ihr Schicksal gefunden.

Angst wirbelte in seinen Gedanken herum. Hatte er eine verzweifelte, junge Frau in den Tod getrieben?

Gruppen von Seeleuten kamen an ihm vorbei, die alle zu einer nahen Taverne gingen. Er brauchte unbedingt einen starken Drink, deshalb schloss er sich den Männern an und folgte ihnen.

Rauch und das laute Lachen im überfüllten Innern griffen sofort seine Sinne an. Die Taverne war nicht sehr groß, aber voller Seeleute, die sich alle in unterschiedlichen Rauschzuständen befanden.

Endlich schaffte er es bis zur Bar und kaufte einen Krug Bier. Aus beruflicher Gewohnheit fand er eine Ecke, in der er allein sitzen und trinken konnte.

Die Tavernenmädchen, die kamen, um ihm ihre Gesellschaft anzubieten, erhielten eine Münze und den Hinweis, sich woanders Freunde zu suchen. Er wollte dem vierten Mädchen in Folge sagen, dass er nicht an ihren Diensten interessiert sei, als er ihr Kleid bemerkte.

In Gibraltar hatte er für Hattie geeignete Kleidung gefunden, um die Sachen zu ersetzen, die sie an Bord der *Blade of Orion* zurückgelassen hatte. Ein Kleid, das ihm gefallen hatte, war grün mit einem weißen Spitzenbesatz. Das gleiche Kleid, das nun offenbar die junge Dame trug, die sich hier Männern feilbot.

Er drückte seine Stiefel fest in den Holzboden und bemühte sich, seine schlechte Laune unter Kontrolle zu bringen.

Er zeigte auf die Stelle neben sich und winkte ihr, sich zu setzen.

»Das ist ein schönes Kleid, junge Dame«, sagte er.

Sie kicherte und zeigte ein paar dunkelbraune, hässlich verformte Zähne.

»Ja, nicht wahr? Mein Kerl hat es mir gegeben, als er heute Morgen von einer Seereise nach Hause kam. Ich bin das glücklichste Mädchen in den Londoner Docks.«

»Das bist du allerdings. Darf ich fragen, auf welchem Schiff dein Kerl gesegelt ist? Ich bin ein Liebhaber von Schiffen und würde gerne eines Tages über die Ozeane segeln«, erwiderte er.

Die charmante Offensive funktionierte, und bald hörte Will die Geschichte eines armen Mädchens, dessen Verlobter böse war und drohte, ihr alle Haare abzuschneiden, sobald sie das Land erreichten.

»Und er sagte, er würde sie nie wieder ihre Eltern sehen lassen. Was für ein Kerl macht das mit dem Mädchen, das er heiraten wird, frage ich dich?«

Der unverhüllte Ekel in ihrem Gesicht ließ das Blut in Wills Adern kochen. Hattie musste der Besatzung eine lange und heftige Geschichte erzählt haben, während er in der Kapitänskajüte saß und sein Gemüt abkühlte.

»Und dann, was ist mit ihr passiert?«, fragte Will und schob eine weitere Münze über den Tisch.

Das Mädchen hob das Geld auf und schob es in ihr üppiges Dekolleté. Dann hob sie den Kopf und begegnete seinem Blick.

Will spürte, dass sie sich fragte, warum ein Gentleman wie er an der Geschichte interessiert sein sollte, geschweige denn eine zusätzliche Münze geben würde, um mehr zu hören. Sie war sehr wahrscheinlich eher ungebildet, aber die Augen, die ihn studierten, zeigten durchaus Intelligenz.

»Ich bin zufällig ein echter Freund guter Geschichten, besonders wenn sie mir von einem so hübschen Mädchen erzählt werden.« Er schob seinen halb leeren Krug Bier über den Tisch zu ihr.

Zu seiner Erleichterung hob sie den Krug auf und nahm einen so großen Schluck, dass ihm die Tränen kamen. Sie rülpste und kicherte, bevor sie sich mit dem Ärmel ihres neuen Kleides den Mund abwischte.

»Na, dann hat sie einige der Besatzungsmitglieder, meinen Kerl eingeschlossen, davon überzeugt, sie an Land zu rudern, bevor das Schiff hier anlegte. Sie tauschte all das Zeug ein, das ihr schrecklicher Verlobter ihr gekauft hatte. Ich glaube, jeder in der Crew hat etwas abbekommen. Sogar Eddie, der Kabinenjunge, bekam eine schöne neue Haarbürste für seine Mutter. Während ihr Verlobter schlief, ließ die Besatzung sie über Bord und half ihr bei der Flucht.«

Will überraschte sich selbst. Seine schlechte Laune war zu einem nahezu zivilisierten Zustand zurückgekehrt und blieb auch so. Andere Emotionen tauchten nun an der Oberfläche auf. Eine seltsame Mischung aus Erleichterung und Lust.

Lust auf die Jagd.

Hattie hatte ihn auf Schritt und Tritt überlistet und ausgespielt. Jedes Mal, wenn er dachte, er hätte sie durchschaut, musste er einsehen, dass er sich geirrt hatte. Sie hatte sich schlicht aus dem Staub gemacht.

Zum Narren hatte sie ihn gehalten, und jetzt wollte er sie unbedingt finden. Was er mit ihr tun würde, wenn er sie schließlich einholte, da war er sich nicht ganz sicher. Sein Körper verhärtete sich, in der sicheren Gewissheit, was er mit ihr anstellen wollte. Hattie war eine Droge, von der er wusste, dass er niemals in der Lage sein würde, sie völlig aus seinem System rauszubekommen.

Die Tavernenhure starrte Will stirnrunzelnd an. »Sie werden ihr aber nichts tun, oder?«

Will hatte mindestens eine Frau richtig gelesen. Das Mädchen neben ihm hatte seine Rolle in der Geschichte herausgefunden.

»Nein, mache ich nicht. Habe es nie getan, werde es nie tun. Glaube mir, wenn ich dir sage, dass jeder Einzelne von uns von einer sehr klugen Lügnerin betrogen wurde.«

Er erhob sich von seinem Platz. Er hatte, was er brauchte. Noch länger zu bleiben, bedeutete, sich möglicherweise Ärger einzuhandeln von Besatzungsmitgliedern der *Canis Major*, die sich ebenfalls in der Taverne befinden könnten.

»Du siehst in diesem Kleid wunderschön aus«, sagte er.

Das Mädchen trank Wills Bier aus und stand auf. Sie stand einen Moment da und strich ihre Röcke glatt. Das Kleid passte ihr, als wäre es von einem Schneider genau zu den Maßen des Mädchens angefertigt worden. Sie drehte sich um und wollte weggehen, blieb dann stehen und wandte sich Will erneut zu.

»Ich würde nicht wieder hierher kommen, wenn ich Sie wäre, Sir. Ich habe die Gabe, mich an Gesichter zu erinnern, und mein Kerl wird wissen, dass Sie hierher gekommen sind, um sie zu suchen.«

Will nickte. Er hoffte, dass seine Tage des Herumtreibens auf der Schattenseite der Gesellschaft gezählt waren.

Außerhalb der Taverne hielt er eine Mietkutsche an. Als er einstieg, war die Adresse seiner Eltern schon fast auf seinen Lippen, aber dann hielt er inne.

Wie konnte er seiner Familie gegenübertreten und das erwartete freudige Wiedersehen ertragen? Seine Mutter würde voller Fragen zu seinen Reisen auf dem Kontinent sein. Die Enthüllungen des Tavernenmädchens über das Schicksal von Hattie hatten seine Gedanken in Aufruhr versetzt.

Das Wiedersehen musste warten. Seine Eltern und Geschwister verdienten einen fröhlichen und redseligen Will Saunders. Seine aktuelle Stimmung war alles andere als das. Seine Gefühle und sein Instinkt waren in einen Kampf um seine Aufmerksamkeit verwickelt.

Es gab einige Dinge, derer er sicher war. Eines davon war,

dass sich Hattie sehr geirrt hatte, wenn sie glaubte, sie wäre erfolgreich durch seine Finger gerutscht.

Er wusste, dass er einen Plan brauchte, und ein guter Plan verlangte einen Verbündeten.

Der Weg, Hattie zu finden und ihre Geheimnisse zu entschlüsseln, würde bei den beiden Menschen beginnen, die das Leben eines Spions genauso gut verstanden wie er. Der Earl und die Countess von Shale.

»Duke Street«, wies er den Fahrer an.

Kapitel Achtzehn

❦

»Hast du eine Ahnung, wie spät es ist?«, fragte Lord Shale.

Er war damit beschäftigt, den Gürtel seines Schlafrockes zusammenzubinden, als er das Wohnzimmer im Erdgeschoss des eleganten Herrenhauses in der Duke Street betrat. Will bemerkte das zerzauste Haar und die Abwesenheit von Schuhen an den Füßen seines Cousins und runzelte die Stirn. Er hatte den Earl aus seinem Bett gezerrt.

Will sah auf seine Taschenuhr. Es war fast Mitternacht. Eine Zeit, zu der er und Bartholomew Shale früher noch so richtig zugange gewesen wären, um in den Straßen von Paris zu patrouillieren und Geheimoperationen durchzuführen.

»Alt geworden, nicht wahr, Bat?«, erwiderte er. Nur die engsten Freunde des Earls erhielten das Privileg, ihn bei seinem alten Spitznamen zu nennen.

Bat zog eine Augenbraue hoch. Er kannte Will gut genug, um sofort zu spüren, dass ihn etwas beunruhigte. Etwas von großer Bedeutung.

»Und dir auch einen guten Abend, lieber Cousin. Kann ich es deinem Auftreten und deiner unrasierten Erscheinung entnehmen, dass du keine angenehme Heimreise vom Kontinent hattest?«

Will schnaubte. Es war ein langer und anstrengender Tag gewesen.

»Lass mich nur sagen, dass es interessant war.«

»Dann solltest du mir besser alles darüber erzählen. Setz dich«, sagte Bat auffordernd.

Lord Shale und seine Frau Rosemary waren britische Geheimagenten gewesen, die mit Will in Paris zusammengearbeitet hatten. Er und Rosemary waren die einzigen zwei Menschen in Wills Leben, die Yvette gekannt hatten. Bat war in der Nacht, in der sie starb, bei Yvette gewesen, aber ein geschickter Giftmischer hatte ihn unfähig gemacht, sie zu retten. Lord Shale war kaum mit seinem Leben davongekommen.

Will erzählte Bat alles bis auf die sehr intimen Momente seiner Zeit mit Hattie. Es war selten, dass sie etwas voreinander verbargen. Als Will fertig war, saß er da und wartete.

»Und sie hat dich sitzen gelassen. Du bist weich geworden, mein Junge.« Bat lachte auf.

Will sah auf sein großzügig gefülltes Glas Brandy hinunter. Er dachte einen Moment über die Aussage nach, bevor er Bats fragendem Blick begegnete.

»Die Kanten mögen ein wenig stumpf geworden sein, das gebe ich zu, aber diese Mission ist noch lange nicht vorbei«, sagte Will schlicht. »Deshalb ist dein Zuhause der erste Ort, den ich aufsuche, seit ich weiß, dass Hattie nicht tot ist. Wenn mir jemand helfen kann, meinen Kopf über dieses Durcheinander klar zu bekommen, bist du es.«

Er stellte sein Glas auf den Tisch und schüttelte dabei den Kopf.

»Ich kann immer noch nicht glauben, dass ich mein Urteilsvermögen auf solch schreckliche Weise trüben ließ.«

Er war angewidert von sich. Der Gedanke war den ganzen

Tag in seinem Kopf herumgerollt, aber es ging gegen seinen störrischen Stolz, die Worte auch auszusprechen.

Bat wies Wills Worte mit einem Abwinken zurück. »Und du bist der erste Mann auf der Welt, der einer Frau erlaubt, sich seinem klaren Kopf in den Weg zu stellen, ja?«

Sein Blick wanderte zur Tür, in der eine große, schwarzhaarige Schönheit aufgetaucht war. Will folgte dem Blick seines Cousins.

»Rosemary.« Will stand auf.

Lady Shale gab ihm einen warmen Kuss auf die Wange, bevor sie Will erlaubte, sie zu umarmen.

»Will, ich bin so froh, dass du hier bist. Endlich bist du zu Hause. Adelaide hat heute Nachmittag eine Nachricht geschickt, dass dein Gepäck angekommen ist, du selbst aber nicht. Nach dem Ton der Notiz deiner Mutter solltest du dafür besser einen guten Grund haben«, rief sie aus.

Will verzog das Gesicht. »Sagen wir so, es war nicht die einfache Heimkehr, die ich erwartet hatte. Ich brauche nur eine Nacht in London, um meine Gedanken zu ordnen, bevor ich mich der Familie stelle.«

Die Uhr auf dem Kaminsims schlug an. Der cremefarbene Seidenmantel, den Lady Shale trug, erinnerte Will zusätzlich daran, dass er die Nachtruhe des Earls und der Countess verdarb.

»Ich entschuldige mich, ich habe den Überblick über die Zeit verloren. Ich halte euch beide von eurem Bett fern.«

Bat erhob sich von seinem Stuhl und trat an Rosemarys Seite. Will sah das Funkeln in den Augen seines Cousins, als dieser seine Frau ansah. Ein Funke Neid entzündete sich in Wills Kopf, als er sah, wie Bat einen Arm um ihre Taille legte.

»Du weißt doch, wann immer du uns brauchst, wir sind hier. Immer.«

Neben ihm unterdrückte Rosemary ein Gähnen.

»Komm nach oben. Wir ließen die Diener ein Zimmer für dich zurechtmachen, sobald das Schreiben deiner Mutter eintraf. Am Morgen können wir die Dinge bei einem anständigen englischen Frühstück besprechen und einen Plan ausarbeiten, wie du deine Miss Wright finden kannst. Ich glaube, im Moment brauchst du vor allem Schlaf«, sagte Bat.

»Ein ausgezeichneter Vorschlag. Bis dahin, mein lieber Ehemann, haben Sie mich natürlich über alle relevanten Details informiert«, fügte Rosemary hinzu.

Sie ergriff die Hand ihres Mannes, und ein Lächeln erschien auf ihrem Gesicht. Ihr Mann würde bald verhört werden.

»Gute Nacht, Will. Willkommen zu Hause in England.«

※

William ließ sich auf das Bett fallen und starrte auf das Feuer, das gemessen an der Wärme im Zimmer bereits vor einiger Zeit angezündet worden sein musste. Es war schön, dass andere wieder an sein Wohlergehen dachten.

Er hatte nicht bemerkt, wie groß das Loch der Einsamkeit in seinem Leben gewesen war. Mit Hatties Verschwinden starrte er erneut in die Leere.

Er war versucht, seinen Mantel auszuziehen und unter die Decke zu klettern, aber er war immer noch zu unruhig. Der Tag hatte ihn gezwungen, sich einigen unangenehmen Wahrheiten zu stellen.

Er zog die schwere Tagesdecke vom Bett und drapierte sie um sich, bevor er sich ans Feuer setzte.

Er schloss die Augen, um seinen Geist zu beruhigen. Der Schlaf überkam ihn jedoch schon bald, und er fiel in einen tiefen Traum.

So lange war die Frau in seinen Träumen Yvette gewesen, aber eine andere hatte kürzlich ihren Platz eingenommen.

Hattie.

Vom Europa Point aus blickte sie auf das Meer. Die Sonne

tanzte auf den goldenen Lichtern in ihren Haaren. Haare, die ihre Schultern küssten und sich an den Enden sanft kräuselten.

Sie drehte sich um und lächelte ihn strahlend vor Glück an. Will war ihr Held. Er hatte sie vor einem schrecklichen Schicksal gerettet und ihr ein neues Leben gegeben. Sie streckte eine Hand aus, und sein Körper fühlte sich leicht an, als er sie nahm. Er zog sie an sich und hörte sie flüstern.

»*Ich liebe dich.*«

Will wachte erschrocken auf.

Er saß immer noch am Kamin, aber die Scheite waren niedergebrannt und hinterließen einen goldenen Glutschimmer.

Sein Mund war trocken, und eine Erektion drückte gegen die Knöpfe seiner Hose. Sein Körper verlangte hungrig nach der sexuellen Befreiung, die er kürzlich wiederentdeckt hatte.

»Du bist mir unter die Haut gegangen«, flüsterte er.

Die körperliche Liebe war nur ein Teil des Grundes, warum er Hattie wieder in seinem Bett haben wollte. Er wollte alles von ihr wissen, sowohl ihren Geist als auch ihren Körper besitzen. Er hatte ihren Körper kennengelernt, aber sie hatte nichts von dem offenbart, was in ihrer Seele lag. Wenn Hattie endlich die Wahrheit preisgab, würde sie bereit sein, ihm alles zu geben.

»Du, meine kleine Hexe, wirst mir alles erzählen.«

Und dazu gehörte auch das Aussprechen der Worte, die sie für immer zu der Seinigen machen würden.

»Ruh dich gut aus, meine Liebe, wo immer du heute Nacht bist. Morgen wirst du meine Beute sein.«

Kapitel Neunzehn

»William!«

Will stellt seine Tasche ab. Der Diener, der die Tür zum Haus der Familie Saunders in der Dover Street geöffnet hatte, trat schnell zur Seite, als sich Caroline Saunders auf ihren älteren Bruder stürzte. Sie schlang ihre Arme um Will und hielt ihn mit grimmiger Entschlossenheit fest. Er stöhnte, als er spürte, wie die Luft aus seinen Lungen gedrückt wurde.

»Ich habe dich vermisst. Wo warst du denn? Dein Koffer ist gestern angekommen. Mama ist so böse auf dich. Warum bist du nicht nach Hause gekommen?«

Carolines Worte polterten über ihre Lippen, sie machte keine Pause, um Luft zu holen. Will hatte sich nie Illusionen darüber gemacht, dass seine Heimkehr ruhig werden würde. Sein erster Empfang zu Hause Anfang des Jahres war von Tränen und langen emotionalen Umarmungen geprägt gewesen. Als er im Mai nach Hause zurückgekehrt war, war es beinahe fünf Jahre her, seit er England verlassen hatte. Sogar sein Bruder Francis, ein junger Mann, der für seine mangelnde Emotionalität bekannt war, war nach seinen eigenen Worten ein blubberndes Chaos gewesen.

Jetzt war er endgültig zu Hause.

Als sein Vater Caroline sanft von ihrem Bruder löste, grinsten er und Will einander an. Will bot seinem Vater die Hand an, die sofort ergriffen wurde, als Charles Saunders seinen Erstgeborenen in seine eigene einladende Umarmung zog.

»So schön, dich sicher zu Hause zu haben, *mon fils*, so gut«, sagte er.

»Wir haben dich gestern schon erwartet. Mama hat der Hälfte von London Nachrichten geschickt, in denen sie wissen wollte, wo du bist«, bemerkte Caroline.

Will zuckte mit den Schultern, es hatte keinen Sinn, auf Details einzugehen.

»Das Schiff hat sich im Ärmelkanal wegen schlechten Wetters verspätet. Nachdem wir angedockt hatten, musste ich ein paar Besorgungen erledigen, und als ich damit fertig war, war es spät. Ich war letzte Nacht bei Bat und Rosemary.«

Er fühlte sich verpflichtet, seinem Vater die Umstände seiner Rückreise nach England vollständig zu erklären, aber jetzt war nicht der richtige Zeitpunkt. Jetzt war die Zeit gekommen, seinen Eltern und Geschwistern zu erlauben, sich über seine Rückkehr zu freuen. Den Beginn seines neuen Lebens in London zu feiern.

»Ist Mama ausgegangen? Das Haus ist viel zu ruhig«, fragte er.

Er hatte noch nicht das aufgeregte Quietschen seiner Mutter gehört, was höchst ungewöhnlich war, wenn man Adelaide Saunders kannte.

Caroline verdrehte die Augen, woraufhin ihr Vater sie missbilligend ansah.

»Sie sind im Rosemount House zu Besuch bei Countess Rosemount«, antwortete sein Vater.

»Unsere liebste Schwester Eve hat es sich in den Kopf gesetzt, dass sie Freddie Rosemount heiraten will. Blöde Idee, wenn du mich fragst«, sagte Caroline.

Eva war verliebt? Will hielt inne, überrascht von dieser unerwarteten Enthüllung. Nirgendwo in Eves regelmäßiger Korrespondenz hatte sie ihm Nachrichten über ihr Herz anvertraut. Es wäre enttäuschend, wenn seine Schwester ausgerechnet so bald nach seiner Rückkehr heiraten und aus dem Haus der Familie ausziehen würde. Er hatte angenommen, dass er zumindest in den nächsten Jahren die ganze Familie sehen könnte, wenn er zu Hause war. Eves bevorstehende Verlobung war eine heftige Erinnerung daran, dass sein Bruder und seine Schwestern in den Jahren seiner Abwesenheit erwachsen geworden waren.

Eve, die stets an ihren Bruder dachte, hatte offensichtlich beschlossen, ihm nicht von ihrem zukünftigen Glück zu erzählen. Vermutlich, weil sie glaubte, dass er wegen des Verlustes von Yvette immer noch ein gebrochenes Herz hatte.

Vor einigen Monaten wäre sie der Wahrheit nahe gewesen, aber die Dinge in seinem Leben hatten sich geändert. Ein Spätsommerbesuch in Paris von ihrer Cousine Lady Lucy Radley und ihrem neuen Ehemann Avery Fox hatte seine Augen wieder für die Möglichkeit der Liebe geöffnet.

Die Tage mit Hattie hatten diese Vorstellung real erscheinen lassen. Der Geist von Yvette ließ ihn los. Er drängte ihn zu dem Glück, von dem er wusste, dass seine verstorbene Frau es sich so ernsthaft für ihn wünschen würde.

»Nun, ich hoffe, er hat sie verdient und macht sie glücklich«, sagte Will.

Caroline hob eine Augenbraue. Sie war gerade mal fünfzehn gewesen, als Will gegangen war. In den vergangenen Jahren hatte sich Caroline zu einer atemberaubenden Schönheit entwickelt. Ihre innere Reife blieb jedoch manchmal hinter ihrem Aussehen zurück. Mit etwas Glück würde er noch Zeit haben, sie zu einer vernünftigen jungen Frau heranwachsen zu sehen, bevor auch sie sich verliebte.

»Ich ziehe nicht aus deinem alten Zimmer aus. Es gehört mir!«, brüllte eine Stimme.

Will blickte auf und sah seinen jüngeren Bruder Francis, der ihm von der Treppe her zuwinkte. Er eilte herunter, um Will zu begrüßen. Sein Gruß bestand aus mehreren freundlichen Schlägen auf Wills Rücken und einem knochenbrechenden Händedruck.

Francis war eins zweiundsiebzig groß gewesen, als Will das erste Mal abgereist war, im Gegensatz zu Will mit seinen ein Meter zweiundachtzig. Jetzt überragte Francis seinen älteren Bruder um mindestens zehn Zentimeter.

Will legte eine Hand auf seinen Nacken und täuschte Unbehagen vor. »Schneit es dort oben?«, witzelte er.

Francis unter seinem dichten weißen Haarschopf lachte. »Sehr witzig. Ich kann es nicht ändern, wenn du ein kleiner Kerl bist. Ich denke mal, du hast perfekt zu all diesen kleinen Franzosen gepasst. Kein Wunder, dass sie nie entdeckt haben, wer du wirklich bist.«

Will kicherte. Wer das Gerücht über die geringe Körpergröße der Franzosen ins Leben gerufen hatte, hatte nie in Paris gelebt.

»Komm, jetzt lass deinen Bruder mal hereinkommen, und dann kannst du ihn necken, so viel du willst. Er geht nirgendwo hin«, sagte Charles.

Will bemerkte den fröhlichen Klang in der Stimme seines Vaters. Es war schön, wieder zu Hause und im Kreise der Familie zu sein.

In seinem neuen Zimmer, das auf dem gleichen Flur lag wie sein altes, leerte Will den Inhalt seiner Tasche und legte alles in die Kommode. Als er die Schublade schloss, richtete sich sein Blick auf die Wand.

Dieselbe vertraute Tapete bedeckte die Wände des Raumes. Rote, weiße und blaue Streifen. Dazwischen war ein Streifen mit einer roten Rose und einer goldenen *Fleur de lis* ineinander verschlungen. Es bedeutete die Vereinigung des schottischen Hauses Strathmore und des französischen Alexandre.

Charles Alexandre hatte seinen Familiennamen in Saunders geändert, nicht lange, nachdem das Blutvergießen des Terrors in seiner Heimatregion der Vendée begonnen hatte. Sein Vater François war ein früher und energischer Anhänger der Französischen Revolution gewesen. Als François dann den Wahnsinn sah, den Robespierre während seiner mörderischen Herrschaft schließlich in seiner geliebten Nation ausgelöst hatte, war François wieder Royalist geworden. Nach der Schlacht von Savenay, in der der Aufstand in der Vendée brutal niedergeschlagen wurde, hatte François Alexandre unter der Klinge der Guillotine sein Ende gefunden.

Nach dem gewaltsamen Tod seines Vaters kehrte Charles seinem Land den Rücken und wurde so englisch wie möglich. Es war der in England geborene und aufgewachsene Will, der schließlich der Anziehungskraft von Mutter Frankreich erlag und sich geschworen hatte, sie von einem weiteren Tyrannen – Napoleon – zu befreien.

Draußen auf der Straße konnte Will das Rufen der Straßenverkäufer hören. Es war seltsam, vor dem Fenster einen Akzent aus Ost-London zu hören. Er war zu Hause, aber ein Teil seines Herzens würde für immer in Paris bleiben.

Am frühen Morgen war er die Duke Street entlanggeschlendert und hatte am nächsten Kuchenladen angehalten. Der Ladenbesitzer hatte ihn missbilligend angesehen, als Will auf seinen Morgengruß mit einem höflichen »*Bonjour*« antwortete. Will, der die Lebensweise Frankreichs so sehr als seine eigene angenommen hatte, dachte noch oft in der Muttersprache seines Vaters.

Er ging zum Fenster und sah auf die Straße hinunter. Die Dover Street war breit und mit gut gepflegtem Pflaster versehen. Darin unterschied sie sich sehr von den winzigen, engen Pariser Straßen, die er so gut kannte. Die Häuser waren so dicht zusammengebaut gewesen, dass ein trittsicherer Mann oder eine trittsichere Frau wie Yvette unentdeckt über die Dächer gehen konnte. Oft hatten sie genau das getan, um den regelmäßigen Straßenpatrouillen der französischen Armee zu entgehen.

Er war gespannt auf den Rest seiner Familie, sicher in dem Wissen, dass ein paar Tage zu Hause helfen würden, seine Gedanken zu beruhigen. Bat hatte ihm versichert, dass er während dieser Zeit subtile Nachforschungen über den Aufenthaltsort von Hattie Wright anstellen würde.

»Sie ließ genug nachweisbare Fakten in ihre Geschichte einfließen, dass wir nur den Spuren der Brotkrumen folgen müssen, um sie zu finden«, hatte ihn sein Cousin beruhigt.

Kapitel Zwanzig

❧

Will verbrachte den Rest des Tages damit, sich wieder im Haus der Familie zurechtzufinden. Getreu seinem Wort weigerte sich Francis standhaft, Wills einstiges Zimmer aufzugeben.

»Ich kann ihn dazu bringen, auszuziehen, wenn du willst«, bot Adelaide an.

»Er kann gerne dortbleiben. Besitztum bestimmt zum allergrößten Teil das Gesetz. Es wäre nicht fair, nach all dieser Zeit wiederzukommen und von ihm zu erwarten, dass er das Zimmer aufgibt. Außerdem habe ich als Mieter in einem winzigen Dachkämmerchen gelebt, ich wüsste nicht, was ich mit einem so großen Raum machen soll.«

Er gab seiner Mutter einen Kuss auf die Wange. Adelaide streckte die Hand aus und ergriff seine Finger. Sie stand still und lächelte ihn eine gute Minute lang an.

Will wusste, was sie dachte. Alles, was zählte, war, dass er wieder unter dem Dach seiner Eltern schlief. Ihr ältester Sohn war zu Hause, und der Krieg mit Frankreich war vorbei.

»Hast du Pläne für heute?«, fragte sie.

Will hatte Hattie genügend Zeit gegeben, um ihren Weg zum Haus ihres Onkels zu finden. Zeit, die Illusion zu genießen, ihn losgeworden zu sein. Heute Morgen wollte er Felix Wright einen Besuch abstatten und Hattie sagen, was er von ihren Manövern hielt.

»Nur einen alten Freund treffen.«

Vor dem Haus hielt er eine Mietkutsche an und machte sich auf den Weg zur Argyle Street. Als er aus dem Wagen stieg, bezahlte er den Fahrer und steuerte zielstrebig die Nummer fünfundsiebzig an.

Als er die untersten Stufen erreichte, hielt er an und überprüfte, ob seine Weste und seine Jacke richtig saßen. Er hatte eine sorgfältig vorbereitete Rede sowie eine plausible Erklärung, sodass Hattie weiterhin in der Gunst ihres Onkels blieb. Es war an der Zeit, das Spiel zu beenden und formell, um Hatties Hand anzuhalten.

Er klopfte an die Tür. Als der Butler öffnete, übergab Will seine Visitenkarte.

»Mr. William Saunders für Mr. Felix Wright, wenn er zu Hause ist«, sagte Will förmlich.

Der Butler runzelte die Stirn. »Es tut mir leid, Sir, ich verstehe nicht.«

Wills Magen machte eine leise Abwärtsbewegung in Richtung seiner Knie. Er räusperte sich und versuchte es noch einmal.

»Das ist Mr. Felix Wrights Haus nicht wahr?«

»Ja, Sir, das ist es. Mr. Wright ist jedoch seit geraumer Zeit nicht mehr in der Residenz. Derzeit ist er dem britischen Gesandten in Washington, District of Columbia zugewiesen. Das ist in den Vereinigten Staaten von Amerika«, antwortete der Butler.

Will ignorierte den Versuch des Mannes, mit seinem Wissen über die Weltgeografie anzugeben. Er war zu beschäftigt damit, sich Sorgen, um seine Magengrube zu machen, die sich anfühlte, als habe er Steine gegessen.

»Oh, ich bitte Sie um Entschuldigung. Eine Freundin hat mir diese Adresse gegeben, sie muss sich geirrt haben. Aber wie lange ist Mr. Wright denn schon in den Vereinigten Staaten?«

Der Butler dachte einen Moment nach. »Es geht auf vier Jahre zu, Sir.«

Als sich die Tür schloss, blieb Will auf den obersten Stufen stehen. Er war zu wütend, um sich zu bewegen. Hattie hatte ihn belogen, selbst als er anbot, sie zu ihrer Familie zu bringen.

Die ganze Zeit waren sie zusammen auf dem Schiff gewesen. Während der langen Nachmittage leidenschaftlicher Liebesspiele hatte sie ihre Flucht geplant. Sie hatte versprochen, ihm keine Lügen mehr zu erzählen.

»Täuschung durch Unterlassung ist immer noch eine Lüge, Hattie«, murmelte er.

Für jemanden, der behauptete, ungeübt in der Kunst der Täuschung zu sein, offenbarte sich Hattie langsam als ziemliche Könnerin. Will war Manns genug, um zu erkennen, dass ihre Lügen am meisten schmerzten.

Er hatte einige seiner dunkelsten Geheimnisse mit ihr geteilt, sogar den Schmerz, den er über den Verlust von Yvette fühlte, aber Hattie im Gegenzug hatte weiterhin eine Lüge gelebt. Sie hatte ihn benutzt und ihn anschließend verraten.

Er knirschte mit den Zähnen. Er hatte es satt, ein Gentleman zu sein. Wenn er Hattie schließlich fand, würde er sie für ihre Lügen bezahlen lassen. Weil sie ihm so schamlos das Herz gestohlen hatte.

Kapitel Einundzwanzig

❦

»Miss Hattie!« Das Quieksen eines jungen Mädchens schallte durch den zweiten Stock des schmutzigen Mieterhauses in der Plumtree Street.

Annie Mayford warf sich gegen Hatties Röcke. »Du bist zurückgekommen! Du bist zurückgekommen!«

Hattie schlang ihre Arme fest um das Kind und ließ die Tränen laufen. Wochenlang hatte sie an die Mayfords gedacht und sich ausgemalt, wie schlimm deren Situation seit ihrem Weggehen geworden wäre.

Mrs. Mayford, eine Witwe mittleren Alters, kämpfte sich aus ihrem klapprigen Holzbett, wo sie die meiste Zeit ihrer Tage verbrachte, und umarmte Hattie.

»Wie geht es Ihnen?«, fragte Hattie.

Mrs. Mayford nickte langsam, die Anstrengung zu sprechen, war zu groß. Ihr anhaltender Kampf gegen die tödliche Tuberkulosekrankheit hatte ihr die Energie für alles geraubt, außer den grundlegendsten Anforderungen des Lebens. Sie aß wenig; und zwischen fürchterlichen Hustenanfällen schlief sie.

»Sind die Jungs hier?«

Annie ließ Hatties Röcke los und trat zurück. Ihr Gesicht veränderte sich von Glück zu unverhohlener Wut. Sie stemmte ihre Fäuste in die Hüften.

»Joshua und Baylee sind böse geworden, seit du gegangen bist, und haben sich der Belton-Street-Bande angeschlossen. Sie sind gerade mit ihnen unterwegs.«

Hattie und Mrs. Mayford tauschte einen Blick der Angst aus. Die Belton-Street-Bande war eine der gewalttätigsten kriminellen Banden in St. Giles. Joshua und Baylee hatten beide Angst vor der Bande.

Das ergab keinen Sinn. Sie konnte kaum glauben, dass sich die beiden lieben, jungen Burschen mit einem solchen Haufen Halsabschneidern und Schurken zusammengetan hatten.

Die Tür zu dem kleinen Raum, der als Wohnzimmer und Küche der Familie Mayford diente, öffnete sich, und Joshua Mayford trat über die Schwelle. Er hatte einen kleinen Sack in der einen Hand und schleppte seinen Bruder Baylee mit der anderen hinter sich her.

Beim Anblick von Hattie hielt Joshua an. Baylee stieß mit seinem Bruder zusammen. Der stumme Baylee tat seinen Unmut kund, indem er Joshua mit der Faust schlug. Joshua wiederum schlug seinen Bruder hart.

»Lass mich in Ruhe, du Idiot!«

Der untypische Akt der Gewalt und die harten Worte überraschten Hattie. Die Brüder Mayford standen sich normalerweise sehr nah. Es verstand sich von selbst, dass Joshua seinen etwas zurückgebliebenen Bruder beschützte, der wiederum Joshua anbetete.

»Baylee. Ich bin wieder da. Ich bin gekommen, um nach dir zu sehen«, sagte Hattie.

In der Zeit, seit sie die Familie kannte, war sie die einzige Fremde gewesen, die Baylee jemals in seine Nähe ließ. Er vertraute ihr. Wann immer sie kam, um ihre dürftige Unterkunft zu besuchen, begrüßte er sie mit offenen Armen.

Dafür hatte sie immer einen oder zwei Äpfel für ihn in der Tasche.

Sie streckte die Hand nach Baylee aus, aber er schüttelte den Kopf. Sein Gesicht war vor Wut verzerrt. Tränen füllten seine Augen. Er knurrte sie wütend an.

Annie kam herüber und nahm ihren Bruder bei der Hand.

»Komm, nimm deinen Hut herunter und setz dich zu mir, Baylee. Lass mich deine Tränen trocknen. Sei nicht böse auf Miss Hattie. Es ist nicht ihre Schuld, dass sie weggegangen ist.«

Hattie blickte wieder zu Joshua, der nun eifrig den Inhalt seines Beutels leerte. Es gab mehrere Äpfel, zwei runzlige Karotten und einen Klumpen gesalzenes Rindfleisch. So viel Essen auf einmal hatte sie in diesem Hause noch nie gesehen.

»Willkommen zurück, Miss Hattie. Hätte nie gedacht, Sie wiederzusehen«, sagte Joshua, während er sich die Mütze vom Kopf zog.

Seine schönen dunkelbraunen Locken, die Hattie so oft bewundert hatte, waren vollständig abrasiert, was ihn regelrecht gefährlich aussehen ließ. Er stopfte die Mütze in die Tasche seines schmutzigen schwarzen Wollmantels und schniefte.

»Ich auch nicht«, stammelte sie.

Das Herz schlug hart in ihrer Brust. Das war nicht das Wiedersehen, das sie sich vorgestellt hatte. Das Leben in London hatte nicht stillgestanden, solange sie weg gewesen war. Sie räusperte sich. Sie brauchte Antworten.

»Deine Schwester sagt mir, dass du und Baylee euch mit der Belton-Street-Bande eingelassen habt. Stimmt das? Ich dachte, du verabscheust sie.«

Joshua fixierte sie mit einem harten Blick und warf dann den Sack in die Ecke, die der Tür am nächsten war. Er trat die Tür zu.

»Nun, es ist so. Ohne das Essen, das Sie uns jeden Tag gebracht haben, wären wir verhungert. Es gab keine große

Wahl in dieser Angelegenheit. Es ist nicht so, als ob es eine lange Reihe von feinen Damen gibt, die alle Essen an Leute wie uns verschenken wollen. Menschen wie Sie sind so selten wie Gold.«

Sie faltete ihre Hände zusammen. Das Lebensmittelproblem war gelöst. Sie war zurück in London und konnte sie wieder mit dem Essen versorgen, das sie brauchten. Die Jungen konnten sich aus der Bande zurückziehen. Baylee konnte wieder mit seiner Mutter zusammensitzen, und Joshua konnte sich um Annie kümmern.

Er las ihre Gedanken.

»Machen Sie sich nicht die Mühe, mir zu sagen, dass die Dinge wieder so sein können, wie sie waren. Sie wissen genauso gut wie ich, dass man die Belton-Street-Jungs nicht einfach so verlassen kann.«

Hattie fühlte Übelkeit aufsteigen. Die Mitgliedschaft in der Belton-Street-Bande war lebenslang, der Tod der einzige Ausweg. Sie hatte so sehr gebetet, zu ängstlich, um an das Schlimmste zu denken, das sie bei ihrer Rückkehr in die Londoner Slums vorfinden könnte. Zwei ihrer Freunde an die mörderische Verbrecherbande zu verlieren, war herzzerreißend.

Joshua seufzte. Er legte einen Arm tröstend um Hatties Schulter.

»Es ist gut, Sie wieder zu sehen, Hattie. Machen Sie sich keine Vorwürfe! Das wäre wahrscheinlich auch passiert, wenn Sie nicht gegangen wären. Die Bande versucht seit einiger Zeit, uns zu rekrutieren. Ich musste einige schwierige Entscheidungen treffen, um meine Familie zu ernähren. Der Beitritt zur Bande war das Schwierigste von allen.«

»Warum streitest du dich mit Baylee? Ich habe dich nie zuvor so mit ihm sprechen hören.«

Joshua schaute weg und weigerte sich, ihrem Blick zu begegnen. »Er muss härter werden. Wenn nicht, wird er sterben.«

Annie begann zu weinen. »Sie lassen Baylee kämpfen. Die Menge zahlt Geld, um ihn grunzen zu hören. Die Bande nennt ihn Bär, und jeder will gegen den Bären kämpfen«, sagte sie schluchzend.

Hattie fühlte sich, als hätte ihr jemand in den Bauch geschlagen. Der Sturz ins Wasser vom Schiff in Gibraltar hatte nicht so sehr weh getan wie Annies schockierende Offenbarung. Diese Bande benutzte Baylee, einen geistig zurückgebliebenen Jungen, um Geld zu verdienen.

Joshua griff in seine Tasche und zog eine Handvoll Münzen heraus. Er hielt sie vor Hattie. Die Münzen waren wenige, aber genug, um die Miete für ihre beiden heruntergekommenen Zimmer für mehrere Wochen zu decken. Sie sprachen es nicht an, aber er musste wissen, dass sie ihn nicht für das verurteilte, was er tat. Er tat sein Bestes, um seiner Familie zu helfen, damit sie überlebten.

Hattie war nicht naiv genug zu glauben, dass ihre und Joshuas Situation gleich war. Während sie seit ihrer Rückkehr gezwungen gewesen war, einige der kostbaren Kleinode ihrer Mutter zu verkaufen, hatte sie eine Wahl in ihrem Leben. Sie konnte ihren Bruder oder sogar Will Saunders aufsuchen und um Hilfe bitten, wenn sie das wollte. Joshua Mayford hatte keine solchen Retter, auf die er zurückgreifen konnte.

»Ich denke, Sie sollten gehen«, sagte er ruhig.

Er steckte die Münzen wieder in seine Tasche. Hattie öffnete ihren Beutel, nahm den Brotlaib und die Äpfel, die sie mitgebracht hatte, heraus und übergab sie Annie.

Ohne ein Wort ging sie.

Kapitel Zweiundzwanzig

Wills Pläne, Hattie zu suchen, mussten an zweiter Stelle hinter seinen familiären Verpflichtungen stehen. Obwohl er es geschafft hatte, seine Eltern davon abzubringen, eine große Willkommensfeier für ihn zu organisieren, wurde er weiterhin unter Druck gesetzt, an gesellschaftlichen eranstaltungen teilzunehmen.

Eine kleine Versammlung bei einem Freund der Familie bot die erste Gelegenheit, die er hatte, um einen Blick auf den jungen Mann zu werfen, den sich Eve für die Ehe ausgesucht hatte. Frederick Rosemount, zweiter Sohn des Viscount Rosemount.

Von der anderen Seite des Ballsaals her entdeckte er Frederick und Eve, als sie Arm und Arm in seine Richtung kamen. Eves Gesicht strahlte vor Glück. Sie hing an jedem Wort, das ihr junger Gentleman sagte.

»Oje. Bereite dich darauf vor, den fabelhaften Freddie zu treffen«, murmelte Charles.

Will runzelte die Stirn. Es war gar nicht die Art seines Vaters, Fehler bei anderen zu finden. Es war beunruhigend, dass er Eves Paramour nicht nach seinem Geschmack fand.

»Er kann nicht so schlecht sein«, sagte Will leise.

Frederick Rosemount schritt selbstbewusst zu ihnen herüber und bot Will die Hand an. Neben ihm strahlte Eve vor Stolz.

»William, da sind Sie also. Sie müssen doch so froh sein, all die nervigen, stinkenden Franzosen nicht mehr, um sich zu haben.«

Will überwand sich und lachte über diese Bemerkung. Es gab nicht viel anderes, was er tun konnte. Er war immun gegen die vielen englischen Soldaten geworden, die noch in Paris stationiert waren und meinten, sie müssten alle ständig an den Ausgang des Krieges erinnern. London war weitaus schlimmer. Es war voll von nationalistischen Engländern, die das Leid und die Opfer nicht verstanden, die viele Tausende Franzosen während der blutigen Revolution und dann unter Napoleon hatten erdulden müssen.

Freddie schnaubte amüsiert über seinen eigenen Witz.

Will blickte zu seinem Vater. Charles zwang sich zu einem geselligen Grinsen, aber Will sah eine Traurigkeit in seinen Augen. Eine neue Zukunft für Frankreich war der Familie teuer zu stehen gekommen. Charles würde nie in das Land seiner Geburt zurückkehren und sein rechtmäßiges Erbe beanspruchen können.

»Es tut gut, wieder hier zu sein. Obwohl es sich anfühlt, als ob ich diese Stadt kaum noch kenne. Ich habe mich heute Morgen auf dem Weg nach Strathmore House verirrt«, erwiderte er.

Das Thema zu ändern, schien immer die beste Option angesichts dieser Ignoranz.

Er hatte gehofft, den einen oder anderen der Radleys zu Hause anzutreffen, aber keiner seiner Cousins war vom Familiensitz in Schottland zurückgekehrt. Das einzige Mitglied der Familie des Duke of Strathmore, der sich nicht in Schottland aufhielt, war David Radley, und der befand sich auf seinem Anwesen in Bedfordshire.

»Also, was haben Sie nun vor?«, fragte Freddie. »Beabsichtigen Sie, mit Ihrem Vater und Francis das Geschäft zu betreiben, oder wollen Sie vielleicht für das Parlament kandidieren? Mein Vater liegt mir ständig in den Ohren, irgendeine Art von Beruf anzunehmen. Ermüdend. Ich verbringe meine Zeit viel lieber im *Four-in-Hand-Club*.«

Will dachte einen Moment nach. Er war sich über seine Pläne nicht wirklich sicher, jetzt, da er wieder in England war. Die Aussicht, mit seinem Vater die Zügel in die Hand zu nehmen, hatte einen gewissen Reiz, aber sein Bruder Francis hatte Geschäftstalent, und Will wusste, dass er nicht mithalten konnte. Während Francis mehr als in der Lage war, seine Abende damit zu verbringen, sich mit seinen Freunden zu betrinken und über die Stränge zu schlagen, so war er auch verblüffend gut darin, frühmorgens bei der Arbeit zu sein und die Versandblätter der Waren zu überprüfen, die Charles Saunders aus Südamerika importierte.

Will hatte bisher nicht über eine Karriere als Politiker nachgedacht, aber sein Onkel Ewan Radley, der Herzog von Strathmore, hatte ihn im Sommer verschiedenen politischen Persönlichkeiten vorgestellt und sein Interesse geweckt. Die Vorstellung, in London zu sein und an Parlamentssitzungen teilzunehmen, war nach seinem Geschmack. Eines wusste Will jedoch mit Sicherheit: Er fühlte sich in einer Metropole am ehesten zu Hause, sei es nun Paris oder London.

»Ich habe vor, mit seiner Gnaden zu sprechen, wenn er aus Schottland zurückkehrt. Er erwähnte, dass es eine Vakanz in einem der Londoner Stadtteile geben wird, bevor das Jahr vorbei ist. Ich denke, ich kenne mich genug in der Welt aus, um einen nützlichen Beitrag im Unterhaus leisten zu können«, antwortete er.

Freddie tätschelte Eve die Hand. Sie kicherte.

»Das wird Sie auf Trab halten, Will, alter Knabe. Obwohl Sie eine Frau brauchen, bevor Sie ernsthaft über eine Karriere in der Politik nachdenken. Die Wähler sind nie daran interessiert, Junggesellen ins Parlament zu wählen; man glaubt wohl, dass alleinstehende Männer nicht vertrauenswürdig sind. Erschreckend ermüdendes Geschäft, so eine Ehe, aber ich denke, dass wir alle irgendwann den Kopf in die Schlinge des Pfarrers stecken müssen. Ein Kerl kann nicht für immer glücklich bleiben.«

Er warf den Kopf zurück und lachte aufrichtig amüsiert über sich selbst. Will beobachtete Freddie mit kaum versteckter Wut. Die Ehe war keine witzige Angelegenheit. Er war ganz und gar nicht beeindruckt von diesem jungen Mann und seiner unbekümmerten Haltung, besonders wenn es um die Aussicht ging, Eve zu heiraten.

Will hatte die Ehe nie als lästiges Unterfangen angesehen. Er vermisste es, verheiratet zu sein. Erst als er mit Hattie zusammen gewesen war, hatte er gemerkt, wie leer sein Leben gewesen war.

Yvette hatte Will von einem egoistischen, egozentrischen Knaben zu dem Mann gemacht, der er jetzt war. Er schuldete sowohl seiner früheren als auch seiner zukünftigen Frau viel.

In diesem Moment waren seine Gedanken jedoch viel zu überstrapaziert von dem jungen Mann, den sich Eve ausgesucht hatte. Als Freddie und Eve weggingen, wollte Will ihm unbedingt ins Gesicht schlagen. Er wandte sich an seinen Vater.

»Ich kann absolut nicht verstehen, was sie in diesem pickligen Burschen sieht. Eve kann es nicht ernst mit ihm meinen. Und wenn sie es doch tut, kann ich nicht glauben, dass du und Mama es ihr erlauben würdet, das durchzuziehen. Er wird Eve nur Elend bringen«, bemerkte er.

Sein Vater nippte an seinem Wein. »Er stammt aus einer guten Familie. Seinen Vater Viscount Rosemount, kenne ich persönlich als einen anständigen Kerl. Der Junge ist zum ersten Mal in London, ohne dass sein Vater oder sein älterer Bruder ihn in Schach halten. Ich gebe zu, dass er es ein bisschen zu heftig treibt. Aber haben wir das nicht alle in diesem

Alter getan? Wir müssen ihm das zugestehen und hoffen, dass er zur Besinnung kommt, bevor er etwas Dummes tut.«

Sein Vater musste ihn nicht daran erinnern, dass Will im gleichen Alter nach Frankreich geflohen und ein Spion geworden war. Will wusste genau, wie es war, rücksichtslos und ohne Sinn für seinen Platz in der Welt zu sein.

Eves Herz war jedoch eine ganz andere Sache. Er würde nicht untätig zusehen, während ein Dummkopf das Herz seiner Schwester in Stücke riss. So charmant und selbstbewusst Freddie auch sein mochte, Will war nicht abgeneigt, ihm ordentlich den Kopf zu waschen.

»Was macht Mama dagegen?«, drängte er.

Er kannte seine Mutter gut. Adelaide Saunders wäre sich der Mängel von Frederick Rosemount durchaus bewusst. Sie würde ihrer Tochter nicht erlauben, ihr Leben an einen Hallodri zu verschwenden. Sie würde alle Türen der Kirchen in London zunageln, wenn das nötig war, um ihre Tochter davon abzuhalten, eine dumme Entscheidung zu treffen.

»Sie spielt das sorgfältig aus. Eve hat ihren eigenen Kopf, und das Letzte, was wir wollen, ist, dass sie sich eines Nachts auf den Weg nach Gretna Green macht. Ich habe deiner Mutter vertraut, dass sie euch vier großzieht, und ihr seid alle gut geraten. Ich bin voll und ganz zuversichtlich, dass sie deine Schwester vor Schaden schützen wird.«

Will war nicht so überzeugt. Er kannte Eve, und wenn sie entschlossen war, sich Freddie an den Hals zu werfen, würde sie genau das tun, ob sie nun die Zustimmung der Eltern hatte oder nicht.

Kapitel Dreiundzwanzig

»Möchten Sie etwas Kuchen, Miss Hattie?«, fragte Mrs. Little.

»Ja bitte«, antwortete Hattie.

Ein glückliches Lächeln erschien auf dem Gesicht der langjährigen Haushälterin der Familie Wright. Eine Frau, die in Tränen ausgebrochen war, als Hattie in den frühen Morgenstunden ein paar Tage zuvor unerwartet an die Hintertür geklopft hatte.

Nachdem Hattie die Umstände ihres Wiedererscheinens erklärt hatte, hatten sich Mr. und Mrs. Little bereit erklärt, Hattie heimlich im Haus der Familie Wright zu beherbergen. Das Hauswirtschaftsgeld, das Hatties Vater zurückgelassen hatte, würde den Familienbutler und seine Frau ernähren, bis das Haus vermietet werden konnte. Hattie war nur ein weiterer Mund, den es durchzufüttern galt.

Was sie tun würden, sobald ein neuer Mieter das Haus übernahm, war eine Frage für die Zukunft.

Hattie war eifrig zugange, Wills großen Mantel in Papier einzuwickeln. Sie fühlte sich unwohl bei der Vorstellung, an einem so persönlichen Gegenstand von ihm festzuhalten, und wollte ihm den Mantel so schnell wie möglich zurückgeben.

Ihre Hauptsorge war, wie sie ihn ihm zukommen lassen konnte, ohne dass Will zurückverfolgen konnte, woher der Mantel plötzlich auftauchte. Sie hielt sich den Mantel ans Gesicht und atmete tief durch.

Wills Duft hing noch immer im Stoff. Ihre Sinne prickelten bei der Erinnerung an den Geruch seines Körpers. An seine Berührungen.

»Es ist ein feines Stück Schneiderkunst, dieser Mantel«, bemerkte Mrs. Little. »Es war nett von dem Herrn, Ihnen den zu geben. Sehr nett von ihm und seiner Frau, Sie aufzunehmen und dafür zu sorgen, dass Sie sicher nach England zurückkommen.«

Hattie schluckte einen Kloß hinunter. Sie fühlte sich schuldig, Mrs. Little so dreist zu belügen, aber sie konnte die Fragen nicht ertragen, die sicherlich folgen würden, wenn einer der beiden die Wahrheit entdeckte. Mr. Little war schwer genug zu überzeugen gewesen, als Hattie nach Hause zurückkehrte.

Der Butler der Familie war dafür gewesen, die drei Türen zu Edgar Wrights Haus zu marschieren und ihn darüber zu informieren, dass seine jüngere Schwester plötzlich ohne ihre Eltern nach London gekommen war. Glücklicherweise war Mr. Little ein gutherziger Mann. Nach sanfter Überzeugung hatten er und seine Frau schließlich eingewilligt, die Scharade vorerst aufrechtzuerhalten.

Wenn ihr Glück hielt, würde Hattie nie die Rolle erklären müssen, die Will Saunders in ihrem kleinen Abenteuer gespielt hatte. Er bliebe ihr eigener heimlicher Retter. Eine Affäre, an die sie sich im Dunkeln der Nacht erinnern konnte, wenn sie allein in ihrem Bett lag.

Wo auch immer Will war, sie wusste, dass er an sie denken würde. Er würde sich fragen, was mit der Frau geschehen war, die sein Bett geteilt und sich dann geweigert hatte, ihn zu heiraten.

Will war ein wohlhabender Mann, und das beunruhigte

sie. Er war auch kein Narr. Er hatte Familie und sehr gute Beziehungen in London. Wenn er entschlossen war, sie zu finden, musste sie auf der Hut bleiben.

Sie hatte damit begonnen, das Haus in der Morgendämmerung zu verlassen, um ihre Rückkehr geheim zu halten. Gekleidet in einen alten Mantel ihres Vaters, der ihre Röcke bedeckte, und mit einem Hut, der fest auf ihren Kopf gedrückt war, sah sie auf den ersten Blick aus wie jedes andere Dienstmädchen, das ihre Besorgungen am frühen Morgen erledigte.

Jedes Mal, wenn sie vor die Tür ihres Hauses trat, war sie vorsichtig. Will könnte auf sie warten. Es bestand durchaus die Möglichkeit, dass er mehr über ihre wahre Identität herausgefunden und schließlich ihr Versteck entdeckt hatte. Ihre Idee, ihm die Adresse des Hauses ihres Onkels Felix mitzuteilen, schien nicht mehr so klug zu sein.

Im Moment war Will jedoch ihr geringstes Problem. Die Bande in der Belton Street beherrschte all ihre Gedanken. Da Joshua und Baylee inzwischen vollwertige Mitglieder waren, schien eine Tragödie für die Familie Mayford unvermeidlich.

»Haben Sie weiter darüber nachgedacht, mit Ihrem Bruder zu sprechen?«, fragte Mrs. Little.

Hattie schüttelte den Kopf. Die Wahrheit war, dass sie in den vergangenen Tagen an wenig anderes gedacht hatte. Zu ängstlich, sich am helllichten Tag auf die Straßen Londons zu wagen, hatte sie stundenlang über ihre nächsten Schritte gegrübelt.

In früheren Zeiten hätte sie nicht gezögert, ihren Bruder aufzusuchen und um seine Hilfe zu bitten. Die Familie Wright hatte sich einmal sehr nahegestanden. Hattie hatte praktisch in beiden Häusern gelebt, nachdem Edgar und Miranda sechs Jahre zuvor geheiratet hatten.

Aber in dem Jahr, bevor ihre Familie nach Afrika abgereist war, hatte das Verhältnis zwischen ihrem Vater und ihrem Bruder einen Punkt erreicht, an dem sie nicht mehr miteinander sprachen. Hattie selbst hatte Dinge zu Edgar gesagt, die sie bitter bereute. Harsche Worte, die seinen Weg in der Welt ablehnten und den ihrer Eltern verteidigten. Sie hatte Miranda sogar als kaltherzige, soziale Aufsteigerin gebrandmarkt. Ihre letzten Worte an Edgar waren gewesen, dass sie ihn oder seine Frau nie wieder sehen wollte.

»Ich bin nicht sicher, welchen Empfang ich erhalten würde.«

Die einzige andere Möglichkeit war ihr Onkel Felix, aber Amerika war so weit weg. Die kurze Reise von Gibraltar nach England hatte ihren wilden Träumen, über den Atlantik zu reisen, um ihren liebevollen Onkel aufzusuchen, ein Ende gesetzt.

Vorerst steckte sie fest, wo sie war, aber zumindest war es zu Hause.

Sie nahm den Kuchen und eine Tasse schwachen Tee mit in das Arbeitszimmer ihres Vaters und schloss die Tür. Sie setzte sich hinter dem Schreibtisch, öffnete die oberste Schublade und holte eine kleine Holzkiste heraus.

In der Schachtel befand sich der Erlös aus dem Verkauf einiger kleinerer Schmuckstücke ihrer Mutter. Mr. Little hatte es geschafft, für die meisten einen fairen Preis zu erzielen. Die Handvoll Banknoten und Münzen würden sie in den nächsten Monaten durchbringen. Sobald der Winter kam, würde sie neue Stiefel und das Haus eine zuverlässige Versorgung mit Holz brauchen. Da war auch noch die Sache mit den Mayfords und welche Unterstützung für die Familie sie sich leisten konnte.

Sie saß da und starrte einen Moment auf das Geld.

»Du hast wirklich keine Ahnung, was du tun sollst, oder?«, murmelte sie.

Es war unmöglich, Pläne zu machen, wenn ihre Umstände so schwierig waren. Irgendwann würde ein neuer Mieter das Haus übernehmen, und die Welt würde schließlich entdecken, dass sie wieder in London war.

In diesem Moment hatte sie die Wahl. Sie könnte entweder hier sitzen und darauf warten, entdeckt zu werden, oder sie suchte aktiv diejenigen auf, die ein Mitspracherecht in ihrem Leben haben würden, sobald ihr Aufenthaltsort bekannt wurde.

Will und seine Forderung, sie solle ihn heiraten, waren inakzeptabel. Ihre Affäre auf See war das magische Zwischenspiel gewesen, nach dem sie sich gesehnt hatte. Die Ehe mit Will wäre für sie etwas ganz anderes. Kein Gentleman des *Ton* würde seiner Frau erlauben, durch die Straßen von St. Giles zu wandern und den Armen zu helfen. Man tat so etwas einfach nicht. Fundraising-Bälle waren eine Sache, aber es war etwas ganz anderes, den Bewohnern der schmutzigen Unterwelt von London gegenüberzutreten.

Edgar hingegen war möglicherweise das kleinere von zwei Übeln. Blut verband sie. Es gab nur einen Weg, es herauszufinden, und das war, ihn aufzusuchen. Sie wusste genau, wo ihr Bruder und Miranda am morgigen Sonntag, am späten Nachmittag sein würden.

Sie legte das Geld zurück in die Schachtel und schloss sie sicher im Schreibtisch ihres Vaters ein. Morgen würde sie sich auf den Weg zur St.-Pauls-Kathedrale machen und in Bezug auf Edgar das Terrain sondieren.

Kapitel Vierundzwanzig

❦

Will klappte den Kragen seines Mantels hoch, als er sich dem Ende des stetigen Aufstiegs auf den Ludgate Hill näherte. Er zitterte vor Kälte. Wenn England mitten im Herbst schon so kalt war, wie sollte er da bis zum nächsten Sommer überleben? Nach ein paar Tagen in England sehnte er sich bereits nach den sonnigen Gefilden Spaniens. So kalt es auch war, er wusste immer noch, dass er die richtige Entscheidung getroffen hatte, nach Hause zu kommen und zu versuchen, sein Leben neu aufzubauen.

Auf der Spitze des Hügels dominierte die St.-Pauls-Kathedrale die Skyline. Er schloss sich der Menge der abendlichen Spaziergänger an, die die Stufen der Westfront der Kathedrale hinaufstiegen. Er erreichte das Ende der grauen Steintreppen, drehte sich um und blickte zurück. Vor ihm schlängelte sich die Fleet Street bergab am Fleet Prison und dem Markt vorbei und traf weiter unten auf The Strand.

In seinen jüngeren Jahren hatte er es immer genossen, am späten Nachmittag vom Haus seiner Familie zur St. Pauls hinaufzulaufen. Die Abendandacht zog eine andere Art von Gläubigen an als die normalen Morgengottesdienste. Viele Male hatte er beobachtet, wie die Crème de la Crème der

Londoner Gesellschaft in den Holzbänken Platz genommen hatte, wohl wissend, dass sie in weniger als eine Stunde nach Ende des Gottesdienstes in die Nacht hinauseilen und sich vielerlei wollüstiger Ausschweifung hingeben würden.

Ein Versprechen war jedoch ein Versprechen. Seine Mutter hatte ihn nach seiner Rückkehr auf die Notwendigkeit eines Kirchenbesuchs hingewiesen. Nach all den Schmerzen und Sorgen, die er ihr zugefügt hatte, konnte er nicht Nein sagen.

»Dein Onkel kommt diese Woche zum Abendessen, und wenn er entdeckt, dass du es seit deiner Rückkehr nicht geschafft hast, den Fuß in eine Kirche zu setzen, müssen wir einen seiner Vorträge ertragen«, hatte Adelaide angemerkt.

Einen Onkel zu haben, der der Herzog von Strathmore war, war ein Vorteil für einen Mann der Gesellschaft. Ein weiterer Onkel, der Bischof von London war, fügte eine andere und komplexere Ebene von Verantwortlichkeiten hinzu.

Will nahm seinen Hut ab und ging in die Kathedrale. Drinnen blieb er stehen und blickte auf, um sich die prächtige Kuppel anzusehen.

»Einundneunzig Fuß von oben bis unten«, flüsterte er.

Er hatte mit seinem Bruder, seinen Schwestern und ihren vielen Cousins unzählige Stunden im Kirchenschiff der Kathedrale verbracht, um ihrem Onkel zuzuhören, während er ihnen glückliche Vorträge über die Dimensionen der großen Kirche hielt. Die bemalte Kuppel war Wills persönlicher Favorit.

Die acht Szenen aus dem Leben des Heiligen Paulus waren ein Meisterwerk der Kunst und Architektur. Will hatte genug von Europas großen Gotteshäusern gesehen, um zu wissen, dass St. Pauls ihnen in nichts nachstand.

»Besser als Notre Dame?«

Er drehte sich um und sah seinen Onkel Hugh Radley. Der Bischof von London, in seinen Amtsgewändern glänzend, machte eine imposante Figur. Andere Gläubige, die in das äußere Kirchenschiff kamen, machten einen respektvollen weiten Bogen um ihn.

»Beide haben ihren Reiz. Ich wäre niemals so dreist, ein Urteil darüber zu fällen, welche der beiden die Schönere ist.«

Sein Onkel neigte den Kopf. »Ausgezeichnete Antwort. Gott sollte immer der Einzige sein, der urteilt. Willkommen daheim, Junge. Ich nehme an, deine Mutter hat dich geschickt.«

Will nickte. Wenig im Familienkreis von Radley und Saunders ging an seinem Onkel vorbei.

»Sie hat erwähnt, dass du mit Tante Mary später in dieser Woche zum Abendessen kommst. Mir wurde klar gemacht, dass ein vorheriger Kirchenbesuch eine umsichtige Idee wäre.«

Der Bischof lachte leise. »Nur einmal habe ich den Fehler gemacht, die Meinung deiner Mutter zu einer meiner Predigten am Esstisch zu erfragen. Seitdem bringt sie die ganze Familie Saunders dazu, vor unserem Besuch in die Kirche zu gehen. Dein Vater hört niemals auf, mich darauf hinzuweisen.«

»St. Pauls ist immer ein wunderbarer Ort für einen Besuch, für mich fühlt es sich hier wie ein zweites Zuhause an. Außerdem ist es eine gute Gelegenheit, meine Beine auszustrecken. Da Mama mich auf Schritt und Tritt verfolgt, habe ich mich diese Woche vergeblich bemüht, mich mehr als einen Meter vom Hause zu entfernen«, meinte Will schmunzelnd.

Er hoffte, dass die Leidenschaft seiner Mutter bald nachlassen würde. Bereits besorgt darüber, dass dies nicht der Fall sein würde, hatte er mit seinem Vater über die Notwendigkeit gesprochen, ein eigenes Haus zu finden. Das Familienleben war überraschend anstrengend, nachdem er alleine gelebt hatte.

»Ich hoffe, dass du im Seitenschiff Platz nimmst, in der Nähe des Chores. Ich habe einen Platz für dich reserviert.

Finde einfach einen Platzanweiser, wenn du bereit bist. Oh, und nach dem Gottesdienst musst du unbedingt in meine privaten Gemächer kommen. Ich habe eine ausgezeichnete Flasche Wein, die darauf wartet, dass ich sie mit dir teile«, sagte der Bischof.

Nachdem Will beobachtet hatte, wie sein Onkel tiefer in die Kathedrale vordrang, während die letzten Vorbereitungen für den Gottesdienst getroffen wurden, nutzte er die Gelegenheit, um herumzulaufen und sich wieder mit der Kathedrale vertraut zu machen. Christopher Wrens Meisterwerk der Architektur hatte immer einen besonderen Platz in seinem Herzen eingenommen. Seine Eltern hatten hier geheiratet. Er und alle seine Geschwister waren am Altar getauft worden.

Er machte sich langsam auf den Weg zum Chorbereich, als er etwas erblickte, das ihn ruckartig stehen bleiben ließ.

Auf der anderen Seite des Kirchenschiffs stand Hattie.

Will erstarrte. Nur eine leichte Bewegung ihres Kopfes, und sie würde ihn direkt ansehen. Er stand völlig still. Ein Körper, der sich nicht bewegte, erregte kein Interesse für das Auge.

Eine unerwartete Welle der Erleichterung überkam ihn. Obwohl er sicher gewesen war, dass sie es lebend an Land geschafft hatte, war der Beweis vor seinen Augen wertvoll. Er war immer noch wütend auf sie, aber zu wissen, dass sie in Sicherheit war, erfreute sein Herz. Er würde heute Nacht besser schlafen als in irgendeiner Nacht seit ihrem Abschied.

Als schließlich eine kleine Gruppe anderer Kirchenbesucher zwischen ihnen vorbeiging, konnte Will zur Seite treten. Mit langsamen, gemessenen Schritten bewegte er sich im Kirchenschiff vorwärts und aus ihrer direkten Sichtlinie heraus.

Jetzt konnte er sie leichter beobachten. Sie betrachtete ein junges Paar, das unter dem großen Bogen auf der rechten Seite des Kirchenschiffs saß. Es war offensichtlich, dass Hattie in einen inneren Kampf mit sich selbst verwickelt war, ob sie sich dem Paar nähern sollte oder nicht. Sie machte einige zögernde Schritte vorwärts, nur um anzuhalten und sich dorthin zurückzuziehen, wo sie ursprünglich gestanden hatte.

Will sah fasziniert zu, wie sie ein halbes Dutzend Mal ihren seltsamen, kleinen Tanz tanzte.

Auf dem schwarz-weißen Marmorfußboden stand Hattie und starrte ihren Bruder und seine Frau an.

Edgar und Miranda Wright stachen als ein stilvolles Paar aus der Menge heraus. Nachdem ihr Vater sein Vermögen in den Baumwollfabriken der englischen Midlands gemacht hatte, war Miranda mit einer beträchtlichen Mitgift in die Ehe gegangen.

Es war unerwarteterweise eine Verbindung aus Liebe gewesen. Während ihre jeweiligen Väter um Mitgift und soziale Verbindungen gefeilscht hatten, hatte sich Edgar Hals über Kopf in die Tochter des Kaufmanns verliebt.

In den guten alten Zeiten, wie Hattie sie inzwischen nannte, hatten sie und Miranda einander nahegestanden. Miranda hatte in Hattie die kleine Schwester gesehen, die sie selbst nie gehabt hatte. Hattie und ihre Mutter taten alles, um Miranda zu helfen, ein akzeptiertes Mitglied des *Ton* zu werden.

Tränen stiegen ihr in die Augen. Sie schluckte, bevor sie einen weiteren stockenden Schritt nach vorne machte. Sie waren einander so nah, und doch fühlte es sich an, als wäre die Kathedrale mehrere Meilen lang.

Sie ballte die Fäuste. Erneut versuchte sie, ihren Mut zu finden, und erneut schaffte sie es nicht.

»Jetzt komm schon. Du bist über Bord eines Schiffes gesprungen. Du kannst dort rübergehen und mit deinem Bruder sprechen«, tadelte sie sich.

Am vergangenen Nachmittag hatte sie eine lange Liste aller Vorräte erstellt, die sie für den kommenden Winter kaufen musste. Die Situation war prekärer als ihre ursprünglichen Schätzungen. Das Geld aus den Familienerbstücken, die sie bisher verkauft hatte, zusammen mit irgendwelchen Mitteln aus den anderen Dingen, die sie bereits zum Verkauf ausgewählt hatte, würde kaum halb in den Winter hineinreichen.

Sie hatte entdeckt, wie hoch die Lebenshaltungskosten in London wirklich waren. Feuerholz war teuer und Essen auch. Da in diesem Sommer in ganz England Ernteausfälle beklagt wurden, war Getreide knapp.

Bevor Hattie aufgebrochen war, hatte sie eine lange und gut durchdachte Rede vorbereitet, warum ihr Bruder sie finanziell unterstützen sollte. Es ergab Sinn, dass er ihr in ihrer Stunde der Not zu Hilfe kam. Es war das Richtige. Sie war seine einzige Schwester. Sie hatten sich einander die meiste Zeit ihres Lebens nahegestanden.

Und das war der Punkt, an dem ihre Tapferkeit versagte.

Bevor das Schiff nach Afrika abgelegt hatte, war sie in ihren Versuchen, die Reise zu vermeiden, immer verzweifelter geworden. Sie hatte mehrere Briefe an Edgar geschrieben, aber ihr Vater hatte sie alle abgefangen. Während er die Briefe einen nach dem anderen ins Feuer warf, schalt er sie.

»Dein Bruder ist schlecht und kümmert sich nicht um unsere Arbeit. Du hast die Pflicht, mit nach Sierra Leone zu kommen und Reverend Browns Frau zu sein. Jetzt hör auf mit diesem Unsinn.«

In dieser Nacht hatte Peter Brown im Haus der Wrights bleiben dürfen, und er hatte Hattie in ihrem Bett besucht. Danach war sie kaum noch allein gelassen worden.

Nur ein einziger Brief hatte es erfolgreich aus dem Haus und an die Adresse ihres Bruders geschafft. Mrs. Little, unter dem großen Risiko, aus ihrem Arbeitsverhältnis entlassen zu werden, hatte sich in die Küche von Edgars Haus gewagt und die Notiz persönlich einem Diener übergeben. Hattie hatte den ganzen Tag und den nächsten auf eine Antwort gewartet, aber es kam nichts.

Am Morgen, als sie mit ihren Eltern und Peter zum Schiff gefahren war, hatte sie aus dem Fenster der Kutsche geschaut, als sie an Edgars Haus vorbeikamen, verzweifelt nach Anzeichen dafür, dass er kommen würde, um sie zu retten. Selbst als sie bereits die Gangway der *Blade of Orion* hinaufging, hatte sie um den Anblick des Wagens ihres Bruders gebetet. Dass er die Gangway heraufstürmte, ihr all ihre Übertretungen vergab und sie ihrem Schicksal entriss.

Doch als sich das Schiff langsam vom Pier wegschob, sah sie nur Hafenarbeiter und Seeleute am Ufer. Edgar hatte seine Haltung klargestellt, er hatte nichts mit seiner lästigen, selbstgerechten Schwester zu tun haben wollen.

Der Klang der Domorgel begann, das Kirchenschiff und die Chorkammern mit Musik zu füllen. Bald würde der Gottesdienst beginnen, und sie würde nicht mehr in der Lage sein, mit ihnen zu sprechen.

Hattie straffte ihren Rücken und ging auf sie zu. Ein letztes Mal, und dieses Mal würde sie nicht zögern.

Im selben Moment rutschte Miranda auf ihrem Sitz herum, und Hattie erblickte ein kleines Bündel in den Armen ihrer Schwägerin. Edgar blickte auf das Baby hinunter und lächelte.

Hattie blieb stehen.

Edgar und Miranda waren seit sechs Jahren verheiratet. Sechs kinderlose Jahre. Doch hier war ein neugeborenes Kind. Ihr Bruder und ihre Schwägerin hatten so wenig von Hattie und ihren Eltern gehalten, dass sie Mirandas Schwangerschaft verschwiegen hatten. Selbst die Geburt eines kostbaren Kindes konnte sie nicht dazu bringen, Edgars Familie zu vergeben.

Hattie wich langsam zurück.

Die Kluft zwischen ihr und ihrem Bruder war größer, als

sie es sich jemals vorgestellt hatte. Sie hatte ihm den Rücken zugekehrt, bis sie ihn plötzlich dringend brauchte. Er wiederum hatte die Tür zu dem Leben, das er einst mit seiner Familie gekannt hatte, fest geschlossen.

Sie drehte sich um und verließ die Kathedrale, alle Hoffnung auf eine Versöhnung war erloschen.

※

Der Nervenkitzel der Verfolgung ging durch Wills Körper, aber anstatt ihn zu dämpfen, fütterte er die Flammen.

Als Hattie eilig durch die Türen der Westfront verschwand, hatten sich die Flammen zu einem tosenden Inferno entwickelt. Er spürte, dass er kurz davor war, die Kontrolle zu verlieren, und verlangsamte seine Atmung. Die eiserne Selbstkontrolle übernahm das Kommando.

Will nahm einen freien Platz in derselben Reihe wie das Paar ein, das Hattie vor ihrer hastigen Flucht so genau unter die Lupe genommen hatte.

Während er sein Temperament unter Kontrolle brachte, verfluchte er sich dafür, dass er während der Zeit auf dem Schiff nicht Herr über seine Sinne geblieben war. Dummkopf, der er war, er hatte sich von Hattie verführen lassen.

Bevor sie ihn sang- und klanglos verlassen hatte, hatte er begonnen, ein Leben mit ihr zu planen. Lange vor diesem letzten Nachmittag wusste er, dass er dabei war, sich in sie zu verlieben. Zuerst überrascht hatte er dann gelernt zu akzeptieren, dass sie sein Schicksal war.

Es brannte tief zu wissen, dass er nichts weiter als ein Spielzeug für sie gewesen war. Zur Seite geworfen worden zu sein, als er keinen nützlichen Zweck mehr erfüllte.

Während sein Onkel mit der Abendandacht begann, warf Will einen Blick auf das Paar. Die Frau hielt ein kleines Kind in den Armen. Ab und zu sah der Mann auf das Baby hinunter und lächelte. Will spürte die Freude, die er im Gesicht des Mannes sah.

Wills ursprünglicher Plan war es gewesen, Hattie durch die Tür zu folgen, sie auf den Stufen der Kathedrale zu konfrontieren und sie dazu zu bringen, ihm die ganze Wahrheit darüber zu sagen, wer sie war.

Aber er beschloss, das lange Spiel zu spielen. Hattie hatte ihn nicht gesehen. Er hatte immer noch das Überraschungsmoment auf seiner Seite. Da Lord Shales Geschäftspartner die Familie von Felix Wright untersuchte, würde es nicht lange dauern, bis Hatties Aufenthaltsort aufgedeckt würde.

In der Zwischenzeit konnte er einige weitere Lücken in ihrer Lebensgeschichte schließen, angefangen mit dem jungen Herrn in St. Pauls.

Sobald der Gottesdienst beendet war, stand Will auf und ging zu dem jungen Paar. Sein Onkel rechnete zwar damit, dass Will ihm bei einem Glas Wein Gesellschaft leistete, aber es würde einige Zeit dauern, bis der Bischof seine zeremoniellen Gewänder auszog. Zeit, die Will gut nutzen konnte.

»Guten Abend«, sagte Will.

Der Mann erhob sich von seinem Stuhl und nickte Will freundlich zu.

»Das ist ein hübsches Kind, das Sie da haben. Darf ich Ihnen und Ihrer Frau meine Glückwünsche aussprechen?« Er streckte die Hand aus. »William Saunders zu Ihren Diensten.«

»Edgar Wright. Und das ist meine Frau Miranda.«

Als er sich kurze Zeit später zu seinem Onkel gesellte, hatte Will mehrere Karten im Ärmel, die er ausspielen konnte. In seiner Hand hielt er eine ziemlich wichtige. Der Wein des Bischofs kam sehr gut an.

Kapitel Fünfundzwanzig

※

Als Will das Büro des Bischofs von London etwa eine Stunde später verließ, entschied er, dass es Zeit für einen Besuch bei Bat und Rosemary in der Duke Street war. Wenn es jemanden in London gab, der helfen konnte, die Puzzleteilchen zusammenzufügen, dann diese beiden.

»Edgar Wright?«, fragte Bat.

Will reichte ihm die Visitenkarte von Edgar Wright. Bat schürzte die Lippen, und Will wartete schweigend, während sich sein Cousin das Gedächtnis zermarterte.

»Der Name klingt vertraut, ich weiß nur noch nicht, woher ich ihn kenne. Ich kann morgen bei *White's* nachfragen, wenn du so lange warten kannst.«

Will hob eine Braue. »Gehst du heute Abend gar nicht in den Klub?«

»Ich gehe immer noch gelegentlich abends hin, aber ich habe heutzutage andere Verpflichtungen und zwingendere Ablenkungen.«

Ein Klopfen an der Tür ging der Ankunft von Lady Shale voraus. Rosemary betrat den Raum mit einem Baby.

Sie erregte sofort die Aufmerksamkeit ihres Mannes. Das

Funkeln in Bats Augen erinnerte Will an die freudige Ablenkung, die eine Frau einem Mann verlieh.

Bat erhob sich von seinem Stuhl beim Feuer und nahm das Baby. »Komm zu deinem Papa.«

Will beobachtete die glückselige häusliche Szene und fühlte sich unwohler, als er es in einem so warmen und glücklichen Familienheim erwartet hätte.

»Nun, hast du Fortschritte bei der Suche nach deiner vermissten Freundin gemacht?«, fragte Rosemary.

»Sie ist nicht tot, was ich als großen Schritt in die richtige Richtung betrachten würde. Ich habe sie vor etwa einer Stunde in St. Pauls gesehen. Und während ich dort war, glaube ich, dass ich ihren Bruder getroffen habe«, antwortete Will.

Er gab der Gräfin Edgar Wrights Visitenkarte. Sie betrachtete das Kärtchen kurz.

»Ich kenne ihn oder seine Frau nicht persönlich, aber ich erinnere mich, dass ich Miranda Wright einmal auf einer Party getroffen habe. Die Familie hatte etwas Seltsames an sich.«

Ein Ausdruck von Erinnerung erschien auf Rosemarys Gesicht, gefolgt von einem gewieften Lächeln. »Da war eine Schwester. Ich erinnere mich nicht an ihren Namen, aber Eve würde ihn wahrscheinlich wissen. Ich glaube, sie hatte in der gleichen Saison wie Eva ihr Debüt.«

Ihre Worte ließen einen Nervenkitzel über Wills Wirbelsäule laufen. Die Puzzleteile fingen an, schnell zusammenzufinden. Es würde nicht mehr lange dauern, um den Rest des Hattie-Mysteriums zu enträtseln.

Nichts war besser als ein unerwarteter Durchbruch. Der erste verlockende Riss in dem gekonnt ausgearbeiteten Plan eines Feindes war immer mit einem gewissen verführerischen Versprechen verbunden. Sobald er diesen ersten feinen Spalt entdeckte, würde sich Will an die Arbeit machen, hinter Hatties Fassade blicken und diese auseinandernehmen. Bald würde das gesamte Lügengebäude, das sie errichtet hatte, zusammenbrechen.

Dann würde er die Wahrheit erfahren.

Er lehnte sich auf dem Stuhl zurück und war schockiert über die Leidenschaft, die in ihm zum Leben erweckt worden war. Die Erkenntnis, dass dies wenig damit zu tun hatte, Hattie zu finden, und fast alles damit, dass sie ihn zurückgewiesen hatte, traf Will hart.

Verdammt noch mal!

Die Emotionen, die den Aufruhr in ihm verursachten, waren völlig anders als das, was er auf der Suche nach französischen Agenten und englischen Verrätern empfunden hatte. Sogar der Geschmack in seinem Mund war nicht der Gleiche.

Hattie war nicht seine Beute.

»Was ich nicht verstehe, ist, was sie bei der Abendandacht gemacht hat. Wenn Edgar tatsächlich ihr Bruder ist, warum hat sie dann nicht mit ihm gesprochen? Ich habe sie beobachtet. Sie war von Unentschlossenheit geplagt. Immer wieder ging sie auf sie zu, und jedes Mal hielt sie an und zog sich zurück.«

Rosemary ging zu Will hinüber und setzte sich neben ihn. Sie ergriff seine Hand und drückte sie sanft. »Dieses Verhalten passt gar nicht zu dir, Will. Du hast dieses Mädchen gerettet und dafür gesorgt, dass sie sicher nach England zurückgekehrt ist. Warum bist du dann immer noch besessen davon, wer sie ist?«

Als ehemalige Spionin war Lady Shale genauso scharfsinnig wie Will, wenn es darum ging, die Unterströmung in einem Gespräch zu lesen.

Er sah sie an und spürte, dass die Fragen nicht aufhören würden, bis er ihnen alles erzählt hatte. Er war es leid, alles in seinem Leben für sich zu behalten.

»Weil Hattie und ich uns auf dem Boot zurück nach England eine Kabine geteilt haben. Es genügt zu sagen, dass in dieser Zeit Ereignisse geschehen sind, die eine Ehe erfordern.«

Rosemary pfiff leise. Will entschied sich, das als Missbilligung zu deuten.

»Ich habe sie nicht kompromittiert. Dafür hatte bereits ihr widerlicher Verlobter gesorgt. Und nein, ich wollte sie auch nicht verführen. Tatsächlich war sie diejenige, die das Angebot gemacht hat. Ich ging die Vereinbarung mit der Absicht ein, Hattie zu heiraten, sobald wir in London ankamen. Und das habe ich immer noch vor.«

Abgesehen vom Gurgeln des Babys wurde es still im Raum.

Rosemary beugte sich vor und zerzauste spielerisch Wills Haare. »Du, mein liebster Will, bist verliebt. Es ist so klar wie ein Tag auf deinem Gesicht geschrieben. Wir könnten kaum glücklicher für dich sein. Du verdienst es.«

Bat nickte weise. Als er und Rosemary geheiratet hatten, hatte er mit aller Kraft dagegen gekämpft, sich in diese Frau zu verlieben. Will war derjenige gewesen, der ihn davon überzeugt hatte, dass er einen Kampf führte, den er nicht gewinnen konnte. Der Graf war seitdem unsterblich in seine Frau verliebt.

Will sah seine Freunde an und lachte leise. Er konnte nichts anderes tun.

※

Hattie war so kurz davor gewesen, Edgar endlich nahe zu kommen, aber in letzter Minute hatte ihr Mut versagt. Ihr langer Weg von der Newport Street bis zum Ludgate Hill und zurück hatte zu nichts anderem geführt als zu Fußschmerzen und einem langen Heimweg im frühen Abendregen.

Es war das erste Mal seit fast zwei Jahren, dass sie in der Kathedrale gewesen war. Früher war es der Lieblingsort ihres Vaters für den Sonntagsgottesdienst gewesen, inzwischen betrachtete er die Kathedrale als eine protzige Darstellung von unrechtmäßig erworbenem Reichtum.

»Sie sollten all die schönen Gebäude abreißen und mit dem Stein neue Häuser für die Armen bauen.« Hattie hatte sich darauf verlassen können, dass ihr Vater jedes Mal, wenn sie aus dem Haus gingen und sich in die Nähe der schönen Häuser in der Nähe des Hyde Park gewagt hatten, diese Bemerkung machte.

Aldred Wright hatte die Umverteilung des Reichtums als eine der grundlegenden Pflichten der neuen Kirche bezeichnet. Edgar hatte jedoch solche radikalen Ansichten nicht geteilt.

Woche für Woche hatten die Streitigkeiten zwischen ihrem Vater und ihrem Bruder gewütet. Edgar hatte den neu gefundenen Glauben seiner Eltern nicht aufgegriffen und bevorzugte die traditionelle Kirche. Was als bloße Meinungsverschiedenheit begonnen hatte, wurde schließlich zu einer Kluft unterschiedlicher Überzeugungen.

Schließlich hörten Edgar und Miranda auf, das Haus regelmäßig zu besuchen, und kamen nur an Geburtstagen und an einigen Feiertagen. Nach dem letzten Austausch harter Worte hatten sie ganz aufgehört, zu Besuch zu kommen.

Als Hattie in der Newport Street ankam, ließ sie sich verzweifelt auf die Holzbank in der unteren Küche fallen. Sie war dankbar, als Mr. Little sich nicht die Mühe machte, zu fragen, wie es in St. Pauls gelaufen war.

Nach einem kleinen Abendessen mit einer kalten Schweinefleischpastete stieg Hattie die Treppe hinauf und ging ins Bett. Sie hatte keine Ahnung, wie sie ihre derzeitige Situation lösen könnte.

Kapitel Sechsundzwanzig

Weil er sich immer noch mit Familienmitgliedern treffen und geschäftliche Angelegenheiten regeln musste, stand das Thema Hattie mehrere Tage lang ganz hinten auf Wills Tagesordnung. Nachts kam sie jedoch in seinen Träumen zu ihm. Erinnerungen an das Liebesspiel an Bord des Schiffes, gemischt mit Wut und Schmerz, erzeugten einen seltsamen Cocktail von Bildern, die ihn mitten in der Nacht schweißgebadet und stark erregt aufwachen ließen.

Er tröstete sich mit dem Wissen, dass sie noch mehr überrascht sein würde, wenn er sie endlich zu fassen bekäme. In diesem Moment lebte Hattie in der Illusion, dass sie es geschafft hatte, Will zu entkommen.

»Freust du dich auf heute Abend?«

Sein Vater tätschelte ihm freundlich die Schulter. Sie standen im Foyer ihres Hauses in der Dover Street und warteten auf die Ankunft des Bischofs, seiner Frau Mary und zweier ihrer erwachsenen Kinder.

»Ja, es war gut, Onkel Hugh neulich nach der Abendandacht zu treffen. Ich freue mich darauf, einen Abend mit dem Rest der Familie zu verbringen«, antwortete er.

Die Treffen innerhalb der Großfamilie des Herzogs von

Strathmore waren immer unbeschwert und zuweilen etwas wild. Silvesterfeierlichkeiten im schottischen Strathmore Castle waren eine Zeit der späten Nächte und endloser Schneeballschlachten.

Als die Radleys ankamen, warteten die Saunders darauf, sie zu begrüßen.

»William! Das wurde aber auch Zeit, dass du Dummkopf nach England zurückgekommen bist.«

Sein Cousin James war nie jemand, der seine Worte mit Bedacht wählte. Als einziger Junge in einer Familie mit zwei Mädchen war er immer laut und ausgelassen gewesen. Immer zum Lachen bereit, aber mit einer großzügigen Seele beschenkt. James Radley würde einem Mann, der um Hilfe bat, seinen letzten Penny geben.

Im erweiterten Familienkreis beim Abendessen zu sitzen, erinnerte Will daran, wie sehr er sie alle vermisst hatte. Zu wissen, dass der Krieg vorbei war und Europa wieder in Frieden lebte, war Trost für diese langen Jahre, die er weit weg gewesen war.

Das einzige Familienmitglied, das sich anscheinend nicht wohlfühlte, war Eve. Sie saß ruhig am Tisch und sagte kaum ein Wort. Will machte sich Sorgen um sie. Als sie sich in Frederick Rosemount verliebte, schien sie ihr Herz einem jungen Mann geschenkt zu haben, der offensichtlich nicht in der Lage war, ihren wahren Wert zu erkennen.

»Kopf hoch, Eve«, sagte er.

Sie schenkte ihm ein kleines Lächeln, von dem er vermutete, dass es viel gekostet hatte, es aufzubringen. Eine seltsame Erkenntnis dämmerte ihm. Seine Schwester und er waren beide unglücklich verliebt. Freddie schätzte das Spiel und seine Freunde mehr als Eve, während Hattie keinen Grund sehen konnte, Will zu heiraten.

Ein Diener blieb neben Wills Stuhl stehen und gab ihm eine Karte. Will entschuldigte sich vom Tisch, als Lord Shale den Speisesaal betrat.

»Tut mir leid zu stören. Es gibt eine dringende Angelegenheit, die ich mit Will besprechen muss.«

Adelaide Saunders begrüßte ihren Neffen. »Bartholomew, wie schön, dich zu sehen. Schließ dich uns an. Es ist nur ein Familientreffen.«

Er schüttelte den Kopf. »Tut mir leid, Tante Adelaide, ich bin gerade durch die Nacht gerannt, um Will Neuigkeiten zu überbringen. Rosemary und unser Sohn warten zu Hause auf mich.«

Will reichte ihm ein Glas Wein und zeigte auf die Tür zum Nebenraum. Er folgte Bat in den Raum und schloss die Tür hinter sich.

Bat öffnete seinen Mantel und zog eine große Ledertasche heraus. Mit einer Verbeugung reichte er die Tasche einem verwunderten Will. Ein Schuljungengrinsen breitete sich auf seinen Lippen aus.

»Mein Partner war damit beschäftigt, Felix Wright zu verfolgen. Während die Spur kalt war, weil Felix jetzt in Amerika lebt, hat er es geschafft, etwas anderes auszugraben. Oder sollte ich *jemand anderen* sagen. Einen gewissen Aldred Wright, der vor Kurzem mit seiner Frau und seiner Tochter nach Afrika segelte, lebte in der Newport Street Nummer 43.«

Will runzelte die Stirn. Eine Adresse war nicht besonders aufregend. Bat zeigte auf die Tasche.

»Nummer 43 Newport Street steht zur Miete.«

Will öffnete die Tasche und holte ein Dokument mit der Aufschrift ZU VERMIETEN heraus. Sein Herz begann, laut in seiner Brust zu schlagen. Adrenalin, sein alter und vertrauenswürdiger Freund, strömte durch seine Adern.

»Sie haben etwas mehr als den Marktpreis für den Mietvertrag verlangt, aber es ist ein gutes Haus. Ich nahm an, dass du es gerne hättest, also wies ich meinen Mann an, dem Agenten zu sagen, dass du es nehmen würdest. Der Agent wird dich morgen um zehn Uhr empfangen, um die endgültigen Vorkehrungen zu treffen. Das Haus gehört dir, bis die

Familie Wright zurückkommt«, sagte Bat. Er klatschte in jungenhafter Freude in die Hände.

Für Will war dies eine höchst unerwartete, aber willkommene Entwicklung. Ein Einzug in das Haus würde effektiv zwei Fliegen mit einer Klappe schlagen.

Seit seinem Besuch zu Hause im Sommer hatte er Bedenken gehabt, dauerhaft in das Haus seiner Eltern zurückzukehren. Er liebte seine Familie, und es war wunderbar, sie wiederzusehen, aber die Jahre waren vergangen und er kein sorgloser junger Mann mehr. Das Haus in der Newport Street war nah genug, dass er seine Eltern und Geschwister regelmäßig sehen konnte, ohne unter demselben Dach wie sie leben zu müssen.

Er wünschte sich Privatsphäre und sein eigenes Zuhause, um sein Leben wieder aufzubauen. Um seine eigene Familie zu gründen.

Der Umzug in die Newport Street würde auch dazu beitragen, die Sache mit Hattie voranzutreiben. Es bestand eine gute Chance, dass sie sich vor der Gesellschaft und ihrer Familie im leer stehenden Haus ihrer Eltern versteckte. Wenn er den Mietvertrag übernahm, würde sie gezwungen sein, aus dem Versteck zu kommen und sich ihm zu stellen.

Er freute sich nicht auf die schwierigen Gespräche, von denen er wusste, dass sie vor ihnen lagen, aber wenn sie zumindest in der Lage waren, von Angesicht zu Angesicht miteinander zu sprechen, konnten sie einen Anfang machen.

»Bat, du bist ein Genie. Sag deinem Partner, ich schulde ihm ein Trinkgeld für die Arbeit, die er geleistet hat.«

Er schlug seinem Cousin fest auf den Rücken. Dann schüttelte er kräftig dessen Hand.

Der Earl lächelte. »Ich habe ihm bereits einen Bonus von fünf Pfund in deinem Namen gezahlt. Du kannst mir die wiedergeben, wenn wir das nächste Mal an den Kartentischen sitzen.«

Kapitel Siebenundzwanzig

※

Nach seinem Gespräch mit Bat war es Will unmöglich, auf der Dinnerparty zu bleiben. Es juckte ihn, den Mietvertrag zu lesen und das Haus zu sehen. Nachdem er es geschafft hatte, für die nächste Stunde höfliche Gespräche zu führen, entschuldigte er sich schließlich und machte sich auf den Weg in die Nacht.

Vor dem Haus hielt er eine Mietkutsche an. Es dauerte nicht lange, bis er die Newport Street erreichte.

Als die Kutsche vor Nummer dreiundvierzig anhielt, blickte er auf und betrachtete die Fenster. In den oberen Fenstern des Hauses war kein Licht zu sehen. Wenn sich Hattie tatsächlich im Haus ihrer Eltern versteckte, war sie vorsichtig und achtete darauf, nicht auf das Haus aufmerksam zu machen.

Will bezahlte den Fahrer und stieg aus. Er wartete im leichten Abendregen, bis die Kutsche um die Ecke verschwunden war, bevor er zu der hohen Steinmauer ging, die den größten Teil des Hauses von der Straße verbarg. In der Mitte der Steinmauer befand sich ein Eisentor. Er drückte dagegen und stellte zu seinem Ärger fest, dass es nicht verschlossen war. Sobald er einzog, würde er neue Vorkehrungen in Bezug auf die Sicherheit treffen.

Vom Tor aus spähte er in den Vorgarten. Schwarz lackierte Tür. Kleine, schlecht gepflegte Blumentöpfe auf beiden Seiten der Haustür. Ein Topf zerbrochen.

Verstohlen öffnete er das Tor. Er ließ es gerade weit genug offen, um ihm eine hastige Flucht zu ermöglichen, falls dies erforderlich war. Wer konnte wissen, ob die Familie Wright keinen großen und unfreundlichen Hund zurückgelassen hatte? Er würde es nicht drauf ankommen lassen.

Das Haus gehörte ab morgen ihm, aber er wollte wissen, wo im Haus sich Hattie aufhielt, bevor er einziehen würde. Nach heute Nacht würde sie auf der Hut sein. Heute Nacht dachte sie immer noch, sie hätte ihn besiegt.

Er freute sich darauf, ihr Gesicht zu sehen, wenn sie entdeckte, dass er der neue Mieter ihres Familienhauses war.

»Sie haben einiges zu erklären, junge Dame«, murmelte er.

Es war frustrierend zu wissen, dass die Frau, die er so gern erdrosseln würde, dieselbe Frau war, die seine nächtlichen Träume bewohnte. Erhitzte, lustvolle Träume.

In die Gärten anderer Leute einzubrechen und darin herumzuschnüffeln, gehörte sich nicht für einen Gentleman seines Standes. Wenn jemand anhielte und fragte, was er hier machte, hatte er allerdings die überzeugende Vorstellung eines Betrunkenen parat. Als mutmaßlicher Einbrecher verhaftet oder erschossen zu werden, würde bei seiner Familie nicht gut ankommen.

Er erreichte die Hintertür, zog einen Satz Dietriche aus seiner Manteltasche und machte sich an die Arbeit, um das Schloss zu öffnen. Er stahl sich hinein, schloss lautlos die Tür hinter sich und ging nach oben.

Das Erste, was er bemerkte, als er sich durch die oberen Stockwerke des Hauses schlich, war die Kälte in der Luft. Seinem Gefühl nach waren in den verschiedenen Räumen seit vielen Tagen keine Feuer mehr angezündet worden.

Er erreichte eine Tür mitten im langen Flur und blieb stehen. Unter der Tür war ein schwaches Licht zu sehen. Jemand lebte im Haus.

Die Versuchung, die Tür zu öffnen und den Raum zu betreten, wurde durch das Wissen gemildert, dass er vor dem Gesetz kein Recht hatte, im Haus zu sein. Wenn Hattie zu Hause wäre, hätte sie das Recht, den nächtlichen Eindringling zu erschießen.

Er legte sein Gesicht an die Tür.

»Morgen sehen wir uns wieder, meine Liebe. Schlaf gut heute Nacht«, flüsterte er.

※

Will sprach kurz mit seinem Vater, bevor er sich am Morgen mit dem Agenten traf, der den Mietvertrag für das Haus der Wrights abwickelte. Es hatte keinen Sinn, die Nachricht hinauszuzögern, dass er nicht mehr lange in der Dover Street bleiben würde.

»Dein Bruder und deine Schwestern werden enttäuscht sein, ganz zu schweigen davon, wie deine Mutter diese Nachricht aufnehmen wird«, bemerkte Charles.

Will verzog das Gesicht. Es würde nie einfach sein, seine Familie darüber zu informieren, dass er aus der Dover Street in sein eigenes Haus einziehen würde.

»Es tut mir leid, Vater, aber es muss so sein. Ich habe zu viele Jahre allein gelebt, es fällt mir schwer, hier zu leben. Ohne euch beleidigen zu wollen«, erklärte Will.

Sein Vater nickte. »Akzeptiert.«

Seit er in London angekommen war, hatte Will gewusst, dass die Tage, in denen er in seinem Elternhaus bleiben konnte, gezählt waren. In den Jahren seit Yvettes Tod hatte er sich an seine Einsamkeit gewöhnt. Die Stille des Hauses in Paris, in dem er bei Madame Dessaint gewohnt hatte, war ein Segen gewesen. Diese Stille hatte es ihm ermöglicht, um den

Tod seiner Frau zu trauern und zu versuchen, den inneren Frieden zu finden, nach dem er sich so verzweifelt sehnte.

Die nahezu ständige Interaktion mit seiner Familie war belastend für ihn. Manchmal zuckte er bei der Lautstärke der Gespräche am Frühstückstisch zusammen.

»Ich werde nicht weit weg sein. Bat hat es geschafft, für mich ein Haus in der Newport Street zu finden. Deshalb ist er letzte Nacht vorbeigekommen. Abgesehen davon, je früher ich meine eigene Bleibe habe, desto eher kann ich versuchen, eine Frau zu finden.«

»Ich freue mich, dass du bereit bist, dein Leben weiter zu leben. Nicht, dass du Yvette jemals vergessen wirst.«

Es war beruhigend zu wissen, dass er inzwischen über Yvette sprechen konnte, ohne das Gefühl zu haben, dass die Dunkelheit der Trauer ihn überwältigen würde.

Seine Eltern hatten kein Geheimnis aus ihrem Wunsch gemacht, dass sich alle ihre Kinder in glücklichen Ehen niederließen. Wenn Will zu Hause bleiben würde, würden sich Francis und Caroline nicht verpflichtet fühlen, sich auf dem Heiratsmarkt umzusehen. Er schuldete seinen Geschwistern und sich selbst, ein eigenes Heim zu errichten.

Es gab einen weiteren Bonus, ein eigenes Zuhause zu haben. Wenn er nicht in der Dover Street war, konnte er ohne ihr Wissen mehr über Eves potenziellen Ehemann Freddie Rosemount erfahren. Die Rettung seiner Schwester vor einer unüberlegten Ehe war mehr wert als ein Jahr Miete für sein neues Zuhause.

Kapitel Achtundzwanzig

Hattie schloss das Gartentor hinter sich. Trotz des in ihr brodelnden Zorns achtete sie darauf, es leise zu tun. Allerdings wünschte sie sich, sie könnte die Pforte hinter sich zugeschlagen.

»Wie schwer kann das sein?«, murmelte sie grimmig.

Die Littles und sie waren sich einig gewesen, dass es als Teil der List von größter Bedeutung war, dass jeder Passant das Haus als unbewohnt ansah, damit ihr Leben im Familienheim unentdeckt blieb. Nachts waren in den oberen Stockwerken keine Lichter zu sehen. Die einzelne Kerze, die sie in ihrem Schlafzimmer benutzte, hielt sie immer von den Fenstern fern.

Als sie spätabends nach Hause zurückkehrte, nachdem sie Mrs. Mayford durch einen schwierigen Tag geholfen hatte, war Hattie nicht in der Stimmung, sich mit Dienstpersonal zu befassen, dem man nicht vertrauen konnte, einfache Anweisungen zu befolgen.

Sobald sie in die Newport Street einbog, konnte sie sehen, dass der gesamte zweite Stock des Hauses von Licht durchflutet war.

»Es sieht aus wie ein Feenpalast.«

Sie würde strenge Worte mit Mr. und Mrs. Little zu wechseln haben. Wütend stampfte sie den Gartenweg entlang, nur um von Mr. Little aufgehalten zu werden, der vor der Küchentür auf sie wartete.

Hattie wies wütend himmelwärts auf die gut beleuchteten Fenster.

Mr. Little seufzte. »Bevor Sie sich jetzt aufregen, Miss Hattie, lassen Sie mich etwas erklären.«

Sie biss die Zähne zusammen und wartete. Aufgrund des besorgten Gesichtsausdrucks vermutete sie, dass Mr. Little der Überbringer von schlechten Nachrichten war.

»Jemand hat das Haus übernommen.«

Es dauerte einen Moment, bis sie seine Worte verarbeitete. So sehr sie versuchte zu akzeptieren, was er gesagt hatte, blockierte ihr Verstand es mit aller Kraft.

Wie hätte jemand das Haus übernehmen können? Dies war ihr Zuhause. Wer hatte Besitz davon ergriffen?

»Sagt, er hat den Vertrag und die Unterlagen in Ordnung. Ein Vertreter vom Anwalt Ihres Vaters ist heute früh hergekommen. Hat uns gesagt, wir müssen raus.«

Hattie blinzelte. »Er hat euch rausgeworfen?«, rief sie aus.

»Hat er, aber der neue Mieter sagte, wir könnten bleiben. Er sagte, Mrs. Little und ich kennen das Haus so gut, dass wir ihm von Nutzen sein könnten.«

Hattie schluckte den Klumpen der Angst hinunter, der sich in ihrem Hals gebildet hatte. Von diesem Moment an war sie obdachlos. Sie fühlte plötzlich eine starke Verbundenheit mit den Menschen, denen sie routinemäßig wohltätige Hilfe leistete. Abgesehen von ihren gut geschneiderten Kleidern und bequemen Stiefeln besaß sie in diesem Moment kaum noch etwas. Was sollte sie tun?

»Jetzt haben wir uns heute Nachmittag ein bisschen unterhalten, meine Frau und ich. Wir glauben, wir können Sie unten verstecken, bis Sie einen Weg finden, um mit Mr. Edgar zu sprechen.«

Er trat zurück und ließ sie das Haus betreten, ehe er ihr folgte und die Tür abschloss. Instinktiv ging Hattie zu der Treppe, die zu den oberen Ebenen führte, aber Mr. Little streckte die Hand aus und ergriff ihren Arm.

»Nicht da lang, Miss Hattie.«

Sie sah auf die Treppe. Wie oft war sie diese Treppe hinaufgestiegen und hatte sich keine Gedanken darüber gemacht? Jetzt war sie eine Fremde in ihrem eigenen Haus.

Irgendwo oben genoss der rechtmäßige Mieter der Newport Street Nummer 43 die erste Nacht in seinem neuen Zuhause. Höchstwahrscheinlich auf dem Lieblingsstuhl ihres Vaters sitzend oder vielleicht einen Brief an seinen Schreibtisch schreibend. Während sie, die Tochter des Hauses, ab sofort dazu verurteilt war, unter der Treppe zu hausen.

Von ihren Plänen blieben nur Trümmer übrig. Mutlos folgte Hattie Mr. Little die Treppe hinunter in die untere Küche.

Mrs. Little saß am Kamin, Hatties Katze Brutus rollte sich schlafend in ihrem Schoß zusammen. Sie streckte die Arme aus, und Hattie kam schnell an ihre Seite. Am warmen Herd sitzend und in die Flammen starrend, hielt sie die Tränen so lange zurück, wie sie konnte. Als sie anfing zu schluchzen, legte Mrs. Little tröstend eine Hand auf ihren Rücken und rieb sie warm.

»Es war immer nur eine geringe Chance, dass das Haus viel länger leer bleibt. Ich bin sicher, Sie werden in der Lage sein, die Dinge mit Ihrem Bruder zu klären, und alles wird in Ordnung gebracht. Er ist ein guter Mann«, sagte sie tröstend.

Wenn es nur so einfach wäre.

»Ich war ein Dummkopf«, murmelte Hattie.

An jenem letzten Tag in London, als das Schiff vom Kai abfuhr, hatte sie verzweifelt gehofft, dass ihr Bruder am Hafen erscheinen, die Gangway erklimmen und sie wegbringen würde. Aber ihr Ritter in glänzender Rüstung war nicht erschienen.

Edgar hatte jetzt eine neue Familie, seine alte brauchte er nicht.

Brutus sprang vom Schoß von Mrs. Little und wanderte schnurrend an Hatties Seite. Ein Kratzen unter dem Kinn ließ die Katze vor Zufriedenheit schnurren.

Hattie wischte sich die letzten Tränen weg und lächelte. Weinen würde keines ihrer Probleme lösen.

Brutus' Schwanz streifte Hatties Bein. Die Katze schlenderte aus der Küche und ging zur Tür. Hattie sah ihr nach. Fasziniert von den schwingenden Hüften und dem Schwanz der Katze, spürte sie, wie sich ihre Stimmung aufhellte.

Die Wärme des Kamins vermittelte ihr Sicherheit, und sie hatte immer noch Optionen.

»Es ist gut, dass der neue Hausherr Katzen mag« bemerkte Mrs. Little.

Sie sah zu der grauhaarigen Haushälterin der Familie. In all ihrem Selbstmitleid hatte sie ganz vergessen, dass ab diesem Tag oben ein Fremder lebte.

»Also, wie ist der Herr, haben Sie ihn getroffen?«

In ihren Gedanken malte sie das Bild eines silberbärtigen, alten Mannes, der sich in eine ruhige, einsame Existenz zurückgezogen hatte, um Bücher zu lesen und früh ins Bett zu gehen.

Mrs. Little lächelte ein geheimes Lächeln. »Wir wurden heute Nachmittag einander vorgestellt. Gut erzogen, höflich, und er ist …«

Ihr Blick wanderte zum Kamin, und Hattie hörte sie »wunderbar« flüstern.

»Verzeihung?«, fragte sie.

Mrs. Little schreckte aus ihren Gedanken. »Er ist gut aussehend.«

Gut aussehend? In all den vielen Jahren, die sie Mrs. Little kannte, konnte sie sich nicht erinnern, dass diese jemals einen Gentleman als gut aussehend bezeichnet hatte. Etwas an dem neuen Mieter sprach sie offensichtlich an.

»Du würdest doch auch sagen, er sei gut aussehend, nicht wahr, Mr. Little?«, fragte sie ihren Mann.

Mr. Little, der das Gespräch anscheinend kaum beachtete, murmelte eine unverständliche Antwort. Hattie konnte sehen, wie er versuchte, mehrere Schichten Gurken und Fleisch auf eine dicke Scheibe des Brotes zu legen, das seine Frau an diesem Morgen gebacken hatte.

»Er sieht ein bisschen aus wie unser mittlerer Junge. Nicht wahr?«, fragte sie nachdrücklich.

Mr. Little runzelte die Stirn und wandte sich an seine Frau. »Wer?«

Mrs. Little sog frustriert Luft durch ihre Zähne. »Der junge Herr, der das Haus übernommen hat. Mr. Smith.«

Hatties Finger hielten mitten im Knacken ihrer Knöchel inne. Eine Kälte, die sie noch nie in ihrem Leben gefühlt hatte, lief ihr über den Rücken. Sie zwang sich, ruhig zu bleiben. Es gab viele Leute in London, die Smith hießen, aber irgendetwas machte sie plötzlich nervös.

»Ist das der Name des Herrn, der das Haus gepachtet hat?«

Mr. Little gab die Vorstellung auf, sein Abendessen in Ruhe essen zu dürfen, legte sein Sandwich auf den Teller und drehte sich zu ihr um.

»Ja, Mr. William Smith. Lebte zuletzt in Paris, Frankreich. Er ist im Export- und Importgeschäft tätig, was auch immer das ist. Und wenn es Ihnen nichts ausmacht, dass ich das sage, Miss Hattie, würde ich sagen, dass er mehr als zwei Cent in der Tasche hat. Seine Möbel sind heute Nachmittag angekommen, und da sind einige sehr schöne Stücke dabei.«

Hatties Vater hatte monatelang versucht, jemanden dazu zu bringen, das Haus zu pachten, und nun kam dieser Mr. Smith und nahm nur wenige Tage nach ihrer Rückkehr nach London einen vollen Fünfjahresvertrag auf. Die Chancen, dass dies reiner Zufall war, schienen zu gering, um es zu glauben.

Was sie mit der sehr großen Frage zum Nachdenken zurückließ: Wer war Mr. Smith?

Während ihr Verstand mit tausend Möglichkeiten zu kämpfen hatte, schrie ihr Gefühl nur eine einzige Antwort.

༄

Im formellen Salon der Familie Wright stand Will und dachte über die Anordnung seiner geliebten französischen Möbel nach. Es hatte ihn ein kleines Vermögen gekostet, das alles von seinem Lager in Paris bis nach London transportieren zu lassen. Er hatte versucht, seine Sammlung persönlicher Gegenstände auszusortieren, bevor er nach Hause zurückkehrte, aber es war ihm unmöglich, sich von einem einzigen Stück zu trennen. Jeder Mann hatte seine Schwäche. Wills waren feine, handgemachte Möbel.

Ein kleiner, pelziger Körper durchquerte den Raum und blieb mitten im Schritt stehen.

»Hallo du, ich nehme an, du bist Hatties geliebte Brutus.«

Die Katze musterte ihn von Kopf bis Fuß, bevor sie zu einem der unschätzbaren George-Jacob-Stühle ging. Als sie das Stuhlbein erreichte, streckte Brutus ihre Pfote aus. Will sah, wie die Krallen ausfuhren, und sein Herz sank.

»O nein, das tust du nicht, du pelzige, große Ratte.«

Bevor die Katze die Gelegenheit hatte, ihre Krallen in die mit Seide bezogenen Plüschkissen zu versenken, hatte Will Brutus hochgehoben. Er drohte der Katze mit einem Finger.

»Keiner der Jacob-Stühle, wenn du weiterleben willst. Du kannst gerne diese schreckliche braune Ledercouch dort drüben zerkratzen, wenn du unbedingt etwas angreifen musst. So wie die aussieht, hast du dich daran im Laufe der Jahre bereits ziemlich gut bedient. Ist das angekommen?«

Die Katze fing an zu schnurren. Will entspannte sich. Sie hatten eine Einigung erzielt, und alles würde gut werden.

Ein durchdringender Schmerz durchfuhr Will. Scharfe, unnachgiebige Zähne schlugen in seine Hand.

»Du verdammtes Mistvieh!«, brüllte er. Die Katze fiel mühelos zu Boden, als Will sie losließ, und raste aus dem Raum.

Will sah auf seine Hand hinunter, wo Blut aus der Bisswunde sickerte. Er zog schnell ein Taschentuch aus der Jackentasche und wickelte es um seine verletzte Hand.

»Erste Nacht in meinem neuen Zuhause, und ich werde von einem katzenartigen Unhold angegriffen«, murmelte er.

Will ging zur Tür, um die Katze zu jagen und aus dem Haus entfernen zu lassen. Langsam schlich er die Haupttreppe hinunter. Während seiner gesamten Kindheit war er mit Katzen zusammen gewesen, er wusste, dass man nichts erreichte, indem man ihnen nachjagte.

Am Fuß der Treppe sah er die Spitze eines Schwanzes, der die Treppe der Diener hinunter und in die untere Küche verschwand. Seine Hand war bereits auf dem Geländer, er war drauf und dran, die Treppe hinunterzusteigen und seinem Angreifer ins Gesicht zu sehen, als Stimmen aus der Küche drangen. Abrupt blieb Will stehen.

»Wo werde ich schlafen?«

Seine Stirn runzelte sich. Es waren mehr Tage vergangen, als er wahrhaben wollte, seit er diese Stimme das letzte Mal gehört hatte. Eine Stimme, von der er einmal glaubte, sie nie wieder zu hören.

Er flüsterte: »Und dir auch hallo.«

Als rechtmäßiger Mieter des Hauses hinderte ihn nichts daran, die Treppe hinunterzumarschieren und sie zu konfrontieren. Aber die Zeit war noch nicht reif.

Bald würde er ihr klar machen, dass es echte Auswirkungen für ihr Verhalten gab. Dass man nicht einfach Notizen an Menschen schrieb, anschließend aus ihrem Leben verschwand und es ihnen überließ, mit ihren gebrochenen

Herzen fertig zu werden. Wenn er sie schließlich konfrontierte, wollte Will, dass Hattie um seine Vergebung flehte.

Hattie würde ihm beweisen, dass er ihr mehr bedeutete, als nur ein Narr für sie gewesen zu sein. Dass auch sie von den Ereignissen ihrer gemeinsamen Zeit bewegt worden war. Sie konnte versuchen, sich selbst einzureden, dass ihr Herz gegen die Liebe gewappnet wäre, aber sie war keine so vollendete Lügnerin, um ihn zu täuschen.

Will drehte sich um und ging zurück. Es war Zeit, den nächsten Teil seines Plans auszuarbeiten.

Als er in die Wärme des Salons trat, erinnerte er sich an Hatties Worte. Sie war besorgt, wo sie diese Nacht schlafen werde, was bedeutete, dass sie bisher oben geschlafen hatte. Irgendwo in diesem Haus mit den vielen Zimmern befanden sich ihre Sachen. Besitztümer, die zweifellos den Schlüssel zu ihren Geheimnissen enthielten.

Er klingelte nach den Littles, um das Geschirr vom Abendessen wegräumen zu lassen. Sein Magen war voll, aber sein Geist musste noch gesättigt werden.

Nachdem er Müdigkeit nach einem langen und anstrengenden Tag vorgetäuscht hatte, entließ er das Ehepaar und wünschte ihnen eine gute Nacht. Sobald sie weg waren, nahm er eine brennende Kerze vom Tisch und begann, das Obergeschoss zu durchsuchen.

Vier Türen später fand er, wonach er suchte. In der Zimmertür, vor der er in der vergangenen Nacht gestanden hatte, steckte ein Schlüssel im Schloss. Sobald er die Tür öffnete, sah er die verräterischen Zeichen, dass das Zimmer bewohnt war.

Auf dem Bett lag ein sauberes, frisch gebügeltes weißes Leinenkleid. Ein hellblaues Band daneben. Auf dem Boden neben dem Bett stand ein passendes Paar Hausschuhe.

Er betrat schnell den Raum und schloss leise die Tür hinter sich. Überzeugt, dass nur sie und die Littles im Hause waren, hatte Hattie den Schlüssel in der Tür gelassen, als sie das Haus am Morgen verließ.

»Unvorsichtiges Mädchen«, bemerkte Will.

Manchmal stellte er sich vor, sie hätte das Zeug zu einem halbwegs anständigen Spion. Mit Training und Zeit hätte aus ihr eine gute Agentin werden können.

Er lächelte. Zu seinen Plänen gehörte ebenfalls, sich Zeit zu nehmen, um ihre sinnliche Erweckung voranzutreiben. Als seine Frau wäre sie die Hausherrin, aber sie würde lernen, dass er immer der Herr über ihr Bett sein würde.

Er schloss die Tür hinter sich ab, ließ aber den Schlüssel im Schloss. Wenn Hattie die Gelegenheit ergreifen sollte, sich nach oben zu schleichen, würde sie nicht nur die Tür verschlossen finden, sondern durch das blockierte Schlüsselloch wäre auch ihre Sicht versperrt.

Will ging hinüber zum Schminktisch und stellte die Kerze ab. Er war auf der Suche nach Hinweisen, irgendwas, das etwas von Hattie enthüllen würde. Abgesehen von ein paar einfachen persönlichen Gegenständen wie einer Haarbürste und einem Handspiegel gab es wenig Bemerkenswertes. Er öffnete die Schubladen und stellte fest, dass sie alle leer waren. Der Kleiderschrank enthielt nur ein paar Kleidungsstücke und einige alte Bücher. Er dachte über die Situation nach.

»Natürlich hat sie hier in London nur wenige Besitztümer, der Rest ihrer Sachen befindet sich noch an Bord des Schiffes nach Afrika«, murmelte er von sich hin.

Er war zwei Schritte von der Tür entfernt, als sein sechster Sinn anschlug. Er drehte sich auf dem Absatz um, ging zurück zum Bett und ließ sich auf die Knie fallen.

»Da bist du ja, meine Schöne.«

Will entdeckte unter dem Bett eine rosa lackierte Holzkiste. Er streckte sich, gelangte schließlich mit den Fingerspitzen daran und zog sie behutsam zu sich.

Zufrieden mit seinen Bemühungen lehnte er sich zurück

und betrachtete die Kiste. Welchen Schatz würde er darin finden? Er drehte den Griff zur Seite, aber der Deckel blieb geschlossen. Er drehte die Kiste herum und sah das Schloss. Hattie hatte das Ding natürlich verschlossen.

»Zeit für die Werkzeuge meines Geschäfts.«

Er griff in seine Jackentasche, zog ein kleines Messer heraus und machte sich an die Arbeit. In weniger als einer Minute hatte er das Schloss geknackt und die Holzkiste geöffnet. Seite für Seite füllten nicht zu Ende geschriebene Briefe die Kiste bis zum Rand. Er hob den ersten auf.

Lieber William, es tut mir sehr leid.

Hattie hatte seinen Namen durchgestrichen und in *Will* geändert, ihn dann erneut durchgestrichen und zu Mr. Saunders geändert. Wiederholt hatte sie versucht, ihm einen Entschuldigungsbrief zu schreiben. Unter den Briefen, auf einem großen, eingewickelten Paket, befand sich ein gefalteter und versiegelter Brief. Will schob das Messer geschickt unter das Siegel und trennte es vom Papier.

Er leckte sich die Lippen und stellte überrascht fest, dass sie trocken waren, ebenso wie der Rest seines Mundes. Wann war er das letzte Mal so unsicher gewesen?

Wenn er den Brief öffnete und lesen würde, hätte er eine unsichtbare Grenze überschritten. Er hätte ihr Vertrauen gebrochen.

»Sie haben ihr Zuhause übernommen und stöbern in ihren Sachen, Mr. Saunders. Ich denke, wir können an dieser Stelle alle moralischen Argumente vergessen«, tadelte er sich.

Er faltete den Brief auseinander.

Minuten später faltete er das Schreiben zusammen und schloss die Augen. Wie viel es sie gekostet haben mochte, diese Worte zu schreiben?

Er legte den Brief beiseite, er würde ihn erneut versiegeln, bevor er ihn zurücklegte. Vom Boden nahm er das in braunes Papier eingeschlagene Paket.

In ordentlicher, klarer Schrift auf eine Karte geschrieben, stand *Mr. William Saunders Esq, London.*

Er musste das weiche Paket nicht öffnen, um zu wissen, was darin lag. Hattie hatte seinen Mantel eingepackt, um ihn ihm zurückzugeben.

Unerwartete Erleichterung sickerte durch seine Adern. Er hatte mehr als einmal an ihr gezweifelt, aber jetzt hatte Hattie endlich begonnen, ihr wahres Gesicht zu zeigen.

Will öffnete den Brief noch einmal. Ihre Entschuldigung war aufrichtig, aber es waren die restlichen fehlenden Details, die ihn beunruhigten. Nicht ein einziges Mal in dem Brief hatte sie ihren Bruder Edgar erwähnt.

Etwas hielt sie davon ab, Hilfe von ihrer Familie zu suchen. Was war in der Familie Wright passiert, dass sie sich nicht an ihren Bruder wandte, um Hilfe zu erhalten?

Der Ausdruck auf ihrem Gesicht, als sie Edgar und seine Frau in St. Pauls beobachtet hatte, war herzzerreißend gewesen.

Will hatte Edgar Wright in der kurzen Zeit, in der er mit ihm gesprochen hatte, nicht als irgendeine Art von Schurken empfunden. Stattdessen schien er ein freundlicher, anständiger Mann zu sein, der sich wohlfühlte, wenn er in der Öffentlichkeit Aufhebens um seine Frau und sein neugeborenes Kind machte.

Er war der Mann, mit dem sich Will befassen musste, wenn es um den Plan ging, den er für eine Zukunft mit Hattie hatte.

»Das Wichtigste zuerst, Will. Finde einen Weg, mit ihr zu sprechen, ohne sie zu verschrecken. Dann kannst du dich um den Bruder kümmern.«

Kapitel Neunundzwanzig

Hattie schlief in dieser Nacht besonders unruhig. Mehr als einmal wachte sie auf und tastete nach dem Kerzenstummel, den sie neben ihrem Bett aufbewahrte. Stattdessen fand sie lediglich eine feste Mauer.

Kurz vor Tagesanbruch erwachte sie endgültig und setzte sich auf. Sie blinzelte durch schlafverkrustete Augen und erkannte die Form des Küchenfensters. Das zunehmende Morgenlicht erinnerte sie daran, dass sie die Nacht unten in einem provisorischen Kinderbett verbracht hatte.

»Guten Morgen, Miss Hattie.« Mrs. Little stellte einen großen Wasserkocher auf den Kamin, während ihr Mann den Ofen mit Holz heizte.

Hattie streckte einen Zeh unter der Decke hervor, überlegte es sich aber und entschied, nicht aus dem Bett zu steigen. »Wie spät ist es?«

Mrs. Little kicherte. »Es ist spät. Kurz nach fünf, wenn es Ihnen nichts ausmacht. All das Putzen und Waschen für Mr. Smith gestern hat mich tief und fest schlafen lassen. Mr. Little musste mich vorhin ganz schön schütteln, um mich zu wecken.«

Mr. Smith. Hattie hatte ihr Bestes getan, um den neuen

Hausherrn zu vergessen, aber Visionen von gut aussehenden, dunkelhaarigen Männern, die sie durch die Straßen von Gibraltar jagten, hatten ihre Träume bevölkert.

»Ich habe nachgedacht. Und ich weiß, dass Sie das vielleicht ziemlich seltsam finden werden, aber was würden Sie davon halten, wenn Sie mich als Ihre Tochter ausgeben?«, wagte sie zu fragen.

Mr. und Mrs. Little tauschten einen wissenden Blick aus. Sie war nicht die Erste, die diesen Gedanken hegte.

»Wir sind nicht gegen die Vorstellung, wenn es Ihnen ein wenig Zeit verschafft«, antwortete Mrs. Little.

Hattie wusste, was sie damit meinten: Sie sollte mit Edgar sprechen. »Danke.«

Die Ankunft des mysteriösen Mr. Smith hatte alle ihre Pläne in Unordnung gebracht.

»Na dann, Sie sollten besser schnell aufstehen. Mr. Smith wird zweifellos innerhalb einer Stunde nach seinem Frühstück verlangen«, fügte Mr. Little mit einem Augenzwinkern hinzu.

Hattie zog sich an und machte sich daran, Mrs. Little in der Küche zu helfen. Es machte ihr nichts aus, unter der Treppe zu bleiben. Die Küche war warm, und beschäftigt zu sein, hinderte sie daran, sich Sorgen zu machen.

Kurz nach sieben kam Mr. Little die Treppe herunter, die Morgenzeitung unter seinem Arm.

»Sagt, er frühstückt nie früher als kurz vor neun. Hat aber nach Kaffee gefragt, wenn es dir nichts ausmacht. Wenn wir keine anständigen Kaffeebohnen hätten, kenne er einen ausgezeichneten Laden in der Oxford Street, den er empfehlen könnte. Unverschämtheit. Ich habe mein ganzes Leben in dieser Stadt gelebt, ich weiß, wo all die guten Geschäfte sind«, grummelte er.

Er erblickte Hattie, die eifrig den Tisch abwischte, und seufzte. Herren, die zu seltsamen Zeiten bedient werden wollten, waren die eine Sache, aber die Tochter der Familie, die als Hausmädchen arbeitete, war etwas ganz anderes.

»Verzeihung, Miss Hattie, unter der Treppe kann die Sprache etwas grober sein als im Wohnzimmer Ihrer Mutter. Oh, und Mr. Smith wird später am Morgen ausgehen, dann können Sie nach oben gehen und Ihre Sachen holen.«

Erleichterung durchflutete sie. Während sie arbeitete, hatte sie über die Frage nachgedacht, ob sie alle Beweise für ihre Anwesenheit im Haus würde entfernen können. In ihrem alten Schlafzimmer lagen ihre Kleider und Besitztümer offen herum. Jeder, der ihr Schlafzimmer betrat, würde denken, die Bewohnerin wäre gerade für einen Moment ausgegangen. Es sah mit Sicherheit nicht aus wie das Zimmer von jemandem, der vor einigen Wochen für einen langen Aufenthalt nach Afrika abgereist war.

Es gab auch das Problem, die Kiste unter ihrem Bett hervorzuholen und endlich Wills Mantel abzuschicken.

Sobald Mr. Smith am Morgen das Haus verlassen hatte, würde sie ihr Zimmer räumen.

Kapitel Dreißig

Das Geräusch von etwas, das zu Boden fiel und in Stücke zerschmetterte, gefolgt vom lauten Miauen einer Katze, weckte Will von seinem Spätabendschläfchen am Feuer. Er streckte die Arme über den Kopf, bevor er sich träge aus dem bequemen Stuhl erhob.

»Gott, ich hoffe, es ist dieses verdammt schreckliche Ming-Vasen-Imitat, was in tausend Teile zersprungen ist«, murmelte er.

Hatties Vater hatte einen wirklich schrecklichen Geschmack, wenn es um die sogenannten schönen Dinge im Leben ging. Die fragliche Vase war die Arbeit von jemandem, der wenig Ahnung davon hatte, wie man einen feinen Pinsel benutzte.

Während Aldred Wright keinen guten Geschmack besaß, so hatte er seine Intelligenz eindeutig an seine Tochter weitergegeben. Will musste zugeben, beeindruckt von Hatties Fähigkeit zu sein, unentdeckt zu bleiben. Vier Tage lang lebte sie schon unten im Personaltrakt wie ein Geist. Der einzige Beweis für ihre Anwesenheit im Haus war das Verschwinden der Besitztümer aus ihrem Zimmer. Sogar sein Mantel war verschwunden, was Will ärgerte. Er vermisste diesen Mantel.

Hattie hätte ihre geheime Existenz noch eine Weile aufrechterhalten können, wenn die Katze nicht gewesen wäre. Brutus war ihre einzige wahre Schwäche. Brutus. Getreu ihrem Namen war sie im Begriff, die Ursache für den Untergang eines anderen zu werden.

Will schlüpfte in den Flur und schloss leise die Wohnzimmertür hinter sich. Nachdem er einen Moment gewartet hatte, bis sich seine Augen an die Dunkelheit gewöhnten, machte er sich auf den Weg. Er blieb kurz vor der Treppe stehen, lehnte sich gegen die Wand und lauschte.

»Brutus, bitte komm mit mir. Ich muss dieses Chaos beseitigen«, flehte Hattie.

»Viel Glück damit«, murmelte Will.

Seine Versuche, die katzenhafte Bedrohung davon abzuhalten, die Kissen seiner unschätzbaren Stühle zu zerkratzen, hatten sich als erfolglos erwiesen. Es war beruhigend zu wissen, dass es der tatsächlichen Besitzerin der Katze kaum besser erging, deren Verhalten zu kontrollieren.

Ein lauter Schrei von Hattie bestätigte ihren mangelnden Erfolg.

»Ich kann nicht glauben, dass du mich gebissen hast«, rief sie aus.

Will versteckte sich auf dem Treppenabsatz und biss sich auf die Lippe, um ein Lachen zu unterdrücken. Mehr als einmal hatte er versucht, das verfluchte Tier nach draußen zu bringen, nur damit sie ihre Zähne in das weiche Fleisch seiner Hand versenkte.

Die Uhr am Fuß der Treppe schlug zehn Uhr. Es war spät.

Will entschied, dass es Zeit war, die Farce zu beenden. Er schob sich von der Wand weg und schlich vorsichtig die Treppe hinunter.

Am Vordereingang des Hauses kniete Hattie mit dem Rücken zu ihm. In ihrer Hand hielt sie etwas, von dem er vermutete, dass es ein saftiges Stück des übrig gebliebenen Huhns von seinem Abendessen sein dürfte.

»Komm Brutus«, flüsterte sie. Die Katze schnüffelte nur missbilligend an dem leckeren Angebot.

Die aufkommende Panik in ihrer Stimme erregte einen flüchtigen Moment des Mitleids in Will. Er beneidete sie nicht um ihre komplizierte häusliche Situation.

Nur wenige Schritte von ihr entfernt, blieb er stehen. Während sie seine Anwesenheit nicht bemerkt hatte, hatte Brutus es mit Sicherheit getan. Die Katze fauchte und sprang aus Hatties Reichweite.

Sie wirbelte herum. Als sie Will sah, weiteten sich ihre Augen vor Schock.

Er hatte keine Zeit, sie zu packen. Hattie rannte überraschend schnell zu einer kleinen Tür unter der Treppe. Als Will die Tür erreichte, hatte Hattie sie bereits zugezogen und hinter sich verschlossen.

Er rüttelte mehrmals grob am Türgriff, bevor er schließlich frustriert gegen die Tür trat.

»Verflucht!«

Einen Moment lang betrachtete er die Tür. Es sah aus wie der Zugang zu einem kleinen Besenschrank, in den kaum ein Körper passen konnte.

Mit einer gründlichen Untersuchung des Bereichs unter der Treppe überzeugte sich Will, dass es für Hattie keinen Ausweg gab, um zu entkommen. Er zog einen Stuhl heran, stellte ihn vor die Tür und nahm Platz.

Brutus nahm seinen Posten unter dem Stuhl ein. Heuchlerische Kreatur, die sie war, für den Moment hatte sie offensichtlich beschlossen, ihrer Herrin treu zu bleiben.

»Ich kann hier die ganze Nacht warten«, sagte er zur geschlossenen Tür.

Vom Aufruhr geweckt, erschienen Mr. und Mrs. Little in ihren Morgenmänteln oben auf der Treppe zum Trakt der Bediensteten.

»Wir haben einen Eindringling«, verkündete Will.

Sie tauschten einen Blick aus, von dem Will sicher war,

dass sie dachten, er hätte ihn nicht gesehen. Ein ihm nur zu gut bekanntes Katz- und Mausspiel war im Gange.

»Mr. Little, würden Sie bitte nach oben ins Hauptschlafzimmer gehen und meine Pistole holen. Sie befindet sich in der obersten Schublade meines Nachttisches«, sagte er.

»Sir?«

Brutus tauchte unter dem Stuhl auf und sprang auf Wills Schoß. Sie begann zu schnurren, und Will stellte sich vor, dass sie das Schauspiel genoss, das sich abspielte.

»Hallo, hören Sie mir nicht zu? Wir haben es mit einem Einbrecher zu tun. Ich habe den Eindringling im Besenschrank festgesetzt. Holen Sie meine Pistole.«

Als Mr. Little zögerte, drängte Will ihn weiter. »Oh, und seien Sie vorsichtig mit der Pistole. Sie ist geladen.«

Die letzten Worte sagte er laut genug, damit Hattie sie hören konnte. Als Mr. Little widerwillig nach oben ging, schwankte Mrs. Little unbehaglich auf ihren Pantoffelfüßen. Sie hielt die Hände im Gebet fest gefaltet. Verzweiflung zeichnete tiefe Linien in ihr weiches, faltiges Gesicht.

Will streichelte Brutus, während die Katze anerkennend ihre Krallen in sein Bein drückte. Er biss die Zähne zusammen und war entschlossen, die Fassade eines empörten Hausbesitzers beizubehalten.

»Haben wir irgendwo ein Seil?«, fragte er. »Ich möchte den Bösewicht fesseln, bevor ich nach den Bow-Street-Läufern rufe.«

»Warum sollten Sie das tun?« Mrs. Little rang verzweifelt die Hände.

Will wusste genau, dass es falsch von ihm war, die treue Haushälterin so verschlagen für seine Zwecke zu benutzen, aber er war entschlossen, dass Hattie die Auswirkungen dessen, was sie getan hatte, verstand. Unter anderen Umständen würden die Littles wahrscheinlich ohne Referenzen auf der Straße sitzen, sobald ihr Arbeitgeber ihre Rolle bei Hatties Täuschung entdeckte.

Will bewunderte sie für das, was sie getan hatten. Sie waren nicht mehr bei der Familie Wright angestellt und hätten sich laut Gesetz weigern können, Hattie zu helfen. Sie waren sich Wills wahrer Identität nicht bewusst und ein großes Risiko eingegangen, in der Hoffnung, dass er sie verstehen würde, wenn ihr heimlicher Hausgast unweigerlich entdeckt wurde.

Es war jetzt Zeit für Hattie, ihre Loyalität zurückzuzahlen.

»Nun, die Behörden werden den Bösewicht bald unter Verschluss halten. Ich würde mal vermuten, dass er schon morgen früh vor einem Richter steht und dann sofort an Bord eines Schiffes zur Strafkolonie von New South Wales geht, bevor der Monat zu Ende ist. Er wird keine Kängurus bestehlen, während er dort ist«, antwortete er selbstgefällig.

Er schlug mit der Faust fest gegen die Tür hinter sich. »Sie würden sich doch über eine lange Seereise freuen, nicht wahr?«, brüllte er.

Hattie schwieg und gab nichts preis.

Mr. Little tauchte wieder auf, die Pistole schlaff in der Hand. Er reichte sie Will.

»Ist das wirklich notwendig? Ich meine, könnten wir nicht einfach mit ihr reden und sie davon überzeugen, aus dem Schrank zu kommen?«, fragte er.

Will schob Brutus von seinem Schoß und erhob sich vom Stuhl. Er hob den Stuhl hoch und machte eine großartige Show daraus, ihn auf eine Seite der Tür zu schieben. Dann wandte er sich an Mr. Little und fixierte ihn mit einem fragenden Blick.

»›Sie‹? Wer hat etwas darüber gesagt, dass unser Eindringling eine Frau ist?«

Mrs. Little legte eine Hand auf ihren Mund und brach in Tränen aus.

»Oh, bitte tun Sie ihr nichts, Mr. Smith. Sie konnte nirgendwo anders hingehen. Miss Hattie ist eine freundliche Seele, die immer die Arbeit des Herrgotts erledigt. Sie hat so viel durchgemacht. Ich bitte Sie, zeigen Sie ihr Barmherzigkeit.«

Mit perfektem Timing öffnete sich die Tür zum Schrank, und Hattie trat ins Foyer.

»Mr. Saunders hat mir bereits mehr Gnade gezeigt, als ich verdiene, Mrs. Little. Er hat mich in Gibraltar gerettet und nach England zurückgebracht. Ich habe kein Recht, ihm weitere guten Taten abzuzwingen«, erklärte sie.

Will nickte. Saunders nicht Smith.

Hattie ging zur Haustür. Will war immer noch so wütend auf sie, dass er versucht war, sie wenigstens bis zum Eingangstor gehen zu lassen. Ein Blick auf die tränenreiche Mrs. Little änderte allerdings unverzüglich seine Meinung.

»Es ist kalt, und es ist spät. Ich würde vermuten, Sie werden nicht zu lange draußen überleben, wenn Sie nur ein dünnes Kleid tragen.«

Hattie drehte sich um. »Ich werde meine Sachen packen, wenn Sie einverstanden sind, und eine andere geeignete Unterkunft finden.«

Er war sich nicht sicher, was er in diesem Moment von ihr halten sollte. Will hatte gesehen, wie sich Hattie auf bühnenreife Schauspielerei verlegte, wenn es ihr passte, aber etwas an ihrer Haltung sagte ihm, dass dies kein Schauspiel war.

Er blies die Wangen auf. Will hatte erreicht, was er wollte, Hattie war aus dem Schrank heraus, und ihre Anwesenheit im Haus war kein Geheimnis mehr.

»Niemand geht irgendwohin«, sagte er fest.

Er stupste Brutus sanft mit dem Fuß zur Seite. Die Katze, die am Rand von Wills Hausschuh knabberte, warf ihm einen schmutzigen Blick zu, als sie davonschlich.

»Schau mich nicht so an, du pelziges Tier. Wenn ich jemanden in die Nacht hinauswerfe, stehst du derzeit ganz oben auf meiner Liste.«

Mrs. Little wimmerte. Hattie schnappte nach Luft. Mr. Little hob zustimmend eine Augenbraue. Will sah einen verwandten Geist in dem Butler. Es war beruhigend zu wissen, dass er nicht der Einzige war, der die Katze in einem ungünstigen Licht betrachtete.

Menschen waren die seltsamsten Kreaturen, wenn es um Haustiere ging. Brutus regierte das Haus wie eine mittelalterliche Tyrannin, aber der Gedanke, ihre böse Herrschaft zu stürzen, ließ sie alle gemeinsam den Atem anhalten.

Es war Zeit, sich mit dem eigentlichen Thema zu befassen.

»Miss Wright, wir haben Privates zu besprechen. Würden Sie sich bitte in das Wohnzimmer oben zurückziehen?«

»Welches?« Hattie sah Will fragend an.

Das Haus, obwohl für die Verhältnisse des *Ton* nicht groß, hatte immerhin zwei separate Wohnzimmer auf den oberen Ebenen, ganz zu schweigen von zwei formellen Salons.

»Links von der Treppe. Dasjenige, in welchem dieser schreckliche, dunkelorangefarbene und schwarz gestreifte Teppich lag. Ich werde in Kürze bei Ihnen sein, nachdem ich mit meinen Hausangestellten ein Wort gesprochen habe.«

Mrs. Little warf ihm einen bestürzten Blick zu, als er eindeutig gegen das gesellschaftliche Protokoll verstieß. Eine unverheiratete Frau ging mit einem Herrn, der nicht zu ihrer Familie gehörte, nirgendwo hin. Als Will ihren Blick einfing, starrte sie schnell wie ihr Mann auf den Boden.

Gut. Wird auch Zeit, dass die Leute einsehen, wer die Rechnungen in diesem Haus bezahlt.

»Es ist nicht die Schuld von Mr. und Mrs. Little, dass ich mich vor Ihnen im Haus versteckte. Wenn jemand bestraft werden soll, dann sollte ich das sein«, erwiderte Hattie.

Will zeigte auf die Treppe und sah zu, wie Hattie langsam hinaufging. Ein- oder zweimal blieb sie stehen und blickte verzweifelt zu den Littles zurück.

Sie war seiner Schwester Caroline so ähnlich, dass es unheimlich war. Zu Hatties Verteidigung ging sie still. Caroline Saunders hätte auf jeder Stufe angehalten und darauf bestanden, ihren Fall zu verteidigen. Hattie verschwand schließlich um die Ecke.

»Wenn Sie uns von oben auf dem Treppenabsatz belauschen, werde ich es wissen«, rief er ihr nach.

Ein Schnaufen, gefolgt von einem Rauschen der Röcke, signalisierte Hatties Verschwinden. Er drehte sich zu Mr. und Mrs. Little herum.

»Auch wenn ich verstehe, warum Sie es getan haben, bedeutet das nicht, dass es richtig war, Miss Wright in meinem Haus zu verbergen.«

Mrs. Little tupfte sich mit dem Ärmel die Augen ab.

»Es tut uns leid, dass wir Sie betrogen haben, Mr. Smith. Ich meine, Mr. Saunders. Wir hatten gehofft, eine Lösung für Miss Hatties Dilemma zu finden, ohne dass Sie jemals von ihrer Anwesenheit erfahren. Trotzdem war es immer noch falsch von uns, dies getan zu haben«, sagte Mr. Little.

»Aber sie ist ganz allein ohne einen Freund auf der Welt. Wir mussten helfen«, flehte Mrs. Little.

Sie blickten einander an, ergriffen dann gegenseitig ihre Hände und standen so in einem rührenden Zeichen der Einigkeit.

»Wenn Sie möchten, dass wir gehen, Sir, werden wir unsere Sachen beim ersten Licht des Tages aus dem Haus bringen. Obwohl ich nach zwanzig Jahren Dienst für die Familie Wright nicht weiß, wohin wir gehen sollen«, sagte Mr. Little.

Ein Kloß bildete sich in Wills Kehle. Das Paar war die Art von treuen Familienbediensteten, die in der Erwartung der feinen Gesellschaft von ihren Arbeitgebern im Alter betreut wurden. Nur ein herzloses Monster würde sie ohne Referenzen auf die Straße werfen.

»Was? Um Gottes willen! Niemand, und ich sage das zum letzten Mal, niemand wird aus diesem Haus geworfen. Wenn wir uns jetzt einig sind, dass Sie mich nie wieder täuschen werden, können wir heute Nacht alle etwas schlafen.«

Bevor ihr Mann die Gelegenheit hatte, sie aufzuhalten, warf Mrs. Little ihre Arme um Will. Ihre Tränen befleckten die Vorderseite seiner Seidenweste.

»Danke, Sir, ich wusste, dass Sie aus gutem Holz geschnitzt sind. Sie werden auf sie aufpassen«, schluchzte sie.

Kapitel Einunddreißig

※

Hattie öffnete die Tür zum Arbeitszimmer ihres Vaters. Es war voller vertrauter Dinge, aber es fühlte sich an, als wäre es nicht mehr der Raum ihres Vaters. Er hatte nur ein paar kleine wertvolle persönliche Gegenstände mit nach Sierra Leone genommen, aber der Verlust selbst dieser hatte die Seele des Raumes verändert.

Sie betrachtete den neuen gold-schwarz-braunen abessinischen Teppich, der den orange und schwarz gestreiften Teppich ihres Vaters abgelöst hatte. Sie musste es Will lassen, er hatte einen ausgezeichneten Geschmack. Die Farben des Teppichs passten zu den sechs feinen Porzellantellern, die an der Wand hingen.

Sie ging hinüber und betrachtete sie. Fachmännisch gemalte Szenen der Antike schmückten jeden Teller. Es juckte ihr in den Fingern, sie zu berühren.

»Absolut schön«, flüsterte sie.

»Ja, und sie haben mich ein hübsches Sümmchen gekostet.«

Hattie drehte sich um und sah ihn lässig gegen den Türrahmen lehnen. Sie hatte keine Ahnung, wie lange er dort bereits stand. Er konnte sich wie ein Geist bewegen, wenn ihm danach war.

»Darf ich fragen, was mit den Littles passiert ist?«

Wenn Will die beiden entlassen hatte, würde sie sich niemals vergeben.

»Mr. Little ist in deinem alten Schlafzimmer, um das Feuer zu schüren und sicherzustellen, dass das Zimmer für dich bereit ist. Mrs. Little ist unten in der Küche und kocht Milch, sodass wir alle etwas von der heißen Schokolade trinken können, die ich heute Morgen bei Fortnum und Mason gekauft habe. Es gibt nichts Besseres als eine Tasse heißer spanischer Schokolade mit Zimt nach einem anstrengenden Abend«, antwortete er.

Hattie begann, unkontrolliert zu zittern. Anspannung und Nerven, die sie in den vergangenen Tagen ignoriert hatte, machten sich endlich bemerkbar.

»Es tut mir leid, so leid für alles, was ich getan habe«, rief sie.

Will schloss die Tür hinter sich und trat an ihre Seite. Er legte eine Hand an ihre Wange und hob ihren Kopf. Ihre Blicke trafen sich. Zu ihrer Überraschung sah sie Schmerz und Angst in seinen Augen.

»O Hattie«, murmelte er.

Sie hörte das raue Verlangen in seiner Stimme. Er zog sie in seine Umarmung. Seine Lippen senkten sich in feuriger Liebkosung auf ihre. Er war nicht zärtlich oder freundlich, aber es war genau der leidenschaftliche Kuss, von dem sie wusste, dass er ihn in diesem Moment brauchte. Sie gab ihren Mund dem seinen hin und ließ ihre aufgestaute Schuld los. Er zog sie fest an sich, und sie spürte die vertraute Härte seiner Männlichkeit. Ihr Körper schrie nach sexueller Befreiung mit diesem Mann.

Als sich ihre Zungen in einem leidenschaftlichen Duell begegneten, unterwarf sich Hattie. Ihre Hände griffen fest nach den Seiten seiner Weste.

Schließlich wurden seine Lippen bei ihrer Berührung weicher. Sein Zorn verrauchte. Ihr Liebhaber vom Meer kehrte langsam zu ihr zurück. Seine Finger glitten in ihre Haare und hielten sie sanft fest.

Als er seine Lippen zurückzog, hielt er sie einen Moment lang fest und küsste sie sanft auf die Haare. Dann befreite er sie aus seiner Umarmung.

»Hast du überhaupt eine Ahnung, was du mir angetan hast?«, fragte er.

Sie senkte den Blick. Die Finger ihrer rechten Hand begannen, die Knöchel ihrer linken Hand zu knacken.

Will ergriff ihre Hand. Er wusste genug von ihr, um ihre nervöse Angewohnheit genau zu kennen. Sie blickte zu ihm hoch. Er war immer noch wütend auf sie, und sie wusste, dass er jedes Recht dazu hatte. Allerdings war sie sich sicher, dass er niemals etwas tun würde, um sie zu verletzen. Der Schutz anderer war ein wesentlicher Charakterzug von Will Saunders.

»Warum hast du mich angelogen, Hattie? Selbst nachdem ich deinen richtigen Namen herausgefunden hatte und wir Liebende geworden waren, hast du trotzdem beschlossen, mich anzulügen. Warum?«

Er hatte recht damit, die Wahrheit von ihr zu fordern. Schuld war ihr ständiger und unerwünschter Begleiter. Sie hatte ein Netz von Lügen geschaffen, das groß genug war, dass sie sich für immer darin verheddern könnte.

»Ich habe dir nicht die Wahrheit über meine Umstände gesagt, weil ich dir nicht vertraut habe«, gestand sie.

Wills frustriertes Knurren füllte den Raum. Hattie zuckte zusammen. Sie wollte lernen, ihm ihr Vertrauen zu schenken, und doch – wann immer sie versuchte, sich ihm zu öffnen, vermochte er es, dass sie sich klein fühlte.

»Bist du dir darüber im Klaren, dass es nicht sehr hilfreich ist, wütend zu werden, wenn ich versuche, dir die Wahrheit zu sagen? Ich hätte dir viel mehr über mich erzählt, wenn du dich nicht wie ein verwundetes Tier verhalten hättest, wenn ich versucht habe, mich dir zu öffnen«, sagte sie.

Will schüttelte den Kopf. »Wie kommt es, dass du das alles umdrehen kannst, um es irgendwie zu meiner Schuld zu machen? Du bist diejenige, die die Crew angelogen hat. Du bist diejenige, die dafür gesorgt hat, dass ich an Bord des Schiffes unter Drogen stand. Und du warst es auch, die in der Nacht vor dem Andocken in London über Bord des Schiffes verschwunden ist und mir nur eine kurze Abschiedsnotiz hinterlassen hat. Hast du eine Ahnung, wie ich mich gefühlt habe, als ich dachte, du wärst tot?«

Tot.

»Ich wusste nicht …«

»Nein, und da liegt das Problem. Du denkst nicht genug über diese Dinge nach, bevor du sie unternimmst, Hattie. Ich habe einen ganzen Tag mit der Polizei an der Themse verbracht und nach deiner Leiche gesucht. Die ganze Zeit habe ich versucht zu überlegen, was ich deinem Onkel sagen soll. Wie ich ihm erklären sollte, dass ich dich nicht sicher nach Hause gebracht habe.«

Er rieb sich die Hände über das Gesicht. Als er sie wegnahm, sah sie die Linien der Müdigkeit in seinen Gesichtszügen.

Die Leichtigkeit, die sie vor ein oder zwei Augenblicke gefühlt hatte, verschwand unter dem Gewicht von Wills Enthüllungen. Nachdem er vergeblich nach ihr gesucht hatte, hatte er sie für tot gehalten. Sie war die Ursache seines Schmerzes gewesen.

»Dann entdecke ich, dass dein Onkel vor über vier Jahren in die Vereinigten Staaten von Amerika gereist ist. Ich sage dir, es hat meine ganze Kraft gekostet, nicht auf dich zuzugehen und dir den verdammten Hals umzudrehen, als ich dich endlich in St. Pauls gesehen habe.«

»Oh.« Das war alles, was sie als Antwort herausbrachte.

»Ja, ›oh‹. Du hast keine Ahnung, was deine Lügen mir angetan haben. Nicht wahr?«

Die Angst begann, in ihrer Magengrube zu brennen. Wenn Will sie in der St.-Pauls-Kathedrale gesehen hatte, was hatte er noch gesehen? Sie beschimpfte sich im Stillen dafür, dass sie so bald nach ihrer Rückkehr so offen in der Öffentlichkeit aufgetreten war.

»Eines der Dinge, die wir besprechen müssen, ist die Sache mit deinem Bruder Edgar. Ich habe nach dem Gottesdienst mit ihm gesprochen.«

»Was hast du zu ihm gesagt?«, stammelte sie.

»Nicht viel. Ich wusste zuerst nicht, wer er war. Mir ist nur aufgefallen, dass du dich mehr als ein wenig für ihn und seine Frau interessiert hast. Um ehrlich zu sein, vermutete ich, dass er dein heimlicher Geliebter sein könnte. Jemand, der der wahre Grund war, warum du vom Schiff gesprungen bist. Nach all den Lügen, die du mir erzählt hast, woher sollte ich wissen, dass er keiner von deinen anderen Liebhabern war? Nach allem, was ich von dir weiß, wie konnte ich wissen, ob du nicht aus England geflohen warst, nur um dann deine Meinung zu ändern und zu versuchen, zu ihm zurückzukehren?«

»Aber du hast die wahre Verbindung entdeckt?«

»Ja, ich habe den Namen meines Onkels als Bischof von London verwendet, um mich vorzustellen. Es dauerte nicht lange, bis meine Verbindungen den Rest deiner Familiengeschichte enthüllten. Mein Cousin, der Earl of Shale, erfuhr, dass dieses Haus zur Vermietung zur Verfügung steht. Ich bin in der Nacht vor der Unterzeichnung des Mietvertrags durch eine Hintertür eingebrochen. Ich stand sogar vor deinem Schlafzimmer. Und ja, als ich eingezogen bin, bin ich in dein Zimmer gegangen und habe alle deine Briefe gelesen.«

Der Zufall, dass Will das Haus gemietet hatte, war, wie Hattie vermutet hatte, überhaupt kein Zufall. Sie blieb eine Weile still stehen.

Die ganze Zeit hatte sie gedacht, dass ihre vorsichtigen Bewegungen in der Stadt unentdeckt geblieben waren, und doch hatte Will sie heimlich beobachtet. Sie war ihm nie wirklich entkommen.

»Weiß Edgar, dass ich in London bin?«, fragte sie schließlich.

Jetzt, da Will sie über die Wahrheit ihrer Situation aufgeklärt hatte, hatte es wenig Sinn, das Thema Edgar zu meiden.

»Nicht zu diesem Zeitpunkt. Oder wenn er es weiß, hat er es nicht von mir gehört. Nachdem ich dich in St. Pauls beobachtet hatte und dann zwei und zwei zusammenzählte, vermutete ich, dass es ernsthafte Schwierigkeiten zwischen euch beiden gibt. Ich beschloss, mehr über euch beide herauszufinden, bevor ich ihn konfrontierte. Das Letzte, was ich jemals tun möchte, wäre, dich vor dem einen herzlosen Familienmitglied zu retten und dich dann unter den Schutz eines anderen zu stellen, der nicht deine besten Interessen im Sinn hat. Bis ich mir Edgars und seiner Motive dir gegenüber sicher sein kann, ist dein Geheimnis bei mir sicher.«

Und bis ich deine Seite der Geschichte gehört habe. Das musste er nicht laut sagen. Hattie verstand die Folgerung. Sie würde Will einige sehr gute Gründe liefern müssen, warum er sie nicht in die Obhut ihres älteren Bruders geben sollte.

Die meisten anderen Männer hätten das schon getan.

Er ist nicht wie andere Männer.

Ein Klopfen an der Tür unterbrach das Gespräch. Mrs. Little erschien mit einem Tablett mit zwei Tassen heißer Schokolade. Sie stellte es auf einen kleinen Tisch neben der Tür.

»Ich habe auch ein paar Ingwerplätzchen mitgebracht. Ich dachte, die mögen Sie vielleicht«, sagte sie, während sie zurücktrat, die Hände sanft verschränkte und verstummte.

Wie viel Mrs. Little beim Heraufkommen gehört hatte, konnte Hattie nicht sagen, aber es war offensichtlich, dass sie es nicht eilig hatte, Hattie und Will wieder allein zu lassen.

»Danke, Mrs. Little. Miss Wright und ich haben gerade

Neuigkeiten über alles ausgetauscht, was seit unserem letzten Zusammentreffen passiert ist. Es scheint, dass sie einige Dinge zu erzählen hat.«

Hattie und Mrs. Little sahen einander an. Da Will alle Karten in der Hand hielt, konnten sie nur darauf warten, dass er entschied, wie der Rest des Abends ablaufen würde.

Er nahm eine Tasse heiße Schokolade und reichte sie Hattie.

»Bitte gehen Sie und überprüfen Sie, ob in Miss Wrights Zimmer alles in Ordnung ist. Ich bin mir sicher, dass sie bei Ihrer Rückkehr ihre Schokolade ausgetrunken haben wird. Danke, Mrs. Little.«

Will führte Hattie zum Kamin, nachdem Mrs. Little gegangen war. Sie nahm in einem von Wills neuen Sesseln Platz und fühlte sich unwohl. Hattie hatte viele schöne Nachmittage in diesem Raum verbracht, neben dem Stuhl ihres Vaters stehend, während sie ihm Passagen ihrer Lieblingsbücher vorlas. Ein Großteil ihrer Bildung hatte in diesem Raum stattgefunden.

Will nahm den Stuhl gegenüber. Er hatte nicht nur das Haus in Besitz genommen, sondern rückte nun unaufhaltsam die Erinnerung an Aldred Wright in den Hintergrund. Ihr Familienhaus erlebte eine Metamorphose, mit der sie nicht gerechnet hatte.

Am Tag, bevor sie mit ihren Eltern und Peter das Haus verlassen hatte, war sie in jedes Zimmer gegangen und hatte versucht, sich einzuprägen, wie es aussah. Sie hatte nicht gedacht, im Haus zu sein, wenn der neue Mieter anfing, Änderungen vorzunehmen.

»Also, was hast du mit dem Teppich meines Vaters gemacht?«, fragte sie.

Will nippte an seiner heißen Schokolade und lehnte sich entspannt auf dem Stuhl zurück. Es war Zeit, seine Fragen beiseitezulegen und sich auf kleinere Angelegenheiten zu konzentrieren. Morgen war ein neuer Tag, an dem sie vermutete, dass er seine Fragerei fortsetzen würde.

»Ich habe ihn in einer Staubschutzhülle zusammenrollen und auf den Dachboden bringen lassen. Obwohl ich den Geschmack deines Vaters an Möbeln als sehr verschieden von meinem Betrachte, habe ich nicht das Recht, sein Eigentum zu zerstören. Sei versichert, Hattie, wenn deine Eltern aus Afrika zurückkehren, wird das Haus wieder in Ordnung gebracht.«

Man konnte darauf bauen, dass Will Saunders ein ehrenwerter Mann war, der verhindern würde, dass mit den Besitztümern ihres Vaters irgendwas passierte.

»Irgendwie wusste ich, dass du das sagen würdest, obwohl ich bereit wäre, ein Auge zuzudrücken, wenn du zufällig ein oder zwei Gegenstände verlieren würdest. Ich könnte dir eine Liste geben«, bot sie an.

Wenn Will die Sammlung von Puzzle-Krügen ihres Vaters zerbrechen würde, könnte sie ihm mit Sicherheit vergeben. Er könnte sogar darauf vertrauen, dass sie die Teile verstecken würde. Ihre eigene Mutter hatte das Talent entwickelt, versehentlich einen oder zwei von ihnen vom Regalbrett auf den Boden zu wischen. Die letzten beiden Krüge, die ihr Vater gekauft hatte, waren im obersten Fach eines hohen Schranks aufbewahrt worden, sodass sie nicht zu Schaden kämen.

Ein Gähnen entkam ihren Lippen, und Will folgte dem Beispiel. Er stellte seine Tasse ab.

»Es ist spät, ich schlage vor, wir verschieben unsere Diskussion auf den Morgen. Wenn wir unsere Diskussion aber fortsetzen, möchte ich dich um ein oder zwei Dinge bitten, Hattie«, sagte er.

»Ja?«

»Du musst anfangen, ehrlich zu mir zu sein. Ich strecke mich weit zum Fenster raus, indem ich dir erlaube, unter meinem Dach zu bleiben. Deine Ehrlichkeit im Umgang mit mir ist ein fairer Preis dafür. Du magst deinem Ruf nicht viel Wert beimessen, aber ich tue es. Ich habe auch meinen eigenen Ruf und den meiner Familie zu berücksichtigen. Mein Onkel Ewan ist der Herzog von Strathmore, und mein Onkel Hugh ist der Bischof von London. Sie sind sowohl mächtige als auch angesehene Männer. Ich würde niemals ihre gute Meinung über mich verlieren wollen.«

Er ließ ihr keine andere Wahl. Ihre Zustimmung war bereits eine ausgemachte Sache.

»Und die andere Sache?«

»Dein Versprechen, dass du meinen Heiratsantrag überdenken wirst, wenn wir es geschafft haben, die Dinge zu ordnen.«

Nachdem sie sich so elegant wie möglich zurückgezogen hatte, ging Hattie in ihr altes Zimmer.

Mrs. Little schloss sich ihr bald an. »Nun, das ist so viel besser ausgegangen als erwartet. Ich sage Ihnen, ich war mir sicher, dass er uns alle rauswerfen würde«, sagte sie erleichtert.

Hattie nahm ihr Nachthemd vom Bett. Es war ordentlich gefaltet worden. Sie warf Mrs. Little einen Blick zu, die sich damit beschäftigte, Hatties Haarbürste und Spiegel auf dem Schminktisch anzuordnen.

Wills Worte polterten in ihrem Kopf herum. Sie war seiner Gnade ausgeliefert. Es gab keine Schiffe mehr, über deren Reling sie springen konnte, er hatte sie genau dort, wo er sie haben wollte.

»Netter Mann, dieser Mr. Saunders. Also ist er derjenige, der Sie in Gibraltar gerettet hat? Komisch, wie die Dinge gelaufen sind und er derjenige war, der das Haus übernommen hat. Ich frage mich, wie seine Familie ist.«

Mrs. Little war freundlich in ihrer sanften Zurechtweisung. Sie war lange genug bei der Familie, dass sich Hattie schrecklich fühlte, sie angelogen zu haben. Für eine Person, die unablässig gegen Unwahrheiten protestierte, war sie viel zu bereit, Mrs. Little zu benutzen, wenn sie das Bedürfnis verspürte.

Mrs. Little trat an ihre Seite und wand das Kleid sanft aus Hatties Fingern. »Es ist in Ordnung, meine Liebe, ich verstehe, warum Sie das Gefühl hatten, Sie könnten mir nicht die Wahrheit sagen. Sie sind sicher zu Hause, und darauf kommt es an. Ich bin sicher, Mr. Saunders war der perfekte Gentleman, als er Sie nach Hause brachte.«

Hatties Wangen brannten. Wenn Mrs. Little auch nur den Hauch einer Ahnung hätte, was sie und Will an den langen Nachmittagen und Nächten auf dem Schiff getan hatten, wäre die Haushälterin wie der Wirbelwind aus dem Haus und würde an Edgars Haustür klopfen, um ein Gespräch zu fordern.

Schnell zog sie das Nachthemd an und wünschte Mrs. Little eine gute Nacht. Sie setzte sich auf die Bettkante und dachte über diese unerwartete Wendung nach. Sie hatte erwartet, dass sie Will irgendwann begegnen würde. Was sie nicht erwartet hatte, war, dass er im selben Haus leben würde. Und dass er immer noch darauf bestehen würde, dass sie heirateten.

Sie legte eine Fingerspitze auf ihre Lippen und erinnerte sich an die wilde Art, als er sie geküsst hatte. Will begehrte sie immer noch. Sein Kuss versprach jedoch gleichfalls etwas anderes. Sie lag ihm wirklich am Herzen.

Als er sie in seinen Armen gehalten hatte, hatte er ihren Hunger nach ihm wieder geweckt. Sie sehnte sich danach, nackt in seinem Bett zu sein, während seine geschickten Finger ihre Magie auf ihren erhitzten Körper ausübten. Sie sehnte sich danach, dass er tief in ihr war und ihren Körper beanspruchte, wenn er sie auf den Höhepunkt des Vergnügens brachte.

Aber um ihn als ihren Geliebten zu haben, musste sie seiner Forderung nach Heirat zustimmen. Eine Ehe würde bedeuten, dass Will ein großes Mitspracherecht in ihrem Leben und ihrer Arbeit hatte. Die Frauen der Londoner guten Gesellschaft gingen nicht ohne einen Beschützer durch die Straßen von St. Giles, und sie verbrachten ihre Tage mit Sicherheit nicht damit, in Kirchen zu putzen.

Als sie unter die Wärme der Decken glitt, ließ Hattie ihre Gedanken nochmals zu Will und dem Kuss wandern, den sie geteilt hatten. Als ihre Gedanken anfingen, ihre Gefühle für ihn auszuloten, schob sie sie energisch zurück. Es war Torheit, ihrem Herzen zu erlauben, sich Will hinzugeben. Das Einzige, was dabei herauskommen würde, wäre Herzschmerz.

Kapitel Zweiunddreißig

Hattie verließ das Haus kurz vor Sonnenaufgang am nächsten Morgen. Dem Rest des Haushalts war aufgefallen, dass Will kein Frühaufsteher war. An den meisten Tagen kam er erst lange nach neun Uhr zum Frühstück herunter.

»Kontinentale Stunden nennt er das«, bemerkte Mr. Little.

Wie auch immer er das nennen wollte, Wills Wunsch, jeden Tag lange im Bett zu bleiben, bedeutete, dass Hattie am Morgen das Haus für sich hatte. Es bedeutete auch, dass sie aus dem Haus schlüpfen konnte, ohne dass er fragte, wohin sie ging.

Als Teil ihres Bedürfnisses, nicht nur mit Will, sondern auch dem Rest der Welt Dinge wiedergutzumachen, wusste sie, dass die Zeit kommen würde, in der sie in die Pfarrkirche St. Johns zurückkehren musste. Als sie sich heute anzog, hatte sie gewusst, dass der Zeitpunkt gekommen war.

Eines der unerwarteten Ergebnisse ihrer Arbeit in der Gemeinde von St. Johns war die Akzeptanz ihrer Eltern dafür, dass sich Hattie ohne Begleitung zwischen ihrem Haus und der Kirche bewegen konnte. Diese Entscheidung war die

Ursache für die erste von vielen Auseinandersetzungen zwischen ihrem Vater und Edgar gewesen.

»Ich kenne diese Straßen besser als sie alle beide«, murmelte sie.

Dick vermummt gegen die Kälte des Herbstmorgens machte sich Hattie auf den Weg. Sie lief schnell entlang der Long Acre Street und die Drury Lane hinauf, bis sie Holborn erreichte.

Dort angekommen hielt sie auf der gegenüberliegenden Straßenseite von St. Johns an. Sie hatte viele Tage in der einfachen Steinkirche verbracht und den Armen und Bedürftigen von London geholfen.

Die einfache, wässrige Brühe, die sie in der Kirchenküche zubereitet hatte, wann immer sie die Zutaten beschaffen konnte, war oft die einzige Mahlzeit, die die Gemeindemitglieder der Kirche erhielten.

Sie drückte die Schultern zurück, überquerte die Straße und stieg die Stufen zur Kirchentür hinauf. In wenigen Minuten würde sie wissen, ob ihre Rückkehr willkommen war oder nicht.

Sie schloss die Tür hinter sich, stand in der schwach beleuchteten Kirche und atmete ein. Sie legte eine Hand auf ihr Herz und flüsterte: »Zu Hause.«

Wie erwartet hatte sich nichts geändert, seit sie das letzte Mal das schlicht dekorierte Kirchenschiff betreten hatte. Es war nur ungefähr einen Monat her, aber es fühlte sich wie ein halbes Leben an.

Es gab keine schönen, dekorativen Bleifenster in St. Johns, nur Glas. Der Boden war mit einfachen grauen Fliesen belegt. Das wenige Geld, das der Gemeinde zur Verfügung stand, wurde für wohltätige Zwecke ausgegeben. Zwei Vasen zu beiden Seiten des Altars waren die einzigen Zugeständnisse an Farbe. Gefüllt mit roten und weißen Rosen aus dem Nachlass eines verstorbenen Wohltäters, gaben sie der Seele des Gebäudes Herz.

Der bellende Husten von Pater Retribution Brown kündigte dessen Ankunft an.

»Also dann«, flüsterte sie.

Als der Pastor langsam durch den Eingang der Seitentür kam, wartete Hattie auf ihn.

»Vater Brown?«

Er drehte sich um und kniff die Augen zusammen, als er versuchte, sich auf ihr Gesicht zu konzentrieren. Sein anfänglicher Ausdruck des Erkennens wurde schnell durch einen Schock ersetzt.

»Hattie? Um Himmels willen, Kind, woher kommst du?«, rief er aus. Er blickte an ihre Seite.

Hattie schüttelte den Kopf. »Nur ich.«

Vater Brown runzelte die Stirn, schlurfte näher und ergriff Hatties Hand. »Also, wo sind deine Eltern und Peter? Ist ihnen etwas Schreckliches widerfahren?«

Sie hatte den größten Teil des Morgens damit verbracht, auf eben diese Frage eine geeignete Antwort zu finden.

»Meine Eltern und dein Neffe sind wahrscheinlich noch auf See und irgendwo vor der Küste Westafrikas. Sie sollten Ende des Monats in Freetown sein. Ich habe mich entschieden, nicht mit ihnen zu gehen«, antwortete sie.

Hattie wartete. Sie hatte Will zugestimmt, dass die Lügen aufhören sollten. Die Wahrheit war, sie war in London und die anderen nicht. Es gab nicht viel anderes zu sagen.

Vater Browns alte, verwitterte Hand drückte ihre sanft. Er sog laut Atem in seine Lungen und begann zu lachen.

Als er Hatties Hand losließ, war er in ein raues Gackern geraten. Sie stand verblüfft da und betrachtete ihn.

Es war nicht der Empfang, den sie erwartet hatte. Wut vielleicht, selbst eine offene Zurückweisung wäre keine Überraschung gewesen, aber Lachen war mit Sicherheit nichts, was sie in ihren Gedanken durchgespielt hatte. Sie fand es ziemlich beunruhigend.

Retribution Brown war ein Mann, den Hattie nie klar

einschätzen konnte. Er sprach leiser und sanfter als sein Neffe, aber sie hatte sich in seiner Gesellschaft nie entspannt gefühlt. Sein Name, der so viel bedeutete wie *Vergeltung*, hatte ihr immer Grund zur Vorsicht gegeben.

»Ich verstehe nicht«, sagte sie schließlich.

Vater Browns Lachen wurde zu einem Lächeln. »Das liegt daran, dass du Gottes Absicht für dich nicht vollständig akzeptiert hast. Obwohl die Tatsache, dass du hier bist und nicht auf dem Weg, die Frau eines Missionars zu werden, mir sagt, dass er zu deinem Herzen gesprochen hat.«

Das Denken ihrer Eltern war schwarz und weiß, wenn es um ihre Rolle in der Kirche ging, Peter war noch schlimmer. Sie hatten die Berufung, zu predigen und zu konvertieren, deshalb musste es auch ihre Mission sein. Ihre Rolle war für ihre Eltern klar definiert.

»Ich habe meinem dickköpfigen Neffen gesagt, dass er kein Recht hat, dich zu zwingen, ihn zu heiraten. Er reagierte natürlich auf seine übliche hartnäckige Weise und wollte nicht zuhören. Deine Eltern hätten ihn niemals ermutigen sollen. Ich habe deinem Vater in der Woche, als ihr abgereist seid, dasselbe gesagt.«

Sie war überrascht von seinen Worten. Jemand hatte ihre Verzweiflung gesehen, und sie war blind dafür gewesen. Ausgerechnet Pater Brown hatte sich für sie ausgesprochen. Wenn sie es nur gewusst hätte, hätte so viel von dem Schmerz, der gefolgt war, vermieden werden können.

»Du zeigst jetzt Rückgrat, Hattie Wright, und ich bin sicher, dass unser himmlischer Vater seine Hand im Spiel hatte. Er brauchte dich für die Arbeit der Kirche hier in London. Komm.«

Hattie folgte ihm durch die Tür, durch die er hereingekommen war. Bald waren sie in dem kleinen Steinhaus neben der Kirche.

»Das Anzünden der Kerzen kann warten. So früh am Tag wird niemand beten«, sagte er.

Während Hattie am Küchentisch Platz nahm, holte Vater Brown zwei Tassen aus dem Regal und wuselte in der Küche herum. Einmal in der Woche kam einer der Gemeindemitglieder, um das Haus zu putzen und die kleine Speisekammer aufzufüllen, aber ansonsten war Vater Brown damit zufrieden, für sich selbst zu sorgen.

»Hat dein Bruder dich aufgenommen?«, fragte er.

Hattie wusste, dass sie selbst an ihrem tiefsten Punkt niemals einen Priester angelogen hätte. Sie war froh, wieder auf dem Weg zu ihrem alten Ich zu sein, dem, das ein wenig wie ein offenes Buch war.

»Ich habe kurzfristig andere Vorkehrungen getroffen. Mein Bruder weiß nicht, dass ich nach England zurückgekehrt bin, aber ich werde ihn aufsuchen, wenn ich bereit bin«, antwortete sie.

Vater Brown reichte ihr eine Tasse hellen Tees. Hattie wusste, dass die Teeblätter viele Male wiederverwendet wurden, bevor sie auf den kleinen Gemüsegarten im hinteren Teil des Pfarrhauses geworfen wurden.

»Ich verstehe. Also meine Liebe. Bist du zurückgekommen, um deine Arbeit mit mir fortzusetzen?«

»Ja, bitte. Ich würde gerne wieder nach Hause kommen«, antwortete Hattie ohne das geringste Zögern.

Vater Brown kratzte sich an den zotteligen weißen Bartsträhnen am Kinn. Er zeigte auf einen kleinen Holzeimer in der Ecke. Hattie hatte denselben Eimer öfter zum und vom Markt getragen, als sie sich erinnern konnte.

»Nun, ich schlage vor, du machst dich an die Arbeit. Die dürren Karotten habe ich heute Morgen aus Covent Garden bekommen. Die Händler sind nicht so großzügig mit mir wie mit dir. Ich denke, einige von ihnen könnten wütend auf mich sein, weil ich dich gehen ließ. Sobald du damit fertig bist, würde ich mich freuen, deine Beichte zu hören.«

Hattie wischte sich eine Träne weg. Nirgendwo sonst auf

der Welt würde sie lieber sitzen als auf der kaputten Stufe vor der Kirche, um Karotten zu schälen.

Sie würde sich Zeit für die Karotten nehmen. Sie hatte eine lange Liste von Sünden, die sie bis zur Beichte zusammenstellen musste.

※

Hatties fröhliche Stimmung darüber, wieder in St. Johns zu sein und den Segen von Pater Brown erhalten zu haben, währte so lange, bis sie in der Newport Street ankam. Wills Reaktion auf die Enthüllung, dass sie sich unbegleitet aus dem Haus gewagt hatte, war nicht so angenehm.

»Ich dachte, wir hätten vereinbart, dass du ehrlich zu mir bist«, sagte er.

Seine Worte, in einem gleichmäßigen Ton gesprochen, standen in starkem Kontrast zu seiner rechten Hand, die laut auf den Frühstückstisch klopfte.

»Ich habe dich nicht angelogen. Ich bin einfach rausgegangen, ohne es dir zu sagen. Du kannst nicht von mir erwarten, dass ich im Haus warte, bis du aufstehst. Der halbe Morgen wäre weg.«

Nach der unerwarteten Wendung, dass Vater Brown mehr als froh war, sie wieder unter seinen Lämmchen zu haben, weigerte sich Hattie, sich von Wills schlechter Laune den Tag verderben zu lassen. Er konnte so wütend sein, wie er wollte, aber ohne sie.

Es war schließlich nicht das erste Mal, dass sie allein nach Holborn gegangen war. Und wenn es nach ihr ginge, wäre es auch nicht das letzte Mal.

Der Gedanke machte sie trotzdem nervös. Sie zog einen Stuhl zurück und setzte sich an den Tisch, unwillig, sich wie ein aufmüpfiges, vor einem missbilligenden Elternteil stehendes Kind zu verteidigen.

»Es tut mir leid, dass du nichts von der Absprache

gewusst hast, die in diesem Haus herrschte, bevor du eingezogen bist. Ich gehe regelmäßig zu Fuß nach St. Johns und St. Giles«, erklärte sie.

»Ohne Begleitung?«

Und da war er, der Grund für seine Wut. Er fürchtete um ihre Sicherheit. Während sie sich auf der Suche nach einer passenden Antwort den Kopf zermarterte, eine, die seinen Ärger nicht noch anstacheln würde, beobachtete sie ihn. Es war spannend, einen Mann wie Will dabei zu beobachten, wie er darum rang, die Kontrolle über seine Reaktion zu behalten.

Es war eindeutig, dass er es nicht mochte, seine schlechte Laune zu zeigen. Sie fragte sich, ob er sich dafür schämte, diesen Teil von sich nicht zu beherrschen. Er war ganz eindeutig ein Mann, der gern über jede Situation die Kontrolle behielt.

Das Klopfen auf der Tischplatte hörte auf.

»Es gefällt mir ganz und gar nicht, dass du allein durch die Straßen dieser Stadt läufst, besonders deshalb, weil ich dieser Tage die Verantwortung für dich trage.«

Seine Stimme war so ruhig wie zuvor, aber sie bemerkte trotzdem den Hauch von Zorn, der knapp unter der Oberfläche schwelte.

»Was soll ich deiner Meinung nach tun?«, fragte sie. »Ich kann kaum einen von den Littles von ihrer Arbeit im Haus wegzerren.«

»Ich könnte eine Zofe für dich einstellen.«

Hattie verschränkte unter dem Tisch ihre Hände. Sie knackte mit dem ersten Knöchel.

»Du weißt, dass das schlecht für deine Finger ist«, sagte Will.

Hitze stieg ihr in die Wangen. Wie oft hatte ihre Mutter gesagt, dass sie nicht mit den Knöcheln knacken sollte?

»Das war mir nicht klar, mir sind noch keine spezifischen Probleme aufgefallen, die daher rühren. Ich habe versucht, es zu unterlassen, aber wie dir bereits aufgefallen ist, ist dies eine nervöse Angewohnheit von mir«, erwiderte sie.

Was Will aber nicht wusste, und insgeheim freute sich Hattie darüber, war, dass sie auch dann mit den Knöcheln knackte, wenn sie glücklich war.

Wenn ihr allerdings ständig eine Zofe hinterherliefe, bestände eine gute Chance, dass man sie erkennen würde. Dann würden die Fragen beginnen. Es würde nicht lange dauern, bis die skandalöse Wohnsituation in der Nummer 43, Newport Street, allgemein bekannt würde.

Der verwitwete Neffe des Bischofs von London, der mit einer unverheirateten Lady der besseren Gesellschaft unter seinem Dach lebte, wäre das Gesprächsthema schlechthin im *Ton*. Und schlimmer noch, ihr Bruder würde es herausfinden, und dann würde die Hölle losbrechen. Will könnte Edgar dazu drängen, sein Angebot anzunehmen, Hattie zu heiraten. Sie hätte keine Chance, etwas dagegen zu sagen.

»Ich muss in der Lage sein, meine Arbeit fortzusetzen. Das ist der Grund, warum ich zurückgekommen bin. Ein Dienstmädchen wird es mir in der Rookery schwer machen. Es wird mich zum Ziel machen.«

Ihre Antwort war langsam und maßvoll. Sie war nicht töricht genug, um zu versuchen, an das beschützende Tier, das in Will lebte, zu appellieren. Sie musste ihre Botschaft an den anderen Mann in ihm richten, an den Mann, der eine geheime Vergangenheit hatte. Ein Geheimnis, das, das wusste sie tief in ihrem Herzen, auch ein Leben in Gefahr beinhaltet hatte.

Dieser Mann würde die Notwendigkeit verstehen, dass sie sich unsichtbar in den Straßen von St. Giles bewegen musste. Ein Dienstmädchen würde ihr nur die unwillkommene Aufmerksamkeit der Schurken bringen, die auch in der Rookery lebten.

Er fing wieder damit an, auf den Tisch zu klopfen. Hattie schwieg.

»Ich fühle mich nicht im Geringsten wohl mit dieser Situation, aber bis ich dich davon überzeugen kann, dass dies nicht das Leben ist, das du leben solltest, bin ich bereit, mitzumachen. Aber ich behalte mir das Recht vor, diese Entscheidung zu ändern, wenn ich das Gefühl habe, dass entweder dein Körper oder dein Ruf bedroht ist. Sind wir uns einig?«

Hattie nickte. »Einverstanden.«

Sie war bereit gewesen, mit dem Umzug in das Pfarrhaus in St. Johns zu drohen. Will war jedoch kein Mann, der Drohungen gleichmütig hinnahm. Sie hatte diese Runde des Kampfes gewonnen, und sie wusste durchaus, dass sie das Glück heute kein zweites Mal herausfordern sollte.

Kapitel Dreiunddreißig

Will fuhr vor Schreck hoch. Er hatte nach dem Abendessen in seinem Arbeitszimmer ein Buch gelesen und war eingeschlafen.

Ein schriller Ton im Ohr ließ ihn vollends wach werden. Wenn ein Zug schottischer Dudelsackspieler im Raum gespielt hätte, hätte es nicht lauter sein können.

Irgendetwas war ganz und gar nicht in Ordnung.

Einige Leute waren mit Vorahnungen gesegnet, die sie vor Gefahren warnten, bei Will war es sein linkes Ohr. War jemand, um den er sich sorgte, in Gefahr, setzte unvermittelt ein hoher Pfeifton ein.

Er hatte als junger Mann gedacht, dass er kurz davor stand, verrückt zu werden, als es anfing. Als er mit seinen Schwestern von einem späten Nachmittagsspaziergang im Park nach Hause ging, hörte er plötzlich ein Pfeifen in seinem Kopf. Er war stehen geblieben und hatte den Kopf geschüttelt, um das merkwürdige, unerträgliche Geräusch zu vertreiben.

Caroline und Eve waren die Straße entlanggegangen, ohne zu bemerken, dass er zurückgeblieben war. Sie waren nur wenige Schritte von ihm entfernt, als aus einer Seitengasse ein

Bettler aufgetaucht war und versucht hatte, Caroline gewaltsam von ihrem Täschchen zu befreien. Der potenzielle Dieb hatte von Will wegen dieses Versuchs mehrere kräftige Schläge gegen den Kopf erhalten und war den Behörden übergeben worden.

Als dieser schrille Ton ein zweites Mal durch seinen Kopf lärmte, sah Will einen möglichen Zusammenhang. Im Laufe der Jahre hatte er gelernt, die offensichtliche Botschaft der Götter nicht zu ignorieren.

»Aber wer?«, fragte er sich.

Er zog seine Taschenuhr aus der Weste. Es war nach elf Uhr. Wen kannte er, der zu dieser unchristlichen Stunde auf den Straßen Londons unterwegs sein und sich in Lebensgefahr befinden könnte?

Ein kalter Schauder durchkreuzte sein Herz.

Hattie.

Sie hatte die Angewohnheit, das Haus früh zu verlassen und erst spät zurückzukehren. Er hatte sie seit dem vergangenen Abend nicht mehr gesehen.

Er öffnete die oberste Schublade seines Schreibtisches und zog seinen vertrauten Knüppel und seine Pistole heraus. Will überprüfte die Pistole. Sie war geladen.

In seiner linken Hand hielt er den dicken Knüppel, seine bevorzugte Waffe, um mit dem abscheulichen Abschaum umzugehen, der den Unschuldigen nachjagte. Er hatte eine beruhigende Schwere und passte perfekt in seine Hand. Aus den Jahren, in denen er durch die dunklen Straßen von Paris gegangen war, wusste er, dass er damit die meisten Angreifer abzuschütteln vermochte. Diejenigen, die einen Kampf mit einem Messer oder bloßen Fäusten wagten, waren einer so geschickt geschwungenen, stumpfen Waffe nicht gewachsen.

Als er den Fuß der Treppe erreichte, fand er Mr. Little im Foyer.

»Ist Miss Hattie heute Abend nach Hause zurückgekehrt?«, fragte er.

»Nein, Mr. Saunders. Sie sagte, es würde heute Abend spät werden. Sie würde ihre Freunde, die Familie Mayford, besuchen, nachdem sie in St. Johns fertig ist. Mrs. Mayford stirbt langsam an Tuberkulose. Hattie hat sich große Sorgen um sie gemacht«, antwortete Mr. Little.

»Haben Sie eine Adresse?«

Der Butler schüttelte den Kopf. »Nein, nur Plumtree Street.«

Als er sah, wie Mrs. Little, die untere Küchentreppe heraufkam, unterdrückte Will den Fluch, den er gerade aussprechen wollte. Hattie könnte überall im schmutzigen Labyrinth überfüllter Häuser in der Plumtree Street sein. Es wäre nahezu unmöglich, sie zu finden, falls etwas passiert wäre.

Er hatte gerade seinen Mantel angezogen und war auf dem Weg zur Haustür, als Mrs. Little ihn aufhielt.

»Oh, Gott sei Dank«, schnaubte sie und erreichte die Treppe.

Hinter ihr folgte ein junger Mann, nicht älter als sechzehn. Er war in schmutzige Sachen gekleidet. Will bewegte den Knüppel in seiner Hand und war bereit, ihn bei Bedarf zu benutzen.

»Das ist Joshua Mayford. Er ist ein Freund von Miss Hattie. Sie ist im Garten.«

Will rannte zur Treppe. Die anderen folgten dicht dahinter.

»Dort drüben«, sagte Joshua, als sie in den Garten traten.

Als sich seine Augen an die Dunkelheit gewöhnten, erkannte Will eine Gestalt, die sich vornübergebeugt gegen die hohe Backsteinmauer im hinteren Teil des Gartens lehnte. Als Mr. Little mit einer brennenden Laterne herbeikam, konnte Will Hattie deutlicher sehen.

Ihr Gesicht war blutüberströmt.

Er blieb wie angewurzelt stehen. Erinnerungen und Bilder dieser schicksalhaften Nacht in Paris mit Yvette gingen ihm durch den Kopf. Will streckte eine Hand aus und wollte unbedingt den Geist berühren, der seine Sicht verzerrte.

»Hattie?«, stammelte er, als der Zauber brach.

»Ja, ich bin es. Oder zumindest, was von mir übrig ist«, antwortete sie mit zusammengebissenen Zähnen.

Will rannte zu ihr, schob die Hände unter ihre Arme und versuchte er ihr zu helfen, aufrecht zu stehen.

»Au, au. Lass los, du tust mir weh!«, rief sie.

»Wo hast du Schmerzen?«

Hattie schnappte nach Luft. »Überall. Ich glaube, er hat mir vielleicht einige Rippen gebrochen.«

Sie ergriff Wills Hand und schaffte es mit großer Anstrengung, sich endlich von der Wand zu lösen. Während sie langsam auf das Haus zu gingen, mussten sie alle paar Meter anhalten, damit Hattie wieder zu Atem kommen konnte.

Joshua folgte ihnen.

Drinnen setzte Will Hattie sanft auf die Stufen, die zum Erdgeschoss des Hauses führten. Mrs. Little ging in die Küche und kam mit frischen Lappen und einer Schüssel warmen Wassers zurück. Mr. Little wurde losgeschickt, um den Hausarzt der Saunders zu finden und herzubringen.

Will nahm eines der sauberen Tücher und wischte das Blut von Hatties Gesicht. Sie zuckte zusammen, als er an die Quelle kam. Wie es aussah, hatte ihr eine Klinge dicht am Haaransatz einen bösen Schnitt verpasst. Die Wunde würde genäht werden müssen.

»Halten Sie dies fest an den Schnitt«, befahl er Mrs. Little.

Er wandte sich an den Jungen, der Hattie nach Hause gebracht hatte. »Was ist passiert?«

Joshua sah Hattie an, aber sie war zu beschäftigt damit zu atmen, um ihm irgendwelche Antworten zu geben.

»Die Belton-Street-Gang. Sie mögen es nicht, wenn jemand versucht, den Menschen in der Rookery zu helfen. Miss Hattie hat sich heute Abend Tom, meinem Boss, entgegengestellt, und er schlug sie. Er wollte ihr eine Lektion erteilen, dass niemand ohne seine Erlaubnis in seinen Bereich kommt«, antwortete Joshua.

Will richtete seinen Blick fest auf Joshua. »Dein Boss?«

Joshua trat einen Schritt zurück. Seine Schultern sackten zusammen. Will glaubte, der Junge wäre den Tränen nahe, während er Mrs. Little dabei beobachtete, wie sie das blutgetränkte Tuch auf Hatties Stirn gegen ein frisches austauschte.

»Ich habe eine kranke Mutter und eine Familie, um die ich mich kümmern muss, Sir. Als Miss Hattie nach Afrika ging, waren die Jungs in der Gang die Einzigen, die uns Hilfe anboten. Ich hatte keine Wahl.«

»Es ist nicht Joshuas Schuld«, sagte Hattie matt.

Will hielt sein Temperament und seine Zunge im Zaum. Jetzt war nicht der richtige Zeitpunkt, Hattie für ihre Dummheit zu tadeln, sich auf eine Auseinandersetzung mit einer kriminellen Bande eingelassen zu haben. Er würde warten, bis sich der Arzt um ihre Verletzungen gekümmert und den Schnitt genäht hatte, bevor er sie zur Rede stellte.

»Die Situation ist unhaltbar.«

Hattie öffnete die Augen und drehte den Kopf in Richtung der Stimme. Als sich ihr Blick klärte, erkannte sie die Gestalt, die auf einem Stuhl neben der Tür saß.

»Will?«, sagte sie mit einer Stimme, die immer noch voller Schlaf war.

Er erhob sich vom Stuhl, aber als er das tat, regte sich eine andere Gestalt im Raum und erregte ihre Aufmerksamkeit.

Am Kamin sitzend, gähnte Mrs. Little und streckte sich. Als sie sah, dass Hattie wach war, eilte sie zu ihrem Bett.

»Wie geht es Ihnen, mein liebes Kind? Wir waren so besorgt, als Joshua Sie letzte Nacht hereinbrachte. Ich muss gestehen, als ich ihn sah, fürchtete ich das Schlimmste.«

Hattie versuchte, sich im Bett aufzusetzen, als sich jedoch

ein scharfer Schmerz in ihre linke Seite bohrte, überlegte sie sich das. Sie legte eine Hand auf ihre Brust und spürte die Bandagen, die um ihre Rippen gewickelt waren. Erschöpft ließ sie sich zurück in die Kissen sinken.

»Der Arzt sagt, du hast dir mindestens zwei, möglicherweise drei Rippen verletzt. Es wird einige Tage dauern, bis die Schwellung so weit nachlässt, dass man sehen kann, ob eine von ihnen gebrochen ist. Um ehrlich zu sein, ich hatte nie das Gefühl, dass die gebrochenen Rippen ein so großes Problem sind. Es sind die stark gequetschten, die mir immer den Atem nehmen«, sagte Will.

»Oh.« Hattie erinnerte sich an die Ereignisse des Vorabends.

Die Dinge im Haus der Mayfords waren schnell eskaliert. In einem Augenblick half sie, Mrs. Mayford im Bett zu waschen, und im nächsten Moment sah sie sich dem wütenden Boss der Belton-Street-Gang gegenüber.

Mitglieder der Bande hatten Joshua und Baylee nach Hause begleitet und dann entschieden, dass es lustig wäre, die hilflose Mrs. Mayford halb nackt im Bett sitzend zu beobachten. Als Hattie sie bat, Mrs. Mayfords Privatsphäre zu respektieren, fand sie schnell ihr gesamtes Sichtfeld versperrt von dem Anblick eines rot angelaufenen Gesichts und eines mit kaputten Zähnen gefüllten Mundes. Der Anführer der Belton-Street-Gang schrie sie mit einer Tirade von Flüchen an, bevor er sich mit seinen Fäusten und schweren Stiefeln auf Hattie stürzte.

»Ich war verärgert, dass er das Gefühl hatte, er und seine Schläger könnten Mrs. Mayford mit so wenig Rücksicht auf ihre Würde behandeln. Aber erst als schon zu spät war, realisierte ich, dass ich seine Autorität offen infrage gestellt hatte.«

Fausthiebe hatten auf sie niedergeregnet, bis sie schließlich bewusstlos geworden und auf dem Boden liegen gelassen wurde. Als der Reiz nachließ, eine wehrlose Frau zu schlagen, hatte die Bande bald genug vom Haus der Mayfords und verzog sich.

Als Hattie das Bewusstsein wiedererlangte, war sie wirklich überrascht, den Angriff überlebt zu haben.

»Joshua hat mir dann geholfen, hierher zurückzukehren. Wir haben einige Zeit gebraucht, weil ich immer ohnmächtig wurde.«

Mrs. Little beschäftigte sich im Zimmer, fügte dem Feuer mehr Holz hinzu und glättete die Bettdecke. Nachdem sie anscheinend keine andere kleine Aufgabe fand, für die sie sich Zeit nehmen konnte, blieb sie in Wills Nähe stehen.

»Ich denke, Mr. Saunders hat recht, Miss Hattie. Sie können so nicht weitermachen. Ohne den Schutz Ihrer Familie wird Sie wahrscheinlich etwas noch Schrecklicheres als letzte Nacht treffen. Es gibt andere auf dieser Welt, die Ihre guten Bemühungen nicht schätzen«, sagte sie.

Will nickte in offensichtlicher Übereinstimmung.

Hattie schloss die Augen und wünschte, beide würden aus dem Raum verschwinden. Der Schmerz ihrer Verletzungen sickerte in ihre Knochen. Alles tat weh.

Das Rascheln von Röcken signalisierte, dass Mrs. Little endlich ging, und Hattie öffnete zaghaft ein Auge.

»Kein Glück. Ich bin immer noch hier.« Will zog einen Stuhl heran und setzte sich neben das Bett. »Ich möchte, dass du mir zuhörst. Dass du deinen hartnäckigen Stolz für einen Moment beiseitelegst und über deine aktuelle Situation nachdenkst.«

Angesichts der Schmerzen, die in ihrem Körper wetteiferten, hatte Hattie zusammen mit den schweren Bandagen keine andere Wahl, als sich zurückzulehnen und ihm zuzuhören. Sie hob die Finger in stiller Akzeptanz.

»Gut.« Will kramte in seiner Jackentasche herum und zog ein Stück gefaltetes Papier heraus. »Ich habe eine Liste gemacht, während du geschlafen hast.«

Hattie stöhnte in einer Mischung aus Schmerz und unverhohlenem Widerwillen. Will winkte ihre Proteste weg.

»Erstens. Ich werde deinen Bruder kontaktieren. Das ist nicht verhandelbar. Indem wir unbeaufsichtigt unter einem Dach lebten, haben wir genug getan, um einen großen Skandal auszulösen.«

Hattie runzelte die Stirn. Sie kümmerte sich wenig um die feine Gesellschaft und bezweifelte, dass die sich auch nur im Geringsten dafür interessierte, wer sie war und was sie tat.

Will schnaubte. »Dir mag dein eigener Ruf ziemlich egal sein, aber ich muss meinen beibehalten. Der Herr allein weiß, welchen Schaden es meinen Chancen auf einen Sitz im Parlament zufügen wird, wenn die Nachricht von dieser skandalösen häuslichen Situation jemals an die Öffentlichkeit gerät.«

»Und der Rest von deiner Liste?«

Was auch immer er sonst geplant hatte, sie bezweifelte, dass es schlimmer sein könnte, als sich mit Edgar befassen zu müssen.

Will knüllte das Stück Papier zu einer festen Kugel zusammen und warf es in den Kamin. »Genaugenommen war das meine ganze Liste. Ich gehe davon aus, dass, sobald dein Bruder auf deine Anwesenheit in London aufmerksam gemacht wird, alle anderen Pläne, die ich für dich hatte, von ihm außer Kraft gesetzt werden. Von diesem Punkt an muss ich mit Edgar verhandeln.«

Heiße Tränen bildeten sich in ihren Augen. Eine Begegnung mit ihrem Bruder musste irgendwann passieren, aber bis jetzt war sie diejenige gewesen, die Zeit und Ort diktierte. Will, der einfach immer die Kontrolle haben musste, hatte beschlossen, diese Entscheidung aus ihren Händen zu nehmen.

»Müssen wir meinen Bruder einbeziehen? Könnte ich nicht einfach irgendwohin gehen und dir eine Nachricht schicken, in der ich dich über meine sichere Ankunft informiere?«, schlug sie vor.

Will räusperte sich. »Ich werde mehr als einen – alles andere als subtilen – Vorschlag brauchen, dich gefälligst in Ruhe zu lassen, um mich davon abzubringen, mit Edgar zu sprechen. Ein solider und wahrheitsgemäßer Grund könnte deiner Sache gegebenenfalls dienlich sein.«

Die Hoffnung flammte auf.

Wenn sie Will die Wahrheit über ihre Familie sagte, könnte er sich davon überzeugen lassen, dass sie eine andere Lösung für ihr Problem finden musste. Zumindest für sie waren die derzeitigen Regelungen mehr als zufriedenstellend.

Will war der perfekte Mieter. Er hatte ein gut geführtes Haus. Die Speisekammer war immer voll mit Essen. Und abgesehen von seinen anhaltenden Meinungsverschiedenheiten mit ihrer Katze Brutus herrschte häusliche Harmonie. Sie wollte, dass alles so blieb.

»Also gut, ich werde dir erzählen, was zwischen Edgar und mir passiert ist. Wenn du mich einmal angehört hast, bist du möglicherweise eher geneigt, mir zu helfen, eine andere Lösung zu finden.«

Sie nahm einige Anpassungen an den Kissen vor und nahm sich Zeit, um sich so bequem einzurichten, wie es ihre Verletzungen zuließen. Will saß währenddessen still. Wartend.

Hattie sah ihm in die Augen. Sie waren wie warme, einladende Seen, die sie aufforderten, loszulassen, sich fallen zu lassen. Er schenkte ihr ein ermutigendes Lächeln.

In diesen Moment wusste sie es.

Mit ganzem Herzen wusste sie, dass sie sich in Will verliebt hatte. Seit jenem ersten Tag auf dem Markt in Gibraltar hatte sich immer wieder ein kleines, unwillkommenes Gefühl in ihr geregt. Auf dem Schiff hatte sie unermüdlich dagegen angekämpft. Hattie wollte sich nicht in Will verlieben. Aber als sie ihn nun ansah, wusste sie, dass es zu etwas Mächtigem gewachsen ist. Liebe war kein abstraktes Konzept mehr, sondern eine unbestreitbare Realität.

Sie sehnte sich danach, dass er sie wie an jenem Tag in seine Arme nahm und sie noch einmal küsste.

Will setzte sich auf dem Stuhl nach vorn, die Hände sanft gefaltet. Draußen brach das erste Tageslicht an. Er war von Haus aus kein Frühaufsteher, daher wusste sie, dass er erst später an diesem Tag Termine haben würde. Er tat so, als hätte er die alle Zeit der Welt, um ihr zuzuhören, und sie war dankbar.

Er erlaubte ihr, die Zügel zu übernehmen. Sie konnte das Tempo ihrer Reise zur Wahrheit selbst bestimmen. Hattie begrüßte sein Vertrauen, und sie wusste, dass es nach allem, was sie ihm gesagt und angetan hatte, alles andere als selbstverständlich war.

»Es ist eine lange Geschichte«, merkte sie an.

»Ich gehe nirgendwo hin, und du auch nicht.«

Sie fing an, über die Lächerlichkeit der Situation zu lachen, aber ihre stark gequetschten Rippen machten dem schnell ein Ende. Hattie fragte sich, ob sie sich jemals wieder ganz fühlen würde.

Es blieb nichts anderes übrig, als ihm die Wahrheit zu sagen und zu hoffen, dass er es verstehen würde.

※

»Als meine Eltern Anhänger von Reverend Retribution Brown wurden, waren Edgar und ich zuerst schockiert. Wir dachten beide, es sei eine vorübergehende Marotte. Eine weitere von Papas langer Liste flüchtiger Fantasien.«

Will hatte genug von den vielen Sammlungen von Gegenständen, Papieren und Möbeln gesehen, die im ganzen Haus verteilt waren, um zu verstehen, was Hattie meinte. Es war klar, dass Aldred Wright das sehr englische Merkmal der Exzentrizität besaß. Warum sollte sonst jemand eine Sammlung von Keramikaugen besitzen wollen?

»Es war seltsam, dass Mama mit ihm zu den Versammlungen in der Kirche ging. Sie war immer eine Frau gewesen, die an Sonntagen nicht mehr als einen Hauch Religion ertrug.«

Will nickte. Für viele, einschließlich seiner eigenen Mutter war die Sonntagsmesse eine Gelegenheit, sich mit Freunden zu treffen und frohe Nachrichten auszutauschen. Gottesdienste waren einfach ein Teil ihres Lebens.

Das Gespräch wurde an dieser Stelle durch die Rückkehr von Mrs. Little unterbrochen, die mit einem Tablett mit einer Teekanne und zwei Tassen in der Tür auftauchte. Sie stellte das Tablett auf den Nachttisch.

»Möchten Sie etwas frühstücken, meine Liebe?«, fragte sie Hattie.

Es machte wenig aus, dass Will der Hausherr und ihr Arbeitgeber war. Mrs. Littles Loyalität gehörte eindeutig Hattie.

»Nein, danke, aber ich bin sicher, Mr. Saunders wird hungrig sein«, antwortete Hattie.

»Oh, ich weiß, sein Frühstück ist bereits im Ofen.« Mrs. Little schenkte Will ein glückliches Lächeln.

Wills ohnehin schon gute Meinung von der Haushälterin wurde noch besser. Vielleicht gab es Hoffnung für ihn, Herr im eigenen Haus zu werden.

Nachdem Mrs. Little gegangen war, beugte er sich vor und schenkte eine Tasse heißen Tee ein. Er bot die Tasse Hattie an, aber sie winkte ab.

»Meinem Magen geht es noch immer nicht gut«, erklärte sie.

»Das liegt an dem Laudanum, das wir dir in den frühen Morgenstunden geben mussten. Nur so konnte der Arzt dich dazu bringen, lange genug still zu liegen, damit er dein Gesicht nähen konnte. Für eine Verletzte hast du dich ganz schön heftig gewehrt. Er war äußerst unzufrieden, als du versucht hast, mit deinem Ellenbogen seine Nase zu erreichen.«

Er nippte an dem Tee und erinnerte sich daran, mit Mr. Little über die Suche nach einem anständigen Lieferanten von Kaffeebohnen zu sprechen. Der Weg zum Kaffeehaus in der Oxford Street jeden Tag, nur um eine schmackhafte Tasse Kaffee zu bekommen, war lästig. Tee war ein schlechter Ersatz für das seidige Schwarz südamerikanischer Kaffeebohnen.

»Du sprachst über deine Mutter.«

Will musste die Wahrheit von Hattie erfahren, wenn sie jemals ihre Beziehung fortsetzen wollten.

Der Gedanke ließ ihn kurz innehalten. Zwischen Hattie und ihm bestand eine Beziehung. Eine seltsame und manchmal unangenehme, aber dennoch eine Beziehung.

Die Definition und Festigung der wahren Natur dieser Beziehung würde in hohem Maße von der Lösung ihrer gegenwärtigen häuslichen Situation abhängen. Bliebe Hattie weiterhin unter demselben Dach wie er wohnen, ließe sie niemals lange genug ihre Deckung fallen, damit er die Chance bekäme, ihr Herz zu erobern. Dessen war sich Will gewiss.

Er stellte die Tasse ab. Eine Ruhe erwärmte seine Seele. Er wollte ihr Herz.

»Meine Mutter hat den Wunsch meines Vaters, Gutes zu tun, voll und ganz unterstützt. Sie war diejenige, die vorschlug, wir sollten mit den Armen und Bedürftigen von London arbeiten. Gebete waren nicht genug. Wir mussten in diesem Leben etwas tun, um die Ungerechtigkeiten der Welt zu beseitigen. Ich nehme an, das hat mich schließlich zu ihrer Denkweise gebracht. Ich bin mit dem Feinsten von allem aufgewachsen. Die Familie meines Vaters stammt vom Landadel. Ich musste noch nie in meinem Leben auf etwas verzichten.«

Ihre Worte waren ermutigend. Ihre Geschichte ergab Sinn und passte zu allem, was Hattie ihm bisher erzählt hatte und was seine Agenten in London aufdecken konnten. Er spürte jedoch, dass sie die Geschichte in die Länge zog, um die Diskussion über ihren Bruder hinauszuzögern.

»Hattie, stellt Edgar eine Bedrohung für dich dar? Wenn er entdeckt, dass du wieder in England bist, wird er versuchen, dich auf das erste Schiff nach Afrika zu setzen?«

Die Erfahrung hatte ihn gelehrt, dass das Tanzen um ein schwieriges Thema herum keine gute Idee war. Wenn die Wahrheit ans Licht kam, bedeutete dies, dass die daraus resultierenden Schmerzen schneller behoben werden konnten.

Hattie schüttelte den Kopf, und Will schöpfte neue Hoffnung.

»Nein. Edgar würde niemals etwas tun, um mir zu schaden. Und ich kann dir versichern, dass er der Letzte sein würde, der mich unseren Eltern hinterherschickt. Er war die einzige Person, von der ich gehofft hatte, dass sie mich davor bewahren würde«, antwortete sie.

Will tat sein Bestes, um seine Begeisterung zu dämpfen. Er wusste, dass er dem Kern der Sache nahekam, und beschloss nachzuhaken.

»Aber er hat dich nicht gerettet, oder? Er kam nicht auf seinem weißen Ross dahergeritten. Tatsache ist, dass dein Ritter in glänzender Rüstung dich im Stich gelassen hat. Wenn ich du wäre, würde ich, anstatt ihn zu meiden, wissen wollen, warum er nicht kam. Wenn er wusste, dass du nicht nach Afrika gehen wolltest, warum hat er dich dann im Stich gelassen?«

Kapitel Vierunddreißig

»Du tust das Richtige. Das einzig Richtige«, murmelte Will zu seinem Spiegelbild.

Tag für Tag fielen mehr von den Barrieren zwischen Hattie und ihm. In seiner Kampagne, ihr Herz zu gewinnen, erzielte er täglich kleine, aber sichere Fortschritte. Heute würde er den ersten großen Schritt auf dem Weg machen, den er vor sich sah. Heute würde er tun, was Hattie und er vereinbart hatten. Er würde sich mit Edgar Wright treffen.

Entgegen seiner üblichen Gewohnheit war er früh aufgestanden und lange vor Mittag bereit, das Haus zu verlassen. Bevor er zu *White's* ging, plante er, in seinem üblichen Kaffeehaus in der Oxford Street vorbeizuschauen und sich mit zwei starken Tassen ihres besten brasilianischen Kaffees zu stärken.

Er schlüpfte aus dem Haus und achtete darauf, Hattie auszuweichen. Er wollte nicht, dass sie in letzter Minute ihre Meinung änderte. Sie erholte sich gut von ihren Verletzungen und hatte erst am vergangenen Abend das Thema angesprochen, wann Will denn der Meinung sei, dass es ihr gut genug gehe, um nach St. Johns zurückzukehren.

Im *White's Club* erkundigte sich Will beim Concierge.

Getreu seinen Quellen bestätigte der Mann, dass Edgar Wright tatsächlich kurz vor dem Mittagessen anwesend war.

Es wäre einfach genug gewesen, sich zu Hause bei Hatties Bruder anzumelden, aber Will entschied, dass ihr erstes Treffen an einem öffentlichen Ort stattfinden sollte. Er konnte ja nicht wissen, wie Edgar auf die Nachricht reagieren würde, dass seine unverheiratete Schwester zusammen mit einem jungen Witwer unter einem Dach lebte.

Er schrieb eine Notiz und bat den Concierge, sie an Edgar weiterzuleiten.

Während er wartete, nahm Will in einer Nische Platz. Er saß mit dem Gesicht zur Eingangstür und übte die ersten Worte, die er sagen wollte. Eine gut eingespielte Begrüßung trug immer dazu bei, zu Beginn einer Zusammenkunft die Kontrolle zu erlangen.

Der Concierge kehrte bald zurück und geleitete Will zu Edgar Wright.

»Mr. Wright?«

Edgar blickte auf, und Will sah den Ausdruck des Erkennens in seinem Gesicht. Hatties Bruder erhob sich von seinem Stuhl und bot Will die Hand an.

»So sieht man sich wieder. William Saunders zu Ihren Diensten, Sir«, sagte Will.

Als Will auf dem Stuhl gegenüber von Edgar saß, nahm er sich eine Minute Zeit, um Hatties Bruder genauer zu betrachten. Sie sahen sich ziemlich ähnlich. Sie hatten die gleichen warmen braunen Augen und goldblonden Haare. Erfreut stellte er fest, dass Hattie nicht die gleichen langen, fast pferdeartigen Gesichtszüge hatte wie Edgar.

»Sie haben eine Nachricht geschickt, dass Sie mich sehen wollten«, sagte Edgar.

Will holte langsam Luft und fixierte ihn mit einem stählernen Blick. »Ich bin wegen Ihrer Schwester gekommen.«

Edgars Augen verengten sich, Misstrauen war in ihnen zu

erkennen. Ihre Begegnung in der St.-Pauls-Kathedrale war also nicht der reine Zufall gewesen.

»Wenn meine Schwester Sie oder die Mitglieder Ihres Haushalts wegen Spenden belästigt hat, entschuldige ich mich. Seien Sie versichert, dass sie Sie auf lange Zeit nicht mehr stören wird. Wenn überhaupt. Meine Eltern haben sie auf eine Mission nach Afrika mitgenommen.«

Will bemerkte den Ton der Angst in Edgars Stimme. Er rechnete nicht damit, seine Schwester jemals wiederzusehen.

»Nein, ich bin nicht wegen ihrer philanthropischen Arbeit gekommen«, entgegnete Will. »Was würden Sie sagen, wenn ich Ihnen berichten würde, dass Hattie in London ist und unter meinem Schutz lebt?«

Edgars Verhalten änderte sich sofort. Er sprang von seinem Stuhl und stand über Will. Seine Hände waren vor ihm ausgestreckt, als wäre er bereit, zuzuschlagen.

»Was hast du mit ihr gemacht, du Schurke? Wenn du sie verletzt hast, werde ich deine Existenz beenden«, rief er.

Die Blicke anderer Klubmitglieder ließen Will nervös werden. Er mochte es nicht, im Mittelpunkt der Aufmerksamkeit zu stehen, selbst Partys waren ihm unangenehm.

»Bitte nehmen Sie Ihren Platz wieder ein, Mr. Wright, Sie machen eine Szene. Bevor Sie nicht wieder sitzen, werde ich diese Diskussion nicht fortsetzen. Ich bin in gutem Glauben und mit dem etwas zurückhaltenden Segen Ihrer Schwester hierher gekommen. Wenn es nach ihr ginge, wäre ich überhaupt nicht hier. Nun setzen Sie sich!«

Der Ausdruck auf Edgars Gesicht war purer Schock. Er war eindeutig kein Mann, der es gewohnt war, dass ein anderer so mit ihm sprach. Seine Antwort war ein Schnauben, trotzdem tat er schließlich, worum Will ihn gebeten hatte.

»Nun?«, fragte Edgar, als er seinen Platz wieder einnahm.

»Hattie ist in Sicherheit und lebt im Haus Ihrer Eltern. Ich habe kürzlich den Mietvertrag übernommen und wohne an derselben Adresse.«

In Anbetracht der jüngsten Verletzungen von Hattie entsprach Wills Aussage zu Hatties Gesundheitszustand nicht länger dem wahren Sachverhalt. Aber da Edgar die Wahrheit über Hattie früh genug herausfinden würde, entschied Will, dass er die Diskussion nicht mit dieser Neuigkeit trüben musste.

Das Erste, was er tun musste, war, Vertrauen aufzubauen.

Will verbrachte die nächste halbe Stunde damit, die Geschichte zu erzählen, wie Hattie in Gibraltar von Bord des Schiffes gesprungen sei und er sie nach London zurückgebracht habe. Einige heikle Aspekte dieser Geschichte entschied er, nicht zu erwähnen. Es würde seiner Sache nicht helfen, wenn Edgar Wright glaubte, Will hätte seine verletzliche Schwester skandalös ausgenutzt.

»Und sie hatte die ganze Zeit unten gewohnt, ohne dass Sie es wussten?«, fragte Edgar.

Will setzte seine beste desinteressierte Miene auf. »Ja. Es war ein ziemlicher Schock, als ich ihre Täuschung entdeckte.«

Sobald die Worte seine Lippen verließen, beobachtete er genau Edgars Reaktion. Edgar lehnte sich in seinem Stuhl zurück und holte tief Luft. Eine einfache Bewegung, aus der Will jedoch ganze Bände herauslesen konnte. Hattie war gerade als Lügnerin bezeichnet worden, und Edgar bereitete sich darauf vor, sie zu verteidigen.

Gut. Es wird auch verdammt noch mal Zeit, dass sich jemand in eurer Familie Sorgen um sie macht.

»Obwohl ich ihre Gründe voll verstehe. Hattie hat die schwierige Situation in Ihrer Familie erwähnt, bevor Ihre Eltern nach Afrika gingen. Sie hatte das Gefühl, sie dürfe sich Ihnen nicht nähern und suchte Schutz bei den beiden vertrauenswürdigsten Bediensteten der Familie«, fügte Will hinzu.

Seine letzten Worte hatten die gewünschte Wirkung auf Edgar. Edgars Schultern sanken hinab, und sein Blick fiel auf den Boden.

Will saß da und sah zu, wie sich die traurigsten Gefühle

auf Edgars Gesicht spiegelten. Er hatte den Mann durchschaut. Edgar war genau die Art von Bruder, die er sich für Hattie gewünscht hatte.

»Wird sie mich empfangen?«, fragte Edgar schließlich.

Will unterdrückte ein selbstzufriedenes Lächeln, als sich sein Plan umsetzte.

»Das kann arrangiert werden«, antwortete Will. »Aber zuerst müssen wir die Situation in Bezug auf ihren Wohnsitz lösen. Wie Sie sicherlich verstehen, ist es für sie und mich völlig unangemessen, unter demselben Dach zu wohnen, solange wir nicht verheiratet sind.«

Wieder wählte er seine Worte sorgfältig aus. Es galt, die ersten Gedanken in Edgars Kopf zu pflanzen.

»Natürlich.«

»Ich hatte gehofft, Sie würden sie in Ihr Haus holen. Dies würde es mir ermöglichen, auf eine gesellschaftlich verträglichere Weise um Ihre Schwester zu werben. Wir mussten uns eine Kabine auf dem Boot zurück nach England teilen, und deshalb fühle ich mich zutiefst verpflichtet, um die Hand Ihrer Schwester anzuhalten«, sagte Will.

Edgar sah Will von oben bis unten an. Will wusste, wann ein anderer versuchte, ihn abzuschätzen. Er erteilte schweigend Hatties Bruder seine Zustimmung. Sie brauchte einen Helden an ihrer Seite, jemanden, der keine Motive von Eigennutz hatte, so wie er.

»Wenn Sie meiner Schwester den Hof machen möchten, müsste ich mehr über Sie wissen, Mr. Saunders. Wie Sie vielleicht wissen, war Hattie mit dem jungen Mann verlobt, der meine Familie nach Afrika begleitete. Etwas sagt mir, dass sie bei einer zweiten Verlobung vielleicht etwas vorsichtiger ist. Es könnte einige Überzeugungsarbeit von Ihrer Seite erfordern. Es ist bekannt, dass Hattie manchmal durchaus hartnäckig sein kann.«

Will schmunzelte. »Was Sie nicht sagen. Jeder würde

denken, Sie hielten Ihre Schwester für eine junge Frau mit einem eigenen Kopf.«

Edgar runzelte die Stirn. »Sie sind ein tapferer Mann, das muss ich Ihnen lassen. Aber sagen Sie mir, William Saunders, wollen Sie Hattie nur aus einem Gefühl des Pflichtbewusstseins den Hof machen, oder empfinden Sie echte Zuneigung zu ihr? Sie hat es verdient, eine gute Ehe zu schließen. Ich werde sie nicht zwingen, eine Ehe einzugehen, die sie nicht gewählt hat.«

Will beschloss, dass sein zukünftiger Schwager es verdient hatte, so viel wie möglich von der Wahrheit zu erfahren. Er hoffte, dass das Gespräch nicht damit enden würde, dass er sich Edgar im Morgengrauen in Hampstead Heath mit gezogenen Pistolen stellen musste.

»Ich empfinde große Zuneigung für Hattie. Sie sollten auch wissen, dass wir uns ein Bett auf dem Schiff geteilt haben und Angelegenheiten intimer Natur zwischen uns stattgefunden haben. Das soll aber nicht heißen, dass ich Ihre Schwester kompromittiert habe. Reverend Brown hatte ihr bereits seine Aufmerksamkeit aufgezwungen, bevor sie London verließen. Anders als bei dem Pfarrer war es Hatties Entscheidung, sich auf unsere Affäre einzulassen. Es war auch ihre Entscheidung, sie zu beenden, bevor wir wieder in London ankamen.«

Es war unpassend und regelrecht widerwärtig, so über Hattie zu sprechen. Will hatte das Gefühl, dass er ihr Vertrauen brach, indem er ihren Bruder über solche privaten Angelegenheiten informierte.

»Ich hatte bereits beschlossen, um Ihre Schwester zu werben, bevor sich die Dinge zwischen uns weiterentwickelten. Zunächst geschah es tatsächlich aus Pflichtgefühl. Jetzt empfinde ich die Vorstellung, sie zu meiner Frau zu machen, als etwas, worauf ich mich freue. Deshalb muss sie unbedingt aus meinem Haus aus- und in Ihres einziehen.«

Edgar saß eine Zeit lang still da. Wills Enthüllungen

reichten aus, um jeden Mann, der seine Schwester und ihren Ruf schätzte, zum Nachdenken zu bringen.

»Sagen Sie mir eines, William, haben Sie vor, Hattie wieder zu einem Teil des *Ton* zu machen? Meine Schwester hat etwas Besseres verdient, als den Rest ihrer Tage damit zu verbringen, im Dreck und in der Erniedrigung von St. Giles zu wühlen.«

Wenn es nach Will ginge, würde Hattie die Plumtree Street nie wieder betreten, wenn sie erst verheiratet wären. Als er nickte, erhob sich Edgar von seinem Stuhl und bot Will erneut seine Hand an.

»Sie wissen aber hoffentlich, dass wir einen Kampf zu führen haben werden. Hattie wird nicht aus der Newport Street ausziehen wollen, selbst wenn Sie noch dort wohnen. Was ihre Arbeit unter den Armen betrifft, weiß ich nicht, wie Sie eine praktikable Lösung für dieses Problem finden können.« Er winkte nach einem Kellner. »Lassen Sie uns unsere Vereinbarung mit einer Flasche besten Weißweins besiegeln. Danach begleiten Sie mich zurück zu meinem Haus. Ich möchte, dass Sie mit meiner Frau sprechen. Wenn jemand bei unserer gemeinsamen Sache helfen kann, ist es Miranda.«

Kapitel Fünfunddreißig

Hattie stand vor der geschlossenen Tür des formellen Salons im Haus ihrer Eltern und versuchte erfolglos, ihren Atem zu beruhigen. Ihre Knöchel schmerzten, weil sie wiederholt damit geknackt hatte.

Sie sah auf ihr Kleid hinunter, es gab keine unsichtbaren Falten mehr zum Glätten.

»Sie sehen gut aus, meine Liebe«, sagte Mrs. Little. Sie tätschelte Hattie sanft die Schulter.

Als sich die Tür öffnete und Will auf der Schwelle stand, schenkte Mrs. Little ihr ein ermutigendes Lächeln. Will streckte die Hand aus.

»Komm, Edgar wartet.«

Hattie trat in den Raum. Die von Herzen kommende Rede, die sie den größten Teil des vergangenen Tages einstudiert hatte, lag bereit auf ihren Lippen. Edgar stand mit gefalteten Händen am Fenster.

Sein Blick fiel sofort auf den immer noch heilenden tiefen Schnitt auf ihrer Stirn, und er seufzte. Der Hausarzt der Saunders hatte hervorragende Arbeit geleistet, aber Hattie würde für immer eine Narbe behalten.

Sie machten beide einen vorsichtigen Schritt auf den anderen zu.

»Ed ...« Hattie stockte. Er streckte die Arme aus, bereit, sie in seine Umarmung zu ziehen, aber sie hielt ihn auf. »Ich hatte kürzlich eine Begegnung mit einigen unangenehmen Menschen. So sehr ich dich auch gerne von ganzem Herzen umarmen würde, es kann heute nur ganz sachte sein.«

Er sah zu Will. »Was soll das? Sie haben nicht erwähnt, dass meine Schwester verletzt wurde.«

Will ging zur Tür. Sie hatten vereinbart, dass Hattie Edgar die Geschichte erzählen würde, was zwischen dem Schläger der Belton Street und ihr geschehen war.

»Ich werde Sie beide in Ruhe lassen, damit Sie wieder miteinander vertraut werden«, sagte Will.

»Es ist in Ordnung, Edgar«, sagte Hattie. »Ich erkläre es dir. Danke, Will.«

Sobald Will die Tür hinter sich geschlossen hatte, standen ihr Bruder und sie mehrere Fuß voneinander entfernt und starrten sich an. Keiner von ihnen hatte auf diesen Moment gehofft, auf dieses Wunder der Wiedervereinigung.

»O Hattie! Gott sei Dank, du bist in Sicherheit. Jeder Tag seit deiner Abreise war ein echter Albtraum. Miranda hat sich so viele Nächte in den Schlaf geweint. Ich habe mich vor Schuld fast zerrissen.«

Hattie trat vor und legte vorsichtig ihre Arme um ihn. Edgar hielt sie sanft in seinen, als wäre sie ein kleines Kind. Die Tränen, die Hattie so lange zurückgehalten hatte, gewannen schließlich. Währenddessen zerzauste Edgar auf die gleiche liebevolle Weise ihre Haare, wie er es getan hatte, als sie Kinder gewesen waren. Hattie schluchzte bei jeder Berührung immer heftiger.

Als er sie schließlich losließ und zurücktrat, sah sie Tränen in seinen Augen. Edgars Lippen verzogen sich zu seinem typischen riesigen, schiefen Grinsen. Hattie schniefte, während sie weitere Tränen zurückhielt.

»Man könnte fast denken, du würdest dich freuen, mich zu sehen«, sagte sie und lächelte.

»Du hast ja keine Ahnung.«

Sie zogen sich auf die bequeme, blumengemusterte Couch zurück, die nahe am Fenster stand. Eine Couch, auf der sie in den Jahren, bevor Edgar geheiratet und das Haus verlassen hatte, viele Stunden nebeneinandergesessen hatten. Sie war dankbar, dass Will es für richtig gehalten hatte, das Ding zu behalten.

»Wie geht es Miranda? Ich habe euch beide in St. Pauls gesehen, nicht lange nach meiner Ankunft in London. Will sagt mir, dass du einen Sohn hast.«

Edgar ergriff ihre Hand und hielt sie so fest in seiner, dass Hattie befürchtete, er würde niemals loslassen. Das Bedauern, ihn an diesem Tag in der Kathedrale nicht angesprochen zu haben, brachte ihr erneut Tränen in die Augen.

»Wir haben zwei Wunder in einem Jahr erlebt. Lange, nachdem wir die Hoffnung aufgegeben hatten, wurden wir mit einem Sohn gesegnet. Er ist das Perfekteste, was ich je gesehen habe. Miranda kann es kaum erwarten, dass du deinen Neffen kennenlernst«, sagte er.

»Was war dein zweites Wunder?«

»Du natürlich. Hattie, wir haben nie erwartet, dich wiederzusehen.« Edgar holte tief Luft. »Sebastian wurde an dem Tag geboren, als ihr nach Afrika abgelegt habt. Miranda und er starben beide fast bei der Geburt. Ich hatte deine Nachricht erhalten und wollte Papa an dem Morgen konfrontieren, an dem ihr abreisen wolltet. Aber ich konnte Mirandas Seite nicht verlassen. Erst später, an jenem Tag, als meine Frau und mein Kind in Sicherheit waren, konnte ich endlich das Haus verlassen, um dich zu suchen. Ich ritt wie ein Verrückter zum Hafen, aber das Schiff war bereits fort. Ich kann dir gar nicht sagen, wie viele Tränen ich am Hafen geweint habe, weil ich dachte, ich hätte dich für immer verloren.«

Hattie fuhr mit einer Hand über die Wange ihres Bruders.

Edgar war mit einem schrecklichen Dilemma konfrontiert gewesen. Er hatte das Richtige getan, als er die Sicherheit seiner Frau und seines Kindes in den Vordergrund stellte.

»Ich habe dich nicht im Stich gelassen, Hattie. Selbst nachdem du Miranda diese grausamen Dinge darüber gesagt hast, dass sie sich zu sehr um ihr Aussehen und ihr Geld kümmert, haben wir dich nie aufgegeben. Wir wussten immer, dass du nicht für das Leben eines Missionars im afrikanischen Dschungel bestimmt bist. Ich bin überaus dankbar, dass du es auch erkannt hast, bevor es zu spät war. Das war eine unglaublich mutige Sache, was du da in Gibraltar gemacht hast.«

Sie lächelte sanft. Es würde nicht viele junge Frauen in London geben, die Anspruch auf solchen Wagemut erheben könnten.

»Er ist ein guter Mann, dein Mr. Saunders«, sagte Edgar.

Hattie blinzelte überrascht von dem plötzlichen Themenwechsel. »Er ist nicht mein Mr. Saunders.«

»Wirklich, ich glaube nicht, dass er die Dinge so sieht. Er war absichtlich vage über die Einzelheiten dessen, was sich zwischen euch beiden an Bord der *Canis Major* abspielte, aber ich weiß genug, um Mr. Saunders' Bitte, dich zu umwerben, stattzugeben. Hattie, du brauchst einen Ehemann, und da ich die Familie, zu der Mr. Saunders gehört, kenne, weiß ich, dass es dir schwerfallen dürfte, einen Besseren zu finden. Es gibt einige Tatsachen, denen du dich stellen musst, und die Heirat mit William Saunders ist eine davon.«

Sie stand von der Couch auf. Sie hatte diese Position von Edgar beinahe erwartet. Will war kein Dummkopf, er würde Edgar als Mittel sehen, um sein Interesse an einer Ehe durchzusetzen.

»Was soll jetzt passieren?«, fragte sie.

»Nun, Mr. Saunders und ich haben vereinbart, dass du in mein Haus einziehen wirst. Aber vorher musst du mir erklären, was mit dir passiert ist. Warum kann ich dich nicht so sehr umarmen, wie ich es brauche und so gerne tun würde, und was ist mit deinem Gesicht passiert?«

»Ich habe mich mit dem Boss einer der kriminellen Banden in der Rookery der Plumtree Street überworfen. Er hat mich geschlagen, was mich mit dieser entstellenden Narbe und einer Reihe von stark gequetschten Rippen zurückgelassen hat.«

Der Schock und die Angst, die auf Edgars Gesicht erschienen, stimmten mit denen von Will in jener Nacht überein, in der Joshua sie nach Hause gebracht hatte. Die jungen Frauen ihres sozialen Kreises führten ein geschütztes Leben. Muskelbepackte Lakaien und treue Dienstmädchen sorgten dafür, dass Vagabunden nicht in ihre Nähe kamen.

Junge, unverheiratete Frauen des *Haute Ton* könnten St. Giles kaum auf einer Karte anzeigen, geschweige denn, dass sie die gefährlichen Straßen betreten würden.

Er wollte gerade den Mund öffnen, und Hattie wusste, was Edgar über ihre wohltätige Arbeit zu sagen hatte. Sie hatte ihre eigene Rede gut einstudiert.

»Ich bin bereit, bei dir und Miranda zu leben, aber ich werde meine Arbeit nicht aufgeben.«

Edgar schnaubte. »Du kannst nicht erwarten, dass ich diese Bedingung akzeptiere.«

»Vater Brown braucht mich, um ihm in St. Johns zu helfen. Als Gegenleistung dafür, dass ich meine täglichen Besuche in der Kirche und auf dem Markt in Covent Garden machen darf, werde ich mich bereit erklären, mich aus der Rookery herauszuhalten. Ich werde unter deinem Dach leben, bis meine Zukunft bestimmt werden kann.«

Edgar dachte einen Moment über ihre Worte nach. »Und du wirst wieder in die Gesellschaft eintreten und William Saunders erlauben, dich zu umwerben?«

Hattie seufzte. Sie hatte kaum eine andere Wahl, als diese Bedingungen zu akzeptieren. Sie passten jedoch zu ihren Plänen. Indem sie sich der Gesellschaft anschloss und Zeit mit

Will unter den Reichen und Mächtigen Londons verbrachte, konnte sie Will zeigen, wie wenig sie beide zueinanderpassten.

Je mehr Will darauf drängte, dass sie ihn heiratete und ihre Arbeit aufgab, desto heftiger würde sie sich ihm widersetzen. Edgar würde nicht untätig danebenstehen und sie in eine unglückliche Ehe ziehen lassen. Es war daher nur eine Frage der Zeit, bis sie Will davon überzeugen konnte, dass eine Verbindung zwischen ihnen eine schreckliche Idee war.

»Wir haben eine Vereinbarung«, antwortete sie.

Kapitel Sechsunddreißig

Trotz Hatties Proteste waren sich Will und Edgar einig, dass ihre persönlichen Gegenstände noch am selben Tag in die Newport Street Nr. 37 gebracht werden sollten. Es gab einen kurzen Streit darüber, wo Brutus wohnen würde, aber Edgar bestand darauf, dass die Katze Teil der Sachen des Hauses war und daher unter den Mietvertrag fiel. Brutus würde in Nummer dreiundvierzig bleiben.

Hattie unterdrückte ein Lachen, als sie sah, wie Will seine Katzenfeindin hielt, als sie aus der Haustür ihres Familienhauses ging. Sie kannte Will gut genug, um zu wissen, dass er mächtig verärgert darüber war, mit Brutus und ihren zwei Sätzen von Krallen zurückgelassen zu werden.

Miranda Wright reagierte begeistert auf Hatties Heimkehr und hatte innerhalb weniger Tage nach Hatties Ankunft eine völlig neue Garderobe für ihre Schwägerin arrangiert. Sie hätte gern Hatties andere Sachen weggeworfen, aber Hattie bestand darauf, dass sie sie für ihre Arbeit in St. Johns immer noch brauchte.

Hattie war voller Demut, als Miranda ihre von Herzen kommende Entschuldigung mit einem Lächeln akzeptierte.

»Du gehörst zur Familie. Edgar und ich haben nie aufgehört, dich zu lieben«, sagte Miranda.

Hattie hielt ihre Seite der Vereinbarung mit Edgar. Sie hielt sich von der Plumtree Street fern. Die kleine Annie Mayford kam alle paar Tage in der Kirche vorbei und holte frisches Obst für Baylee, das Hattie speziell beiseitegelegt hatte.

Hattie glitt schnell in eine bequeme Routine. Am Morgen machte sie sich auf den Weg nach St. Johns, um Vater Brown zu helfen, und die Nachmittage verbrachte sie zu Hause mit Miranda und Baby Sebastian.

Eines späten Nachmittags kehrte sie gerade nach Hause zurück, als Miranda sie an der Haustür abfing.

»Schnell, meine Liebe, geh nach oben und zieh dich um. Das kaffeefarbenen Kleid mit den dunkelblauen Streifen wird perfekt sein. Ich habe es von deiner Zofe auf dem Bett auslegen lassen«, sagte Miranda.

Hattie runzelte die Stirn. Sie hatte seit kurz nach Sonnenaufgang in der Kirche gearbeitet, und ihre Füße taten weh. Sie wollte nicht ausgehen und noch einen Nachmittag damit verbringen, mit Miranda einzukaufen.

»Mr. William Saunders ist hier, um dir einen Besuch abzustatten. Deine Zofe wartet in deinem Zimmer, um dir die Haare zu machen. Beeil dich.«

Miranda drückte Hattie sanft auf die Treppe zu.

Hattie ging nach oben. Will hatte sie ein paar Tage lang in Ruhe gelassen, aber sie wusste, dass er ungeduldig sein würde, die Dinge voranzutreiben.

Als sie kurze Zeit später den formellen Salon betrat, erhob sich Will von seinem Platz und begrüßte sie mit einer formvollendeten Verbeugung. Er trug eine dunkelblaue Jacke mit passender gestreifter Hose. Das subtile Anthrazit seiner Weste hob sich stilvoll von dem reinweißen Leinen seines Hemdes und seiner Krawatte ab. Kein Haar auf seinem Kopf war fehl am Platz.

Das Herz rutschte ihr in die Knie. Mrs. Little hatte sich in ihrer Einschätzung von Wills Qualitäten geirrt, er war mehr als gut aussehend. Der bloße Anblick von ihm regte etwas tief in ihr. Sie wusste, dass es Sehnsucht war.

»Hattie, es ist mir eine Freude, dich wiederzusehen. Du siehst bezaubernd aus.«

Sie sah zu Miranda, die auf einem Stuhl in der Nähe saß und ein freundliches Lächeln zeigte. Ihre Schwägerin würde von Wills Besuch begeistert sein. Hattie vermutete, dass sie bereits eine Hochzeitsgästeliste irgendwo im Schreibtisch ihres privaten Wohnzimmers versteckt hatte. Sobald Hattie Wills Antrag akzeptierte, würden die Hochzeitseinladungen verschickt werden.

Die ganze Szene war lächerlich, wenn man wusste, was bereits zwischen Will und ihr geschehen war, aber sie hatte Edgar ihr Wort gegeben und wusste, dass sie mitspielen musste.

»Mr. Saunders hat angeboten, mit dir in die Vergnügungsgärten von Vauxhall zu gehen. Ist das nicht wunderbar?« Miranda strahlte.

Hattie nahm neben Miranda Platz, die ihre Hand ergriff und sie sanft tätschelte.

»Oh. Danke.« Hattie fragte sich, wie viel Miranda Will über Hatties altes Leben erzählt hatte. Will hatte sie zweifellos sanft auf Hinweise gedrängt, wie er Hatties Gunst erlangen könnte.

Die Vergnügungsgärten waren einst ihr Lieblingsort gewesen. Die Fahrt mit dem Boot über den Fluss zum Südufer von London war ein Höhepunkt jedes Sommers gewesen, als sie jung gewesen war. Miranda wusste sehr genau, wie viel ein Besuch in den Gärten für Hattie bedeutete.

»Ja, meine Schwestern und mein Bruder werden ebenfalls mit uns kommen. Sie sind besonders daran interessiert, dich kennenzulernen. Ich denke, du erinnerst dich vielleicht an meine Schwester Eve, ihr habt zeitgleich debütiert«, sagte Will.

»Du musst mal rauskommen, mit einigen Menschen in deinem Alter Kontakte knüpfen und Spaß haben«, fügte Miranda hinzu.

Ein kleines, aufgeregtes Blubbern begann in Hatties Magen. Sie konnte sich nicht erinnern, wann sie das letzte Mal auf der Suche nach Unterhaltung ausgegangen war, geschweige zum puren Spaß.

Es war später im Jahr, als sie es gewohnt war, die Gärten zu besuchen, aber wenn sie warme Kleidung trug, konnte die Fahrt über den Fluss und zu den Gärten angenehm sein. Ein Abend mit Will und seiner Familie wäre zumindest interessant. Sie erinnerte sich vage an Evelyn Saunders, kannte aber keines der beiden anderen Geschwister von Will.

»Ich danke dir. Ich würde mich euch gern anschließen«, erwiderte sie.

※

»Oh, komm schon Hattie!«, rief Edgar ungeduldig vom Fuß der Treppe. Er schüttelte ungläubig den Kopf.

Hattie erschien oben auf der Treppe, den Umhang über den Arm gehängt. Sie war bereits seit einiger Zeit fertig, aber Miranda bestand darauf, dass sie Will warten ließ.

»Sei niemals zu eifrig darin zu gefallen, auch wenn du verheiratet bist. Halte dich an die Regel, dass das Warten eine gewisse Spannung erzeugt. Ein nervöser Mann kann sich viel leichter deinem Willen beugen als einer, dem du hinterherhetzt.«

Je mehr Zeit Hattie mit Miranda verbrachte, desto besser verstand sie, warum ihr Bruder seine Frau so liebte.

Als Hattie das Ende der Treppe erreichte, reichte sie Edgar ihren Umhang, der ihn sofort an Will weitergab, der neben ihm stand.

»Ich wünsche euch ganz viel Spaß«, sagte Edgar und gab ihr einen Kuss auf die Wange.

Ein Schauder stieg Hatties Wirbelsäule hinauf, als Will seine Hände auf ihre Schultern legte und den Umhang um sie schlang. So nah waren sie einander zuletzt in jener Nacht gewesen, als er sie das letzte Mal geküsst hatte. Ihr Körper schrie nach seiner Berührung.

Der Geruch seines Duftwassers erfüllte ihre Sinne und erinnerte sie daran, wie gut es sich angefühlt hatte, in seinen Armen zu liegen. Das Vergnügen seines Körpers zu kennen, der den ihren liebte. Ihre Fantasien vibrierten in seiner Gegenwart.

Als sie das Haus verließen und in den frühen Abend traten, spürte Hattie die Kälte nicht. Eine einzige Berührung von Wills Händen erhitzte ihr Blut.

Ein Diener öffnete die Kutschentür, und Will half Hattie, hineinzusteigen, ehe er ihr folgte.

Sie wurde von drei lächelnden, einladenden Gesichtern empfangen. Ein groß gewachsener junger Mann mit einem weißen Haarschopf rief ihren Namen, als sie sich setzte.

»Hattie, endlich lernen wir uns kennen!« Er beugte sich herüber und bot seine Hand an. »Ich bin Francis. Das ist Caroline«, sagte er und zeigte auf die junge Frau, die neben ihm saß.

Will schmunzelte belustigt, als sein jüngerer Bruder ihm schamlos die Show stahl.

Caroline war eine atemberaubend schöne, junge Frau. Sie war gesegnet mit hellblonden Haaren und einer Porzellanhaut, so makellos, um einen Künstler in Verzückung zu bringen. Als sie lächelte, zogen ihre tiefgrünen Augen Hattie wie magisch an.

»Hallo Hattie, schön, dich kennenzulernen«, sagte sie.

»Oh, und ich denke, Sie kennen Eve aus Ihrer ersten Saison«, sagte Francis.

Hattie nahm sich einen Moment Zeit, als die Erinnerungen an ihre halb fertige Saison zwei Jahre zuvor in ihrem Kopf Bilder schufen.

»Jetzt erinnere ich mich an Sie, Eve. Sie hatten beim ersten Ball ein blassviolettes Kleid getragen, und ich wollte unbedingt herausfinden, woher Sie den Stoff hatten. Ich hatte so etwas noch nie gesehen und muss gestehen, neidisch gewesen zu sein.«

Eve lächelte. »Meine Mutter ließ den Stoff aus Frankreich einschmuggeln. Es war schrecklich gewagt von ihr, und Papa war wütend. Ich erinnere mich an den Streit, den sie hatten, als er es herausfand. Trotzdem war Mama fest entschlossen, dass die Schneiderin den Stoff verarbeiten sollte.«

Hattie sah Will an, aber er reagierte nicht auf die Worte seiner Schwester. Will, so schien es, hatte entschieden, dass er eine distanzierte Miene aufsetzen würde, wenn er mit Hattie in der Öffentlichkeit war. Sie vermutete, dass seinen Geschwistern nur sehr wenig über sie erzählt worden war, außer dass ihr Bruder sie als potenzielle Braut ansah. Er spielte das Spiel der Umwerbung voll und ganz nach dem Regelwerk.

Eve und Caroline schienen nette Mädchen zu sein. Jede andere junge Frau würde sich freuen, sie als Schwägerinnen zu haben. Von der Art, wie sie Hattie begrüßt hatten, wusste sie, dass sie enttäuscht sein würden, sobald sie entdeckten, dass sie ihren Bruder nicht heiraten würde.

Ihre eigene Enttäuschung kam mit der Enthüllung, dass die Saunders-Kutsche über die Westminster Bridge über die Themse fuhr, anstatt mit einem Boot nach Vauxhall zu fahren, so wie es ihre Eltern immer gern getan hatten. Will, wie es seine Art war, las ihre Gedanken.

»Ich habe mich nach einem Boot erkundigt, aber der Fluss ist hier oben jetzt sehr kalt, und keines der kleinen Vergnügungsboote macht zu dieser Jahreszeit die Reise hinüber«, erklärte er ihr. »Ich entschuldige mich bei euch allen.«

Kurze Zeit später erreichten sie die Vergnügungsgärten, die nicht weit vom Südufer der Themse entfernt lagen. Ein Schwarm von Kutschen und Menschen machte es schwierig, einen Platz zum Aussteigen zu finden. Schließlich öffnete ein frustrierter Francis die Tür und machte auf der Straße Platz, damit die anderen zurücktreten konnten.

Am Eingang zu den Gärten bezahlte Will das Eintrittsgeld, und Hattie nahm seinen angebotenen Arm.

»Ah, da ist er«, rief Eve aus.

Sie hob ihre Röcke auf, rannte der Gruppe voraus und warf sich in die Arme eines jungen Mannes, der auf der Seite des Zugangswegs stand. Dann gönnten sie sich einen allzu leidenschaftlichen Kuss für einen solchen öffentlichen Ort.

»Ganz langsam, Mädchen, deine Brüder schauen zu«, sagte der junge Mann und gab Eve schließlich frei. Seine Worte klangen nach Protest, aber der selbstgefällige Ausdruck auf seinem Gesicht sagte etwas anderes.

Hattie spürte, wie Wills Griff um ihren Arm fester wurde. Sie war sich sicher, dass er leise fluchte.

Eve ergriff fest die Hand ihres Freundes und brachte ihn zur Gruppe. »Entschuldigung, ich habe vergessen zu erwähnen, dass Freddie sich uns heute Abend anschließen würde. Ich bin sicher, das ist euch allen recht.«

Will knirschte mit seinem Kiefer, und Hattie wusste, dass er damit alles andere als einverstanden war.

»Und wer ist das?«, fragte Freddie und zeigte ungehobelt auf Hattie.

Sie war seit einiger Zeit nicht mehr in der feinen Gesellschaft gewesen, aber Hattie wusste genau, dass sich sowohl Eve als auch Freddie in der Öffentlichkeit schlecht benahmen. Der angewiderte Gesichtsausdruck von Francis und Caroline sagte deutlich, dass auch sie von diesem groben Verhalten nicht beeindruckt waren.

Will trat dazwischen. »Miss Harriet Wright, darf ich den ehrenwerten Frederick Rosemount vorstellen? Frederick ist der zweite Sohn von Viscount Rosemount.«

Freddie schien sich plötzlich an die Gepflogenheiten der feinen Gesellschaft zu erinnern und machte eine elegante

Verbeugung. »Zu Ihren Diensten, Miss Wright. Sie dürfen mich Freddie nennen. Alle meine Freunde tun das.«

Er war makellos gekleidet, und sein Mantel war so geschnitten, dass er eng an Schultern und Brust anlag. Seine leuchtend rote Weste, die mit Goldknöpfen verziert war, schrie nach jedermanns Aufmerksamkeit. Während sie ihn beobachtete, bemerkte Hattie, dass er seine Haltung immer wieder änderte. Es war klar, dass er versuchte, die beste Pose zu finden, um die Leute in seiner Nähe zu beeindrucken. Die einzige Person, die zu glauben schien, er wäre alles andere als ein Wichtigtuer, war Eve, die unerklärlicherweise an jedem seiner Worte hing.

Er war ein bisschen zu poliert und glatt für Hatties Geschmack. Wenn er nicht der Sohn eines Viscounts wäre, hätte sie ihn für einen Betrüger gehalten.

Die Gruppe ging durch den überfüllten Park. Überall, wo sie hinschaute, gab es verschiedene Formen der Unterhaltung, die sie verführen und erfreuen konnten.

Hunderte von Lampen, die an Bäumen und Stangen hingen, beleuchteten den Weg. Das sanfte Licht, das sie ausstrahlten, verlieh dem gesamten Garten ein fast märchenhaftes Aussehen. Hattie war verzaubert.

»Das erinnert mich daran, wie wir die St.-Michaels-Höhle besucht haben. Es ist wie in einer anderen Welt«, flüsterte sie Will zu.

Er sah zu den Bäumen hoch und sah dann lächelnd auf sie herunter. »Ja. Hoffen wir, dass es hier keine Affen gibt.«

Sie blieben einige Minuten stehen und beobachteten einen Jongleur, der es schaffte, fünf angeblich geladene Pistolen gleichzeitig in der Luft zu halten. Als der Jongleur die letzte Pistole fing, feuerte er sie in die Luft ab. Die Menge schnappte nach Luft und applaudierte dann laut.

»Versuch das nicht zu Hause, Francis«, sagte Will.

Francis lachte auf. »Himmel, nein. Das wäre zu gefährlich. Ich werde nur drei Pistolen benutzen.«

Sie gingen mit der Menge weiter, die dem Hauptweg folgte. Schließlich erreichten sie eine große, grasbewachsene Lichtung, an deren Rändern sich mehrere private Pavillons befanden. Will holte ein Ticket aus seiner Tasche und führte sie zu dem Pavillon, den er gebucht hatte.

Die Frauen zogen sich auf eine weiche, plüschige Couch zurück und ließen sich nieder. Will winkte inzwischen einen in der Nähe wartenden Kellner herbei. Nach einem kurzen Gespräch machte sich der Kellner auf den Weg. Ein paar Minuten später kehrte er mit einem Tablett mit Gläsern zurück, das er vor die Gruppe stellte. In den Gläsern perlte Champagner.

Will nahm ein Glas und reichte es Hattie. Ihre Finger berührten sich, als sie das Glas ergriff. Das Gefühl, seine Haut zu berühren, erinnerte sie daran, warum Will sie heute Abend eingeladen hatte. Er hatte Pläne, dass sie für immer seine Haut berühren sollte.

Hattie wurde rot, als sie sah, wie Will über seine Unterlippe leckte. Sie erinnerte sich an all die frechen Dinge, die Zunge und Lippen ihrem Körper angetan hatten.

Als sie ihren ersten Schluck Champagner nahm, lächelte sie. Miranda hatte recht, es war zu lange her, seit sie Spaß gehabt hatte. Egal, wie die Dinge schließlich mit Will endeten, heute Abend würde sie alle Anstrengungen unternehmen, um sich zu amüsieren. Es war eine Nacht, um angenehme Erinnerungen zu schaffen.

Eve trank kurz hintereinander zwei Gläser Champagner und verdiente sich eine brüderliche Zurechtweisung von Francis. Freddie, bemerkte Hattie, stand an der Seite und ließ sie tun, was sie wollte. Als sie nach einem dritten Glas verlangte, griff Will hinüber und nahm ihr das Glas aus der Hand.

»Ich denke, du solltest es etwas langsamer angehen, Eve, die Nacht ist noch jung«, warnte er.

Hattie war überrascht, einen Schmollmund auf Evas

Lippen zu sehen. Sie schien entschlossen zu sein, ihren Bruder wegen irgendeines Vergehens zur Rede zu stellen.

»Glaube nicht, dass du, nur weil du nach London zurückgekehrt bist, das Recht hast, mir zu sagen, was ich tun soll, Will. Ich bin eine erwachsene Frau. Ich entscheide selbst, ob ich noch ein Glas Champagner will, nicht du«, erwiderte Eve.

Zu Hatties Überraschung mischte sich Freddie an dieser Stelle ein und versuchte, die Dinge zu beruhigen.

»Aber aber, Will, mein guter Junge, wie wäre es, wenn ich mit Eve eine Runde durch den Park drehe. Die frische Luft könnte sie wieder zu guter Laune bringen. Seien Sie versichert, dass wir in aller Öffentlichkeit auf den Hauptwegen bleiben werden.«

Hattie kannte den Ausdruck auf Wills Gesicht nur zu gut. Es war sein Ich-würde-dich-zu-gern-schlagen- aber-die-Gesellschaft-lässt-mich-nicht-Gesicht. Sie alle wussten, dass mit ihm gespielt wurde, aber Eve und Freddie waren Meister darin, ihren eigenen Weg durchzusetzen.

»Fünfzehn Minuten. Nicht mehr, Francis, oder ich werden kommen und euch suchen«, stieß Will hervor.

Eves Verhalten änderte sich sofort, und sie ergriff Freddies Arm und zog ihn halb aus dem Pavillon und auf den nächsten Weg zu.

Hattie kannte Vauxhall gut genug, um zu wissen, dass es Seitenwege gab, die Liebespaare nehmen konnten, die sie vom Hauptweg wegbrachten. Diese Wege waren nicht gut beleuchtet, und es war bekannt, dass es in den Büschen, die entlang dieser Pfade gepflanzt waren, zu mancherlei skandalösem Verhalten kam.

»Also, Hattie, wo hast du Will zum ersten Mal getroffen?«, fragte Caroline.

Will kam und setzte sich neben Hattie. »In St. Pauls, sie war mit ihrem Bruder dort.«

Hattie nahm einen weiteren Schluck vom Champagner, während sie Wills Lüge über ihr Kennenlernen zuhörte.

Es dauerte einige Zeit, bis Eve und Freddie endlich zur Gruppe zurückkehrten. Als sie näher kamen, bemerkte Hattie den Ausdruck frustrierten Zorns, den Francis und Will austauschten.

»Wir haben uns verlaufen, müssen falsch abgebogen sein«, erklärte Freddie nicht überzeugend.

Er ließ Eves Hand los und trat zurück. Eve grinste lediglich und setzte sich neben Hattie und Caroline.

Der Blick, den Will Freddie zuwarf, könnte mit der glühenden Sonne konkurrieren, aber er sagte nichts. Freddie verließ sich zweifellos auf die Tatsache, dass sie in Gesellschaft anderer waren, um seine Haut zu retten.

Sie vermutete, dass Freddie und Will irgendwann vor dem Ende des Abends ein privates, aber unangenehmes Gespräch führen würden.

»Du musst vorsichtiger sein«, flüsterte Caroline, während sie ein Blatt von der Rückseite des Umhangs ihrer Schwester und ein weiteres aus ihren Haaren zupfte. Sie schnippte die Bätter weg, aber nicht bevor Hattie und Eve es gesehen hatten.

»Oh«, murmelte Eve und wurde rot.

Caroline unternahm eine schnelle, aber nicht allzu offensichtliche Inspektion der restlichen Kleidung und der Frisur von Eve. Was auch immer zwischen Eve und Freddie während ihres Spaziergangs stattgefunden hatte, es war klar, dass die Dinge auf eine unvermeidliche Hochzeit zusteuerten.

Hattie war überrascht über ihre eigene Reaktion auf Eves Indiskretion. Die Hattie von vor ein paar Monaten hätte ein solches Verhalten missbilligt. Sie hätte Eve als Schlampe angesehen, dass sie einem jungen Mann solche Freiheiten mit ihrer Person gewährte.

Jetzt, da sie das pure Vergnügen kannte, mit einem Mann zusammen zu sein, sah sie die Dinge ganz anders. Die Hitze, die in ihrem Körper aufflammte, zeigte ihre eigene Sehnsucht, berührt und besessen zu werden.

Sie warf Will einen unauffälligen Blick zu. Er hatte still seine Krallen wieder eingezogen und steckte erneut im Kostüm des großherzigen Gastgebers, das er für die Nacht angenommen hatte.

Enttäuschung flammte auf. Es würde keine Chance geben, dass Will sie in die Büsche verschleppte, um sich mit ihrem Körper Freiheiten zu nehmen. Sie unterdrückte ein Schnauben. Woher kam dieser freche Gedanke?

Von dem Wissen, dass du ihn willst.

Und da war sie. Die unbestreitbare Tatsache, dass sie Will begehrte. Dass sie sich danach sehnte, dass er sie in seine Arme nähme und wie von Sinnen küsste. Welche Freiheiten er auch immer von ihr verlangte, sie würde sich bereitwillig hingeben.

Dies war ein weiterer Moment, in dem sie sich wünschte, sie wären wieder auf dem Schiff und würden einander nackt in den Armen halten. Die Dinge waren damals einfacher gewesen. Sie hatte genau gewusst, was sie tun wollte. Eine kurze Affäre und keine Bindungen.

Er drehte sich um und schenkte ihr ein Lächeln. Es war, als könnte er ihre Gedanken lesen. Sie lächelte zurück, hilflos der Anziehungskraft seines Charmes erlegen.

Die Dinge mit ihm zu beenden, würde ihr Herz in tausend Stücke zerbrechen.

Die Stimmung innerhalb der Gruppe war angespannt. Egoistisch hatten Eve und Freddie alle in eine unangenehme Lage gebracht. Wenn Will den Abend in diesem Moment für beendet erklärt hätte, wäre Hattie nicht im Geringsten überrascht gewesen.

Francis hatte zu seiner Ehre auch die Stimmung gelesen. Er klatschte laut in die Hände und verkündete: »Also gut,

Zeit zum Tanzen. Ich gehe nicht, bevor meine Füße wehtun. Komm schon, Caro, du wirst meine Partnerin sein.«

Caroline verschwendete keine Zeit damit, aufzustehen und den Arm ihres Bruders zu nehmen. Sie gingen zu einem nahe gelegenen Platz, neben dem ein kleines Orchester spielte. Eve und Freddie folgten schnell.

Hattie und Will blieben im Pavillon zurück. Das erste Mal seit über einer Woche waren sie allein.

»Sollen wir?« Will bot Hattie seine Hand an.

Sie nahm sie und fühlte ein Zittern in ihrem Körper, als er seine starken Finger um ihre schloss. Als er sie auf die Füße zog, legte Will seine Hand um ihre Taille und zog sie an sich.

»Leider ist die einzige Bewegung, die du und ich heute Abend gemeinsam machen können, eine gesellschaftlich akzeptierte. Ich wünschte nur, wir könnten irgendwo sein, wo wir uns dem Tanz hingeben könnten, den wir auf dem Schiff geteilt haben. Wenn wir verheiratet wären, wäre das natürlich am Ende dieses Abends leicht zu erreichen.«

Will wollte unbedingt darauf drängen, dass sie heirateten. Sie fürchtete sich vor dem Moment, wenn er um Erlaubnis bat, mit Edgar sprechen zu dürfen.

»Lass uns das nicht tun. Es ist lange her, seit ich getanzt habe. Das letzte Mal war, nachdem ich der Königin vorgestellt worden war. Das ist über zwei Jahre her. Schon damals war meine Fähigkeit zum Tanz bestenfalls ausreichend«, entgegnete sie.

Wenn Will von ihrer Antwort enttäuscht war, versteckte er es gut.

»Nun, wie wäre es, wenn wir stattdessen einen kurzen Spaziergang machen und sehen, welche andere Unterhaltung angeboten wird?«

»Aber was ist mit den anderen?«, antwortete sie.

»Sie haben deutlich gemacht, dass sie alt genug sind, um auf sich selbst aufzupassen. Sie brauchen mich nicht, um jede ihrer Bewegungen zu beschatten. Außerdem bin ich heute Abend deinetwegen hier.«

Das Gewimmel in den Gärten hatte sich zu einem Höhepunkt entwickelt. Es gab Hunderte von Menschen, die alle drängten und einander herumschubsten, um die besten Orte zu finden, um die Unterhaltung zu sehen.

Will zog Hattie hinter sich her und schlängelte sich durch die Menge. Sie hielt sich an seiner Hand fest, als er ihnen den Weg frei machte.

Schließlich gelang es ihnen, einen Bereich zu finden, in dem sich die Menge lichtete und sie zusammen spazieren konnten. Entlang des Weges war eine Reihe kleiner Verkaufsstände für Souvenirs aufgestellt. Sie gingen langsam Hand in Hand an den Buden entlang, zufrieden damit, in der Gesellschaft des anderen zu sein.

An einem Stand kaufte Will Hattie eine kleine silberne Nadel, die mit einem Löwenkopf geschmückt war. Sie steckte das Schmuckstück glücklich an das Oberteil ihres Kleides.

Als Hattie kurze Zeit später gähnte, nahm Will das als Stichwort und führte sie zurück zu ihrem Pavillon. Sie fanden Eve auf einem Stuhl sitzend, den Kopf in den Händen, während die anderen um sie herumstanden.

»Ich denke, der Champagner hat sie eingeholt, also könnte es Zeit für uns sein, uns zu verabschieden«, kündigte Francis an.

Caroline half ihrer Schwester auf die Beine, und die Gruppe machte sich langsam auf den Weg zum Haupttor. Hattie ging neben Will verloren in ihren eigenen Gedanken.

Vor dem Tor nach Vauxhall drängten sich Bettler auf dem Weg. Der Rest der Gruppe ignorierte die ausgestreckten Hände, in diesem Teil Londons gab es jede Menge Bettler. Hattie sah eine junge Frau, die unter einem Baum an der Seite stand und ein kleines Kind in den Armen hielt.

Sie trat von der Gruppe zurück und ging zu der Frau. Andere Bettler folgten, und bald war sie umzingelt. Sie blickte kurz über die Schulter zurück, aber Will und die anderen waren außer Sicht. Sie öffnete ihr Täschchen, holte eine Handvoll Münzen heraus und reichte sie der Frau.

»Mögest du gesegnet sein«, sagte die Frau.

Als sich Hattie vorbeugte, um der Frau ein paar tröstende Worte zu sagen, griff das Kind nach Hatties Löwennadel. Beim Ziehen an ihrem Kleid trat Hattie vor, um zu verhindern, dass die Nadel aus dem Stoff gerissen wurde.

Will eilte besorgt näher. »Hattie!«, bellte er.

Menschen verstreuten sich beim Klang seiner Stimme. Im einsetzenden Durcheinander stieß jemand gegen Hatties Rücken, und sie fiel hart gegen die Frau und das Kind. Alle drei stürzten zu Boden. Das kleine Mädchen schrie vor Schmerz, als sich die Spitze der Anstecknadel in einen Finger bohrte.

Will kam herüber und half Hattie auf die Beine. Er hob das Kind auf und gab es seiner Mutter. Die Frau warf einen Blick auf Will in seiner schönen Abendgarderobe und floh schnell.

Er versuchte, einen Arm beruhigend um Hattie zu legen, aber sie stieß ihn wütend weg. »Warum hast du das gemacht?«

Sie sah zu, wie die Gruppe der Bettler in der Londoner Nacht verschwand. In ihrem Täschchen lagen die restlichen Münzen, die sie ihnen hatte geben wollen. Schließlich wandte sie sich an Will. »Bitte bring mich nach Hause.«

Kapitel Siebenunddreißig

Die Heimfahrt in der Kutsche war lang und schweigsam. In der Ecke saß Hattie und starrte auf die Löwennadel, die sie nun in der Hand hielt. Sie war dermaßen wütend auf Will, weil er durch sein Auftauchen die Bettler verscheucht hatte, aber sie behielt ihre Wut größtenteils für sich.

Als der Wagen am Haus ihres Bruders anhielt, wartete sie nicht darauf, dass Will oder Francis ihr half. Sobald der Diener die Tür öffnete, erhob sie sich von ihrem Sitz, wünschte wie nebenbei eine gute Nacht und kletterte hinaus. Sie ging in Edgars Haus, ohne zurückzublicken.

Miranda würde wissen wollen, wie ihr Abend verlaufen war, deshalb wartete Hattie in der Haustür, bis die Kutsche der Saunders weg war. Dann ging sie die kurze Strecke zurück zu ihrem alten Zuhause und nahm im hinteren Garten Platz.

Kurze Zeit später erschien Will in der Hintertür. Er trug eine Laterne.

»Mrs. Little sagte, dass du hier sitzen würdest, was dagegen, wenn ich mich dir anschließe?«

Sie sprang auf. »Es tut mir leid, alte Gewohnheiten

vergehen nur langsam. Dies hier war immer der Ort, an den ich als Kind kam, wenn ich mich nicht gut gefühlt habe. Verzeihe mir, wenn ich vergesse, dass dies nicht mehr mein Zuhause ist.«

Sie begann, in Richtung Gartentor zu gehen. Will ergriff den Saum ihres Mantels und zog sie zu sich zurück.

»Aber es könnte dein Zuhause sein. Es sollte dein Zuhause sein. Du musst nur sagen, dass du das willst. Ich kann noch heute Abend mit Edgar sprechen.«

Tränen drohten überzuquellen, aber Hattie wusste, dass sie sich dieses Mal zusammennehmen musste. Damit Will es endlich verstand.

»Ich kann dich nicht heiraten, Will. Ich hatte die ganze Zeit meine Zweifel, aber heute Abend wurde mir die Wahrheit klar vor Augen geführt.«

Er seufzte. »Es tut mir leid, wenn du denkst, dass meine Art und Weise, wie ich dich aus dieser Gruppe von Bettlern gerettet habe, zu heftig war. Aber du hättest nicht alleine zu ihnen hinüberschlendern sollen. Das war eine vorschnelle Sache von dir. Du warst ohne meinen Schutz, alles hätte dir passieren können.«

Im dunklen, mondbeschienenen Garten fand Hattie es schwer, Wills Ausdruck zu lesen, aber sie kannte ihre eigenen Gedanken.

»Und darin liegt das Problem«, sagte sie.

Er suchte in ihrem Gesicht nach einer Erklärung, während sie nur Verwirrung und Verletzungen sah, die in seines geschrieben standen.

»Ich gebe auf, ich kann dich nicht ergründen. Ist es mir nicht gestattet, mich um deine Sicherheit zu sorgen? Sag es mir, Hattie. Mach es mir verständlich«, flehte er.

Für einen Moment war sie ratlos, was sie sagen sollte. Aber Will hatte recht, sie musste dafür sorgen, dass er es verstand. Sie versuchte es.

»Als wir uns das erste Mal trafen, versuchte ich, einem

Leben zu entfliehen, in dem mein Mann meine ganze Existenz kontrollieren würde. Mein Herz sagt mir, wenn ich dich heiraten würde, wäre es dasselbe. In dem Moment, wenn ich deinen Heiratsantrag annehme, wirst du mir sagen, was zu tun ist. Und vor allem, was ich nicht zu tun habe. Das ist genau das, was du heute Abend versucht hast. Du hast dich zwischen diese Gruppe von Menschen geworfen, ohne an sie zu denken. Alles, was du im Sinn hattest, war, mich weg und zurück in deine Welt zu ziehen.«

Der Funke der Tapferkeit, den sie an diesem sonnigen Morgen vor der Küste Spaniens gespürt hatte, entzündete sich in ihr. Mit durchgestrecktem Rücken hob sie den Kopf und begegnete Wills durchdringendem Blick.

»Also sagst du, ich bin ein kontrollierender Mann?«, knurrte er.

Als ein widerwilliges Schnaufen über ihre Lippen kam, sah sie Wut in seinen Augen aufblitzen.

»Ja. Du bist ein Gentleman einer bestimmten Klasse, und ich habe noch nie einen unter euch kennengelernt, der nicht glaubt, dass Frauen existieren, um nach eurer Pfeife zu tanzen. Du kannst es nicht ertragen, dass ich mich um meine Mission kümmere. Will, du scheinst nicht verstehen zu wollen, dass die Armen und Bedürftigen in London mein Lebenswerk sind. Ich bin schon oft in Mengen von Bettler gegangen und habe ihnen jedes Mal ein wenig Hoffnung gebracht. Heute Abend war es jedoch das erste Mal, dass ich Angst und Schmerz gebracht habe. Angst und Schmerz, und zwar deinetwegen.«

Hattie schluckte ihren eigenen Klumpen Angst.

»Es tut mir leid. Ich habe dich aus den Augen verloren und bin in Panik geraten. Ich mache mir Sorgen um deine Sicherheit und dein Wohlbefinden, Hattie, das ist alles. Und ja, wenn wir heiraten, erwarte ich, dass du mir zuhörst, wenn es um deine Sicherheit geht. Du siehst die Gefahr nicht einmal dann, wenn sie dir direkt ins Gesicht starrt.«

»Ich verstehe nicht dieses überwältigende Bedürfnis, mich zu beschützen. Ich arbeite schon seit langer Zeit mit dieser Mission. Länger, als ich dich gekannt habe. Und ja, manchmal gehen die Dinge schief, aber das ist das Risiko, das mit meiner Arbeit verbunden ist. Ich verstehe das und akzeptiere es.«

Will fuhr sich mit den Fingern durch die Haare und seufzte. Er streckte ihr seine Hand entgegen. »Hattie, bitte komm ins Haus. Ich denke, es ist Zeit, dass ich dir die Wahrheit über Yvettes Tod sage.«

Hattie folgte Will in das alte Wohnzimmer ihres Vaters. Will schenkte ihnen einen Brandy ein, nahm auf dem Stuhl gegenüber Platz und saß eine Zeit lang schweigend da.

»Aus vielen Gründen, von denen einige eine Frage der nationalen Sicherheit sind, kann ich dir nicht die ganze Geschichte erzählen. Wenn wir heiraten, musst du akzeptieren, dass es einige Dinge meiner Zeit außerhalb Englands gibt, die ich niemals mit dir teilen kann«, sagte er.

Hattie ignorierte seine hartnäckigen Anspielungen auf ihre zukünftige Ehe. Es hatte keinen Sinn, diese Auseinandersetzung erneut zu beginnen. Wenn sie ihre Differenzen nicht überwinden könnten, egal, was Will verlangte, würde es keine Hochzeit geben.

»Während des Krieges war ich ein Spion für die britische Regierung. Ich habe drei Jahre verdeckt in Paris gelebt, um Napoleon zu Fall zu bringen. Nach dem Durcheinander, das er anstellte, als er versuchte, in Russland einzumarschieren, hofften die britische Regierung und ihre Verbündeten, dass seine Machtbasis schwach genug wäre, um ihn zu stürzen. Ich habe mich freiwillig bereit erklärt, nach Frankreich zu gehen.«

Hattie saß da und starrte in ihr Brandyglas. Sie hatte der

Geschichte, dass er im Importhandel tätig war, nie ganz geglaubt, sie passte nicht zu dem, was sie von ihm wusste.

Dass er ein Spion gewesen war, ergab weitaus mehr Sinn. Sein Bedürfnis, ständig Details zu überprüfen und noch einmal zu überprüfen. Sein Bedürfnis, mit dem Gesicht zur Tür zu sitzen. Sein Bedürfnis nach Kontrolle.

»Yvette war eine französische Agentin und Teil eines Undercoverteams, das mit einer Reihe ausländischer Regierungen zusammenarbeitete, darunter Großbritannien, um Napoleon zu Fall zu bringen. Ich traf sie nicht lange nach meiner Ankunft in Frankreich. Verheiratet zu sein, war eine gute Deckung für uns. Schließlich wurde aus unserer Vernunftehe eine echte. Wir verliebten uns.«

Sein Blick blieb auf dem Teppich fixiert. Eine tiefe Linie grub sich zwischen seine Augenbrauen. Hattie fragte sich, ob Will jemals dieses Gespräch mit jemand anderem geführt hatte.

»Ein Spion zu sein, ist ein gefährliches Spiel. Eine falsche Bewegung, und man findet sich möglicherweise am falschen Ende einer Klinge wieder. Yvette ging alleine aus, um sich mit einem Informanten zu treffen. Es stellte sich heraus, dass der Informant tatsächlich einer von Napoleons Agenten war, der sie an jenem Abend ermordete.«

Will kniff die Augen zusammen, als Tränen langsam über seine Wangen rollten. Hattie saß still auf ihrem Stuhl, instinktiv wissend, dass Mitleid das Letzte war, was er in diesem Moment brauchte. Sie sehnte sich danach, die Hände nach ihm auszustrecken und ihn zu halten.

Er wischte sich die Tränen weg. »Sie war dir so ähnlich, manchmal nimmt es mir den Atem. Du sprichst davon, die Straßen von London zu kennen, und Yvette kannte die Gassen und Dächer von Paris. Sie war furchtlos, genau wie du. Ich habe nie an deiner Tapferkeit gezweifelt, Hattie. Aber eines hast du mit ihr gemeinsam, das mich zu Tode erschreckt. Du spürst keine Gefahr, bis es zu spät ist.«

Hattie konnte in diesem Punkt nicht mit Will streiten. Sie hatte einige dumme Dinge getan und war kaum damit durchgekommen. Die Prügel, die sie von der Belton-Street-Bande erhalten hatte, waren eine schmerzliche Lektion gewesen.

»Aber ich bin nicht sie. Du kannst uns nicht auf einer so simplen Ebene vergleichen. Sie war eine Spionin, was ganz andere Risiken birgt als die Arbeit mit den Armen in der Rookery.«

»Aber wenn ich dir befehlen würde, nicht in die Plumtree Street zu gehen, würdest du trotzdem gehen, nicht wahr?«

Eine schleichende Sorge kam Hattie in den Sinn. Machte sich Will irgendwie für Yvettes Tod verantwortlich? Und war dies der Grund für sein Bedürfnis, die Bedingungen ihrer Beziehung zu diktieren? Sie spürte, dass sie der Wahrheit nahe waren. Sie beschloss, es zu wagen, die richtige, aber furchtbare Frage zu stellen.

»Wo warst du, als Yvette starb?«

Es war grausam, und in derselben Sekunde, in der sie die Worte aussprach, wünschte Hattie, sie könnte sie zurücknehmen. Aber sie wusste, dass sie niemals weiterkommen würden, wenn sie nicht alles über Yvettes Tod ansprachen. Das arme Mädchen, das einen so schrecklichen und frühzeitigen Tod erlitten hatte, könnte anderenfalls für immer zwischen ihnen stehen.

Sie fühlte nichts als Trauer um die junge Frau, die sie niemals kennenlernen würde, doch irgendwo tief in ihrem Herzen würde sie immer einen Platz für Yvette haben. Sie teilten ein Band, das sonst niemand hatte.

Sie beide liebten Will.

Er legte eine Hand über sein Gesicht und schwieg lange. Hattie saß mit ihren Händen sanft in ihrem Schoß gefaltet und drehte die Daumen währenddessen im Kreis.

Will stand auf. »Gibt es Ereignisse in deinem Leben, von denen du dir wünschst, du könntest zurückgehen und sie noch einmal erleben? Momente, deren Bedeutung du damals nicht verstanden hast, die aber dein Leben für immer verändert haben. Ich habe diesen Tag tausendmal in meinem Kopf durchlebt. Wie anders wäre unser Leben gewesen, wenn sie Befehle befolgt hätte. Wenn ich mich nicht betrunken hätte und in einer Taverne kilometerweit weg von Paris ohnmächtig geworden wäre. Wenn ich auf meine Instinkte gehört hätte und nach Hause gegangen wäre, um sicherzugehen, dass sie verdammt noch mal tun würde, was ich ihr gesagt hatte. Aber als ich spürte, dass etwas Schreckliches passieren würde, war es zu spät, um sie zu retten. Sie war bereits tot, als ich nach Paris zurückkam.«

Hattie schluckte die Tränen zurück. Ihr schlimmster Verdacht wurde nun bestätigt. Will machte sich für Yvettes Tod verantwortlich. Die Schuld, die er trug, trübte jeden Gedanken an Hattie.

Sie musste ihm klar machen, dass jemanden zu lieben, bedeutete, ihn mit all seinen Fehlern und Irrtümern zu akzeptieren. Es bedeutete auch, dem geliebten Menschen zu erlauben, seine eigenen Entscheidungen zu treffen, auch wenn man ihnen nicht zustimmte.

Als sie vom Stuhl aufstand, trafen sich ihre Blicke. Sie hielt still, während Will ihr Gesicht durchsuchte. Sein flehender Blick war herzzerreißend.

»Ich danke dir. Ich kann mir nicht vorstellen, wie schwer es für dich sein muss, dich mir endlich anzuvertrauen und die Wahrheit mit mir zu teilen. Jetzt, da ich weiß, was wirklich mit Yvette passiert ist, habe ich ein klareres Verständnis für deine Motive in Bezug auf mich. In gewisser Weise habe ich auch das Gefühl, dass ich Yvette jetzt ein bisschen besser kenne. Ihre Mission, ihr Land zu retten, bedeutete ihr viel, ebenso wie mir meine Arbeit mit den Armen.«

Sie stellte sich auf die Zehenspitzen und küsste ihn. Als Will versuchte, den Kuss zu vertiefen, zog sich Hattie zurück.

»Was jetzt passieren muss, Will, ist, dass du eine Wahl triffst. Du musst dich entscheiden, ob du mit einer Frau zusammenleben kannst, die im Rahmen ihrer Arbeit einer Gefahr ausgesetzt ist. Ich liebe dich, Will, das tue ich von ganzem Herzen. Aber nicht einmal für dich werde ich die Berufung meines Lebens aufgeben.«

※

Will brachte Hattie zurück zu Edgars Haus und ignorierte ihre Proteste, auf dem kurzen Weg zwischen den Häusern in Sicherheit zu sein. Nachdem er zurückgekehrt war, ging er erneut ins Wohnzimmer und schenkte sich einen weiteren Brandy ein.

Für Hattie war klar, dass sie sich in einer Sackgasse befanden. Für Will war es zwar ein herausfordernder Abend gewesen, aber er konnte sehen, dass sie unerwartete Fortschritte gemacht hatten.

Hattie kannte jetzt die Wahrheit über Yvettes Tod. Dieses Geheimnis lag nicht mehr zwischen ihnen. Es war ein seltsames Gefühl der Erleichterung, diesen Punkt in ihrer Beziehung überschritten zu haben. Während Hattie Wills Bedürfnis, sie zu beschützen, nicht zustimmte, hatte sie zumindest nach ihrem heutigen Gespräch ein gewisses Verständnis für seine Motive. Sie wusste, was es ihn einmal gekostet hatte, seine Instinkte zu ignorieren.

Er stellte das Glas auf den Tisch und dachte über die andere unerwartete, aber willkommene Entwicklung der Nacht nach.

Sie liebte ihn. Sie hatte die Worte ausgesprochen.

Die Entscheidung, vor der er jetzt stand, war, was er mit diesem neuen Wissen anfangen sollte. Sie wollte mehr, als sein Reichtum oder seine sozialen Verbindungen geben konnten. Hattie wollte eine echte Partnerschaft. Eine Ehe, in der sie ihre eigenen Entscheidungen treffen könnte. Wo er sein Bedürfnis nach Kontrolle unterdrücken müsste.

Die Herausforderung bestand darin, wie sie einen Weg

finden könnten. Wie sie gemeinsam eine Zukunft gestalten könnten, in der beide glücklich wären.

Das Problem, mit dem er konfrontiert war, war das sichere Wissen, dass er niemals glücklich sein würde, wenn er seine Frau in den gefährlichen Straßen von St. Giles unterwegs wüsste.

Die Uhr im Wohnzimmer schlug die Stunde zwölf. Er war müde, aber sein Geist war zu unruhig, um über Schlaf nachzudenken.

Hattie hatte klargestellt, dass sie ihre Arbeit behalten musste, wenn sie jemals daran denken wollte, in seiner Welt zu leben.

»Narr«, murmelte er.

Er schnappte sich seinen Mantel, ging die Treppe hinunter und winkte draußen nach einer Mietkutsche.

»St. Johns Kirche Holborn, bitte«, wies er den Fahrer an.

Kapitel Achtunddreißig

❦

Am nächsten Morgen gab es ein gewisses Gefühl von Déjà-vu, als Hattie und Edgar über ihre Weigerung stritten, ein Dienstmädchen mitzunehmen, wenn sie das Haus verlassen würde. Das gleiche Argument, das sie erst Wochen zuvor mit Will gehabt hatte.

»Ich bin so oft allein durch die Straßen von St. Giles gegangen, und das mit Zustimmung unserer Eltern, ich brauche keine Aufsichtsperson. Du hast zugestimmt, mich meine Arbeit fortsetzen zu lassen, solange ich mich nicht in der Plumtree Street befinde«, erklärte Hattie fest.

Die Männer in ihrem Leben schienen nicht in der Lage zu sein zu akzeptieren, dass sie keine schwache Frau war. Sie war mehr als fähig, auf sich selbst aufzupassen. Hattie war entschlossen, sich gegen Will zu behaupten, und er war weitaus störrischer als Edgar.

Edgar versuchte, die Angelegenheit zwischen ihnen zivilisiert zu regeln und ein weiteres Familiendrama zu vermeiden, und räumte schließlich eine Niederlage ein. Er machte jedoch deutlich, wie sehr ihm das missfiel.

»Du kannst nicht erwarten, dieses Leben auf unbestimmte Zeit fortzusetzen. Ich erwarte jeden Tag, dass William Saunders dir ein Heiratsangebot unterbreitet. Da er ein guter Mann mit Reichtum und einem erstklassigen Hintergrund ist, werde ich seiner Bitte sehr gern nachgeben. Du brauchst einen Ehemann, der dich in Schach hält.«

Hattie wickelte sich den Schal um und setzte den Hut auf. »Ja, Bruder, ich höre dich.«

Sie hatte es eilig, aus dem Haus und von Edgar wegzukommen. Sie brauchte einen Morgen, an dem sie nicht von Männern umgeben war, die ihr sagen wollten, wie sie ihr Leben leben sollte.

Als Hattie an ihrem Elternhaus vorbeikam, blickte sie zu den Fenstern im Obergeschoss des Hauses auf. Die Vorhänge von Wills Schlafzimmer waren noch vollständig zugezogen.

Es war immer noch seltsam, es als Wills Zuhause zu betrachten. Sie war in dem Haus geboren worden. Es würde für immer ihr Zuhause sein.

Sie beeilte sich, an der Haustür vorbeizukommen. Selbst wenn Will wie üblich lange im Bett lag, wusste sie, dass er Augen haben würde, die die Straße beobachteten und nach ihr suchten.

»Verdammt überbeschützender, störrischer Mann«, murmelte sie.

Hatties Tag verlief ähnlich wie die meisten anderen seit ihrer Rückkehr nach St. Johns. Sie verbrachte Zeit damit, bei der Reinigung der Kirche zu helfen. Reverend Brown war jedoch den ganzen Tag in einer seltsamen Stimmung. Er war nicht er selbst. Ständig gähnte er und schien nicht besonders gut geschlafen zu haben.

Nachdem sie ihre Arbeit in der Kirche beendet hatte, ging sie zu den Märkten in Covent Garden und sammelte die Gemüsereste ein, aus denen sie Suppe für die Armen kochen konnte, die später an diesem Tag in die Kirche gehen würden.

Es war spät, als sie mit der Zubereitung der Suppe und der Versorgung der Gemeindemitglieder fertig war. Sie wusch gerade den letzten großen Suppentopf aus, als die kleine Annie Mayford an der Tür zur Kirchenküche erschien.

»Hallo Schatz, du bist aber noch spät unterwegs.« Hattie setzte den Topf zum Abtropfen ins Gestell und trocknete ihre Hände, ehe sie Annie umarmte.

»Wie geht es deiner Mutter? Es tut mir leid, dass ich sie nicht besucht habe.«

Tränen bildeten sich in den Augen des kleinen Mädchens. »Joshua sagt, du solltest nicht zu Besuch kommen, weil die Bande dir etwas angetan hat, aber ...«

»Aber was?«

»Mama stirbt. Sie hat in den letzten Tagen nichts gegessen. Jetzt hustet sie nur noch Blut. Ich habe Angst«, schluchzte Annie.

Hattie legte ihre Arme um Annie und hielt sie fest. Sie hatte immer gewusst, dass die Zeit kommen würde, dass Mrs. Mayford den Kampf gegen ihre Krankheit verlor. Annie würde dann in der Obhut ihrer beiden Brüder bleiben, die zu dieser Gang gehörten. Es würde nicht lange dauern, bis Annie in die Welt der Belton-Street-Bande hineingezogen wurde. Das Leben in der Rookery hatte ein bestimmtes vorhersehbares Muster.

Sie war hin- und hergerissen, was sie tun sollte. Erst vergangene Nacht hatte sie Will gesagt, dass sie sich nicht wissentlich in gefährliche Situationen begebe, und heute Morgen hatte sie Edgar versprochen, dass sie sich aus der Plumtree Street heraushalten werde.

Auf der anderen Seite, wenn Mrs. Mayford starb und Hattie hätte nicht die Möglichkeit ergriffen, sie vor ihrem Tod nochmals zu sehen, wäre sie nicht in der Lage, sich im Spiegel anzusehen.

»Ist Joshua zu Hause?«, fragte sie.

Annie nickte.

Die Nachricht war ermutigend. Wenn Joshua und Baylee zu Hause waren, bedeutete das, dass die Bande sie für die

Nacht nicht brauchte. Wenn sie vorsichtig war, konnte sie sich in die Rookery schleichen, die Mayfords besuchen, und die Bande in der Belton Street würde es nie erfahren. Es war das Risiko wert, sich ein letztes Mal von Mrs. Mayford verabschieden zu können.

»Ich werde mit dir kommen. Lass mich meinen Mantel und Hut holen. Ich habe ein paar Äpfel, von denen ich glaube, dass Baylee sie gerne hätte.«

Der Aufstieg über die lange, schmale Treppe des Slumhauses in der Plumtree Street war nie einfach. Ganze Familien lebten in jeder Etage. Ihre mageren Besitztümer ließen nur eine kleine Lücke zu, wo sich ein Besucher auf dem Weg in die nächste Etage vorbeidrängen konnte. Annie rannte Hattie voraus und klopfte an die Tür der Unterkunft ihrer Familie.

Joshua öffnete die Tür. Als er Hattie sah, trat er auf den Treppenabsatz und überprüfte, ob jemand ihre Ankunft bemerkt hatte, ehe er die Tür schnell hinter sich schloss.

»Du bist ein großes Risiko eingegangen, hierher zu kommen, Hattie. Aber ich bin dankbar. Mama hat nicht mehr viel Zeit in dieser Welt.«

Als sie ihn ansah, fühlte Hattie nichts als Mitleid. Er war in der kurzen Zeit gealtert, seit er und Baylee Mitglieder der Belton-Street-Bande waren. Vorbei das jugendliche Aussehen seiner nur sechzehn Jahre. Stattdessen war seine Haut von einer grauen Blässe, und seine Augen waren blutunterlaufen.

»O Joshua. Was haben sie dir angetan?«

Er lachte. »Nichts, es ist alles in Ordnung. Baylee und ich haben eine tolle Zeit. Es ist großartig, jeden Tag mit den Jungs unterwegs zu sein.«

Sein Blick richtete sich auf die kleine Annie und seine Mutter, die beide auf dem Bett in der Ecke saßen. Hattie verstand den subtilen Hinweis. Sie mussten nicht über all die schrecklichen Dinge Bescheid wissen, an denen die Jungen beteiligt sein mussten, wenn sie mit der Bande unterwegs waren.

Auf Joshuas Stichwort hin öffnete sie den kleinen Beutel, den sie mitgebracht hatte, und legte die Handvoll Äpfel auf den Tisch. Als Baylee die Äpfel sah, schnappte er sich schnell einen. Hattie lachte, als er mit ungezügeltem Vergnügen in den Apfel biss.

Hattie setzte sich dann zu Annie und ihrer Mutter. Mrs. Mayford brachte ein schwaches Lächeln zustande. Ihr müder Gesichtsausdruck und ihre mühsamen Anstrengungen zu atmen, sagten Hattie, dass es nicht lange dauern würde, bis sie nicht mehr unter ihnen weilte.

»Könnten Sie uns bitte eine andere Ihrer Reisegeschichten erzählen, Miss Hattie?«, fragte Annie.

Das jüngste Kind der Mayfords freute sich über Hatties Geschichten über ihre Abenteuer in Spanien. Sie liebte es besonders, von dem großen, dunklen Fremden zu hören, der Hattie aus dem Meer gerettet hatte.

Sie hatte gerade angefangen, Annie von der wunderbaren Höhle von St. Michael zu erzählen, als es laut an der Tür der Unterkunft klopfte. Eine dröhnende Stimme kam von draußen auf dem Treppenabsatz.

»Aufmachen!«

»Es ist Tom, mein Boss!«, flüsterte Joshua.

Hattie wurde kalt vor Angst. Sie zum zweiten Mal im Haus der Mayfords zu finden, würde beim Bandenführer nicht gut ankommen. Er hatte sie gewarnt, beim nächsten Mal, wenn er sie in der Plumtree Street erwische, werde er ihr viel Schlimmeres antun, als sie nur grün und blau zu schlagen. Er hatte sich damit gebrüstet, dass er sie in die Themse werfen und unter Wasser festhalten werde, bis sie ertrunken sei.

Hattie beschimpfte sich im Stillen für ihre hartnäckige Natur. Will wäre rasend vor Wut, wenn er wüsste, wo sie gerade war und in welche Gefahr sie sich gebracht hatte. Es wäre ein schlechter Trost für ihn zu wissen, dass er recht gehabt hatte, dass Yvette und sie ihre eigene Sicherheit nicht so ernst nahmen wie er. Vor allem nun, da es ganz so aussah, als ob sie Yvettes Schicksal teilen würde.

»Was sollen wir tun? Tom wird Sie hier finden. Er glaubt, einige der Jungs halten an gestohlenen Waren fest und geben ihm nicht seinen Anteil. Er wird beide Räume überprüfen, falls wir Sachen vor ihm verstecken«, sagte Joshua.

Hattie holte tief Luft und versuchte, ihre Gedanken zu beruhigen. Sie erinnerte sich daran, wie Will ihre Umgebung überprüft hatte, als sie von der Marktmenge in Gibraltar bedroht wurden. Sie tat jetzt das Gleiche.

»Kannst du von hier aus sicher nach unten klettern?«, fragte sie ihn.

Als Joshua protestieren wollte, packte sie ihn fest am Arm.

»Hör mir zu, Joshua. Du bist der Einzige, der mir jetzt helfen kann. Wir können nichts tun, um Tom und die Bande davon abzuhalten, durch die Tür zu kommen und mich mitzunehmen. Du musst zu meinem alten Haus in der Newport Street gehen und William Saunders finden. Du erinnerst dich an ihn, du hast ihn in der Nacht getroffen, als du mich nach Hause gebracht hast. Sag ihm, wohin sie mich gebracht haben.«

Es gab einen zweiten und heftigeren Schlag gegen die Tür.

»Hey! Macht sofort auf!«

Joshua rannte zum Fenster und kletterte auf die schmale Fensterbank, bevor er verschwand. Hattie sprach ein stilles Dankgebet für die Tatsache, dass die Familie im zweiten Stock wohnte.

Sie drehte sich zu den anderen um und hielt einen Finger an die Lippen. »Kein Wort von euch über Joshua. Schaut nicht mal zum Fenster.«

Sie holte tief Luft und öffnete die Tür.

Kapitel Neununddreißig

»Bist du sicher, dass Hattie heute Abend nicht mit uns kommt?«, fragte Caroline.

»Ja, sie hat heute Abend noch einige andere persönliche Angelegenheiten zu erledigen«, antwortete Will.

Nach den Ereignissen der vergangenen Nacht war Will nicht in der Stimmung, auf die Einzelheiten von Hatties Abwesenheit von der Party einzugehen. Er würde sie am Morgen bei Edgar aufsuchen und ihr den Plan, den er mit Reverend Brown besprochen hatte, erläutern. Wenn sie seinen Bedingungen zustimmte, würde er Edgar um die Hand seiner Schwester bitten.

Er hoffte, dass sie zustimmen würde. Ihm gingen langsam die Optionen aus.

Störrische Frau.

Nach seinem Streit mit Hattie hatte Will sein Versprechen, Caroline und Francis zu einer kleinen Veranstaltung bei Harry Menzies zu begleiten, völlig vergessen. Er erinnerte sich erst daran, als Caroline am frühen Nachmittag eine Nachricht schickte.

Nachdem er so viele Jahre von zu Hause weg gewesen war, schuldete er es ihnen, in die Rolle des großen Bruders zu schlüpfen, nun, da er wieder dauerhaft in London lebte. Er konnte ihnen niemals die Zeit zurückgeben, die er in ihren jüngeren Jahren abwesend gewesen war.

»Magst du mein neues Kleid? Mama sagt, ich sehe darin ziemlich königlich aus.«

Will sah Caroline an, aber seine Gedanken waren anderswo. Jeder seiner Gedanken an diesem Tag drehte sich um Hattie. Sie wollte ihn, er hatte es immer gewusst. Jetzt wusste er, dass sie ihn liebte.

Aber war Liebe genug für sie, um ihren Platz an seiner Seite einzunehmen? Da war er sich nicht so sicher.

»Nun?«

»Du siehst entzückend aus, Schwester. Ich bin sicher, dass alle Herren, deren Gunst du heute Abend erregen möchtest, es bemerken werden. Langweilige ältere Brüder sind eine unglückliche Ausnahme«, sagte Francis.

Will tauchte bei der klaren Zurechtweisung von Francis aus seinen Gedanken auf.

»Es tut mir leid, Caro. Ja, dein Kleid ist wunderschön, genau wie du. Verzeih mir meine Abwesenheit, ich habe heute Abend viel im Kopf.«

Er konzentrierte sich auf seine jüngste Schwester. Caroline war eine wahre Schönheit. Einer der Diamanten des *Ton*. Hinter ihren erstaunlich tiefgrünen Augen verbarg sich ein scharfer Verstand. Der Himmel mochte dem Mann helfen, der sie nur wegen ihres Aussehens heiraten wollte.

Sie gingen zu den Stallungen im hinteren Teil des Stadthauses in der Dover Street. Charles Saunders bevorzugte die französische Art, diskret das Haus zu verlassen und zurückzukehren, und vermied die große Show, die die Engländer machten, die stets den Vordereingang ihrer Häuser benutzten.

Will wartete, bis Caroline und Francis in der Kutsche saßen, ehe er fragte: »Könntet ihr einen Moment auf mich warten?«

Er ging ein paar Schritte beiseite und zog aus seiner

Tasche eine Zigarre. Ein in der Nähe wartender Diener reichte ihm Feuer.

Er lehnte sich an die Seite des Wagens und versuchte, den Kopf freizubekommen. Er hatte früher am Tag eine Nachricht an Hattie geschickt, aber nur die kurze Antwort erhalten, dass sie in der Kirche arbeite und erst am frühen Abend zurück sein werde.

Seit etwa einer Stunde plagten ihn Kopfschmerzen. Sein Gehör funktionierte ebenfalls nicht richtig. Ein langes, leises Pfeifen ertönte in seinem Ohr.

Eines der Küchenmädchen erschien mit einer großen Holzschale in den Händen und ging zum hinteren Teil des Gartens und durch ein Seitentor hinaus.

Adelaide Saunders war in Schottland mit frischen Eiern aufgewachsen, die jeden Tag von den Hühnern auf den Höfen des Strathmore Estate geliefert wurden. Sie weigerte sich rundweg, Eier auf den Märkten in London kaufen zu lassen, und so hielt die Familie ein Dutzend Hühner in einem kleinen Garten hinter ihrem Haus.

Die Hühner rannten zum Tor, sobald die Magd es öffnete. Der Flügelschlag und das aufgeregte Kreischen bewegten die Nachtluft, als die Hühner um den besten Zugang zu den Essensresten kämpften. Will sah zu, wie die Hühner die Karotten- und Kartoffelschalen in kürzester Zeit verschlangen.

Will zog an seiner Zigarre. Es gab immer hungrige Münder zu füttern. Die Hühner im Garten seiner Eltern aßen wahrscheinlich besser als die meisten Freunde von Hattie in St. Giles.

Er warf die kaum aufgerauchte Zigarre zu Boden und zerdrückte ihn mit seinem Stiefel. Nach der Veranstaltung heute Abend würde er bei Edgar Wright vorbeischauen und mit Hattie sprechen.

Will stieg in die Kutsche.

»Also, wer ist heute Abend bei dieser Soiree?« Will sah seine Geschwister fragend an.

Die Kutsche fuhr in Richtung Bedford Square, wo Harry Menzies' Familie ein schönes neues Herrenhaus besaß.

Caroline schnaufte. »Mr. Menzies hat einige seiner Geschäftspartner eingeladen, wie schrecklich langweilig. Harry hat seine Jagdfreunde, also gehe ich davon aus, dass wir Francis den ganzen Abend nicht zu Gesicht bekommen werden. Ich hatte gehofft, Cousine Lucy und ihr neuer Ehemann Avery würden teilnehmen, aber sie haben abgesagt. So bleiben ein paar streunende Leute wie du und ich, die die Zeit gemeinsam totschlagen müssen. So schade, dass Hattie heute Abend nicht kommen konnte. Nach der letzten Nacht möchte ich mit ihr über die Arbeit sprechen, die sie mit den Armen macht. Sie scheint so edel damit umzugehen.«

Das leise Pfeifen in Wills Ohr eskalierte schnell zu einem lauten Klingeln. Es fiel ihm schwer, etwas anderes zu hören. Ein Gefühl äußerster Angst erfüllte ihn, als er bemerkte, dass sein Unterbewusstsein nach seiner Aufmerksamkeit schrie.

»Würde es euch etwas ausmachen, wenn wir den Wagen umdrehen und zu mir nach Hause fahren? Ich glaube nicht, dass ich heute Abend eine sehr gute Gesellschaft sein werde.« Er klopfte gegen das Dach des Wagens, und der Kutscher verlangsamte die Pferde.

Will war zunehmend unbehaglicher zumute, und er wollte gerade vorschlagen, auszusteigen und seinen eigenen Weg nach Hause zu finden, als heftig mit einer Reitpeitsche gegen das Seitenfenster geschlagen wurde. Caroline schrie auf.

»Was zum Teufel!«, rief Francis aus.

»Anhalten! Anhalten, sage ich!«, schrie eine Stimme auf der Straße.

Will sprang auf die andere Seite des Wagens und zog das

Fenster herunter. Er streckte den Kopf hinaus, nur um den schrecklichen Anblick eines hektischen Edgar Wright zu sehen, der im gestreckten Galopp neben der Kutsche ritt.

»Halten Sie den verdammten Wagen an! Sofort!«, brüllte Edgar.

Francis und Will klopften beide heftig an die Vorderwand des Wagens und signalisierten dem Fahrer anzuhalten.

Sobald der Wagen zum Stillstand kam, sprang Will hinaus. »Warte hier Francis, und sorge dafür, dass Caroline in Sicherheit ist.«

Edgar zügelte sein Pferd, und Will erhaschte einen Blick auf eine Gestalt, die sich hinter Edgar auf dem Rücken des Pferdes festklammerte. Eine Gestalt, deren Gesicht eine Maske der Angst war.

»Joshua?«

Kapitel Vierzig

❦

»Die Belton-Street-Gang hat Hattie mitgenommen, sie werden sie töten!«, rief Joshua.

Will sah den Ausdruck auf Edgars Gesicht. Ein Blick, den Will nach dem Krieg mit Frankreich nie wieder hatte sehen wollen. Ein Ausdruck ungezügelten Terrors.

»Ich war in Ihrem Haus und habe nach Hattie gesucht, als dieser Junge ankam. Ihr Butler hat mir gesagt, dass Sie heute Abend hier unterwegs sind. Gott sei Dank haben wir Sie gefunden«, erklärte Edgar.

Will drehte sich um und sah zu seiner Erleichterung, dass der Kutscher bereits dabei war, eines der Pferde aus dem Gespann zu lösen.

»Wohin haben sie sie gebracht?«

»Runter zum Fluss in der Nähe der neuen Waterloo Bridge. Die Bande hat dort ein Versteck, um gestohlene Waren flussaufwärts zu transportieren. Sie handeln auch mit Leichen«, antwortete Joshua.

Will spürte, wie ihm eine tödliche Kälte über den Rücken lief. Dies war keine einfache Bande von Taschendieben, mit der er es heute Abend zu tun hatte. Die Bande in der Belton

Street war selbst in der feinen Gesellschaft als bösartige Verbrecher bekannt.

Edgar sprang von seinem Pferd herunter und reichte Will die Zügel. »Wir waren auf dem Weg dorthin, als wir Ihren Wagen sahen. Wenn Sie der Mann sind, von dem Gerüchte bei *White's* behaupten, dass Sie es sind, sollten Sie Joshua begleiten und mein Pferd nehmen.«

Zu Wills Überraschung und tiefer Erleichterung holte Edgar eine Pistole und ein Messer aus seinem Mantel. Will nahm beides schnell an sich, sprang auf das Pferd und zog Joshua hinter sich.

Edgar ging zu dem anderen Pferd, das vom Gespann getrennt wurde. »Reiten Sie! Ich werde nur eine Minute hinter Ihnen sein.«

Will grub seine Fersen in die Flanken, und das Pferd galoppierte los. Joshua hielt sich an Wills Abendmantel fest.

Will beugte sich tief über die Zügel und trieb das Pferd weiter an. Die Straßen waren voller Kutschen, die in beide Richtungen unterwegs waren. Mehrmals mussten sie anhalten, wenn Fußgänger vor ihnen die Straße überquerten.

»Aus dem Weg!«, schrie Will.

Die erschrockenen Londoner sprangen zurück auf den Gehweg und drohten Will und Joshua wütend mit den Fäusten, als sie davonritten. In der Drury Lane gelang es Will, wertvolle Zeit aufzuholen.

Er sah über die Schulter, als er nach links in den Strand abbog. Edgar Wright war dicht hinter ihm.

»Surry Street«, rief Joshua.

Als er in die Surry Street ritt, erblickte Will die Waterloo Bridge. Er war dankbar, Joshua bei sich zu haben. Die Brücke war erst neu gebaut, und Will hätte sie niemals alleine gefunden.

Am Ende der Straße zügelte er sein Pferd fest und sprang hinunter. »Wo?«

Joshua zeigte auf den Fluss, und Will sah am Strand ein kleines Feuer.

»Sie kommen die ganze Zeit hierher, um nach Leichen zu suchen. Sie suchen sie nach allem ab, was sie verkaufen könnten, und bringen dann die Toten zu den Leichenfledderern«, sagte Joshua.

Will drehte sich um, als seine Ohren ein vertrautes Geräusch wahrnahmen. Edgar hatte den gesunden Menschenverstand gehabt, eine zweite Pistole mitzubringen. Er lud sie durch und spannte sie. Will zog seine eigene aus dem Mantel und tat dasselbe. Joshua zog ebenfalls eine Pistole aus seiner Tasche. Will befürchtete, dass er mit der schwer angeschlagenen Pistole kaum geradeaus würde schießen können, sagte aber nichts.

Übelkeit stieg in seiner Kehle auf. Seit einiger Zeit hatte er nicht mehr die Notwendigkeit gesehen, einen Mann zu töten, aber die Erinnerung an den Gestank des Todes berührte Will immer noch, wenn er eine geladene und schussbereite Waffe sah. Er hatte Hunderte von blutenden und toten Männern auf dem Schlachtfeld von Waterloo gesehen. Niemand wurde jemals immun gegen die qualvollen Schreie eines sterbenden Mannes.

Will wandte sich an Edgar. Wenn er sich einem Kampf bis zum Tod stellen musste, um Hattie zu retten, musste er das Kaliber des Mannes neben sich kennen.

»Wie gut sind Sie mit einer Pistole, Edgar? Und seien Sie nicht eitel. Das Leben Ihrer Schwester könnte davon abhängen.«

Er musste nicht erwähnen, dass sie alle derzeit in großer Gefahr waren. Er selbst würde sich auf jahrelange Erfahrung und die Erinnerungen seiner Muskeln verlassen.

»Ich trainiere regelmäßig in Mantons Schießbude in der Davis Street. Die Pistolen sind gut gewartet. Abgesehen davon müssen Sie darauf vertrauen, dass ich bereit bin, alles in meiner Macht Stehende zu tun, um meine Schwester zu retten. Dazu gehört, dass ich jeden Gangster erschieße, der mir im Weg steht.«

Edgars Worte waren genau das, was Will hören musste. Sie gingen die Straße entlang näher ans Wasser und hielten sich im Schatten, um nicht gesehen zu werden. Als sie näher kamen, konnte Will ein halbes Dutzend Gestalten erkennen, die um ein Feuer standen. Auf einer Seite stand ein kleiner Handwagen.

»Der Große mit dem ramponierten Zylinder, das ist Tom, er ist der Bandenführer. Sehen Sie diesen Wagen dort drüben? Wir benutzen ihn, um Leichen zu transportieren. Ich würde all mein Geld darauf wetten, dass sich Miss Hattie hinten in diesem Wagen befindet«, sagte Joshua.

Will betete, dass Hattie noch im Wagen war.

Noch am Leben war.

Gebrüll erklang, als ein Kampf unter den Bandenmitgliedern ausbrach. Tom packte einen Jungen, der ungefähr zehn Jahre alt zu sein schien, und schlug ihn mehrmals. Als der Junge um Gnade bat, wurde er grausam ins Gesicht geschlagen, bis er zu Boden fiel und still liegen blieb.

Will und Edgar blickten einander an. Sie wussten, dass ihnen keine Gnade zuteilwerden würde, wenn sie in den Kampf gingen.

Tom stolzierte herum und brüllte in die Nachtluft. Als er den Wagen erreichte, sank Wills Herz.

»Zeit zu gehen, Schätzchen. Ich bin sicher, die Fische werden es lieben, dich aus der Bibel predigen zu hören«, schrie er.

Einige der anderen eilten herbei und zogen einen Sack aus dem Wagen. Als er schwer am schlammigen Flussufer landete, kam ein gedämpftes Geräusch aus dem Sack.

Hattie war am Leben.

Die Gangmitglieder begannen, den Sack zum Ufer zu ziehen. Will wandte sich an Edgar.

»Zögern Sie nicht, sobald Sie ein klares Schussfeld haben. Sie werden keine zweite Chance bekommen.«

Als sie das Wasser erreichten, schritt Will zur Tat. Er hob seine Pistole und rannte an das schlammige Flussufer. Ein Gangmitglied trat vor und schwenkte ein großes Militärschwert. Will schoss auf ihn.

Sofort schwenkte er die Mündung seiner Waffe auf Tom, der den Sack inzwischen ins Wasser rollte. Schreie seiner Crew machten den Bandenchef auf Will und Edgar, der dicht hinter ihm war, aufmerksam.

Mit einem letzten Stoß geriet Hattie ins Wasser und verschwand. Der Bandenführer setzte seinen Stiefel auf den Sack und hielt Hattie unten. In wenigen Minuten würde sie ertrinken.

Will warf sich auf Tom. Keiner von ihnen würde das Flussufer lebend verlassen, wenn es ihm nicht gelänge, Tom zu besiegen. Gemeinsam stürzten sie ins schmutzige braune Wasser.

Im nachgebenden Flussschlamm rappelten sich der Bandenführer und Will auf. Sie befanden sich zwischen Hattie und dem Ufer und machten damit jede Hoffnung zunichte, die Edgar gehabt haben könnte, seine Schwester zu erreichen.

Im trüben Licht sah Will das Aufblitzen einer Klinge. Er tauchte darunter hinweg.

Aus den Augenwinkeln erblickte er Joshua, der mit seiner Pistole in Richtung der verbleibenden Gangmitglieder wedelte. Glücklicherweise war keiner von ihnen dumm genug, einen Versuch zu unternehmen, um ihren Boss zu retten, und Joshua blieb es erspart, seine Waffe abfeuern zu müssen.

Will tauchte auf, packte Toms Beine und versuchte, ihn

umzustoßen. Tom hob das Messer, den Blick voller Mordlust. Will sah die Klinge, als sie ihren tödlichen Abstieg begann. Wenn er nicht rechtzeitig ausweichen könnte, würde ihm das Messer direkt in den Rücken fahren. Er wappnete sich für die unvermeidlichen Schmerzen.

Die Nacht wurde von einem Schuss zerrissen, und die Klinge verfehlte ihr Ziel. Toms Griff an Will war plötzlich weg. Will blickte auf und sah den Anführer taumeln. Mitte auf Toms Stirn prangte ein riesiges, blutendes Loch. Er fiel rückwärts und verschwand im trüben Wasser der Themse, als Edgar seine Pistole senkte.

Die übrigen Mitglieder der Bande zerstreuten sich in alle Richtungen.

Will kam rechtzeitig auf die Füße, um zu sehen, wie Edgar und Joshua ins Wasser wateten. Er erreichte sie, als sie es schafften, den Sack ans Ufer zu ziehen.

Joshua schnitt den Sack auf, und Hattie rollte sich auf den schlammigen Strand und kämpfte sich auf Hände und Knie. In tiefen Zügen sog sie Luft in ihre Lungen.

Heftige Erleichterung überkam Will. Sie war am Leben.

»Gott sei Dank«, murmelte er.

Edgar zog seine Schwester auf die Füße, und für einen Moment stand sie da und starrte ihn an. Der Ausdruck von Schock und Angst in ihrem Gesicht zeigte, dass sie nicht erwartet hatte, ihren Ausflug an den Fluss zu überleben.

Sie trat zwei Schritte vor und warf sich in die Arme ihres Bruders. »Du bist für mich gekommen. Du bist gekommen!«

Edgar und Will tauschten einen erleichterten Blick aus. Sie hatten es geschafft. Als Will Hattie erreichte, ließ Edgar sie los.

»Natürlich bin ich für dich gekommen. Ich werde immer für dich da sein. Aber Will ist derjenige, der dich wirklich gerettet hat. Dieser Gangster hätte dich festgehalten, bis du ertrunken wärst. Es war Will, der gegen ihn kämpfte. Ich habe ihm nur eine Kugel in den Kopf gejagt.«

Sie drehte sich zu Will um, Tränen liefen über ihr Gesicht, und sie begann, in der kühlen Nachtluft zu zittern. »Ich schwöre dir, Will, ich habe die Bande nicht aufgesucht. Ich habe alles getan, um sie zu meiden.«

Er nickte in Richtung Joshua. »Ich weiß. Joshua hat mir erzählt, was passiert ist. Du hast genau das getan, was ich getan hätte. Du hast die Situation erkannt und die richtige Wahl getroffen.«

Edgar schob Hattie sanft in Wills Richtung. »Geh zu ihm. Er ist derjenige, zu dem du gehörst. Ich werde immer dein Bruder sein, aber Will Saunders ist deine Zukunft.«

Sie blieb vor Will stehen, und er spürte ihr Zögern. Will streckte die Hand aus und zog Hattie in seine Arme.

»Komm her, mein Mädchen.«

Sie schlang die Arme um seine Taille und hielt sich fest. Will sandte tausend Dankesgebete gen Himmel. Sie war am Leben. Er hatte sie gerettet.

Am Ende der Straße hielt eine Kutsche, und Francis sprang heraus. Edgar und Joshua gingen auf ihn zu und winkten.

Will und Hattie hielten sich aneinander fest. Als sie allein waren, sah Hattie zu ihm auf. Er neigte sich vor und küsste sie zärtlich auf die Lippen.

»Du schmeckst nach dem Fluss«, murmelte er.

»Ja, ich brauche einen großen Brandy, um meinen Mund auszuwaschen. Ich fand die Themse immer schmutzig. Nachdem ich jetzt mindestens einen halben Liter davon getrunken habe, weiß ich es mit Sicherheit.«

Er zerzauste, was er von ihrem nassen und verklebten Haar erreichen konnte, und küsste sie noch einmal.

»Versprich mir, dass dies das letzte Mal war, dass ich dich aus dem Wasser retten musste. Ich würde es vorziehen, wenn du es dir nicht zur Gewohnheit machst.«

»Soweit ich mich erinnere, bin ich in Gibraltar eigentlich

gut zurechtgekommen, aber ich verspreche, dass dies das letzte Mal gewesen ist.«

Will legte den Arm um sie, und sie gingen zu den anderen.

»Wenn wir nach Hause kommen, habe ich einen Plan, den ich mit dir besprechen möchte.«

Kapitel Einundvierzig

Mrs. Little wusch Hattie das schmutzige Flusswasser aus den Haaren, während sich Hattie im Bad die Haut schrubbte. Sie war nur ungefähr eine Minute lang im Wasser gewesen, aber sie befürchtete, dass sie niemals den Gestank aus ihren Poren bekommen würde.

Als ein Reisekoffer mit Hatties Kleidern vom Haus ihres Bruders ankam, war Mrs. Little zu beschäftigt mit Weinen, um das Offensichtliche zu bemerken. Edgar hatte entschieden, dass Hattie dauerhaft in die Nummer dreiundvierzig zurückkehren würde.

Schließlich machte sich Hattie, abgetrocknet und angezogen und die Haare zu einem weichen Chignon zusammengebunden, auf die Suche nach Will. Sie war gespannt auf seinen Plan.

Hattie fand ihn im Hauptsalon auf ihrer Lieblingsblumencouch. Es war beruhigend zu wissen, dass ihr Lieblingszimmer im Haus auch Wills bevorzugter Raum war. Er begrüßte sie mit einem teuflischen Grinsen und streckte dann die Hand aus. Hattie nahm seine Finger und stieß ein verspieltes Piepsen aus, als er sie in seine Arme zog.

Er nahm ihren Mund in einen überraschend sanften Kuss.

Sie konnte spüren, dass er alles tat, um seine Leidenschaft in Schach zu halten. Die Zeit zum Liebesspiel würde später kommen. In diesem Moment hatten sie das ernsthafte Problem, einen Weg zu finden, damit ihre bevorstehende Ehe funktionierte.

Will ließ Hattie los. »Wir müssen zuerst reden.«

Seine Worte trugen jedoch nicht dazu bei, das Funkeln in seinen Augen, in denen sich das Kaminfeuer spiegelte, zu dämpfen. Er begehrte sie so sehr, wie sie ihn genau in dieser Minute begehrte. Die Hitze zwischen ihnen war so heiß, das Hattie sie beinahe spüren konnte.

»Bevor ich dir die Frage stelle, die dieser Moment erfordert und zu der Edgar bereits seine Zustimmung gegeben hat, muss ich etwas mit dir besprechen. Ein Plan für dich, sodass du das Beste beider Welten haben kannst. Möchtest du den Plan hören?«

Hattie verschränkte die Hände und nickte. Ihre Nerven verrieten sie, und sie griff bald nach ihrem ersten Knöchel.

»Ich werde dir jedes Mal einen Penny zahlen, wenn es mir gelingt, dich davon abzuhalten«, sagte er.

Sie sah ihn verführerisch an und leckte sich über die Unterlippe. Wenn er wollte, dass sie ihre Gewohnheit aufgab, würde er sie nur in einer Form bezahlen. Will hob wissend eine Augenbraue.

»Ich bin zu Vater Brown gegangen, nachdem du letzte Nacht fort bist. Er und ich haben über deine Arbeit in der Kirche gesprochen. Er stimmt zu, dass es für dich immer gefährlich war, dich auf die Straßen rund um St. Giles zu wagen. Nach heute Abend musst du endlich zustimmen, dass es für dich nicht mehr sicher ist.«

Hattie nickte. Selbst nach Toms Tod würde die Bande in der Belton Street sie töten, wenn sie jemals wieder die Plumtree Street betreten würde.

Sie schnappte nach Luft.

»Was ist mit Joshua und seiner Familie? Sie werden auch nicht sicher sein.«

»Deshalb wurden sie an einen anderen Ort gebracht. Francis besuchte meinen Geschäftspartner, sobald er nach Hause kam. Du hast nicht gedacht, dass ich die Familie Mayford noch eine Minute in der Plumtree Street bleiben lassen würde, oder?«

Hattie sah auf den Boden, verlegen, an Will und seiner Fähigkeit, eine Situation von allen Seiten betrachten und deuten zu können, gezweifelt zu haben. Er hob ihre Hand an seine Lippen und küsste zärtliche ihre Fingerspitzen.

»Weißt du, was Vater Brown und ich bis in die frühen Morgenstunden besprochen haben? Eine Suppenküche ist das, was in St. Johns Kirche gebraucht wird.«

Hattie runzelte die Stirn. Zumindest wusste sie jetzt, warum Vater Brown den Tag so müde und mürrisch gewesen war, aber Wills Plan war nichts Neues.

»Vater Brown und ich verteilen bereits Suppe an die Armen.«

»Ich meine eine echte Suppenküche, die von uns und unseren Freunden finanziert wird. Eine, die mit frischem Gemüse, Gerste und etwas Fleisch versorgt wird. Mit einem Ofen zum Backen von frischem Brot. Eine Suppenküche, die jeden Tag in Betrieb ist. Etwas, das Dutzende Bedürftige von St. Giles speist. Ich erinnere mich, was du über deinen Vater gesagt hast und dass es bei seiner Mission nur um Zahlen ging. Mit einer richtigen Küche, die man von St. Johns aus betreibt, kannst du deine Arbeit fortsetzen, und die Reichweite wird wachsen.«

Ihr Herz schlug schneller. Will war ernsthaft bemüht gewesen, eine Lösung für ihre Sackgasse zu finden. Er hatte mit Vater Brown gesprochen und den einen Weg gefunden, wie sie im Leben der Menschen wirklich etwas bewirken konnten.

Sie würde sich niemals wieder in die Rookery wagen

müssen. Die Menschen, denen sie helfen wollte, konnten zu ihr in die Kirche kommen.

»Und ich nehme an, dass ich im Gegenzug immer zwei stämmige Lakaien bei mir haben werde. Und ich werde dich über meinen Tagesablauf auf dem Laufenden halten und dir immer sofort mitteilen, wenn ich spät nach Hause zurückkehren werde?«

Es war selbstverständlich, dass dies Wills Bedingungen waren, aber sie musste ihnen eine Stimme geben.

»Ja. Und ich denke, du stimmst mit mir überein darin, dass ein paar nützliche Jungs in der Kirche arbeiten könnten, Reparaturen ausführen und solche Dinge. Vater Brown ist kein junger Mann mehr. Sie können auch beim Schälen und Hacken von Gemüse helfen.«

»Danke, dass du einen Weg gefunden hast. Wenn jemand das konnte, warst du es. Meine Antwort lautet Ja.« Sie strahlte Will an.

Sie hatte nicht zu träumen gewagt, dass ihr innigster Wunsch, das Beste von beiden Welten zu haben, wahr werden könnte. Dass Will tatsächlich ihr gehören könnte.

Hattie leckte sich die Lippen, um ihn zu locken. Will knurrte. Sie beugte sich vor und drückte einen weichen, aber verlockenden Kuss auf seine Lippen. Ihre Körper waren einander so nah, Intimität winkte. Sie hatte ihm die Antwort gegeben, die er brauchte, jetzt würde sie ihm erlauben, seine Belohnung zu fordern.

Sie warfen die Fesseln der feinen Gesellschaft beiseite, an ihre Stelle trat ein tiefer Hunger, der gestillt werden musste. Will beanspruchte Hatties Lippen mit einem Kuss, der kein Missverständnis zuließ.

Sie gab ihren tiefsten Wünschen nach. Als Wills starke Arme sie fest an seinen Körper zogen, suchten ihre Hände nach seinen Haaren. Sie fuhr durch sein dunkelbraunes Haar und bot ihm ihre unausgesprochene Ermutigung an. Sie wussten beide, wo sie diese Nacht schlafen würde.

Als sie den Kuss beendeten, fiel Hattie noch eine Frage ein, die beantwortet werden musste. Sie wusste, dass Will sie wollte, aber sie verstand nicht, warum. Irgendwo in den Tiefen ihres Geistes gab es weiterhin die Sorge, dass er sich einfach nur gezwungen fühlte, sie zu heiraten.

»Bevor du mir die Frage stellst, von der wir wissen, dass sie kommt: Ich muss verstehen, warum du mich willst. Vielen Frauen wäre das egal, aber da ich vor einer Verlobung mit jemandem geflohen bin, der mich nicht meinetwegen wollte, würde ich es gerne wissen.«

Will küsste sie noch einmal.

»Ich will dich, weil ich dich liebe. Ich liebe die Hattie Wright, die hier in meinen Armen liegt. Die Hattie Wright, die die Entscheidung getroffen hat, ihre Rolle in der Welt zu beanspruchen. In dem Moment, als ich dich in das Wasser des Hafens fallen sah, wurdest du die richtige Frau für mich. Das Mädchen, das Peter Brown mit Gewalt genommen hat, ist längst verschwunden. An ihre Stelle bist du getreten, eine Frau, die Entscheidungen über ihr Leben trifft und darüber, wen sie lieben möchte. Ich kann nur hoffen und beten, dass ich derjenige bin.«

Sie nahm sein Gesicht in ihre Hände. »Ich habe alles getan, um mich nicht in dich zu verlieben. Ich bin weggelaufen, weil ich wusste, dass ich dir niemals widerstehen könnte, wenn ich bleiben würde. Du hast vom ersten Tag an Macht über mich gehabt.

Glaub mir, Will, wenn ich sage, ich habe dich nie als etwas gesehen, das ich benutzen und dann wegwerfen könnte. Ich wollte unsere Affäre auf dem Schiff, weil ich wusste, dass du jemand bist, dessen Liebe es wert ist, sie zu erhalten, und sei es auch nur für eine kurze Zeit. Um die Wahrheit zu sagen, es machte mir Angst, wie ich mich in deiner Gegenwart fühlte. Wann immer wir uns liebten, fühlte ich mich wie neugeboren. Du hast einen Teil meiner Seele berührt, von dem ich dachte, dass er gar nicht mehr existiert, etwas, von dem ich nicht wusste, ob ich es noch einmal erleben wollte.«

»Also, was du sagst, ist, dass du mich liebst?«

Hattie kicherte. »Natürlich tue ich das. Jede Frau, die nicht auf deine Reize hereinfällt, besteht aus Stein. Ich liebe dich, Will Saunders. Du hast mich gerettet, und ich verspreche, den Rest meines Lebens damit zu verbringen, dass ich ein Teil von dir bleibe.«

Sie küsste seine Stirn. Er lächelte, als sie seine Nase küsste. Als sie sich zurückzog, um sein hübsches Gesicht zu sehen, sah sie das Licht der Leidenschaft in seinen Augen.

»Also machst du mir die Ehre, meine Frau zu werden?«

»Ja.«

»Gott sei Dank.«

Die Erleichterung in seiner Stimme zu hören, brachte sie den Tränen nahe. Niemand hatte sie jemals, gewollt, so wie sie war. In Will hatte sie jemanden gefunden, der sie dafür schätzte, nur Hattie zu sein. Freude, gemischt mit überwältigender Demut, ließ sie sprachlos werden.

»Was jetzt die Frage aufwirft, was ich heute Abend mit dir anfangen soll«, sagte Will.

Es wäre leicht genug gewesen, Mrs. Little zu bitten, Hatties altes Bett zurechtzumachen. Aber heute Nacht irgendwo anders als in Wills Armen zu schlafen, kam nicht infrage.

»Ich werde dich nicht zwingen, etwas gegen deinen Willen zu tun. Niemals«, sagte er.

Sie waren so weit gekommen, seit jenem Tag, an dem sie sich begegnet waren. Sie vertraute ihm, und ihr Herz schien bersten zu wollen in dem Bewusstsein, dass er ihr vertraute.

»Ich bin halb verrückt geworden, weil ich deine Berührungen vermisst habe. Ich brauche dich in mir. Ich muss dein Stöhnen hören, wenn du kommst«, murmelte sie.

Das Knurren der Gier und des Verlangens, das von ganz tief in ihm kam, gab ihr die Antwort, nach der sie sich sehnte.

Er hatte sie ebenfalls vermisst. Zu wissen, dass er sie begehrte, erfüllte sie mit dem wütenden Bedürfnis, nackt und unter ihm zu sein. Um die Verbindung zu besiegeln, an der kein Zweifel mehr bestand.

Er stand auf und zog sie mit sich hoch. »Komm ins Bett.«

Sie seufzte enttäuscht und sah auf die Couch. Sie hatte die richtige Höhe und eine weiche Rückenlehne, sodass er sie leicht nehmen konnte, während sie sich darüberbeugte.

Er schüttelte den Kopf. »Das Schlafzimmer. Dies wird keine schnelle Sache sein. Ich habe vor, mir Zeit zu nehmen. Sobald ich dich nackt auf dem Bett habe, werde ich meine Zunge in dich vergraben und dich dann festhalten, während ich dich an den Rand des Wahnsinns bringe. Sei versichert, meine Liebe, ich werde dich diesmal nicht schonen. Du kannst Schlaf gleich vergessen.«

In seinem Schlafzimmer angekommen, zog Will Hattie zu sich. Sie antwortete mit einem Kuss, der jeden erwachsenen Mann in die Knie zwingen würde. Sie hatte viel aus ihrer gemeinsamen Zeit auf dem Schiff gelernt. Will gratulierte sich im Stillen dazu, ein so hervorragender Mentor gewesen zu sein.

»Ich will dich. Ich will dich jetzt und für immer«, sagte sie.

Er hörte den Hunger in ihrer Stimme, der in ihm widerhallte. Hattie knöpfte das Oberteil ihres Kleides auf und ließ es auseinanderfallen. Er pfiff seine Anerkennung für die Tatsache, dass sie darunter nackt war.

»Freches Mädchen«, sagte er schmunzelnd.

Sie zog ihre Pantoffeln aus. Will stand da und sah zu, wie sie langsam den Rest des Kleides auf den Boden fallen ließ. Sie stand jetzt völlig nackt vor ihm, und er fühlte, wie er steinhart wurde.

Er kniete sich vor ihr auf den Boden, griff mit den Händen an ihre Schenkel und zog sie dichter zu sich heran.

Hattie wimmerte, als Will seine Zunge in ihre Hitze schob. Er hielt sie fest, während er sie liebkoste. Als er seine Zunge über den Rand ihrer Klitoris bewegte, schauderte sie. Sie legte eine Hand auf seinen Kopf und fuhr mit den Fingern durch seine Haare, als er die Zunge tiefer in sie grub.

»Will«, flüsterte sie.

Das war sein Stichwort, er wusste, dass er sie in einen Zustand versetzt hatte, in dem sie für ihn bereit sein würde.

Will stand auf und führte sie zum Bett, auf das er sie verspielt warf. Hattie sah zu, wie er sich schnell von Hemd und Hose befreite.

»Wie willst du es?« Er kletterte zu ihr.

Sie biss sich für einen Moment auf die Unterlippe. Sein Schwanz zuckte. Er wollte unbedingt tief in sie eindringen und sie beide zum Höhepunkt bringen.

Hattie erhob sich auf die Knie und legte die Hand auf seine Brust.

»Ich habe gestern mit Miranda die Reiter im Hyde Park beobachtet. Ich denke, ich würde jetzt gerne reiten gehen, Mr. Saunders.«

Will legte sich hin, und Hattie schwang ein Bein über seine Hüfte und setzte sich auf ihn. Als sie sich bewegte, führte er seinen harten Schaft an ihren glatten, feuchten Eingang.

»Oh, du süß…«, murmelte er.

Sie legte ihre Hände auf seine Schultern und begann zu wippen. Ihre Füße umklammerten seine Hüften, als sie das Tempo ihrer Vereinigung erhöhte.

Will zog ihren Kopf zu sich und fing ihre Lippen in einem sengenden Kuss auf. Die Zungen umtanzten einander, als sich ihre Körper in einem heftigen Rhythmus trafen.

Als Hattie wimmerte, wusste er, dass sie kurz vor ihrem Höhepunkt war. Er warf sie auf ihren Rücken und stieß tief in sie hinein, wissend, dass dies die beste Position für sie war, wenn sie kam.

»Will. O Gott!« Ein langes, leises Stöhnen entkam ihren Lippen.

Er küsste sie, als die Welle ihres Orgasmus verebbte. Als sie sich endlich auf seinen Blick konzentrierte, wusste er, dass sie bereit war, ihm die Unterwerfung zu geben, nach der er sich sehnte.

Will zog sich aus ihrem Körper zurück, aber er war noch lange nicht fertig. Er zog sie auf die Knie, ehe er aus dem Bett stieg und sich an die Bettkante stellte. Hattie drehte ihm den Rücken zu, ihr langes dunkelblondes Haar, das zu einem weichen Chignon gesteckt war, hatte sich perfekt verwuschelt.

Er beugte sich vor, umfasste fest ihre Hüften, während er langsam erneut in sie eindrang. Will schloss die Augen, genoss einen Moment das Gefühl und ließ schließlich seine Gier nach ihr die Kontrolle übernehmen.

Das einzige Geräusch im Raum war Hatties leises Schluchzen des Vergnügens.

Als Will das Tempo seiner Stöße beschleunigte, tastete er nach ihren Brustwarzen und drückte sie fest. Hattie stöhnte.

»Es ist so lange her, dass ich dich so genommen habe«, murmelte er in ihr Ohr.

Sie seiner Gnade ausgeliefert zu haben, sie dazu zu bringen, sich ihm vollständig hinzugeben, war sein tiefster Wunsch.

»Sei nicht sanft zu mir, Will. Du musst mich hart nehmen. Du musst mich markieren, mich besitzen«, bettelte sie.

Er tat, was sie verlangte, und stieß härter und tiefer als jemals zuvor in ihren willigen Körper. Ihr Stöhnen vor Lust drängte ihn weiter, bis er schließlich in feuriger Hitze kam. Sein Schrei der Vollendung erschütterte die Nacht.

Kapitel Zweiundvierzig

❧

»Alles bereit?«
Hattie schenkte Edgar ein ermutigendes Lächeln. »Ja«, antwortete sie.

Ihr langes weißes Kleid nahm viel mehr von der Kutsche ein, als sie erwartet hatte. Anfangs hatte sie sich für ein einfaches Hochzeitskleid entschieden, aber Miranda hatte sie von einem anderen Design überzeugt. Nur einmal in ihrem Leben ging eine Frau den Gang in der St.-Pauls-Kathedrale hinunter, um zu heiraten.

Die Menge vor der Kathedrale, als die Kutsche vorfuhr, löste ein Herzklopfen in ihrer Brust aus. Als sie auf den Gehweg trat, konnte sie viele Freunde sehen, zu denen sie in den vergangenen Jahren wegen ihrer Familie den Kontakt verloren hatte.

Sie entdeckte unter den Gratulanten jemanden, den sie inzwischen auch als Freund bezeichnen durfte. Reverend Retribution Brown blickte ihr ruhig entgegen, in den Händen seine geliebte Bibel. Sie ließ Edgars Hand los und ging zu ihm.

»Danke, dass Sie gekommen sind. Das bedeutet mir sehr viel.«

Er küsste ihre Hand. »Er ist ein guter Mann, dein Mr. Saunders. Du hast gut gewählt«, sagte er. »Joshua entschuldigt sich dafür, dass er es nicht zu deiner Hochzeit schafft. Er wollte seine Mutter nicht verlassen. Er hat mich gebeten, dir das zu geben.«

Er öffnete seine Bibel und holte ein gefaltetes Papier heraus, das er ihr reichte. Tränen bildeten sich in Hatties Augen, als sie das Blatt auseinanderfaltete und Annies einfache Zeichnung eines Baumes und eines Hauses sah.

»Mr. Saunders hat einen Ort auf dem Land für sie gefunden. Ein Ort, wo sie alle sicher leben können. Mrs. Mayford kann die Zeit, die ihr auf dieser Erde bleibt, glücklich in dem Wissen verbringen, dass ihre Familie eine Zukunft hat. Joshua soll bei einem örtlichen Schmied in die Lehre gehen, damit er in den kommenden Jahren für Annie und Baylee sorgen kann.«

Hattie faltete die Zeichnung zusammen und steckte sie in den Ärmel ihres Kleides. Sie wusste, dass sie niemals alle Armen von London retten könnte, aber mit der Familie Mayford war es ihr gelungen, mindestens einer Familie eine bessere Zukunft zu geben.

»Kommen Sie mit hinein und schauen zu, wie Will und ich heiraten?«

Reverend Brown blickte zu der hoch aufragenden Pracht der St.-Pauls-Kathedrale auf und verzog das Gesicht. St. Johns konnte mit Londons größter Kathedrale nicht mithalten.

»Nun, ich erwarte nicht, dass es unangenehm sein wird. Abgesehen davon heiratest du immerhin den Neffen des Bischofs von London. Du kannst vielleicht ein gutes Wort für mich einlegen.«

Hattie nahm erneut Edgars Hand, und führte ihr Bruder sie die Treppe. Hinauf in die Kathedrale, wo Will und ein neues Leben auf sie warteten.

»Ich bin bereit, einen weiteren Sprung ins Unbekannte zu wagen.«

※

Liebste Harriet,

Dein Vater und ich stehen hier in unserem bescheidenen Cottage in Freetown, halten uns gegenseitig fest und danken Gott, dass du in London sicher und zu Hause bist. Dein Brief war das größte Geschenk, das wir jemals erhalten konnten.

Tochter, du musst nicht um Vergebung bitten, dass du vom Schiff gesprungen bist. Wir sollten uns demütig entschuldigen, dass wir versucht haben, dir ein Leben aufzuzwingen, das du eindeutig nicht wolltest. Die Tatsache, dass du zu solch einem gefährlichen Unterfangen getrieben wurdest, zeigt uns nur die Tiefe unseres Versagens als Eltern.

Die Trauer, die wir in diesen langen Monaten empfanden, als wir glaubten, dass du tot bist, ließ uns viele Entscheidungen infrage stellen, die wir getroffen hatten. Du musst uns glauben, dass, wenn wir nach England zurückkehren, wir es mit Liebe im Herzen und der Hoffnung tun werden, dass du und dein Bruder es in euren Herzen finden könnt, uns zu vergeben.

Wir werden bald wieder schreiben und euch mehr über unsere Arbeit und unser Leben hier erzählen, aber ich wollte sicherstellen, dass diese Notiz das Schiff noch erreicht, das heute nach England ablegt.

Deine dich liebende und sehr erleichterte Mutter und dein Vater.

PS: Vielleicht möchtest du auch wissen, dass Peter Brown deine Zofe Sarah Wilson geheiratet hat. Sie sind ein vernünftiges und füreinander geeignetes Paar. Er tut genau das, was sie von ihm verlangt.

MEINE LIEBE, DER GENTLEMAN UND SPION

Vielen Dank, dass du diese Geschichte gelesen hast, ich hoffe, sie hat dir gefallen. Es ist ein Privileg, diese Charaktere und ihre Liebesgeschichten zum Leben erwecken zu dürfen.

Wenn du mehr über meine Bücher erfahren und neue Freunde treffen möchtest, trete bitte der Gruppe „Heiße historische Liebesromane" auf Facebook bei. Wir würden uns freuen, dich zu sehen

Die Lady mit dem ungezähmten Herzen

Als zweiter Sohn eines Viscount weiß Freddie Rosemount eine Sache ganz sicher: Egal, was er in seinem Leben erreicht, er wird nicht der erste aus der Familie sein, der dies geschafft hat.

Mit gutem Aussehen, Wohlstand und dem Stadthaus seines Vaters zu seiner eigenen Verfügung beschließt Freddie, dass es Zeit ist, sich in der feinen Gesellschaft Londons einen Namen zu machen.

Gefangen im Wirbel eleganter Feste und politischer Intrigen gerät Freddie schon bald in den Bann der falschen Leute. Das Bachelor Board ist ein Club für junge Männer, die der Londoner Gesellschaft ihren Stempel aufdrücken möchten. Um aufgenommen zu werden, muss der Bewerber eine Reihe geheimer Herausforderungen bewältigen, von denen jede skandalöser ist als die andere.

Eve Saunders ist eine gut erzogene Tochter des Hauses Strathmore, aber unter ihrer englischen Haut schlägt ein leidenschaftliches französisches Herz. Der Spaß an Gefahr liegt ihrer Familie im Blut.

Während Eve Freddie hilft, seine Position im Bachelor

Board zu sichern, entzünden sich Leidenschaft und Liebe zwischen ihnen.

Aber die letzte geheime Herausforderung für Freddie ist jedoch mit einem schockierenden Preis verbunden.

Als sein wütender Vater ihm den Geldhahn zudreht, geht es mit Freddies Leben schnell steil bergab. Bald erkennt er die schreckliche Wahrheit dessen, was er dem Mädchen angetan hat, das er liebt.

Entschlossen, alles zu tun, um Eve zurückzugewinnen, muss Freddie bestürzt feststellen, dass Eve nicht willens ist, zu Hause zu sitzen und das Ende ihrer Liebesgeschichte zu betrauern.

Als Eve anfängt, ihre eigene Serie von sexy und gefährlichen Spielen zu erfinden, bleibt Freddie keine andere Wahl, als sie in ihrem eigenen Spiel zu besiegen.

Erst bei der allerletzten Herausforderung sieht Freddie, was er riskiert und dass Eve spielt, um zu gewinnen.

Die Lady mit dem ungezähmten Herzen

Bücher von Sasha Cottman

Historischer Liebesroman

Der Herzog von Strathmore
Der skandalöse Liebesbrief des Marquis
Eine verbotene Liebe für die Lady
Die Tochter des Herzogs
Meine Liebe, der Gentleman und Spion
Die Lady mit dem ungezähmten Herzen

Englischsprachige Bücher

SERIES
The Duke of Strathmore
The Noble Lords
Rogues of the Road
London Lords

The Duke of Strathmore

Letter from a Rake – eBook, Audio, Print
An Unsuitable Match – eBook, Audio, Print
The Duke's Daughter – eBook, Audio, Print
A Scottish Duke for Christmas – eBook, Print
My Gentleman Spy – eBook, Audio, Print
Lord of Mischief – eBook, Audio, Print
The Ice Queen – eBook, Audio, Print
Two of a Kind – eBook, Audio, Print
A Lady's Heart Deceived - eBook, Print

Novellas
Mistletoe and Kisses (novella) – eBook, Print
A Wild English Rose – exclusive eBook, Print

The Noble Lords

Reid – eBook, Audio, Print
Owen – eBook, Print
Callum – eBook, Print

Kendal – eBook, Print

The Noble Lords Book Collection

Rogues of the Road

Rogue for Hire – eBook, Print
Stolen by the Rogue – eBook, Print
When a Rogue Falls – eBook, Print
The Rogue and the Jewel – eBook, Print
King of Rogues – eBook, Print

London Lords

Devoted to the Spanish Duke – eBook, Print
Promised to the Swedish Prince – eBook, Print
An Italian Count for Christmas – eBook, Print
Wedded to the Welsh Baron – eBook, Print
Bound to the Belgian Count – eBook, Print

Über den Autor

www.sashacottman.com

USA-Today-Bestsellerautorin Sasha Cottman wurde in England geboren und wuchs in Australien auf. Ihre Liebe zu diesen zwei Ländern hat in ihr die Lust am Reisen geweckt, die sie bisher in mehr als 55 Länder geführt hat. Ein Reiseführer liegt immer auf ihrem Stapel ungelesener Bücher.

Schon bevor sie vor einigen Jahren versehentlich an einem Kurs für Liebesromanautoren teilnahm, interessierte sie sich für historische Zeiten. Ihr erster veröffentlichter Roman „Der skandalöse Liebesbrief des Marquis" gehörte 2014 zu den Finalisten für den „Romantic Book of the Year"-Award. Einige ihrer Romane wurden bereits in mehrere Sprachen übersetzt, weitere sind in Vorbereitung.

Sasha lebt gemeinsam mit ihrem Mann, ihrer Tochter und einer Katze, die eine Hauptrolle im nächsten Buch fordert, in einem alten viktorianischen Haus in Melbourne. Ständig ist sie auf der Suche nach neuen Verstecken für ihren geheimen Schokoladenvorrat.

Sashas Romane spielen rund um die Regency-Zeit in England, Schottland und Europa.

www.sashacottman.com

CPSIA information can be obtained
at www.ICGtesting.com
Printed in the USA
LVHW020714151021
700526LV00004B/73